Liaison avec son rival

Une nuit de passion

KAREN BOOTH

Liaison avec son rival

Traduction française de
MARIE MOREAU

PASSIONS

HARLEQUIN

Collection : PASSIONS

Titre original :
THEIR AFTER HOURS PLAYBOOK

HARPERCOLLINS FRANCE
83-85, boulevard Vincent-Auriol, 75646 PARIS CEDEX 13
Service Clients — www.harlequin.fr
ISBN 978-2-2805-0047-0 — ISSN 1950-2761

Édité par HarperCollins France.
Composition et mise en pages Nord Compo.
Imprimé en février 2025 par CPI Black Print (Barcelone)
en utilisant 100% d'électricité renouvelable.
Dépôt légal : mars 2025.

FSC
www.fsc.org
MIXTE
Papier issu de sources responsables
FSC® C159065

Pour limiter l'empreinte environnementale de ses livres, HarperCollins France s'engage à n'utiliser que du papier fabriqué à partir de bois provenant de forêts gérées durablement et de manière responsable.

1

Zach Armstrong avait presque achevé la rédaction de son projet. Cinquante-sept pages denses, auxquelles il avait ajouté vingt-quatre pages d'annexes comportant des graphiques et des diagrammes. C'était une feuille de route pour faire entrer pleinement Armstrong Sports Marketing dans le vingt et unième siècle et surpasser la concurrence. Il s'attendait à rencontrer des difficultés pour mettre son plan à exécution, mais c'était lui qui dirigeait l'entreprise à présent. Il était à la place qu'il désirait depuis toujours et comptait bien appliquer ses idées sans attendre.

Avec plus de quatre-vingts employés, dont une trentaine d'agents, un fichier client comportant plusieurs centaines d'athlètes, et de luxueux bureaux au cœur de Manhattan, la responsabilité qui lui incombait était immense. *Tout le monde* comptait sur lui. Mais la pression ne le dérangeait pas. Au contraire, c'était ce qui le stimulait et lui donnait envie de se démener toujours plus. D'autant que son travail rassemblait les trois choses qu'il aimait le plus dans la vie : sa famille, le sport et le métier d'agent. Qu'aurait-il pu demander de plus ?

Teri, son bras droit, apparut sur le seuil de son bureau. Grande et mince, elle avait des cheveux châtains coupés au carré et s'habillait toujours en gris. Zach travaillait avec elle depuis ses débuts au service marketing, où elle l'avait formé au fonctionnement de l'entreprise jusqu'à ce qu'il change de poste et devienne agent.

Le jour où il s'était installé dans les bureaux de la direction, il lui avait paru tout naturel d'appeler Teri à ses côtés.

— Je peux faire autre chose pour toi avant ton départ pour la draft ? lui demanda-t-elle.

Il regarda l'heure sur l'écran de son ordinateur. Ce soir avait lieu la draft de la WPBA, l'association de basketball professionnel féminin. C'était la cérémonie au cours de laquelle les meilleures jeunes joueuses seraient choisies pour intégrer le prestigieux championnat national américain.

— La journée est passée vite, dit-il en voyant qu'il n'avait plus qu'une heure devant lui avant le début de la soirée. Je ne vais pas tarder à y aller.

Il reposa aussitôt les yeux sur son texte. Il aurait pu passer encore des heures à le peaufiner. Il croyait fermement à ce projet, mais il savait aussi qu'il devait présenter un document parfait pour avoir une chance d'être convaincant.

— J'ai encore du mal à croire que tu vas vraiment le faire, dit Teri, mais je suis contente que ce soit le cas. Je me réjouis que tu fasses sortir cette agence de l'Âge de pierre.

Travaillant chez Armstrong depuis près de vingt ans, elle y était entrée une bonne décennie avant l'arrivée de Zach. Si quelqu'un pouvait témoigner de la réticence de cette entreprise à évoluer, c'était elle. Le constat était implacable : depuis la création d'Armstrong Sports Marketing, les femmes constituaient moins d'un pour cent de tous les athlètes représentés au fil des années, tous sports confondus.

— La croissance requiert le progrès et le changement, répondit Zach. Or je suis décidé à faire grandir notre agence. Je considère que je le dois à mon père.

Celui que Zach appelait son père était en réalité son beau-père, Tom Armstrong, que Zach avait remplacé trois semaines plus tôt au poste de directeur général.

Teri avança vers lui.

— Je peux ? demanda-t-elle en montrant le fauteuil placé en face de lui, de l'autre côté de son bureau.

— Bien sûr, répondit-il.

Elle s'assit et croisa les jambes.

— C'est ainsi que tu prévois de vendre tout cela à Tom ? demanda-t-elle en haussant les sourcils. Comme une stratégie de croissance ?

— Le fait que je me rende à la draft féminine ?

— Aucun membre de notre agence n'y est jamais allé. Tom n'est pas au courant que tu y assisteras ce soir, si ?

Zach secoua la tête et ferma son ordinateur portable avant de rassembler ses dossiers en pile.

— Non, confirma-t-il. Il ne le sait pas.

— Zach, cet événement sera retransmis à la télévision dans tout le pays. Il y a de fortes chances pour que tu sois filmé, et alors tout le monde saura ce que tu as en tête.

Le fait que son projet apparaisse comme discutable était en soi ridicule, mais c'était le cas. Tom avait toujours affirmé que se concentrer sur les hommes athlètes était « du pur pragmatisme », puisqu'ils généraient beaucoup plus d'argent que les sportives. Il n'avait pas tort sur ce point, mais les temps changeaient, et Zach était bien décidé à diversifier la clientèle de l'agence. Si leur entreprise familiale ne prenait pas ce virage, elle ne tarderait pas à être considérée comme un vieux dinosaure.

— Espérons que personne ne me verra à la télévision, dit-il. Et si cela arrive, je ferai avec. Je dîne avec mes parents demain. Je leur présenterai mon projet à cette occasion.

— Comment Tom va-t-il réagir à ton avis ?

À vrai dire, Zach n'était pas capable de répondre à cette question. Son père allait sans doute examiner dans le détail les aspects économiques du dossier, pour voir si cette nouvelle stratégie était viable. Du reste, Zach avait reçu l'interdiction formelle de contrarier Tom, dont la tension artérielle devait à tout prix rester stable.

— J'y vais armé de mes chiffres, assura-t-il. Des quantités de chiffres. En voyant les sommes qui sont à la clé, il m'écoutera forcément.

— Bien, approuva Teri. Il appréciera cet aspect des choses, cela ne fait aucun doute. As-tu aussi l'intention de lui dire que tu veux faire entrer plus de femmes dans ton équipe d'agents ?

— Absolument. Évidemment, ce sera beaucoup plus facile si tu me dis que je peux te citer comme l'une de nos nouvelles agentes.

— Oh ! non. Je suis très bien à ma place, dans les bureaux. Je ne suis pas un requin comme vous.

— Je ne suis pas un requin, Teri. Je me vois plus comme un ratel.

— Mignon et duveteux d'apparence, mais prêt à tout pour obtenir ce qu'il veut ?

— Exactement, répondit-il en riant. Je ne me laisse arrêter par aucun obstacle.

— C'est sûrement pour cette raison que Tom est satisfait de t'avoir confié les rênes.

Zach espérait ne pas le décevoir, même s'ils n'avaient pas de lien de sang, Tom était un père à ses yeux, le seul qu'il ait jamais connu. Il avait seulement deux ans quand sa mère avait épousé Tom, et depuis ce jour, ils formaient tous les trois une famille unie.

— On le saura bientôt.

— En effet, confirma Teri.

Elle se redressa et ajouta :

— Je pourrais te souhaiter bonne chance, mais quelque chose me dit que tu seras très à l'aise dans une salle remplie de femmes.

Il rit tout en notant quelques éléments dans son emploi du temps du lendemain. C'est vrai qu'il avait la réputation de savoir user de son charme, mais si c'était le cas, ce n'était pas intentionnel. Il était seulement naturel. Ce n'était pas sa faute si cela plaisait aux femmes et s'il avait appris à en profiter.

— Elles ne seront sans doute pas toutes ravies de me voir, souligna-t-il.

— Laisse-moi deviner. Tu penses à Paige Moss ?

— Tom ne l'a jamais aimée, et apparemment c'est réciproque.

Zach avait encore à l'esprit le conseil de Tom : « Attention à Paige Moss, c'est la pire des vipères. » Zach n'avait jamais compris pourquoi Tom la détestait à ce point, ni pourquoi il considérait l'agence Moss Sports comme son ennemi absolu. Contrairement à son père, Zach ne voyait pas les autres agents comme ses ennemis. Il y avait de la rivalité entre eux, certes, mais il préférait apprendre à connaître ses concurrents et rester aussi fair-play que possible. En toute honnêteté, ce n'était pas totalement désintéressé de sa part, car un peu de gentillesse pouvait parfois rapporter gros. Mais il tenait également à ce que ceux contre qui il remportait d'âpres batailles se rendent compte qu'il n'avait pas que des mauvais côtés.

— Je crois qu'il faut que j'y aille, dit-il en se levant.

— Je croise les doigts. Et j'attends un compte rendu détaillé demain, plaisanta Teri.

Ils sortirent tous les deux dans le couloir et tandis que sa collègue regagnait son bureau, Zach se dirigea vers l'ascenseur. En chemin, il salua les employés qu'il apercevait à travers les vitres de leurs bureaux individuels. Certains lui firent un signe de tête, d'autres lui répondirent par un bref mouvement de la main, mais Derek James fut le seul à lui adresser un immense sourire tout en arpentant son bureau, son téléphone collé contre l'oreille. Derek, le dernier agent à avoir intégré l'entreprise, était un ambitieux. Il ne cachait pas son envie d'apprendre et de gravir les échelons de la réussite. Zach l'aimait bien, même s'il en faisait parfois un peu trop. Quant à ses autres collaborateurs, il n'était pas dupe de leur politesse de façade. Tout le monde ne voyait pas sa promotion d'un bon œil. Il n'avait que trente ans et l'équipe comptait des agents qui avaient commencé à travailler ici peu après sa naissance. Mais Zach ne pouvait pas se laisser décourager par la froideur de quelques-uns. Il finirait par tous les convaincre.

Il descendit au rez-de-chaussée, sortit dans la rue et marcha une petite vingtaine de minutes pour rejoindre l'hôtel où avait lieu la draft. C'était une belle journée d'avril et Zach appréciait cette occasion de passer un moment dehors, même si le trottoir de la 45e Rue était bondé. Il était resté toute la journée cloîtré dans son bureau et même lui pouvait admettre qu'il travaillait trop dur en ce moment. Arrivé à Times Square, il se fraya un chemin entre les passants et traversa Broadway. Une fois devant l'entrée de l'hôtel, il leva les yeux et respira profondément en regardant la tour de verre et d'acier qui s'élevait face à lui. Il était sur le point de prendre un tournant décisif et avait la conviction d'avoir raison de le faire.

À l'intérieur, il prit l'escalator et monta jusqu'au troisième étage. Il présenta aux agents de sécurité le laissez-passer qu'il avait obtenu par un ami qui travaillait pour la WPBA, puis pénétra dans la salle de réception en même temps qu'un flot d'invités. De puissants haut-parleurs diffusaient de la musique électronique et une ambiance festive régnait déjà. Il avait l'impression d'arriver à une soirée de nouvel an et non à un événement professionnel. Une scène décorée aux couleurs de la WPBA faisait face aux tables rondes qui avaient été disposées pour accueillir les joueuses les plus attendues et leurs proches. Tout autour de cet espace s'élevaient des gradins remplis de supporters. Des dizaines de journalistes couvraient l'événement, interviewant aussi bien les basketteuses que les représentants des différentes équipes, les professionnels du milieu ou encore le public enthousiaste.

Le plan de Zach était simple : parler avec autant de joueuses que possible et les féliciter, elles et leur entourage. Il allait mettre en avant leur travail et les sacrifices qu'elles avaient consentis pour en arriver là. Il allait s'assurer qu'elles retiennent son nom et qu'elles comprennent bien qu'Armstrong Sports Marketing était prêt à s'engager pleinement dans le sport féminin.

Il allait commencer quand il aperçut Paige Moss, en grande conversation avec sa cliente Alexis Simmons. Alexis était déjà une star et il ne faisait aucun doute qu'elle serait numéro un de la draft de cette année, c'est-à-dire qu'elle serait la première joueuse choisie pour intégrer le championnat professionnel. Zach savait qu'il était censé se méfier de Paige, mais cela contredisait son instinct. Notamment parce que ses courbes sublimes, enveloppées dans une robe noire diaboliquement sexy, étaient impossibles à ignorer. Ses cheveux blonds et brillants étaient attachés en une queue-de-cheval haute qui s'agitait comme un fouet quand elle bougeait la tête en parlant.

Ils ne s'étaient jamais rencontrés mais Zach l'avait souvent vue en photo. Elle lui paraissait encore plus belle en personne. Séduisante. Attirante. Un homme faible aurait peut-être mieux fait de l'éviter, mais pas Zach. Il comptait bien oser un face-à-face avant la fin de la soirée. Et il ne manquerait pas de profiter de la vue tout en faisant connaissance avec elle.

Paige Moss avait toutes les raisons d'être aux anges ce soir. Sa cliente Alexis Simmons, l'une des meneuses les plus douées qu'on ait jamais vues sur les parquets, était probablement sur le point de devenir numéro un de la draft WPBA. Mais c'était ce « probablement » qui rendait Paige nerveuse. Tout ne s'était pas passé pour le mieux dans sa vie ces dernières années, tant sur le plan personnel que professionnel. Il y avait eu son divorce, sa querelle avec Tom Armstrong et, plus récemment, le décès de celle qui avait toujours été son exemple et sa source d'inspiration : sa mère. Paige aurait voulu pouvoir être sûre d'elle ce soir. Mais hélas, dans le milieu du sport professionnel, rien n'était jamais acquis.

— Pourquoi as-tu l'air aussi anxieuse ? lui demanda Alexis. C'est moi qui devrais être dans cet état.

Alexis manipula son téléphone avec ses doigts ornés de longs ongles en acrylique. Si cette fantaisie n'était pas compatible avec les matchs et les entraînements, elle profitait tout de même des grandes occasions pour soigner son apparence jusque dans les moindres détails. Ce qui ne manquait jamais de faire de l'effet, car Alexis avait une allure de mannequin. Grande, mince, avec de longues tresses brunes et une peau métissée, elle possédait une élégance naturelle que ses vêtements et ses accessoires ne faisaient que souligner.

— Je ne suis pas anxieuse, assura Paige en prenant Alexis par les épaules. Je suis juste excitée pour toi. C'est aujourd'hui que ton travail acharné va commencer à porter ses fruits. J'espère que tu vas pouvoir apprécier ce moment, tout en sachant que ce ne sera que le premier d'une longue série.

— Merci, Paige, répondit Alexis en souriant. Merci d'être là pour moi. Je ne l'oublierai jamais.

— Tu n'as pas à me remercier. Je ne fais que mon travail.

Bien sûr, pour Paige, être agente représentait beaucoup plus qu'un travail. C'était une carrière qui absorbait toute son énergie, mais à laquelle elle n'aurait renoncé pour rien au monde. Le sport la passionnait, et surtout, elle aimait les femmes qui y consacraient leur vie. Et elle devait tout cela à sa mère.

Paige tourna la tête pour inspecter la salle et son regard se fixa sur l'un des hommes présents. Pas seulement parce qu'il était excessivement beau. Soit elle avait des hallucinations, soit il s'agissait bel et bien de Zach Armstrong.

— Qu'est-ce qu'il fabrique ici ? marmonna-t-elle.

Il n'avait absolument aucune raison d'assister à cet événement.

— Qui ? demanda Alexis en levant les yeux de son portable.

Paige secoua la tête. La raison aurait voulu qu'elle détourne le regard, qu'elle ignore Zach. Mais elle était comme hypnotisée, à la fois par son physique irrésistible et par un sentiment d'incompréhension. L'agence de Zach ne s'intéressait pas aux femmes athlètes.

— Juste un agent qui n'a rien à faire ici ce soir, répondit-elle.

— Qui ? insista Alexis.

— Zach Armstrong. Il dirige Armstrong Sports, l'agence la plus ouvertement misogyne de l'histoire du sport.

— Attends, je connais ce nom. Il m'a envoyé des fleurs.

En entendant ces mots, Paige se tourna brusquement vers Alexis.

— Pardon ? s'exclama-t-elle. Il a fait quoi ?

— Il m'a envoyé des fleurs, répéta Alexis avec un haussement d'épaules. Il avait joint au bouquet un mot dans lequel il me félicitait et me souhaitait le meilleur pour l'avenir. Mais beaucoup de gens m'ont envoyé des fleurs.

— D'autres agents ?

Alexis inclina la tête et réfléchit un instant avant de répondre :

— Non.

— C'est bien ce que je pensais.

Elle bouillait intérieurement.

Respire, Paige. Calme-toi.

— Je reviens tout de suite, dit-elle.

— Je vais chercher ma mère pour que nous allions nous asseoir à notre table, répondit Alexis. Ne tarde pas trop pour nous rejoindre, ce serait dommage que tu manques l'appel de mon nom après tout ce que nous avons fait, toi et moi, pour en arriver là.

— Ne t'inquiète pas, la rassura Paige en lui prenant affectueusement le bras. Promis, je serai là dans cinq minutes.

Elle sourit à sa cliente, puis tourna les talons et traversa la salle d'un pas décidé. À cet instant, elle avait en tête tous les propos insultants que Tom Armstrong, le beau-père de Zach, avait tenus contre elle pendant des années. Maintenant que Tom était sur la touche, Zach pensait-il pouvoir conquérir Alexis ? Il croyait qu'il n'avait qu'à parader à la draft dans son beau costume sur mesure avec son air princier ? *Bon sang !* Pour qui se prenait-il et quel mauvais coup préparait-il ?

Lorsqu'elle s'arrêta à un pas de lui, elle faillit perdre ses moyens en sentant l'odeur exquise de son parfum. Mais elle se ressaisit aussitôt.

— Vous êtes Zach Armstrong, lança-t-elle sèchement.

— En effet.

Sa voix était à la fois ferme et chaleureuse.

— Je mentirais si je disais que je n'étais pas ahurie de vous voir ici.

— Et vous êtes Paige Moss. Je mentirais si je disais que je n'étais pas enchanté de vous voir.

Il s'approcha d'elle. Il était si grand et si imposant qu'elle avait l'impression qu'il projetait une ombre sur elle, mais ce manque soudain de lumière ne l'empêcha pas de voir ses yeux se poser sur son décolleté. Qu'il la regarde s'il en avait envie, il n'était pas le premier homme à qui ses seins plaisaient.

— Ne dites pas n'importe quoi, répliqua-t-elle. Vous n'êtes pas enchanté de me voir.

Il esquissa un sourire narquois et insista :

— Si, je le suis. Mais d'accord.

— Pourquoi êtes-vous venu ? demanda Paige. Les affaires vont si mal chez Armstrong que vous vouliez profiter du bar à volonté ?

Il secoua la tête en riant, ce qui ne fit que révéler que son charme égalait sa beauté. Quand il fixa ses yeux bleu-gris sur ceux de Paige, elle eut l'impression qu'il la voyait jusqu'au plus profond de son âme. Curieusement, elle s'était sentie beaucoup moins exposée quand il avait regardé son décolleté.

— Je suis venu parce que je vais modifier la tactique d'Armstrong Sports.

— Ah oui ? Et de quelle manière, au juste ?

— Je souhaite nous faire prendre de nouvelles directions. Élargir nos horizons.

— Vous êtes au courant que les athlètes qui participent à cette draft sont des femmes, non ? Votre agence ne s'aventure pas dans ces eaux-là. Votre beau-père a tout fait pour cela.

— Mais c'est moi le responsable à présent.

— Et vous avez décidé de commencer par me voler l'une de mes clientes ?

— Je ne vois pas de quoi vous parlez.

Elle prit une profonde inspiration et se dressa de toute sa hauteur.

— Vous *ne pouvez pas* envoyer des fleurs à ma cliente et penser que je vais rester sans réaction. J'ai commencé à bâtir ma relation avec Alexis et sa famille alors qu'elle était encore au lycée. J'ai assisté à ses matchs. J'ai fait en sorte de m'intégrer à son entourage. Je connais ses grands-parents, ses frère et sœur. J'ai continué à l'accompagner quand elle est entrée à l'université, tout en restant en retrait en attendant qu'elle soit prête à entrer dans le monde professionnel.

— Je lui ai envoyé des fleurs pour la féliciter. Lisez la carte. Il n'y a rien de plus que mon nom dessus. Je veux juste que les actrices majeures du milieu du sport sachent qui je suis. C'est une forme de relations publiques. Je ne vois pas où est le mal.

— Si votre agence prenait les sportives au sérieux, vous vous intéresseriez à toutes celles qui sont ici ce soir depuis des années. Vous seriez auprès d'elles depuis le début.

Paige ne cherchait pas à faire de grands discours, mais ses paroles venaient du cœur. Elle mettait souvent des années à gagner la confiance d'une cliente avant de signer un contrat avec elle.

— Paige, je sais que vous n'appréciez pas les positions de mon père sur les femmes qui pratiquent le sport de haut niveau, ni son manque de clairvoyance sur le sujet. Alors pourquoi me reprocher de vouloir changer cela ? Je ne comprends pas votre colère.

Elle était en colère, oui, mais surtout à cause de ce que Tom lui avait fait. Comment oublier ce qu'elle avait subi à cause de lui ?

— Je ne crois pas à votre sincérité, répondit-elle. Vous agissez sur un coup de tête.

— À votre place, je m'inquiéterais plutôt de voir un nouveau concurrent arriver sur le marché. Pensez-vous être à la hauteur ? Serez-vous de taille à rivaliser avec nous ?

Paige savait, tout en déplorant les idées rétrogrades de Tom Armstrong, qu'elle avait eu de la chance de ne pas l'avoir comme concurrent. Mais il n'était pas question qu'elle l'admette devant son fils.

— Si je serai à la hauteur ? Je vais vous écraser.

— Je pourrais vous croire si je n'avais pas autant travaillé pour me préparer.

— En parlant de travail, dit-elle, je dois vous laisser. Je vais m'asseoir avec Alexis. La draft va bientôt commencer.

Alors qu'elle se tournait pour s'éloigner, Zach la retint par le bras. Elle ne put contenir un frisson en sentant sa main sur sa peau nue.

— Paige, attendez. Est-ce que je vous verrai à Las Vegas ?

Elle leva les yeux et rencontra son regard.

— À Las Vegas ?

— La Vegas Sports Expo ? L'événement le plus important de l'année pour les agents ? C'est le salon où il faut être si l'on veut décrocher pour nos athlètes des contrats publicitaires avec les grandes marques.

Elle eut honte de ne pas avoir tout de suite compris à quoi il faisait allusion. De toute évidence, il la perturbait, surtout quand il la touchait. Il était temps qu'elle se ressaisisse ! Zach était non seulement son ennemi, mais il avait aussi une bonne dizaine d'années de moins qu'elle.

— Bien sûr que j'y serai, voyons.

— Génial. Nous pourrons peut-être prendre un verre ou dîner ensemble.

Paige éprouva une étrange sensation de chaleur. Il fallait qu'elle s'éloigne de Zach, et vite.

— Je suis toujours très occupée à Las Vegas, prétendit-elle.

C'était un mensonge. La plupart du temps, ce salon était un désastre.

— Tant mieux pour vous.

La salle s'obscurcit.

— J'y vais, dit-elle. Cela va commencer.

Il la lâcha et lança :

— Bonne chance à votre cliente, Paige. On se voit à Las Vegas.

— Oui, peut-être.

Elle s'enfuit aussitôt et alla prendre place à table, à côté d'Alexis.

— Je t'avais dit que je reviendrais à temps, lui glissa-t-elle.

En parlant, elle se rendit compte qu'elle était encore essoufflée. À cause de Zach.

— Tu sais, dit Alexis, j'ai tapé le nom de Zach Armstrong sur Internet en t'attendant. J'ai vu que son agence obtenait plein de contrats publicitaires pour ses athlètes. Pourquoi n'avons-nous jamais parlé de ça, toi et moi ?

— Parce que nous étions concentrées sur l'objectif essentiel : ce soir.

— Je pense que je devrais pouvoir décrocher ce genre de partenariat. Surtout si je deviens premier choix de la draft.

Paige déglutit péniblement. Les contrats publicitaires n'avaient jamais été son point fort. Mais elle était prête à en faire plus pour Alexis, une athlète exceptionnelle et une cliente forcément à part.

— Tu as entièrement raison. Ce sera ma priorité absolue quand je serai à la Vegas Sports Expo. Elle a lieu dans deux semaines.

— Parfait. J'ai hâte de découvrir ce que tu auras négocié pour moi.

Un projecteur éclaira la scène et le président de la WPBA

s'avança devant le micro. Paige sentit son cœur battre à tout rompre. Entre sa rencontre avec l'irrésistible Zach Armstrong et son impatience d'entendre appeler le nom d'Alexis, elle avait bien du mal à contenir ses émotions.

2

Manifestement, Zach Armstrong adorait envoyer des fleurs. Assise dans son bureau, les yeux bouffis par le manque de sommeil au lendemain de la draft et de la fête qui avait suivi, Paige admirait les sublimes orchidées blanches livrées par Flora, une fleuriste de luxe bien connu à Manhattan. Alexandra Gold, la propriétaire et directrice de cette boutique, avait une connaissance encyclopédique des fleurs et un goût parfait. Elle ne laissait rien au hasard, pas même le papier texturé de la carte accompagnant le bouquet. Le message de Zach était simple, direct, pertinent.

Félicitations. Je vous souhaite encore beaucoup de victoires comme celles d'hier soir. Zach

Paige ronchonna et but une gorgée de son grand café crème mousseux. *Il mijote quelque chose.* Zach s'était montré généreux en lui offrant cinq longues tiges, toutes courbant sous le poids de leur floraison tropicale. Les orchidées étaient plantées dans un pot en céramique blanc dont la terre était couverte de mousse et de petits galets gris clair. Paige n'arrêtait pas de les regarder. Non seulement parce qu'elles étaient superbes, mais surtout parce que c'était *exactement* ce qu'elle aurait choisi pour elle-même. Cette plante allait parfaitement dans son bureau, dont les couleurs principales étaient le blanc, l'ivoire et l'or mat. Zach avait-il réussi à la cerner en quelques mots échangés ? Quoi qu'il en soit, Paige avait de sérieux doutes sur ses intentions. Et cela lui donnait envie de l'appeler pour le remercier. Ce serait l'occasion de le sonder un peu.

Elle appela son assistant qui travaillait dans la pièce attenante :

— Henry ? Tu as une seconde ?

Il accourut aussitôt et releva ses lunettes à monture noire sur son nez. À vingt-six ans, il était plein d'envie et déjà très fiable malgré son jeune âge. Il avait prouvé à Paige qu'elle pouvait compter sur son efficacité.

— Que puis-je faire pour toi ? demanda-t-il.

— Il me faut le numéro de téléphone de Zach Armstrong. En temps normal, je le chercherais moi-même, mais j'ai un mal de tête épouvantable.

Elle se massa le front en regrettant les nombreux verres qu'elle avait bus la veille avec Alexis et ses amies.

— Je m'en occupe. Ce n'est pas bon pour le mal de tête de regarder un écran. Il faut laisser tes yeux se reposer.

Il sortit son portable de sa poche et tapota sur l'écran en se parlant à lui-même.

— Je l'ai, dit-il au bout de quelques secondes. Passe-moi ton téléphone.

À l'instant où elle eut son smartphone dans la main, il se mit à sonner. En dépit de la remarque de Henry sur ses yeux, elle regarda son écran et vit s'afficher le nom d'April Chapman, sa meilleure amie.

— Je dois décrocher, dit-elle. J'appellerai Zach plus tard.

— Je t'envoie son numéro par SMS.

Sur ces mots, Henry sortit de son bureau et referma doucement la porte derrière lui.

— Salut, dit Paige à April. Quoi de neuf ?

— Qui est l'agente la plus géniale du monde ? chantonna April. C'est toi !

— Ça, je ne sais pas, répondit Paige en riant. Mais merci.

— Je suis désolée de ne pas avoir pu être là hier soir. J'ai essayé de convaincre mon rédacteur en chef de m'envoyer à la draft, mais il voulait absolument que je couvre le base-ball à San Diego.

April était journaliste pour l'une des principales chaînes de sport du pays.

— Alors ? C'était comment ? Raconte-moi ta soirée !

— C'était fantastique, répondit Paige en reprenant une gorgée de café. Nous nous sommes tous mis à pleurer quand le nom d'Alexis a été appelé. Si tu nous avais vus... Ses parents, ses grands-parents, son frère et sa sœur. Nous étions en larmes.

Le seul fait d'y repenser lui nouait la gorge. Ce qu'elle avait dit à Zach était vrai : il avait fallu des années d'efforts pour arriver au succès de la veille.

— Alexis travaille avec acharnement depuis si longtemps, poursuivit-elle. Elle a connu des hauts et des bas, mais à chaque fois qu'elle était en difficulté, elle a su se relever. Je suis tellement fière d'elle !

— Je te comprends, mais n'oublie pas que tu as du mérite aussi. C'est toi qui as repéré Alexis et qui as cru en son talent avant tout le monde.

— Pas avant ses parents. Ni avant Alexis elle-même ni avant son entraîneur au lycée.

Paige s'interrompit. Elle avait la fâcheuse habitude de minimiser ses réussites.

— Mais tu as raison, ajouta-t-elle. Je suis avec elle depuis le début. J'étais là quand personne ne s'intéressait encore à elle.

— Ce n'est pas rien.

Paige se sourit à elle-même.

— Je suis redevable à ma mère. C'est elle qui m'a appris à reconnaître le beau basket.

— Oh ! c'est adorable. Je sais qu'elle te manque, mais elle aurait été très, très fière de toi hier soir.

C'était peu dire que sa mère lui manquait. Elles avaient été extrêmement proches. Enfant, Paige l'avait idolâtrée, puis elle était devenue comme sa meilleure amie.

— J'ai envie de penser que là où elle est, elle me voit et me félicite en levant les pouces.

— Je n'en doute pas, approuva April.

Paige soupira et fit pivoter son siège pour regarder par la fenêtre. Son bureau se trouvait au trente-septième étage d'une tour de la 46e Rue, à quelques minutes à pied seulement des locaux d'Armstrong Sports.

— Je peux te raconter l'événement le plus bizarre d'hier soir ?

— Tu plaisantes ? Bien sûr que tu peux. J'adore tout ce qui est bizarre.

— Zach Armstrong était présent à la draft. Il bavardait avec les joueuses, faisait des mondanités à droite et à gauche. Et tiens-toi bien. Il avait envoyé des fleurs à Alexis pour la féliciter un peu plus tôt.

— Non.

— Si.

— Est-ce que Tom Armstrong est au courant ? Cet homme est le roi des misogynes. Tu te souviens du jour où il a dit qu'à part le golf et le tennis, le sport pratiqué par les femmes ne servait à rien ?

— Je crois qu'il a dit que cela n'avait pas d'intérêt, mais oui, je m'en souviens.

Paige s'éclaircit la voix et se remit face à son bureau… et aux orchidées offertes par Zach.

— Je ne crois pas que Tom le sache, répondit-elle. Mais Zach prétend essayer de changer des choses à l'agence. Il devrait sans doute être applaudi pour ses efforts, mais je me suis bien gardée de le lui dire.

— On ne va pas le féliciter pour quelque chose qui devrait être une évidence. Es-tu inquiète à l'idée qu'il essaie d'attirer certaines de tes clientes ? Armstrong est connu pour être capable de coups bas. Au moins en coulisses.

— Je lui ai dit que je n'avais pas peur de lui. Mais bien sûr, c'était un mensonge. J'ai travaillé trop dur pour perdre une de mes clientes au profit d'une autre agence. Les rares fois où c'est arrivé, cela m'a fait vraiment mal.

— J'imagine. Mais si Tom ne sait rien, je me demande comment Zach va lui vendre son initiative.

— Aucune idée, mais quelque chose me dit qu'il saura le faire. J'ai l'impression qu'il pourrait vendre de la glace à un Esquimau. Il a l'air très habile.

— Et on peut ajouter qu'il n'est pas désagréable à regarder.

— Effectivement.

C'était l'euphémisme du siècle. Paige n'en revenait toujours pas d'avoir été aussi troublée par la beauté de Zach. Elle n'avait pas pour habitude de se laisser envoûter par un joli visage. Ou des épaules spectaculaires. Ou une mâchoire virile.

— De mon côté, dit April, j'ai une bonne nouvelle à t'annoncer.

— Oh ! j'adore les bonnes nouvelles. Je t'écoute.

— J'ai réussi à convaincre mes chefs de m'envoyer au salon de Vegas. Comme ça, nous pourrons passer un peu de temps ensemble. Enfin, nous y serons toutes les deux pour travailler, mais au moins nous nous verrons.

Paige poussa un cri de joie.

— C'est génial ! J'ai hâte de te voir.

La présence d'April allait sans aucun doute égayer ce voyage.

— Moi aussi, j'ai hâte. J'espère que nous trouverons un moment pour dîner ensemble ou profiter de la piscine un après-midi. Je t'enverrai un message dès que je connaîtrai mon programme.

— Avec plaisir, répondit Paige. Moi aussi, je te tiendrai au courant.

— Parfait. Je dois te laisser mais on se reparle très bientôt.

— D'accord. Merci d'avoir appelé.

— Félicitations, Paige. Je suis fière de toi.

Elles se dirent au revoir et raccrochèrent. Paige se rappela ce qu'elle avait prévu de faire avant l'appel d'April : remercier Zach pour ses fleurs. Elle ouvrit le message de Henry et composa le numéro qu'il lui avait envoyé. Une belle voix grave lui répondit :

— Zach Armstrong.

Elle se sentit soudain brûlante. Pourquoi lui faisait-il autant d'effet ? C'était injuste !

— Bonjour, Zach, c'est Paige Moss. Je voulais vous remercier pour les orchidées. Vous n'auriez vraiment pas dû, mais c'est très aimable de votre part.

— Je tenais à vous montrer que je n'étais pas votre ennemi, Paige.

— Cela reste à voir.

— Alors les fleurs ne suffisent pas à vous convaincre ? Que voulez-vous de plus ? Des bonbons ? Des bijoux ? Une voiture ?

Paige rit doucement. Même sans le voir, elle ne pouvait résister à son charme.

— Rien de tout cela, répondit-elle. Mais disons que j'ai apprécié votre geste.

— J'aimerais que vous le considériez comme un signe de paix, une main tendue de mon agence à la vôtre. Je suis sûr que vous auriez beaucoup de choses à m'apprendre. Si vous le vouliez bien.

Paige s'éclaircit la voix tandis que des images de tout ce qu'elle pourrait apprendre à Zach lui venaient à l'esprit. Des images qui n'avaient rien à voir avec le sport, hormis les râles et la transpiration.

— Nous verrons, Zach. Vous avez encore du chemin avant de devenir mon meilleur copain.

Il rit et répondit :

— Moi qui espérais que vous m'enverriez une carte de vœux en fin d'année...

— J'y réfléchirai.

Elle respira profondément et choisit ce moment pour mener son enquête.

— Avez-vous parlé de vos projets à Tom ? demanda-t-elle.

— Ce soir.

— Intéressant. Combien de temps avant qu'il vous mette un feu rouge ?

— Honnêtement, je pense qu'il sera enthousiaste une fois que je lui aurai exposé ma stratégie. Il serait trop orgueilleux pour revenir sur ses déclarations passées à propos des sportives, mais si c'est moi qui prends notre évolution en main, il a tout à y gagner.

Elle hocha la tête en se demandant ce qu'elle devait penser de tout cela. Elle ne voulait pas avoir davantage de concurrence, mais d'un autre côté, l'arrivée des grandes agences sur le marché pourrait profiter aux femmes athlètes. Paige ne pouvait pas toutes les représenter, or, elles manquaient de professionnels dignes de ce nom pour défendre leurs intérêts.

— Eh bien, dit-elle, je vous souhaite bonne chance.

— Alors les fleurs ont eu l'effet escompté.

— Vous avez de la suite dans les idées, Zach, admit-elle en riant. On ne peut pas vous enlever ça.

— Merci, Paige. On se voit à Las Vegas.

Las Vegas. Curieusement, elle se réjouissait d'aller au salon cette année, même si le travail allait occuper la majeure partie de son temps.

— Oui. À bientôt, Zach.

Après avoir raccroché, elle fit revenir Henry dans son bureau et il s'assit en face d'elle.

— J'aimerais que nous réfléchissions à des partenariats possibles pour Alexis, lui dit-elle. Quelque chose me dit qu'il faut battre le fer pendant qu'il est chaud.

— Je suis tellement d'accord, approuva-t-il. Alexis est sublime et tout le monde sait qu'elle fera partie des meilleures dès sa première saison. Quelle marque ne rêverait pas de l'avoir comme égérie ?

— Exact. C'est pourquoi je voudrais fixer quelques rendez-vous en prévision du salon de Las Vegas.

— Bien sûr, dit Henry en mettant la pointe de son stylo sur son bloc-notes.

— Il faut qu'on soit bons. Les attentes d'Alexis sont élevées et c'est normal. À sa place, je serais tout aussi exigeante.

Zach avait passé beaucoup trop de temps cet après-midi à penser à Paige Moss. Cette femme intelligente, sexy, passionnée... mais qui semblait mettre un point d'honneur à garder ses distances avec lui. Comme si elle pensait qu'il ne savait pas ce qu'il faisait. Ou qu'il était trop jeune. Et il ne lui avait certainement pas fait penser le contraire en lui disant qu'elle avait beaucoup de choses à lui apprendre. Comment avait-il pu être assez stupide pour faire cette remarque ? Pour la flatter à ses propres dépens ? Il avait dû passer pour une personne inexpérimentée, exactement ce qu'il voulait éviter. D'une manière générale, et en particulier avec Paige. S'il voulait se faire une place durable dans ce milieu, il devait s'assurer qu'on le prenne au sérieux. Cela allait peut-être l'obliger à se faire violence pour se montrer plus méchant qu'il n'était.

Pour l'instant, il devait surtout se concentrer sur son rendez-vous de ce soir avec Tom. L'issue était si incertaine qu'il en avait l'estomac noué. Et les embouteillages dans lesquels il était coincé depuis plus d'une heure ne l'aidaient pas à se détendre.

Assis au volant de son Aston Martin DBS, il respira un peu mieux quand il put enfin sortir de Manhattan et rouler en direction de Brookville, là où il avait grandi et où ses parents vivaient toujours. En arrivant, il fut accueilli par la végétation printanière et profita du paysage au moment de quitter la route principale pour rejoindre les rues tranquilles de son enfance.

Il s'engagea dans l'allée privée de la propriété de sept hectares qu'il connaissait par cœur, et aussitôt, son anxiété fondit. Même s'il s'interrogeait toujours sur la réaction qu'aurait Tom en entendant sa proposition, Zach était chez lui, et rien ne pouvait le réconforter davantage. À l'âge de deux ans, il était venu s'installer dans cette grande maison en stuc blanc, à la fois élégante et chaleureuse, entourée d'un terrain arboré qui avait fait son bonheur. C'était la rencontre de sa mère avec Tom Armstrong qui avait permis à Angie et Zach de quitter leur petit appartement et de changer de vie.

Angie n'avait eu qu'une brève relation avec le père biologique de Zach, qui avait pris ses jambes à son cou dès qu'il avait appris qu'elle était enceinte. Malgré les difficultés, elle avait réussi à s'en sortir seule avec son bébé, jusqu'au jour où Tom était entré dans le restaurant où elle travaillait comme hôtesse d'accueil. Il était immédiatement tombé sous le charme de son sourire et de son esprit, et elle avait été séduite par sa beauté et sa gentillesse. Tom avait été veuf avant ses trente ans et n'avait pas eu d'enfant. Il avait espéré pouvoir retomber amoureux un jour et devenir père. Le fait qu'ils se soient trouvés tous les trois ressemblait à un conte de fées.

Zach se gara devant la maison et descendit de voiture en prenant les dossiers qu'il avait imprimés en double pour sa présentation. En levant les yeux vers le majestueux perron encadré de deux colonnes, il vit sa mère, sortie pour l'accueillir. Elle lui sourit et ouvrit grand les bras.

— Zachary, dit-elle en l'embrassant tendrement.

Sa voix était aussi émue que s'ils ne s'étaient pas vus depuis des années. En réalité, cela ne faisait que quelques semaines qu'il n'était pas venu chez ses parents, mais sa mère et lui étaient très proches et il était touché que leurs retrouvailles la rendent aussi heureuse.

— Que c'est bon de te voir, dit-elle.

Elle le précéda dans l'entrée et il regarda sa queue-de-cheval rousse qui dansait entre ses omoplates. Puis elle se tourna vers lui et fit un signe de tête vers les classeurs qu'il avait dans les mains.

— Qu'est-ce que c'est ? demanda-t-elle.

— Des documents pour ma discussion avec Tom. Je vais les poser tout de suite dans son bureau.

— Je le préviens que tu es là, et ensuite je retournerai en cuisine. Le dîner devrait être prêt dans trois quarts d'heure.

Zach emprunta l'un des quatre couloirs qui partaient de l'entrée et arriva au bureau de Tom, cette pièce qu'il avait longtemps vue comme un lieu plein de mystère. C'était comme un décor de film, avec ses fauteuils en cuir marron, sa cheminée en pierre, et sa grande table de travail en acajou qui avait appartenu au père de Tom, l'homme qui avait fondé Armstrong Sports dans les années 1970. Les murs étaient couverts de dizaines de photos encadrées, représentant principalement Tom en compagnie de légendes du sport. Tom était reconnu et apprécié non seulement par ses clients mais également par des athlètes du monde entier. Ses qualités humaines étaient aussi admirées que ses compétences professionnelles. Grand philanthrope, il avait collecté des millions de dollars au fil des années pour des causes diverses.

Angie et Zach apparaissaient aussi sur certaines photos. L'une d'elles avait été prise le jour où, à sept ans, Zach avait assisté pour la première fois au Super Bowl, la finale du championnat de football américain, le plus grand événement sportif des États-Unis. Il avait rencontré plusieurs de ses idoles à cette occasion et ce souvenir lui mettait encore les larmes aux yeux.

— Le voilà !

La voix de Tom derrière lui le fit sursauter. Zach se retourna, embrassa son père et recula d'un pas pour le regarder.

— Comment te sens-tu ?

Tom alla lentement s'asseoir derrière son bureau. Il reprenait des forces de jour en jour depuis l'infarctus qui l'avait contraint à s'éloigner d'Armstrong Sports, mais sa convalescence n'était pas terminée.

Au lieu de répondre à la question de Zach, Tom lui fit signe de s'asseoir en face de lui et lui demanda :

— Alors, qu'avais-tu de si important à me dire ?

— Tout d'abord, j'ai une grande nouvelle, annonça Zach. Ryan Wilson est sur le point de signer chez nous.

Tom haussa les sourcils et croisa les doigts sur son ventre.

— Comment as-tu réussi cet exploit ?

Il a confiance en moi. J'ai construit une relation solide avec lui.

Zach se retint juste à temps de prononcer la réponse sincère qui lui venait à l'esprit. Il savait que ce n'était pas ce que Tom voulait entendre.

— Une occasion s'est présentée et je l'ai saisie. Quand j'ai entendu dire qu'il n'était pas content de son agent, je suis passé à l'action.

Tom afficha un large sourire et se redressa sur son grand fauteuil noir.

— Je te reconnais bien là. Ça, c'est mon fils, dit-il en tapant du poing sur la table.

Il s'éclaircit la voix et sembla reprendre son souffle, comme si ce petit élan d'enthousiasme lui avait pris trop d'énergie.

— C'est exactement le genre d'attaque qu'il faut savoir mener, poursuivit Tom. Être à l'affût et sauter sur sa proie au bon moment. C'est comme cela que mon père a bâti son agence, et comme cela que je l'ai fait fructifier pour qu'elle devienne l'empire que tu diriges aujourd'hui.

Zach ne put s'empêcher de repenser à sa conversation de la veille avec Teri. Il ne se considérait ni comme un requin ni comme un prédateur, contrairement à ce que certains pouvaient penser. Il aimait simplement son métier et laissait sa passion pour le sport guider ses attitudes et ses décisions. Néanmoins, il était prêt à aller dans le sens de Tom pour capter son attention et être pris au sérieux.

— Merci, répondit Zach. Je suis heureux que cela te fasse plaisir.

— C'est excellent. Vraiment excellent.

— Tu veux bien que nous parlions affaires maintenant ? Ou

tu préfères que nous allions dîner d'abord ? Je ne veux pas te fatiguer, alors dis-moi si tu as besoin d'une pause.

— Tu plaisantes ? J'ai attendu ta visite toute la journée, justement pour parler affaires.

— Bon, tant mieux. Parce qu'il y a une chose dont j'aimerais discuter avec toi.

La pause qu'il fit n'était pas un effet de rhétorique. Il était vraiment nerveux à l'idée de faire part de son idée à son père, mais il avait consacré tellement de temps et d'efforts à ce projet qu'il ne pouvait pas reculer maintenant.

— J'ai fait une étude approfondie des chiffres au cours des deux dernières semaines. J'ai réfléchi aux perspectives de croissance. Nous devons commencer à représenter des femmes athlètes.

— Oh ! non, s'exclama Tom en riant. Nous y voilà.

Zach ne put s'empêcher d'être un peu vexé par sa réaction.

— Ne le prends pas comme ça, se défendit-il. C'est une idée très sérieuse et pragmatique.

Tom poussa un soupir agacé.

— Si tu savais le nombre de fois où j'ai entendu ça… Mais ce n'est pas une question de sexisme, Zach. C'est une question d'argent. Le sport féminin ne rapporte pas du tout autant que le sport masculin, c'est un fait.

— Si tu veux parler de chiffres, j'en ai beaucoup à te montrer. Et j'ai la conviction qu'il y a des raisons de prendre cette direction.

Zach se leva et attrapa les deux classeurs qu'il avait apportés.

— Tiens, dit-il en posant le premier devant son père. Voici ma proposition.

Tom leva les yeux vers lui et le fixa avec un scepticisme non dissimulé.

— Ce n'est pas à nous de soigner les maux de la société.

— Tom, allons. Je ne te demande pas de soigner quoi que ce soit. Tout ce que je te demande, c'est de regarder les chiffres.

Tom hocha la tête et répondit finalement :

— D'accord. Tu as raison. Voyons ce que tu as à me montrer.

Il mit ses lunettes, ouvrit le classeur et se mit à lire. Zach en fit autant avec son propre exemplaire, afin de revoir une dernière fois les données qu'il avait si consciencieusement compilées. Sa stratégie était simple : les contrats publicitaires. Les sportives n'avaient peut-être pas des revenus aussi élevés que leurs homologues masculins, mais elles faisaient souvent de bien meilleures égéries pour les marques. C'était un marché en pleine expansion, surtout sur les réseaux sociaux.

Après un long silence, Zach se lança.

— Alors ? demanda-t-il.

Le visage de Tom s'était légèrement crispé.

— Je suis un vieil homme, hein ?

— Non. C'est notre métier qui a changé. Ou plus exactement, le paysage a changé. Nous avons aujourd'hui des possibilités qui n'existaient même pas il y a cinq ans. Je crois que nombre de nos concurrents n'en ont pas encore pris conscience et que c'est le moment pour nous de les doubler.

— Tu sais que je suis sensible à ce genre d'argument.

— C'est un oui ? Tu es d'accord pour qu'on se lance ?

— Attends une minute. Peux-tu me dire qui sont les sportives que tu as en vue ?

— Regarde page vingt et un, tu y trouveras la liste des joueuses à cibler.

Au bout de quelques secondes, Tom afficha son étonnement.

— Je ne vois pas le nom d'Alexis Simmons, fit-il observer. S'il existe une athlète qui a le profil parfait pour ce dont tu parles, c'est bien elle.

— Mais elle est déjà représentée par Paige Moss. Donc ce n'est pas la peine d'y penser.

— Il y a des moyens de faire rompre un contrat entre un sportif et son agent, Zach. Tu le sais bien.

Zach éprouva une sensation désagréable. Il savait où Tom voulait en venir et cela ne lui plaisait pas.

— Nos deux agences entretiennent une relation conflictuelle depuis des années. Est-il vraiment nécessaire de continuer comme cela ?

— Nos concurrents ne sont pas nos amis. C'est une règle élémentaire.

Peut-être que Tom avait raison et que Zach devait s'endurcir un peu. Mais il n'était pas question qu'il se comporte comme cela avec Paige alors qu'il cherchait à gagner son respect.

— Paige sera à Las Vegas, dit-il. J'en profiterai pour essayer d'en savoir plus sur l'état de ses rapports avec Alexis, d'accord ?

— D'accord.

Zach sentit sa respiration se libérer.

— Très bien.

— Bon sang, ce que j'aimerais aller à Las Vegas, soupira Tom. J'adore ce salon. Tellement de marchés à conclure. Tellement de bons repas.

Zach ne put qu'avoir le cœur serré en voyant la frustration de son père.

— Je te promets de te tenir au courant heure par heure.

À cet instant, la mère de Zach apparut dans l'encadrement de la porte.

— Allez, vous deux, dit-elle. Votre réunion de travail est terminée. Le dîner est prêt et nous n'allons sûrement pas laisser refroidir le rôti préféré de Zach.

— Miam ! s'exclama-t-il avec enthousiasme. Je meurs de faim.

— Nous pourrons poursuivre cette conversation à table, suggéra Tom en se levant.

— Non, pas question, rétorqua Angie. Le moment du repas, c'est pour la vie de famille, pas pour le travail.

Tom se tourna vers elle et Zach vit l'expression de ses parents s'adoucir en l'espace d'une seconde. C'était toujours aussi émouvant de les voir se regarder avec autant d'amour.

— Tu as raison, concéda Tom. Et la famille est ce qu'il y a de plus important.

3

Paige aimait Las Vegas, à la seule condition de ne pas y rester trop longtemps. C'était une ville forcément amusante et excitante à visiter avec ses lumières, son tourbillon permanent et le sentiment de liberté totale qu'elle donnait. D'après le dicton, ce qui se passait ici restait ici, non ? Cela faisait une éternité que Paige n'avait rien fait de fou. Elle n'avait rien prévu, mais c'était agréable de savoir que dans cette ville, elle pouvait tout s'autoriser. Même si cela ne devait rester qu'un fantasme.

À vrai dire, elle aurait eu du mal à supporter Las Vegas plus de soixante-douze heures, mais comme le salon se déroulait sur deux jours, elle allait essayer d'en profiter pleinement. Bien sûr, certaines années, même cette durée lui avait paru trop longue. Trop souvent, cet événement était devenu un exercice humiliant, tant les propositions financières des sponsors étaient ridicules en comparaison des ponts d'or qu'ils offraient aux hommes. Les grandes marques de voitures, de bijoux ou de vêtements ne s'intéressaient absolument pas aux sportives professionnelles. Il y avait toujours une bonne excuse : un problème d'image, une inadéquation avec leur cible commerciale… Mais Paige savait que ces entreprises refusaient simplement d'évoluer. Peut-être que cette année serait différente, en tout cas elle l'espérait du fond du cœur. Non seulement Alexis avait été le premier choix de la draft, mais c'était en plus une joueuse spectaculaire et une femme au physique de top model. Il ne serait sans doute pas difficile de décrocher pour elle quelques partenariats très lucratifs. En tout cas, c'était l'objectif que Paige s'était fixé.

Elle pénétra dans l'hôtel où se tenait le salon. Il était situé sur le Las Vegas Strip, l'artère principale de la ville. Le hall grouillait déjà de monde. Les agents, les sponsors et les différents exposants allaient et venaient, parlant fort pour couvrir la musique et le bruit des machines à sous.

Paige se présenta à la réception pour prendre la clé de sa chambre puis se dirigea vers l'ascenseur avec sa valise. Tout en se frayant un chemin sur la moquette blanche et dorée, elle salua sur son passage les gens qu'elle connaissait et ignora ceux qu'elle n'avait pas envie de voir. Elle était à quelques pas de l'ascenseur quand elle sentit une main se poser sur sa taille.

— Paige, dit une voix d'homme qu'elle connaissait bien.

Elle sursauta et se retourna.

— Bonjour, Paige. Tu es radieuse.

Les yeux brun foncé qui la fixaient étaient ceux d'Andrew, son ex-mari. C'était un ancien agent de Moss Sports, qui travaillait désormais pour l'équipe de football américain de Los Angeles. Elle lui prit le bras et l'embrassa sur la joue. Leur séparation avait été pénible, mais ils avaient finalement reconnu leurs torts respectifs et entretenaient maintenant des rapports apaisés. Et comme Andrew était parti vivre à l'autre bout du pays, ils se voyaient rarement, ce qui facilitait les choses.

— Ne m'approche pas par surprise, se plaignit-elle. Tu sais que je n'aime pas ça.

— Mais si, tu aimes les surprises. Au moins un peu, ajouta-t-il avec un sourire. Il fallait que je te dise bonjour et que je te félicite pour Alexis. Bien joué, bravo !

— Merci. C'était une grande soirée.

— Une grande soirée qui n'est que le résultat de ton immense travail.

C'était le bon côté de sa relation avec Andrew. Il avait conscience du temps et de l'énergie qu'elle consacrait à sa carrière.

— Merci, répondit-elle. Ce que tu me dis me fait plaisir.

— Alors ? Comment vas-tu ?

— À part ça, rien de nouveau, dit-elle avec un haussement d'épaules. Mon année a principalement tourné autour d'Alexis. Et toi ?

— Je dois t'annoncer quelque chose avant que tu l'apprennes par une autre personne.

Il effaça son sourire et prit un air sérieux avant de poursuivre :

— Mais je ne voudrais pas que cela te fasse de la peine.

L'attitude d'Andrew la rendit soudain nerveuse. Elle ne pouvait qu'imaginer la suite.

— Ne t'inquiète pas pour moi, lui enjoignit-elle. Vas-y, je t'écoute.

— Je vais me marier.

Aïe. Non, elle n'avait plus de sentiments pour Andrew, mais cette nouvelle lui faisait mal quand même. Aussi étonnant que ce soit, elle ne pouvait pas le nier. Il fallait désormais qu'elle lutte pour ne rien montrer et conserver sa dignité. Peut-être réagissait-elle de cette façon parce qu'elle était décontenancée de voir qu'il avait aussi facilement tourné la page de leur mariage. Il avait déménagé, changé de travail et semblait parfaitement à l'aise dans sa nouvelle vie.

— Eh bien, toutes mes félicitations.

— Tu n'es pas triste ? Ni contrariée ?

— Bien sûr que non, assura-t-elle avec autant de sincérité que possible. Qui est l'heureuse élue ?

— Elle s'appelle Casey. C'est une pom-pom girl de l'équipe. Très intelligente. Elle est étudiante en médecine.

Donc elle a une silhouette de rêve, elle est brillante et doit avoir à peine vingt-cinq ans. Génial.

— Je suis sûre qu'elle est formidable.

— Je pense que tu l'aimerais beaucoup.

Paige en doutait. Pourquoi les hommes avaient-ils ce genre d'idées en tête ?

— Tu es heureux ? demanda-t-elle.

— Très.

Elle afficha un sourire forcé. Elle n'avait aucune raison de ne pas vouloir le bonheur d'Andrew. Elle aurait seulement aimé être aussi épanouie que lui alors qu'elle avait l'impression de nager sur place juste pour survivre.

— Félicitations, répéta-t-elle. Je suis vraiment, vraiment heureuse pour toi.

— Et toi, tu as quelqu'un dans ta vie ?

— Pas en ce moment.

Elle avait dit cela comme si elle faisait juste une pause au milieu de ses nombreuses relations. La vérité était tout autre ! Depuis leur divorce, elle était sortie une seule fois avec un homme ; ce rendez-vous s'était affreusement mal passé et l'avait dissuadée de retenter l'expérience. Trouver la bonne personne requérait du temps qu'elle n'avait pas. Si l'amour se présentait à elle, elle ne le rejetterait pas. Si une expérience légère et agréable se présentait à elle, elle était toute disposée à la prendre en considération. Surtout si c'était avec un partenaire sexy qui arrivait à la faire rire.

— Ça ne va pas tarder, déclara Andrew. Tu es beaucoup trop belle pour rester célibataire.

Il promena sur elle un regard qu'elle avait aimé autrefois, mais qui lui faisait une impression bien différente depuis qu'il l'avait trahie.

— Cette robe te va à ravir, commenta-t-il.

— Merci.

Tandis qu'elle regardait par-dessus l'épaule d'Andrew, elle aperçut Zach dans le hall. Il marchait dans leur direction mais s'arrêtait tous les deux mètres pour parler à quelqu'un.

Andrew suivit le regard de Paige et se retourna.

— Tiens, dit-il, voilà la nouvelle star.

— Tu parles de Zach Armstrong ? s'étonna-t-elle. Ce surnom me paraît bien élogieux. Je ne suis pas sûre que ce soit déjà une star.

Même s'il avait bel et bien le physique d'une vedette de cinéma.

— Tu plaisantes ? Il vient de signer avec Ryan Wilson. N'importe quel agent en aurait rêvé. Évidemment, cela fait parler étant donné que Ryan était encore sous contrat avec Epic Sports, mais c'est bien la preuve qu'il est très fort.

Paige marmonna entre les dents tout en continuant à regarder Zach. Oui, il était magnifique, mais de toute évidence, elle avait eu raison de se méfier de lui. Il avait volé le client d'un autre agent ? Cela en disait long sur lui.

— C'est l'influence de Tom Armstrong.

— Pourquoi je ne suis pas étonné par cette remarque ? plaisanta Andrew.

Paige n'avait pas l'intention d'entrer dans ce débat. Parler de Tom Armstrong avec Andrew ne ferait que la mettre en colère.

— Je sais que j'ai raison, affirma-t-elle.

— Je ne sais pas qui l'influence, mais quoi qu'il en soit, le gamin a du savoir-faire.

Le gamin ? Paige ne connaissait pas bien Zach, mais elle était certaine qu'il aurait détesté ce surnom-là.

Andrew regarda son téléphone.

— Il faut que j'y aille, dit-il. Mais j'espère qu'on se recroisera.

Il se pencha vers elle pour l'embrasser sur la joue.

— Moi aussi, répondit-elle en parvenant à lui sourire.

Elle était contente qu'il ait trouvé quelqu'un. Sincèrement. Mais s'il refaisait sa vie, pourquoi elle, de son côté, était-elle incapable d'aller de l'avant ?

Elle saisit la poignée de sa valise et fit quelques pas jusqu'à la porte de l'ascenseur. Après avoir appuyé sur le bouton d'appel, elle garda les yeux fixés sur les nombres qui défilaient sur l'écran lumineux. Elle sentait la présence de Zach non loin d'elle mais ne se sentait pas encore prête à lui parler.

Mais pourquoi cet ascenseur mettait-il autant de temps à arriver ?

Distraitement, elle tourna la tête vers la gauche. Zach venait vers elle. Leurs regards se rencontrèrent. Il lui sourit et sa tête se mit à tourner. Traversée par un frisson brûlant, elle se remit face à l'ascenseur et tapa furieusement sur le bouton, comme si cela pouvait le faire arriver plus vite.

— Allez, allez, supplia-t-elle tout bas.

Elle prit son téléphone et regarda machinalement l'écran. Elle avait plus d'une heure devant elle avant son premier rendez-vous avec un sponsor potentiel. Cherchant de toute urgence une occupation pour se donner une contenance, elle envoya un message à April :

Tu peux me redire quand tu arrives à Vegas ?

Elle ne reçut pas de réponse.

Quand elle releva les yeux, Zach était là, tout près, à deux pas à peine, le regard fixé sur elle.

— Vous montez ? demanda-t-il.

— Je crois qu'on ne peut que monter en partant d'ici.

— Exact. Vous êtes à quel étage ?

À son tour, il appuya plusieurs fois sur le bouton d'appel.

— Les ascenseurs sont d'une lenteur ici..., soupira-t-il en secouant la tête.

— Je suis au huitième, répondit-elle.

Il se tourna vers elle et la regarda avec un mélange de surprise et de joie.

— Au huitième ? répéta-t-il. C'est drôle, moi aussi.

Drôle ? Elle ne trouvait pas cela drôle, non. Pourquoi le hasard lui jouait-il sans cesse des tours ?

Le tintement de l'ascenseur la fit sursauter. Il s'ouvrit automatiquement et un flot de gens en sortit. Quand tout le monde fut passé, Zach se mit en travers de la porte pour permettre à Paige d'entrer. Une dizaine de personnes montèrent en même temps qu'eux, dont une famille dont les bagages occupaient presque toute la place, si bien que Zach et Paige se retrouvèrent serrés dans un coin.

— Je vous ai vue discuter avec Andrew Held, dit Zach en se penchant pour lui parler doucement. Vous ne représentez aucun joueur de son équipe, si ?

Elle leva les yeux en luttant à la fois pour respirer normalement et pour ne pas regarder fixement sa bouche. Pourquoi avait-elle autant envie de l'embrasser ?

— C'est mon ex-mari, répondit-elle.

— Ah ? Je l'ignorais.

Évidemment, elle n'allait pas raconter à Zach le rôle que Tom Armstrong, son cher beau-père, avait joué dans son divorce. Ce n'était pas le bon sujet pour une conversation légère, surtout dans un endroit où on pouvait les entendre.

L'ascenseur s'arrêta. Ils étaient arrivés au huitième étage. Dans le couloir, Paige regarda les panneaux d'indication.

— Je vais par là, dit-elle en pointant l'index vers la droite.

— Moi aussi. J'ai la chambre huit cent soixante.

Non. C'était une plaisanterie.

— Et moi la huit cent cinquante-huit, répondit-elle.

— C'est vrai ? demanda-t-il en riant.

— Oui.

— Quelle coïncidence !

Il sourit et prit la poignée de la valise de Paige.

— Je peux ? demanda-t-il.

— Si vous y tenez.

Ils poursuivirent leur chemin ensemble. Le papier peint noir et doré et la lumière élégante diffusée par les appliques fixées au mur donnaient l'impression que c'était la nuit et non le matin. La luxueuse moquette étouffait le bruit de leurs pas. À Las

Vegas, tout évoquait la séduction. Tout était fait pour qu'on se sente libéré et désinhibé, pour qu'on ait envie de faire des choix irrationnels. C'était pour Paige le pire endroit où se trouver avec Zach Armstrong.

— Il paraît que vous avez signé avec Ryan Wilson ? dit-elle. Félicitations. C'est une grosse prise.

Elle était curieuse de savoir s'il comptait continuer à voler les clients des autres agents.

— Merci, répondit-il. Il me paraissait grossier de vous l'annoncer de but en blanc alors que nous nous connaissons à peine.

Nous nous connaissons à peine.

Pourquoi ces mots la troublaient-ils autant ? Elle n'aurait su le dire. Mais une chose était sûre : elle n'avait toujours pas confiance en Zach.

— J'ignorais que Ryan cherchait un nouvel agent.

Le sous-entendu de Paige provoqua une légère tension.

— Il ne l'avait pas dit publiquement, expliqua Zach. Il n'a pas pour habitude de faire ce genre de déclaration aux journalistes. Mais il en avait parlé à ses amis.

Comme ils arrivaient à la chambre de Paige, elle sortit sa carte magnétique et la passa devant le détecteur. La lumière verte s'alluma et elle tourna la poignée.

— Vous êtes donc ami avec Ryan Wilson ? demanda-t-elle en poussant la porte.

— J'ai commencé par être l'un de ses plus grands fans. La première fois que je l'ai rencontré, nous avons parlé football américain et je lui ai dit à quel point je l'admirais. Voilà comment est née notre amitié.

Il regarda par la porte entrouverte et ajouta :

— Je vais mettre votre valise à l'intérieur.

— Oh ! merci.

Elle entra puis s'effaça pour le laisser passer. Quand il eut posé sa valise au pied du lit, elle le suivit en lâchant la porte pour la laisser se refermer derrière elle. Il y avait deux choses qu'elle ne pouvait s'empêcher d'admirer chez lui : sa passion sincère pour le sport et sa courtoisie.

— Eh bien, bravo pour Ryan, conclut-elle. Les félicitations sont de rigueur.

— Merci. Je me réjouis déjà de travailler avec lui.

Il marcha jusqu'à la baie vitrée qui occupait presque toute la largeur de la chambre.

— La vue est superbe de ce côté, dit-il.

Elle le rejoignit et put admirer la piscine dont l'eau étincelait au pied de l'hôtel. Au loin se dressaient les montagnes qui entouraient la vallée de Las Vegas, le tout surplombé d'un ciel bleu parsemé de quelques nuages blancs. Zach avait raison, c'était un tableau magnifique.

— C'est très beau, approuva-t-elle, et si différent de ce que nous voyons tous les jours !

— Cela fait du bien de quitter New York de temps en temps.

Paige inspira profondément et observa Zach aussi discrètement que possible. Il était terriblement séduisant et le fait d'être seule avec lui, en train de parler d'autre chose que du travail, lui faisait quelque chose. Cela lui donnait le sentiment qu'elle avait le droit de baisser la garde et lui donnait envie de savoir ce que cela ferait de l'embrasser.

— C'est vrai, répondit-elle.

À cet instant, le téléphone de Zach vibra et il le sortit de sa poche pour regarder le message qu'il avait reçu. Un juron lui échappa. Il n'en fallut pas plus pour ramener Paige à la réalité.

— Il faut que j'y aille, dit-il.

Il tapa sa réponse à la hâte et ajouta :

— C'est Derek, l'un de nos nouveaux agents, qui est en bas. Je lui ai promis de faire le tour du salon avec lui pour lui présenter du monde.

C'était mieux comme cela. Elle ne pouvait pas rester dans

sa chambre toute la journée à penser à Zach – ou pire, à céder à ses fantasmes.

— Ce n'est pas toujours drôle d'être le patron, hein ?

— J'imagine que vous avez aussi une journée bien remplie devant vous.

— Oui, de nombreux rendez-vous m'attendent.

Il se dirigea vers la porte, puis se retourna.

— J'aimerais beaucoup que nous trouvions le temps de boire un verre ou de prendre un repas ensemble, dit-il. Seriez-vous libre pour dîner ce soir ?

C'était très tentant. Elle ne pouvait pas le nier. Mais était-ce une bonne idée ? Elle en doutait.

— Nous aurons sans doute l'occasion de nous croiser ? Mon emploi du temps est chargé et ma meilleure amie, April, est ici. Je voudrais en profiter car nous nous voyons trop rarement.

— April Chapman ?

— Vous la connaissez ?

— Pas personnellement, mais j'apprécie beaucoup son travail.

Cette remarque n'avait rien de surprenant. April était non seulement une journaliste remarquable, mais aussi une femme dont la beauté ne laissait personne indifférent. Tous les hommes qui s'intéressaient au sport étaient fous d'April. Zach aussi, certainement.

— Je ne manquerai pas de le lui dire, répondit-elle.

— Peut-être que je vous croiserai toutes les deux ensemble ?

— Peut-être.

Elle l'accompagna jusqu'à la porte.

— À plus tard, lui dit-il avant de sortir.

— Oui, sûrement.

Quand la porte se fut refermée entre eux, Paige resta un instant immobile. Elle ne savait que penser de Zach. Et d'une certaine manière, cela le rendait encore plus dangereux. Heureusement qu'elle avait eu le courage de *ne pas* prendre rendez-vous avec lui. Mieux valait qu'elle garde ses distances.

Elle reprit ses esprits et ouvrit sa valise pour sortir ses affaires. Après avoir rangé ses vêtements et ses produits de beauté, elle vérifia qu'elle avait tout son matériel dans son sac et redescendit au rez-de-chaussée. Elle commença par récupérer son badge d'accès au salon, puis entra dans la grande salle où étaient rassemblés les exposants. Elle ne put s'empêcher de chercher des yeux Zach et le jeune agent dont il lui avait parlé. Elle ne les vit pas, ce qui allait sans doute l'aider à se concentrer pleinement sur son travail.

Son premier rendez-vous était avec la représentante d'une marque de montres de luxe. Après cela, elle déjeuna avec une personne qui travaillait pour une entreprise de location de voitures, puis elle continua avec une chaîne de restauration rapide, et enfin un développeur de jeux vidéo. À la fin, elle était excédée alors que la journée était loin d'être terminée. Répéter la même chose encore et encore à propos des grandes athlètes qu'elle représentait était épuisant, mais le plus lassant était le type de réponse qu'elle recevait : un regard vide, un hochement de tête machinal ou la contestation du montant qu'elle demandait, notamment pour Alexis.

C'est pourquoi elle fut plus que ravie de recevoir un message lui annonçant que son rendez-vous de 16 heures était reporté. Elle appela aussitôt April.

— Salut ! Où es-tu ? demanda-t-elle. Tu es libre tout de suite ?

— Je suis dans ma chambre, je viens de finir la rédaction d'un article pour notre site Internet. Et oui, je suis libre. Tu veux qu'on se retrouve dans un restaurant de l'hôtel ?

Paige avait besoin d'air. Elle était enfermée depuis des heures.

— Pourquoi pas celui de la piscine ? proposa-t-elle. Nous ferons d'une pierre deux coups.

— Parfait. Dans un quart d'heure ?

— J'y serai.

4

Zach ne manquait jamais d'énergie, mais après cinq heures entières de rendez-vous, il devait reconnaître qu'il avait sérieusement besoin d'une pause. Même si tout s'était passé à merveille. À vrai dire, certaines rencontres avaient été véritablement enthousiasmantes. Il avait pu avancer ses arguments sans peine, présenter ses projets et ses propositions de partenariats avec ses athlètes, et les sommes qu'il avait évoquées n'avaient pas suscité de réactions négatives.

Mais c'était le moment de souffler un peu… et de se séparer du jeune Derek, qui l'avait accompagné presque toute la journée. Zach ne pouvait pas lui reprocher sa bonne volonté, mais le mentorat ajoutait de la fatigue à celle causée par le travail lui-même.

— Derek, je vais te laisser si cela ne t'ennuie pas. J'ai quelques coups de téléphone à passer.

— Bien sûr. Est-ce que nous pourrons dîner ensemble ce soir ?

Zach espérait encore croiser Paige et la convaincre d'accepter une invitation, mais peut-être avait-il tort de s'obstiner. Si elle avait voulu lui dire oui, elle l'aurait sans doute déjà fait.

— Il se peut que je sois déjà pris, répondit Zach. J'attends la confirmation de quelqu'un.

— Un autre sponsor potentiel ?

— Non. Un autre agent.

— Génial ! s'exclama Derek avec une exagération évidente.

J'adorerais venir. Je ne dirai rien. Je me contenterai d'écouter. J'apprends tellement avec toi !

Zach se sentait un peu coupable. C'était un voyage d'affaires et Derek avait besoin de ses conseils. Et il n'allait pas le convier à un dîner avec Paige...

— Tu sais quoi ? dit Zach. Autant que nous passions la soirée ensemble toi et moi. On pourrait prendre un burger. Profiter d'être ici pour jouer au black jack. Ça te tente ?

Le visage de Derek s'illumina.

— Oui ! Avec plaisir ! On se retrouve dans le hall à 19 heures ?

— Très bien, répondit Zach en lui donnant une tape amicale sur l'épaule. À tout à l'heure.

Chacun partit de son côté et Zach se dirigea vers le bar. Il avança dans la salle aux lumières tamisées et chercha Paige du regard, en vain. Quel dommage. Il était sûr que le seul fait de la voir lui aurait redonné de l'entrain.

Non sans déception, il fit demi-tour et monta au huitième étage pour rejoindre sa suite. Il hésita une seconde en passant devant la chambre de Paige, s'arrêta, leva la main pour frapper. Était-elle à l'intérieur ? Si oui, l'inviterait-elle à entrer ? Il n'y avait qu'un seul moyen de le savoir. *Qui ne tente rien n'a rien*, songea-t-il.

Il frappa deux petits coups et attendit, les tempes battantes.

Au bout de quelques instants, il jura tout bas et poursuivit son chemin.

Une fois dans sa propre chambre, il jeta sa carte magnétique sur la commode et s'installa à son bureau avec son ordinateur portable. Il répondit à plusieurs e-mails, corrigea ses notes et examina quelques chiffres avant de s'autoriser à se détendre. Il ôta ses chaussures et s'étendit sur le lit. Le matelas était parfait. Comme il aurait voulu pouvoir allumer la télévision pour regarder un match, ou même s'endormir le temps d'une courte sieste... Mais il avait promis à Tom de l'appeler pour le tenir au courant.

— Zach, mon fils, dit Tom en décrochant. Alors, quelles nouvelles de Las Vegas, la ville de toutes les tentations ?

— Rien que du travail pour ma part. Et des rendez-vous très fructueux.

— C'est vrai ? Tu as de bons contrats en perspective ?

— Tout ce que j'avais espéré, et plus encore.

— Raconte-moi les détails !

Zach lui fit un résumé de sa journée en mentionnant les noms des joueurs et des sponsors, et surtout les chiffres à la clé. Il parlait avec confiance, en sachant qu'il pouvait être fier de ce qu'il avait obtenu et que Tom le serait aussi.

— Voilà l'essentiel, conclut-il.

— Bravo, répondit Tom. Si tu obtiens les mêmes résultats à l'issue de tes prochains rendez-vous, tu pourras dire que ce salon aura été une réussite totale.

Zach faisait tout pour cela. Aussi élevées que soient les attentes de son beau-père, il n'avait pas seulement l'intention de les atteindre. Il comptait bien les dépasser.

— Merci, répondit-il.

— Où en es-tu de tes recherches sur Paige Moss et l'état de sa relation avec Alexis Simmons ? demanda Tom. En supposant que tu veuilles toujours faire venir des athlètes féminines à l'agence.

— Bien sûr que je le veux toujours. Et je fais progressivement connaissance avec Paige.

Zach fit une pause pour respirer et poursuivit :

— J'ai échangé quelques mots avec elle et j'espère avoir l'occasion de lui parler plus longuement autour d'un repas ou d'un verre. Pour me renseigner discrètement à propos d'Alexis, ajouta-t-il.

— J'espère que tu n'es pas en train de faire le joli cœur avec Paige Moss, Zach. Je t'ai dit comment elle pouvait être. Ce n'est pas une amie d'Armstrong Sports, tu peux en être sûr.

Depuis sa rencontre avec Paige, Zach s'interrogeait sur l'opinion que son beau-père avait d'elle. Et à chaque minute supplémentaire passée avec elle, ce jugement lui paraissait plus grotesque.

— Papa, j'apprécie Paige. C'est une femme intelligente et très compétente dans son domaine. Je ne la considère vraiment pas comme une ennemie. Et honnêtement, ce n'est pas en essayant d'attirer les clients d'autres agents que nous nous ferons des amis dans le monde du sport.

Un long silence suivit ses propos.

— Papa, tu es là ?

— Oui, oui.

— Tu te sens bien ? demanda Zach, soudain inquiet à l'idée d'avoir provoqué une nouvelle crise cardiaque.

— Oui, je vais bien. Je suis juste en train de me demander si c'est une bonne idée de te laisser les rênes de l'entreprise, tu vois ? Ce n'est pas que je n'aie pas confiance en toi. Au contraire. Je pense que tu fais du très bon travail. Mais j'attends aussi de toi que tu fasses les bons choix. Que tu penses aux conséquences à long terme de chacune de tes décisions. Il faut examiner le tableau dans son ensemble.

Zach avait très bien compris le message, mais il y avait un problème : le tableau qu'il voyait était tout à fait différent de celui que Tom semblait avoir à l'esprit.

— Je ne te décevrai pas, promit-il. Les chiffres confirmeront mes provisions, au minimum.

— Je ne doute pas que tu feras tout ce que tu m'as annoncé. C'est tout ce que je te demande, et je sais que je peux compter sur toi.

— Merci.

— Et sinon, demanda Tom, comment se passe la formation de notre nouvel agent ?

— Derek ? Il apprend les ficelles du métier. Il a assisté à la plupart de mes rendez-vous aujourd'hui. Il était attentif et a pris beaucoup de notes. Je pense qu'il sera rapidement autonome.

— Parfait ! Je suis ravi de l'entendre.

— Bien, conclut Zach, je devrais y retourner.

— Tu as d'autres rendez-vous ?

— Surtout des coups de téléphone à passer, notamment pour confirmer des rencontres prévues demain.

— Ne travaille pas trop dur, Zach. Tu es à Vegas. J'aimerais que tu en profites pour t'amuser un peu.

— Tu es sérieux ?

Tom lui avait pourtant appris, depuis son enfance, l'importance de travailler aussi dur que possible.

— Oui, bien sûr ! Aucun homme ne peut vivre sans se divertir de temps en temps. On ne peut pas être sage en permanence. Ce n'est pas tenable.

Zach pensa aussitôt à Paige et fut incapable de la chasser de son esprit. Se divertir et oublier un moment d'être sage ? Il était entièrement d'accord pour appliquer ce programme. Avec elle. Elle était tellement attirante...

— Je vais voir ce que je peux faire, répondit-il.

— C'est bien, mon fils. Bonne fin de journée, je t'embrasse.

— Moi aussi. Au revoir, papa.

Zach raccrocha et posa son téléphone sur le lit, puis il se leva pour aller regarder par la fenêtre. La vue de la grande piscine l'attira aussitôt. Il y avait beaucoup de monde, mais il pourrait tout de même nager quelques longueurs qui lui feraient le plus grand bien. Après cela, s'il faisait un tour dans l'hôtel, peut-être qu'il croiserait Paige et pourrait lui proposer d'aller boire un verre.

Il enfila un maillot de bain et un T-shirt, et descendit. Dès qu'il fut arrivé, le personnel l'accueillit en lui offrant une serviette et une chaise longue, et en lui proposant une boisson. Tout était parfait : le bleu turquoise de l'eau, le blanc éclatant des parasols et la politesse des serveurs qui circulaient avec des plateaux chargés de cocktails, de plats appétissants et de magnifiques fruits frais. La terrasse était baignée de soleil. L'air était chaud. Zach sentit ses épaules se détendre. Il avait bien fait de venir.

Laissant sa serviette et son T-shirt sur son transat, il marcha jusqu'au grand bassin et resta un moment debout au bord de l'eau, à observer les gens. C'est là qu'il la vit. *Paige.*

Elle était assise à l'autre bout de la piscine, les pieds dans l'eau, et discutait avec April Chapman qui se trouvait à côté d'elle. Paige portait le maillot de bain le plus époustouflant qu'il ait jamais vu. C'était un maillot une pièce noir, mais si décolleté et si échancré qu'il laissait très peu de place à l'imagination. Ce qui n'empêcha pas Zach de dessiner mentalement ce que le tissu cachait encore. Comment faisait-elle pour être aussi sexy, aussi belle, aussi fascinante, apparemment sans le moindre effort et en adoptant une attitude aussi calme et naturelle ? Il était subjugué. Sous le charme.

Paige n'avait pas seulement un effet sur son esprit. Il sentait aussi son corps réagir. Son ventre se contracta. Le feu lui vint aux joues. Le désir le fit frissonner. Que lui arrivait-il ? Il avait déjà éprouvé une attirance immédiate pour certaines femmes, mais jamais rien d'aussi fort. Paige faisait naître en lui des sensations nouvelles, qui ne faisaient que s'intensifier à chaque fois qu'il la voyait. Comment ignorer cette alchimie ? C'était impossible. Et surtout, il aurait été idiot de le faire. Il ne ressentirait peut-être plus jamais cela.

La seule chose intelligente à faire à cet instant était de plonger et de nager jusqu'à l'autre bout de la piscine. Cela lui permettrait de se calmer, de reprendre le contrôle de son corps et de rejoindre la femme qui, en dépit de ses efforts, hantait ses pensées depuis des jours.

Elles avaient vraiment bien fait de venir à la piscine. Que c'était agréable après cette succession de rendez-vous !

— Un autre mojito ? demanda April alors qu'elle faisait déjà signe au serveur.

Paige vida son verre d'un trait et le posa avant de répondre :

— Bien sûr !

Elle fit tourner ses pieds dans l'eau tout en relevant la tête, les yeux fermés, pour profiter du soleil qui commençait à décliner. Dès qu'il serait couché, il ferait trop frais pour rester dehors en maillot de bain. Mais elles avaient encore du temps devant elles.

— La même chose, s'il vous plaît, dit April au serveur.

Paige souleva les paupières et se tourna vers son amie.

— Si seulement nous pouvions faire ça plus souvent, lui dit-elle. Tous les jours, par exemple ?

— Je ne demande qu'à prendre des vacances pour boire des cocktails avec toi au bord d'une piscine !

— Nous devrions partir ensemble quelque part.

— Si tu penses à un endroit comme celui-ci, je suis d'accord, s'amusa April.

En apparence, c'était une bonne idée, mais Paige se demandait parfois comment elle occuperait son temps plus tard. Son entreprise était au centre de sa vie, mais que se passerait-il le jour où elle devrait se mettre en retrait ? Elle avait encore une bonne vingtaine d'années devant elle, mais le temps passait parfois sans qu'on s'en rende compte. Comment apprendrait-elle à vivre sans le travail qui rythmait ses journées ?

— Donc, reprit Paige, comme je te le disais, je suis tombée sur Andrew ce matin. Il m'a dit qu'il allait se marier.

— Aïe. Désolée. Ça va ?

— Oui, ça va. Enfin, ça irait mieux s'il n'épousait pas une pom-pom girl qui est aussi étudiante en médecine.

— Arrête, tu plaisantes !

— Non, je t'assure.

— Il n'a pas peur des clichés, dit April d'un ton moqueur.

— Je n'y vois pas un cliché. J'y vois quelqu'un qui a gagné à la loterie de l'amour.

Elle ne pouvait pas s'empêcher d'imaginer Andrew avec sa nouvelle fiancée, si belle, si jeune et si intelligente.

— Je suis heureuse pour lui, assura-t-elle. Je me réjouis qu'il ait trouvé quelqu'un avec qui refaire sa vie. Ça prouve au moins que c'est possible.

— Bien sûr que c'est possible. J'aurais juste préféré que tu y arrives avant lui. Tu as le droit d'avoir un peu mal, il n'y a pas de honte à ça. Il t'a fait souffrir. Profondément.

Paige évitait d'y penser la plupart du temps. Cela lui rappelait trop de mauvais souvenirs. Le sentiment de trahison avait été si fort qu'elle ne parvenait toujours pas à s'en débarrasser.

— C'est comme ça, soupira Paige.

April lui saisit brusquement le bras.

— Oublie ton ex, dit-elle tout bas. J'aperçois quelqu'un de beaucoup plus intéressant.

— Hein ? Qui ?

— Regarde à l'autre bout de la piscine. Grand, beau, fort, sexy. C'est ton ami de la draft. Zach, c'est ça ?

Paige vit alors Zach qui ôtait lentement son T-shirt, révélant d'abord ses abdominaux, puis ses épaules puissantes. Les pensées qui lui vinrent alors à l'esprit étaient... inavouables. Très, très déplacées. Elle se voyait en train d'explorer ce torse de rêve avec ses lèvres, avec sa langue, et de descendre jusqu'en bas de son ventre musclé.

— Oh ! bon sang, maugréa-t-elle. Je n'arrive pas à me débarrasser de lui.

— Mais pourquoi voudrais-tu te débarrasser de lui ? s'exclama April en lui donnant une tape sur l'épaule.

— Parce que je ne lui fais pas confiance. Il manigance quelque chose.

Le fait de le dire tout haut la fit réfléchir. Jusque-là, cela lui était apparu comme une évidence, mais peut-être qu'elle se faisait des idées après tout.

— Tu n'as pas besoin de lui faire confiance. Contente-toi de le regarder.

— Je t'ai dit qu'il était dans la chambre voisine de la mienne ?

— Non. Tu ne me l'avais pas dit.

À cet instant, Zach plongea en provoquant à peine une petite éclaboussure. Il nagea sous l'eau avec aisance et grâce, ne remontant à la surface qu'après avoir traversé presque la moitié de la piscine. Ses mouvements étaient parfaits, à la fois souples et puissants, comme ceux d'un athlète de haut niveau.

Arrivé aux marches du petit bassin, à l'endroit où April et Paige étaient assises, il posa les pieds sur le fond et se redressa. C'est ainsi qu'il apparut debout, torse nu devant elles. Tandis que des gouttes ruisselaient sur sa peau, il se passa la main dans les cheveux pour les plaquer en arrière.

— Paige, dit-il. C'est amusant de tomber sur vous ici.

Elle essaya vainement de contenir un sourire. Pourquoi avait-il cet effet sur elle ?

— Zach, je vous présente April Chapman.

— Zach Armstrong, dit April en lui serrant la main. C'est un plaisir de vous rencontrer. Bravo pour Ryan Wilson.

— Bonjour, répondit Zach. Et merci. Ryan est génial. J'ai une chance folle de travailler avec lui.

Paige attendit le moment où Zach allait commencer à faire du charme à April. Tous les hommes faisaient cela. Mais à sa grande surprise, il se tourna vers elle, Paige, et s'appuya contre le rebord de la piscine en posant la main juste à côté de sa hanche.

— Vous aviez envie d'une petite baignade ? demanda-t-elle.

Ah bon, vraiment ?

Elle devait vraiment être perturbée pour lui poser une question aussi idiote. Sa présence la rendait tellement fébrile...

— Oui, répondit-il, j'avais besoin de faire une pause. Comment se sont passés vos rendez-vous aujourd'hui ?

Elle ne voulait pas lui dire la vérité, à savoir que sa journée avait été tellement stérile qu'elle en arrivait à se demander pourquoi elle était venue.

— Oh ! vous savez, c'est toujours un peu pareil. Pas mal, dans l'ensemble.

Ce n'était pas la peine d'en dire davantage. À quoi bon enjoliver les choses ?

Il hocha la tête en la fixant du regard. Dans cette lumière, ses yeux étaient d'un bleu très doux et l'humidité faisait briller sa peau hâlée. Pourquoi était-elle à ce point hypnotisée par lui ? Était-ce simplement sa beauté et sa jeunesse qui la fascinaient ?

— *Pas mal,* c'est tout ? demanda-t-il. Cela m'intéresserait d'en savoir plus, mais nous pourrons en parler plus tard. Nous n'avons pas encore fixé de rendez-vous pour un dîner ou un verre. Le temps file.

— Nous habitons la même ville, Zach. Nous pourrons nous voir après être partis d'ici.

— Paige, nous pouvons annuler notre réservation pour ce soir, intervint April. Ou sinon, je laisse Zach prendre ma place. J'ai beaucoup de choses à faire.

— Mais enfin, April ! s'exclama Paige. C'est notre seule soirée ensemble.

Et je t'ai déjà dit que je me méfiais de lui.

— De toute façon, je suis pris ce soir, dit Zach.

Un profond sentiment de déception s'empara de Paige, mais elle essaya désespérément de l'ignorer.

— Évidemment, dit-elle. Vous devez être très occupé.

— Avec Derek, précisa-t-il. Le jeune agent que nous venons de recruter. Croyez-moi, ce ne sera pas très palpitant. En tout cas pas autant que ça le serait avec vous.

Cette fois, elle sentit un frisson brûlant parcourir tout son être.

— Nous nous croiserons peut-être demain, répondit-elle en luttant contre son excitation.

— C'est une proposition ? Vous l'avez entendue, dit Zach en prenant April à témoin. Elle ne peut plus reculer.

— Ne vous inquiétez pas, je l'en empêcherai, promit April.

Paige se tourna de nouveau vers April pour capter son regard et la supplier en silence de cesser d'encourager Zach. Puis elle soupira et rendit les armes. Après tout, pourquoi ne pas accepter de passer un bref moment avec lui ? Elle ne prendrait pas un grand risque. Enfin… normalement pas.

Elle s'adressa à Zach :

— D'accord pour un verre. Demain soir ?

— Parfait. 19 heures ? demanda-t-il avec une lueur dans ses yeux.

— C'est noté.

Était-ce une bonne ou une mauvaise idée ? Elle le saurait bientôt. Pour l'instant, elle pouvait seulement se rendre à l'évidence : elle n'arrivait plus à lui dire non. Le fait qu'il soit torse nu devant elle ne l'y aidait sans doute pas.

— Alors à demain, conclut-il. Je m'en réjouis d'avance.

Il fit un pas pour s'éloigner puis se tourna vers April.

— C'était un plaisir de vous rencontrer, lui dit-il. Merci pour la passe décisive !

— À votre service, plaisanta-t-elle.

Bouche bée, Paige le regarda partir.

— La passe décisive ? répéta-t-elle avec stupeur. Il plaisantait, n'est-ce pas ?

Le serveur apporta les deux mojitos qu'elles avaient commandés et April signa pour qu'il les ajoute à sa note. Puis elle répondit finalement à Paige :

— Non. À en juger par sa façon de te regarder, il ne plaisante pas. Et ce n'est pas de travail qu'il est question, malgré ce dont tu essaies de te convaincre. Tu lui plais. C'est un euphémisme.

— Mais non, protesta Paige. Il a autre chose en tête.

Même s'il paraissait difficile de contredire April, Paige persistait à croire qu'il y avait quelque chose d'étrange dans tout cela. Aucun homme ne lui faisait la cour avec autant d'insistance, et surtout pas quand April était dans les parages. April attirait tous les regards. Pas Paige.

— Je t'assure que tu te trompes, insista son amie. Et en quoi est-ce un problème pour toi ?

— Je ne suis pas sûre de comprendre ta question.

— Serait-ce si terrible pour toi de découvrir que cet homme a effectivement envie de toi ? Et que tu pourrais en profiter ?

— Il a douze ans de moins que moi.

— Et alors ? Un homme plus jeune peut avoir des avantages, souligna April en mettant sa paille entre ses lèvres. L'endurance, par exemple.

Paige faillit s'étrangler avec sa gorgée de cocktail.

— Tu n'as pas l'impression d'aller un peu vite, là ?

— Tout ce que je dis, se défendit April, c'est que vous êtes tous les deux adultes, quelle que soit votre différence d'âge. Tu as un métier très stressant et tu viens d'apprendre que ton ex-mari allait se remarier. S'il y a des moments où une femme peut vouloir se libérer et s'amuser un peu, celui-ci en fait partie.

— Oui...

Sans être pleinement convaincue, Paige ne restait pas insensible aux arguments d'April.

— La femme dont je parle, c'est toi. Au cas où cela n'aurait pas été clair.

— Je pense que j'avais compris. Mais je m'inquiète toujours des rapports professionnels entre nos agences respectives. Je me demande s'il ne cherche pas à m'espionner ou à me soutirer des informations.

— Tu es assez maline pour ne pas te faire avoir. Tu le découvriras demain soir, non ?

Paige respira profondément pour essayer d'apaiser les sentiments et les pensées contradictoires qui se bousculaient dans son esprit.

— Tu as sans doute raison, répondit-elle finalement. Tout sera plus clair demain soir.

5

Dès que Zach fut arrivé au bout de sa journée d'intenses négociations, il se dirigea tout droit vers le bar de l'hôtel. Il n'était que 18 h 30, mais il ne voulait pas risquer d'être en retard et de manquer l'arrivée de Paige. De surcroît, il avait besoin de quelques minutes pour récupérer après cette succession de rendez-vous. Il travaillait comme un forcené depuis son arrivée à Las Vegas. Sans exagérer. Tom avait peut-être exprimé des réserves hier au téléphone, mais il allait tomber de sa chaise en découvrant les partenariats que Zach avait obtenus pour plusieurs clients d'Armstrong Sports. Zach n'aimait pas se vanter, cela ne lui ressemblait pas. Mais si on lui avait demandé quel était son plus grand talent, il aurait répondu ceci : savoir convaincre les gens riches de se séparer d'une partie de leur fortune.

Il s'approcha du comptoir et commanda un verre d'une édition limitée de bourbon Buffalo Trace. Pour beaucoup, cela paraissait sans doute absurde de dépenser plus de cent dollars pour une consommation. Mais Zach considérait qu'il l'avait bien mérité. Son verre à la main, il regarda autour de lui pour repérer le meilleur endroit où s'installer avec Paige. Il trouva la table parfaite dans un petit coin discret et peu éclairé, idéal pour créer une intimité. Il s'assit et dégusta avec bonheur sa première gorgée de bourbon. Moelleux et riche. Comme du velours. Il ne pouvait rien imaginer de meilleur à cet instant.

Il changea d'avis à la seconde où la vision la plus sensationnelle qui soit s'imposa à lui. Paige venait d'entrer dans le bar. Elle était là pour lui. Pour le retrouver. Avec même quelques minutes d'avance.

Il se leva et lui fit signe pour attirer son attention. Quand elle le vit, elle s'arrêta et il devina son hésitation à l'expression de son visage. Elle se méfiait encore de lui. Elle se demandait si elle avait bien fait de venir. Mais pourquoi refusait-elle de le prendre au sérieux ? Que devait-il donc faire pour que cela change ?

Il respira profondément et s'interdit mentalement d'abandonner. Il fallait qu'il se donne encore plus de mal... et cela signifiait peut-être en faire moins. Il décida donc de se rasseoir et d'attendre qu'elle le rejoigne.

Il la regarda de nouveau, lui sourit, puis reprit une gorgée de bourbon. L'expression de Paige s'adoucit. Elle secoua la tête, et enfin, avança vers lui. Il sentit son cœur battre plus fort. Chaque pas qu'elle faisait l'approchait de lui et faisait naître en lui une délicieuse sensation de chaleur. Sa petite robe noire lui allait à ravir. Elle était parfaitement professionnelle, mais aussi tellement sexy qu'il douta soudain d'être capable de parler normalement avec elle sans se jeter à ses pieds en la suppliant de faire de lui tout ce qu'elle voudrait.

— Je tiens à préciser que si je suis en avance, c'est uniquement parce que mon dernier rendez-vous a été écourté, dit-elle en arrivant.

Elle s'assit à côté de lui sur la banquette. Sa silhouette divine et son parfum envoûtant le rendaient fou.

— Tant pis pour cette personne, et tant mieux pour moi, répondit-il. Que voulez-vous boire ?

Elle prit délicatement son verre et le souleva pour humer ce qu'il contenait. Son murmure d'appréciation attisa un peu plus l'excitation de Zach. Tout en elle était tellement sensuel...

— La même chose que vous, dit-elle.

Zach fit signe au barman et lui montra son verre.

— Vous allez être servie.

— Merci, répondit Paige. J'en ai bien besoin.

— Journée chargée ?

— Chargée, oui. Mais pas...

Elle hésita.

— Pas fructueuse ? demanda Zach.

— C'est ça. J'ai l'impression de revivre la même chose d'une année sur l'autre. Les gens prétendent vouloir soutenir les femmes athlètes, mais ce ne sont que des mots. Ces mêmes personnes refusent de payer ce qu'il faudrait. J'ai eu trop de rendez-vous qui n'ont mené nulle part.

Zach regrettait sincèrement qu'elle n'ait pas obtenu ce qu'elle avait espéré.

— Vous avez dû signer des contrats intéressants pour Alexis, j'imagine ?

Un serveur posa le bourbon de Paige devant elle. Elle le remercia et porta le verre à ses lèvres.

— C'est un délice. Qu'est-ce que je bois ? demanda-t-elle à Zach.

— Buffalo Trace. Quinze ans d'âge.

— Oh ! ce n'est pas quelque chose qu'on boit tous les jours.

— Je vous le confirme.

Elle dégusta une deuxième gorgée avant de reposer son verre.

— Eh bien, merci. J'apprécie.

Elle se tourna vers lui et leurs yeux se rencontrèrent.

— Et pour répondre à votre question, poursuivit-elle, j'ai quelques pistes pour Alexis. Mais rien de concret. Dès que j'annonce un prix, les sponsors se dérobent. Ils veulent attendre de voir comment va se passer sa première saison dans le championnat professionnel et si elle va vraiment devenir une star. Mais ce n'est pas comme si je demandais la lune ! C'est la meilleure joueuse actuelle. Elle est géniale. Et magnifique, qui plus est.

Elle a tous les arguments pour décrocher de gros contrats. Mais ces entreprises refusent de l'entendre et de payer le juste prix.

Zach se sentit coupable en l'écoutant. Il n'avait pas eu à se démener pour convaincre ses interlocuteurs ces deux derniers jours. Paige, au contraire, avait puisé jusqu'au fond d'elle-même pour aboutir à peu de résultats.

— Alexis a de la chance de vous avoir comme agente. De toute évidence, vous vous battez pour elle.

Elle haussa les épaules et répondit :

— Merci. Ça me fait plaisir que vous disiez ça. C'est juste décevant. D'autant plus que je sais exactement ce qui va se passer ensuite. Je vais rentrer à New York et aucune des personnes que j'ai rencontrées ici ne me rappellera, ou si elles le font, ce sera pour m'expliquer pourquoi elles ne peuvent pas sponsoriser mes clientes.

— Je ne peux pas imaginer qu'il se passe la même chose avec Alexis. Elle a tout d'une égérie idéale pour une marque. Ça devrait sauter aux yeux de tout le monde.

— Vous voyez ça parce que vous êtes agent. Vous avez appris à le voir. Mais ces entreprises... Leurs dirigeants n'ont aucune imagination. J'ai l'impression qu'il faudrait leur faire un dessin pour qu'ils comprennent ce qu'une athlète pourrait leur apporter.

Zach, lui, avait un peu trop d'imagination quand il regardait Paige. Surtout quand elle caressait le rebord de son verre du bout du doigt.

Alors qu'il détournait le regard pour se ressaisir, il vit Enzo Bartolli entrer dans le bar. Ils venaient justement de signer ensemble un contrat publicitaire pour un client d'Armstrong.

— Avez-vous déjà travaillé avec Maverick Motors ? demanda-t-il à Paige.

— La marque européenne de voitures de sport ? Non, jamais.

Zach se leva et appela Enzo, qui changea de direction pour s'approcher de leur table.

— Enzo, j'aimerais vous présenter Paige Moss de l'agence Moss Sports. C'est elle qui représente Alexis Simmons. Ce serait la personnalité idéale pour l'une de vos campagnes publicitaires.

Enzo sourit et serra la main de Paige en la saluant chaleureusement.

— Jusqu'à présent, les femmes apparaissant dans nos publicités étaient toutes des mannequins, dit-il. Pourquoi pensez-vous qu'une sportive y aurait sa place ?

Paige se redressa. Son visage s'éclaira, et tout ce que Zach pensa, ce fut qu'il voulait tout faire pour faire réapparaître cette lumière aussi souvent que possible.

— C'est justement ce qu'Alexis a d'unique, répondit-elle à Enzo. En plus d'être une basketteuse exceptionnelle, elle pourrait faire la une de n'importe quel magazine de mode. Je suis certaine qu'elle serait très sexy assise au volant de l'une de vos voitures. Si vous cherchez la beauté et le charisme, elle a tout ce qu'il vous faut.

Les problèmes de Paige n'avaient donc rien à voir avec de quelconques lacunes professionnelles de sa part. Son discours était le bon, elle savait parler de ses clientes et les mettre en valeur. C'étaient ces sponsors étroits d'esprit qui avaient besoin de se réveiller.

— Je ne peux qu'approuver tout ce que vient de dire Paige, dit-il. J'ai rencontré Alexis et il est vrai qu'elle est sublime.

Enzo hocha la tête, puis sortit de sa poche une carte de visite qu'il tendit à Paige.

— Si vous m'appeliez la semaine prochaine ? lui proposa-t-il. Je reprends l'avion pour l'Italie ce soir, mais je serai au bureau dès lundi. Nous pourrons peut-être travailler ensemble.

Paige prit sa carte et la rangea dans son sac à main.

— Merci, répondit-elle. Je ne manquerai pas de vous téléphoner lundi. C'est très aimable de votre part.

— Je vous en prie. Bonne soirée à tous les deux, ajouta-t-il.

Puis il s'en alla.

Zach se rassit à côté de Paige.

— Cela mènera peut-être quelque part, dit-il.

— Peut-être. Nous verrons. Je ne préfère pas m'emballer.

— Enzo est quelqu'un de franc. Je ne pense pas qu'il vous aurait demandé de l'appeler s'il n'était pas sérieusement intéressé.

— Encore une fois, nous verrons bien. Mais quoi qu'il en soit, je vous remercie d'avoir fait les présentations. Rien ne vous y obligeait.

— J'en avais envie.

— Zach, nous sommes concurrents. Ce n'est sûrement pas quelque chose que votre beau-père aurait fait. En fait, s'il avait été témoin de cette scène, ou même s'il apprenait plus tard ce qui vient de se passer, il ne s'en remettrait pas.

— Je veux vous prouver que je ne suis pas votre ennemi, Paige. Et mon agence non plus.

— Je sais que *vous* n'êtes pas mon ennemi, Zach. Je n'ai pas de doute là-dessus. Mais certains réflexes sont bien ancrés en moi. Après de longues années de conflit avec Tom, je ne peux pas tout effacer du jour au lendemain.

— Je ne comprends toujours pas votre mésentente.

Elle hésita et s'éclaircit la voix avant de répondre :

— Eh bien, un jour je vous raconterai. Pas ce soir. Je préférerais parler de quelque chose d'agréable.

Se tournant vers lui, elle lui sourit avec douceur.

— Je suis désolée si je vous ai donné l'impression de ne pas être enthousiaste d'avoir rencontré Enzo Bartolli. Je le suis, et encore une fois, je vous remercie de nous avoir présentés. C'est un geste très généreux de votre part.

— Je veux juste que vous sachiez combien je vous admire d'en être arrivée là où vous êtes dans un milieu à ce point dominé par les hommes. Je sais que les choses changent, mais je suis sûr que ça ne va pas du tout assez vite à votre goût.

— Ça n'ira jamais assez vite. Peut-être parce que j'ai déjà dû endurer des années de lenteur.

Zach s'approcha d'elle.

— Je vous admire vraiment, Paige, insista-t-il. Beaucoup.

Elle le regarda dans les yeux et il ressentit comme une décharge d'électricité.

— Vous n'êtes pas obligé de me flatter, Zach.

— Ce n'est pas de la flatterie. C'est la vérité. Vous êtes la femme la plus brillante, la plus forte et la plus fascinante que j'aie jamais rencontrée.

— Vous devriez peut-être sortir davantage, commenta-t-elle en riant.

— Ne minimisez pas vos qualités, Paige. Ne vous dévalorisez pas. Vous avez tout pour vous. Vous êtes intelligente, compétente...

Il fit une pause et se demanda s'il allait trouver le courage de se jeter à l'eau. Ce serait tellement douloureux si Paige le repoussait...

La gorge sèche, il se lança.

— Et vous êtes tellement belle que j'ai du mal à garder les idées claires en votre présence.

— Vous êtes beaucoup trop jeune et trop séduisant pour passer du temps à flirter avec moi. Vous n'avez pas plutôt une jeune femme de vingt-cinq ans à draguer ?

Il fit non de la tête.

— Vous êtes la seule que j'aie envie de draguer.

Elle rit de nouveau, puis l'observa en inclinant la tête.

— C'était donc cela, toutes ces invitations à dîner ?

— N'était-ce pas évident ? répliqua-t-il.

— Pas tout à fait.

— Étonnant. Moi qui me trouvais ridicule avec mes gros sabots...

Elle reprit son sérieux et lui demanda :

— Qu'attendiez-vous exactement d'un dîner ou d'un verre avec moi ?

— J'espérais que ce serait l'occasion pour nous de faire plus ample connaissance.

Il baissa les yeux et vit qu'elle avait la main sur la cuisse. Lentement, il posa la sienne par-dessus et l'enveloppa de ses doigts, se délectant du plaisir que lui procurait ce contact. Seule une mince épaisseur de tissu le séparait de la peau de sa jambe nue. Cette pensée le fit trembler d'excitation. Il avait tellement envie de la toucher...

Elle se pencha vers lui. Il n'en fallut pas davantage pour qu'il soit au comble du bonheur.

— J'ai l'impression que nous avons déjà beaucoup parlé, Zach.

Les yeux fixés sur lui, elle se passa la langue sur la lèvre inférieure.

— De quelle autre manière espériez-vous faire connaissance avec moi ?

Il lui lâcha la main et descendit jusqu'à son genou. Glissant les doigts sous l'ourlet de sa robe, il chuchota :

— De cette manière-là ?

Elle baissa les paupières et émit un murmure sensuel.

— Cela vous plaît ? demanda-t-il.

— Jusqu'ici, oui. Et ensuite ?

Il s'aventura sous sa robe et caressa l'intérieur velouté de sa cuisse.

— Je crois que vous le savez déjà, répondit-il.

— Zach, dit-elle tout en s'asseyant tout au bord du siège pour lui faciliter l'accès. Si quelqu'un nous voit ?

— Il fait très sombre.

S'il s'efforçait de prendre une voix calme et pleine d'assurance, son cœur battait néanmoins si fort qu'il croyait entendre ses pulsations. Il n'en revenait pas de ce qu'il était en train de faire. Et pourtant, il n'arrivait pas à s'arrêter. Faisant remonter sa main le long de la cuisse de Paige, il la sentit onduler sous l'effet de l'excitation. Comment aurait-il pu s'attendre à ce que les choses aillent aussi vite entre eux ?

— Et puis tout le monde doit être plus ou moins ivre, renchérit-elle d'une voix rauque.

— Exactement.

Il retint son souffle en touchant le tissu soyeux qui couvrait son sexe. Elle jeta vers lui un regard brûlant de passion. Encouragé par sa réaction, il mit les doigts dans sa petite culotte pour la caresser. Sa moiteur et sa chaleur le firent rêver de la suite. Si cette soirée ne se terminait pas dans la chambre de l'un ou de l'autre, ce serait l'une des plus grandes déceptions de sa vie. Mais pour l'instant, il voulait juste s'occuper d'elle.

Elle garda les yeux rivés sur lui tandis qu'il formait des cercles avec son majeur contre son clitoris. Il voyait qu'elle luttait pour maintenir ses paupières levées et pour rester droite sur son siège.

— C'est embêtant si je meurs d'envie de t'embrasser ? susurra-t-elle.

Il secoua la tête tout en se demandant combien il devrait payer pour faire sortir tous les clients du bar et pouvoir ainsi dévorer Paige de baisers et lui faire l'amour ici et maintenant.

— Gardons ça pour plus tard, suggéra-t-il. Quand nous ne serons plus au milieu de ces gens susceptibles de nous reconnaître.

Il mit la bouche contre son oreille et chuchota :

— Maintenant, je veux te regarder jouir.

Elle étouffa un gémissement.

— Ce ne sera pas long, promit-elle.

— Bon…

Il continua à lui donner du plaisir sans qu'ils se quittent des yeux. Il n'avait jamais rien fait d'aussi osé avec une femme. Il observa les expressions qui se succédaient sur son visage, jusqu'au moment où elle contracta les mâchoires et ferma brusquement les yeux en saisissant le poignet de Zach. Il était impatient de découvrir à quoi ressemblerait ce moment quand il serait en elle. Surtout si elle criait son prénom.

— Tout va bien ? demanda-t-il en souriant.

— Mieux que bien.

Il retira doucement sa main et Paige rajusta sa robe sous la table. Puis ils se rassirent correctement et chacun but plusieurs gorgées de bourbon. Comment Zach allait-il faire pour se lever et quitter la table l'air de rien, dans la situation où il se trouvait ? Tout le monde allait forcément remarquer son érection !

Mais peu importait. Tout ce qu'il voulait, c'était se retrouver seul avec Paige.

— Pardon pour le cliché, dit-il, mais... Chez toi ou chez moi ?

Elle sourit.

— Du moment que nous avons un lit et le reste de la nuit, répondit-elle, cela m'est complètement égal. Je crois que c'est tout ce qu'il nous faut.

— Si tu savais comme je suis content que nous ayons fini par prendre ce verre ensemble.

— Oui. Moi aussi.

En longeant avec Zach le couloir de l'hôtel, Paige avait du mal à croire à ce qu'elle était en train de faire. Et surtout à ce qui venait de se passer au bar. À ce qu'elle avait permis à Zach de faire dans une salle remplie de gens qui faisaient partie de leur entourage professionnel. Elle laissait rarement s'exprimer sa spontanéité. Encore moins son audace. Mais après cela, elle allait certainement avoir envie de recommencer. C'était tellement bon... Elle se sentait vivante pour la première fois depuis des années.

— Allons dans ma chambre, elle est plus proche, dit-elle. D'au moins trois mètres.

— Très bonne remarque, approuva Zach en riant.

Elle sortit sa carte magnétique avant même qu'ils arrivent

devant la porte. Dès qu'ils furent à l'intérieur, elle laissa tomber son sac à main et se mit face à Zach.

— Nous sommes seuls, dit-il avec un sourire malicieux.

Il s'approcha d'elle. La chambre n'était éclairée que par les lumières du Las Vegas Strip qui entraient par la fenêtre. Paige le regarda, attirée par chaque partie de son corps, ne sachant par où commencer. Enfouir les doigts dans ses cheveux, ouvrir sa chemise pour caresser son torse nu, goûter ses lèvres...

— Nous avons parlé d'un baiser tout à l'heure, non ? lui rappela-t-elle.

— Comme ça ?

Il la prit par les épaules et lui embrassa à peine la bouche. Elle avait déjà le vertige.

— C'est un bon début, reconnut-elle.

Elle s'agrippa à ses bras musclés pour l'attirer plus près d'elle.

— Mais je pensais plutôt à quelque chose de ce genre.

Sur ces mots, elle ferma les yeux et prit possession de sa bouche. Alors il l'enlaça et lui répondit fiévreusement. Leurs langues s'entremêlèrent. Ce fut comme une tempête, folle, désordonnée et imprévisible. Tout ce dont elle avait envie.

Elle sentit dans son dos ses mains habiles qui baissaient la fermeture Éclair de sa robe. Quand il l'eut fait glisser le long de ses bras, elle se félicita d'avoir mis son plus beau soutien-gorge en dentelle noire. Avait-elle inconsciemment espéré que ce moment arriverait ?

Il ôta une bretelle de son épaule, libéra l'un de ses seins et se pencha pour prendre son mamelon entre ses lèvres. Une vague brûlante la submergea. Elle avait tellement envie de lui qu'elle ne pouvait plus penser à rien d'autre.

Il lui enleva son soutien-gorge, puis sa robe. Alors qu'elle voulait à son tour déboutonner sa chemise, il s'agenouilla et la saisit par les hanches en levant vers elle un regard brûlant de désir. Puis il écarta sa petite culotte, comme il l'avait fait dans le bar. Sauf que cette fois, ce fut avec sa langue qu'il lui donna du plaisir. Un éclair la traversa et elle aurait chancelé si elle n'avait pas pu prendre appui sur la commode placée derrière elle.

— Zach, viens. Je veux te déshabiller.

Tout ce qu'il lui faisait était extraordinaire, mais elle ne voulait pas que toute l'attention soit focalisée sur elle. Elle mourait d'envie de prendre soin de lui.

— Volontiers, répondit-il.

Il se releva et la prit par la main pour la conduire jusqu'au lit. Quand il mit les bras autour d'elle pour l'embrasser, elle déboutonna sa chemise, puis son pantalon, sans interrompre leur baiser. Puis elle le débarrassa de ses vêtements et baissa son boxer pour prendre son sexe dans sa main.

— Ce que c'est bon, murmura-t-il pendant qu'elle allait et venait le long de son pénis.

— Oh ! ce n'est que le début.

Elle le poussa doucement pour qu'il tombe sur le matelas.

— Allonge-toi au milieu.

— À vos ordres, plaisanta-t-il.

Il s'était si bien occupé d'elle qu'elle tenait à lui rendre la pareille. Une fois à genoux entre ses jambes, elle commença par le caresser, puis se baissa pour prendre son érection dans sa bouche. À mesure qu'elle allait et venait, elle sentit son corps viril se tendre, et à vrai dire, elle était aussi excitée et impatiente que lui.

Elle s'interrompit et s'étendit à côté de lui.

— S'il te plaît, supplia-t-elle soudain, dis-moi que tu as un préservatif.

Comment avait-elle pu être assez irresponsable pour aller aussi loin sans aborder le sujet ? Car de toute évidence, ils avaient envie de la même chose, et c'était inenvisageable sans protection.

— C'est l'heure des aveux, répondit-il en la regardant.

— D'accord...

Elle perçut l'incertitude dans sa propre voix tout en promenant les doigts sur ses abdominaux parfaitement sculptés. Qu'allait-il lui annoncer ?

— J'en ai un, dit-il. Et même plusieurs, en fait.

Il se leva et ramassa son pantalon pour fouiller dans ses poches.

— Crois-moi, poursuivit-il, ce n'est pas dans mes habitudes, mais...

Il se tourna vers elle et lui montra les sachets qu'il avait dans la main. De la pointe de l'index, elle lui fit signe de revenir auprès d'elle.

— Mais tu espérais avoir de la chance ? devina-t-elle.

— Je suis démasqué, plaisanta-t-il en se penchant vers elle pour l'embrasser. Joyeusement démasqué.

Elle lui prit les sachets des mains et en ouvrit un. Quand elle eut déroulé le préservatif sur le sexe de Zach, il se plaça au-dessus d'elle et la dévora de baisers. Puis il entra en elle et elle ne put retenir un long soupir rauque. C'était encore plus merveilleux que ce qu'elle avait imaginé. Il se mit à bouger lentement, en maîtrisant sa puissance, avec un mouvement de hanches incroyablement sexy. Tandis qu'elle se cambrait pour venir un peu plus à sa rencontre, il passa la langue sur ses seins et accéléra le rythme. Leur respiration se fit de plus en plus haletante. Ivre de plaisir, Paige mit les mains sur les fesses de Zach et referma les jambes autour de lui pour le sentir encore plus près d'elle.

Elle ne savait plus si elle voulait atteindre l'extase au plus vite ou faire durer ce moment aussi longtemps que possible. L'alchimie entre eux était parfaite. Bientôt, le plaisir devint si intense qu'elle perdit le contrôle. Tout son corps se raidit et trembla sous l'effet de la jouissance, sans pouvoir retenir les cris qui s'échappaient de sa gorge. Zach s'abandonna aussitôt après en émettant un râle qu'elle étouffa de ses baisers. Quand il s'effondra sur elle, elle chercha en vain dans sa mémoire un souvenir aussi merveilleux que ce qu'elle venait de vivre.

— C'était incroyable, lui murmura-t-elle à l'oreille.

Elle lui caressait le dos et le tenait toujours fermement avec ses jambes.

— Tellement bon, approuva-t-il. Tellement, tellement bon.

Il s'interrompit pour l'embrasser avant d'ajouter :

— Mais j'en veux encore. Je n'ai pas encore eu assez de toi, Paige Moss.

— C'est vrai ? demanda-t-elle en souriant.

— Oui. Je veux te garder toute la nuit.

6

Zach se réveilla dans une atmosphère de luxe et de douceur : le somptueux lit de l'hôtel, la clarté des premiers rayons de soleil, et surtout le corps de Paige. Chaque parcelle de sa peau évoquait la nuit de rêve qu'il venait de passer avec elle et il était émerveillé de la voir allongée à côté de lui, de pouvoir à nouveau la toucher et la caresser. À en croire sa respiration calme et régulière, elle dormait encore, mais il ne voyait pas son visage car elle était couchée sur le côté et lui tournait le dos.

Il s'approcha d'elle et pressa ses pectoraux sur ses délicates omoplates. Sous le drap soyeux, il posa la main sur sa taille et descendit lentement vers sa hanche, puis sa cuisse. Enfin, il se mit autour d'elle et son sexe durci se nicha contre ses fesses irrésistibles. Cette nuit avait été une révélation pour lui et il ne demandait qu'une seule chose : la prolonger. Même s'il savait que c'était une erreur et que si jamais Tom apprenait un jour ce qui s'était passé dans cette chambre, il entrerait dans une colère noire.

Ou alors... Peut-être que c'était justement ce qui rendait la situation encore plus excitante.

Il enfouit le visage dans la chevelure de Paige en se délectant de son odeur. Elle remua et émit un léger son, mais sans prononcer un mot. Cette femme était aussi attirante que mystérieuse. Il n'arrivait pas à savoir ce qu'elle pensait. Le sexe semblait être le seul moyen de l'amener à se dévoiler. Au lit, elle était libre et spontanée. Elle savait ce qu'elle voulait et n'avait pas peur de le demander.

Hier soir, ce qu'elle avait voulu, c'était lui. Et rien n'aurait pu le rendre plus heureux, ni plus avide de désir.

— Tu es réveillée ? chuchota-t-il en l'embrassant dans le cou, puis sur l'épaule.

Il mit la main sur son sein et en chatouilla la pointe, qui se contracta sous ses doigts. Que c'était bon de la sentir réagir à ses caresses...

— Presque, répondit-elle.

Le soupir rauque qui suivit encouragea Zach à continuer.

— Tant mieux, dit-il. Parce que j'ai besoin de toi, Paige. J'ai besoin de toi tout entière.

Prenant appui sur son coude, il se souleva pour venir au-dessus d'elle. Il ôta les cheveux qui masquaient son visage et déposa un autre baiser sur son épaule.

Elle se raidit d'un coup et s'éclaircit la voix.

— Quelle heure est-il ? demanda-t-elle d'un ton presque glacial.

— Pas tout à fait 8 heures. Ça va ?

Elle se déplaça jusqu'au bord du lit, puis se leva en s'enroulant dans la couette. La déception de Zach fut si forte qu'il sentit son ventre se contracter.

— Je pense qu'il est temps que tu partes, dit Paige.

— Ah. D'accord.

Il s'assit et se servit du drap qui restait pour couvrir son érection. Il n'y avait rien de pire que de subir les manifestations de son propre désir quand l'autre personne présente dans la pièce n'était pas du tout dans le même état d'esprit.

— Ton avion décolle bientôt ? demanda-t-il.

— Cet après-midi. Excuse-moi, il faut que j'aille dans la salle de bains.

Elle s'enfuit dans la pièce attenante et ferma la porte derrière elle.

Zach ne comprenait pas. Qu'avait-il bien pu dire ou faire pour mériter ce traitement ? Avait-il montré trop d'enthousiasme ? Cela paraissait impossible. Elle avait exprimé autant d'envie que lui pendant toute la nuit.

Elle revint au bout de quelques minutes, vêtue du peignoir blanc de l'hôtel.

— J'ai passé un très bon moment, dit-elle, mais comme je te l'ai dit, il vaut mieux que tu partes maintenant.

— Vraiment ? Nous n'avons pas un peu de temps ? demanda-t-il en tapotant le côté du lit qu'elle avait déserté.

— Ce n'est pas une bonne idée.

— J'ai fait quelque chose qu'il ne fallait pas ?

— Non. Pas du tout. Tu es formidable et c'était génial. Mais toutes les chambres qui donnent sur ce couloir sont occupées par des agents ou des athlètes. Évitons que quelqu'un te voie sortir d'ici. Professionnellement, ce ne serait bon ni pour toi ni pour moi.

Elle avait sans doute raison, mais il était tout de même contrarié.

— Tu sais, répliqua-t-il, les agences Moss et Armstrong ne sont pas obligées de se faire la guerre éternellement. Je ne connais pas le règlement intérieur de ton entreprise, mais ce n'est pas inscrit dans le nôtre en tout cas.

Paige s'approcha pour s'asseoir au bord du matelas. Il était heureux de l'avoir de nouveau près de lui mais sentait bien que le cœur n'y était pas.

— Écoute, dit-elle. Cette nuit était super.

— Mieux que super.

— Pardon ?

— Paige. Je t'ai fait jouir au moins cinq fois. Peut-être plus.

Il se souvenait d'avoir lu dans un magazine un article affirmant qu'une femme pouvait atteindre son apogée sexuel après quarante ans. Sur le moment, il en avait ri. Il savait à présent que ce n'était pas aussi idiot qu'il l'avait cru sur le moment.

Elle leva les sourcils et se pinça l'arête du nez.

— On peut toujours compter sur les hommes pour mémoriser les scores, soupira-t-elle.

— J'ai l'esprit de compétition, admit-il avec un haussement d'épaules. Que veux-tu que je te dise ?

Il se rapprocha d'elle et ajouta :

— Dis-moi que cette nuit n'était pas mieux que super.

Les joues de Paige se teintèrent de rose et elle posa sur lui ses profonds yeux bleus.

— D'accord, dit-elle, c'était incroyable. Hors du commun. C'est ce que tu veux entendre ?

— Seulement si tu le penses.

Elle prit une grande inspiration.

— Je le pense, reconnut-elle. D'accord ? Tu es un amant exceptionnel. Mais nous sommes tous les deux en voyage d'affaires, et ce n'était pas une bonne idée compte tenu de l'histoire de nos deux agences.

Elle s'éclaircit de nouveau la voix, puis se leva et croisa les bras comme pour se protéger.

— De surcroît, poursuivit-elle, il faut être réaliste. Tu as douze ans de moins que moi. Entre nous, il ne pourrait rien y avoir de plus que du sexe.

— Je ne pensais pas t'avoir demandé davantage.

Sa remarque pouvait paraître grossière, mais ce n'était que la vérité. À aucun moment il n'avait évoqué le début d'une relation. Ils avaient couché ensemble et il avait envie de recommencer. Voilà tout.

— Bien, dit-elle. Alors n'en faisons pas autre chose que ce que c'était. Du sexe.

— Ce qui veut dire ?

Peu importait à Zach de passer pour un imbécile. Il voulait entendre Paige le dire. À haute voix. Quel que soit le fond de sa pensée.

— Ce qui veut dire que nous ne pouvons pas nous revoir et que nous ne devons en parler à personne. Personne.

— Je ne vois pas pourquoi nous serions forcés d'arrêter. Rien ne nous empêche de nous amuser ensemble. Nous habitons la même ville et nous travaillons dans le même quartier !

Elle marcha jusqu'au coin de la chambre et ramassa la chemise de Zach pour la lui lancer.

— Il n'en est pas question, rétorqua-t-elle. Cette nuit était le début, le milieu et la fin.

Zach prit calmement sa chemise et se leva sans chercher à se couvrir. Il se tint nu face à elle, le sexe toujours durci par le désir. Qu'elle voie ce à quoi elle disait non. Qu'elle regarde ce dont elle se privait.

— D'accord, Paige. Comme tu voudras. J'aimerais passer dans la salle de bains avant de partir, si ça ne t'ennuie pas.

Au lieu de mettre sa chemise, il la posa dans un fauteuil et marcha tranquillement jusqu'à la douche. L'eau froide lui permit de calmer son excitation, mais les questions continuaient à tourner dans son esprit. Paige Moss se déciderait-elle un jour à le prendre au sérieux ? Ou était-il condamné à l'échec ? Il ne voyait pas ce qu'il pouvait faire de plus pour la convaincre.

De retour dans la chambre, il se rhabilla tandis que Paige restait près de la porte, toujours en peignoir, sans dire un mot. Le silence était chargé de tension, voire douloureux. Zach s'efforça de se convaincre que c'était mieux ainsi, que le jugement que Tom portait sur lui comptait plus que tout et qu'il devait se concentrer exclusivement sur son travail pour être à la hauteur des attentes de son beau-père. Cette nuit passée avec Paige avait été très agréable, mais elle appartenait au passé désormais. Du moins selon elle.

Il ramassa ses chaussures mais les garda à la main au lieu de les mettre.

— Bon, dit-il. À bientôt, j'imagine que nous nous recroiserons.

— Tu comptes sortir de ma chambre pieds nus ?

— Oui, et sans me dépêcher. Au cas où je tomberais sur quelqu'un que nous connaissons.

Elle fronça les sourcils, ce qui donna à Zach encore plus envie de l'embrasser.

— Tu as conscience que ça pourrait te nuire autant qu'à moi ? lança-t-elle. Si quiconque découvrait ce qui s'est passé entre nous ?

— J'aime vivre dangereusement, répondit-il avec un haussement d'épaules. Ça rend l'existence plus intéressante.

— Tu ne veux pas être pris au sérieux, Zach ? Tu viens de reprendre la direction de l'entreprise de ton père, une entreprise pour laquelle une partie des agents travaillaient déjà avant ta naissance. Tu dois savoir que plusieurs d'entre eux vivent mal ton ascension fulgurante. Je suis sûre qu'ils seraient prêts à n'importe quoi pour te faire tomber. Tu as vraiment envie de leur fournir des munitions ?

Il n'avait pas pensé à cela, mais ce n'était pas ce qui le préoccupait à cet instant. Paige venait de lui confirmer qu'aux yeux de certains, il ne méritait pas sa place. Et il avait le sentiment très désagréable qu'elle comptait parmi ces gens-là.

— J'ai à peine quelques pas à faire, lui rappela-t-il. Je ne pense pas prendre un grand risque.

— C'est ta carrière. À toi de voir.

Il s'approcha d'elle et plongea les yeux dans les siens avant de contempler ses lèvres. Il restait persuadé que ce n'était pas la fin, malgré ce qu'elle affirmait. Ce qui les unissait était plus fort. Il le savait.

— Tiens-moi au courant si tu changes d'avis, Paige.

— Non. Je ne changerai pas d'avis.

Il se pencha vers elle pour l'embrasser sur la joue et tourna la poignée.

— Au moins, je ne peux pas te reprocher de ne pas savoir ce que tu veux, dit-il.

Puis il sortit.

Dès qu'elle fut seule, Paige s'adossa contre la porte. Elle était dans un tel état d'excitation qu'elle arrivait à peine à voir clairement autour d'elle. Zach s'était trompé. Elle n'avait pas joui cinq mais sept fois. Bien sûr qu'elle avait mémorisé le score ! Chaque seconde de cette nuit restait gravée dans son esprit. En comparaison de Zach, les autres hommes qu'elle avait connus n'existaient pas.

Et comment avait-elle réagi ? En le chassant.

C'est mieux comme ça, non ? se dit-elle.

Elle se traîna jusqu'au lit et s'effondra sur le matelas, le visage enfoui dans l'oreiller. Hélas, l'odeur de Zach imprégnait les draps. Elle revit alors ses mains puissantes sur elle et sa bouche parcourant chaque recoin de son corps en feu. Il avait laissé ses empreintes partout sur elle et elle n'était pas encore remise du tourbillon sensoriel dans lequel il l'avait entraînée. Elle avait tellement envie de lui qu'elle continuait à vibrer de tout son être. Malgré tout ce qu'elle venait de lui dire, elle se sentait prête à courir jusqu'à sa chambre et à se jeter toute nue sur lui.

Mais non. Cela aurait été une très mauvaise idée. Que ce soit aujourd'hui, demain ou la semaine prochaine. Ce n'était pas parce qu'elle avait couché avec Zach qu'elle devait soudain lui faire confiance professionnellement. L'expérience lui avait appris à rester sur ses gardes face aux membres d'Armstrong Sports, à moins de vouloir recevoir un coup de poignard dans le dos.

Et puis, ce n'était pas la seule raison pour laquelle elle refusait d'aller plus loin avec Zach. Elle avait aussi des réticences sur le plan personnel. Il avait *douze* ans de moins qu'elle. Plus d'une décennie. Il avait toute sa vie devant lui. Il avait sans doute des projets de mariage et d'enfants – alors qu'elle avait déjà échoué dans l'un et pouvait sûrement faire une croix sur l'autre. Cela signifiait qu'à un moment ou l'autre, il la quitterait, forcément. Quand il n'aurait plus besoin d'elle. Le meilleur moyen pour elle de ne pas souffrir était de ne pas s'engager. C'était le bon choix, le plus intelligent. De plus, elle savait si peu de choses sur lui. Quelle musique et quels films aimait-il ? Avaient-ils des choses à partager ? Une fois sortis du lit, que leur resterait-il ? Ils n'avaient peut-être rien en commun en dehors de leur entente physique.

— Ça suffit, Paige, s'ordonna-t-elle tout haut.

Pourquoi se tourmenter avec des hypothèses ? Elle devait se ressaisir. Ces quelques heures avec Zach avaient été fantastiques. Point final. Elle s'était amusée. À présent, le moment était venu de revenir à la réalité, ce qui semblait impossible dans cette chambre, dans cet hôtel ou même dans cette ville. Elle devait partir pour l'aéroport au plus vite. Peut-être parviendrait-elle à avancer son billet d'avion. Est-ce qu'elle cherchait à fuir ? Oui, exactement. Fuir pour retrouver sa vie normale, bien réglée, consacrée au travail. Une vie dans laquelle elle ne donnait l'occasion à aucun homme de lui briser le cœur.

Elle se retourna et tendit le bras pour attraper son téléphone sur la table de chevet. Sur l'application de la compagnie aérienne, moyennant un surcoût de plusieurs centaines de dollars, elle put changer son vol et réserver le dernier siège disponible en première classe dans un avion qui décollait dès ce matin à destination de New York. Cela la réconforta quelque peu. C'était la version d'elle-même qu'elle préférait : la femme volontaire qui prenait les choses en main pour aller de l'avant.

Elle se leva et courut dans la salle de bains pour se préparer à la hâte. Mais dès qu'elle fut sous la douche, elle ne put s'empêcher de repenser à Zach. *Bon sang.* Si elle avait eu un brin de présence d'esprit, elle aurait pris une douche avec lui avant qu'il parte. Cette expérience aurait sûrement été aussi mémorable que le reste. L'inconvénient d'une aventure d'un soir, c'était qu'il fallait accepter de renoncer à tout ce qu'on n'avait pas eu le temps de faire. C'était le principe même de ce concept, mais de fait, elle n'en avait pas l'habitude. Cela l'avait rarement tentée. Plus jeune, elle avait plutôt eu tendance à s'accrocher à ses petits amis dès le début. C'était ainsi que tout avait commencé avec Andrew. Mais elle n'allait pas s'accrocher à Zach. Il n'y avait pas d'avenir possible entre eux. C'était perdu d'avance.

Elle coupa l'eau, se sécha et mit une confortable robe en tricot en perspective de son voyage. Puis elle fit sa valise dans la précipitation, avec beaucoup moins de soin que d'habitude. Il n'était pas question qu'elle manque son vol.

Pourtant, une fois dans le couloir, elle hésita un instant. Zach était-il dans sa chambre ? Était-il en colère ou énervé contre elle ? Ou pensait-il déjà à autre chose ? Elle penchait pour la dernière option, vu la désinvolture qu'il avait montrée en la quittant tout à l'heure. En l'occurrence, c'était lui qui avait raison et elle avait tout intérêt à s'inspirer de son attitude au lieu de se poser mille questions.

Elle poursuivit son chemin jusqu'à l'ascenseur, se rendit dans le hall du rez-de-chaussée et déposa sa clé à la réception avant de quitter l'hôtel. Elle attendait un taxi depuis quelques secondes à peine quand une main chaude se posa sur sa taille. *Zach.* Elle se retourna et...

Sa déception fut grande. Ce n'était pas Zach mais Andrew.

— Tiens, salut.

— Tu pars déjà ? lui demanda-t-il.

— Oui. J'ai un milliard de choses à faire à New York. Tu t'en vas aussi, apparemment, ajouta-t-elle en voyant qu'il avait également sa valise avec lui.

— J'ai promis à Casey de rentrer dès que possible. Entre le travail et ses études, le dimanche est en général le seul jour où nous pouvons passer du temps ensemble.

Paige ne put ignorer la colère qui bouillonnait au fond d'elle. Ce n'était pas de la jalousie. Plutôt de l'incompréhension. Pourquoi Andrew avait-il retrouvé l'amour aussi facilement tandis qu'elle était à bout de nerfs après une aventure d'un soir ?

— Je comprends.

— On partage le taxi pour l'aéroport ? proposa-t-il.

Elle chercha une excuse pour refuser, mais aucune idée ne lui vint à l'esprit.

— Bien sûr, répondit-elle.

Une voiture partit et ils avancèrent d'une place dans la file d'attente.

— Dis donc, dit Andrew, je t'ai vue hier soir au bar avec le gamin, vous aviez l'air de bien vous entendre.

Paige fut saisie de panique. À aucun moment elle n'avait remarqué sa présence. Avait-il vu que Zach avait la main sous sa robe ? Elle avait été convaincue que la table les cachait et que la lumière était assez faible pour que personne ne se rende compte de rien, mais elle s'était peut-être trompée.

— Ne le traite pas de gamin, Andrew. Ce n'est pas respectueux. Il a trente ans.

— Tu es son avocate ?

— Je ne dis que la vérité.

Il se pencha vers elle et chuchota :

— Tu as couché avec lui, c'est ça ?

— Pardon ? s'exclama-t-elle avec irritation.

— Je te connais assez pour deviner quand tu as fait l'amour, Paige. Et à en croire l'expression de ton visage, je dirais que tu as passé une sacrée nuit.

Était-ce donc si évident que cela ? Elle espérait au moins que cela ne l'était pas aux yeux de tout le monde. Andrew lisait en elle comme dans un livre ouvert parce qu'ils avaient été mariés, voilà tout. Mais c'était déjà trop pour elle.

— Si tu t'attends à ce que je te confie quoi que ce soit, rétorqua-t-elle, tu rêves.

— C'était un compliment. Tu es radieuse. Il n'y avait rien de négatif dans ma remarque.

— Et cela me perturbe d'entendre ça de la bouche de mon ex-mari.

Ils étaient désormais en première place de la file d'attente. Elle était pressée d'arriver à l'aéroport, de se séparer d'Andrew, de monter dans l'avion et de se sauver d'ici.

— Paige ! appela une voix d'homme.

Andrew et Paige se retournèrent en même temps. Zach accourait vers eux avec sa valise, un immense sourire éclairant son visage. Paige fondit en le voyant.

— Vous allez à l'aéroport ? leur demanda Zach.

— Oui, répondit Andrew. Vous aussi ? Vous devriez vous joindre à nous.

Paige resta abasourdie. Elle avait vraiment perdu tout contrôle de la situation.

— Parfait, dit Zach en reprenant son souffle.

Il tendit la main à Andrew pour se présenter :

— Je suis Zach Armstrong.

— Andrew Held.

Paige les regarda se serrer la main en souhaitant intérieurement que la foudre lui tombe sur la tête. Son ex-mari et son trop jeune amant d'un soir se liaient d'amitié sous ses yeux. À quoi devait-elle s'attendre maintenant ? À voir surgir d'un buisson son petit ami du lycée ?

— Vous êtes tous les trois ensemble ? demanda le portier de l'hôtel qui gérait la station de taxis.

— Oui, confirma Andrew.

Apparemment, pensa Paige.

— C'est à vous, dit le portier.

Une voiture se gara devant eux et le conducteur en descendit pour se charger de leurs bagages.

— Avez-vous une place pour moi à l'avant ? lui demanda Andrew.

— Désolé, monsieur, répondit le chauffeur. J'ai une pile de livres sur le siège passager. Je révise pour obtenir ma licence dans l'immobilier. Mais il y a largement la place pour vous sur la banquette arrière.

— Tu vas être en sandwich comme une saucisse, Paige, ricana Andrew.

— Franchement, tu as quel âge ? marmonna-t-elle.

Elle s'assit au milieu tandis que Zach faisait le tour de la voiture pour s'installer à sa gauche. Elle parvint à laisser un petit espace entre eux deux, jusqu'au moment où Andrew se mit à sa gauche et où elle se retrouva presque collée à Zach.

— Tout le monde est bien ? demanda Zach.

Paige serra son sac à main dans ses bras.

— Ça ne pourrait pas être mieux, mentit-elle.

Le chauffeur commença par rouler tranquillement, mais en arrivant sur le Las Vegas Boulevard, il accéléra et Paige fut projetée contre Zach. Elle dut se tortiller pour retrouver sa place initiale.

— Désolée, lui dit-elle.

— Ce n'est rien.

Sa voix grave la fit frissonner de désir.

— Alors, Zach, dit Andrew, dans quelle équipe Ryan Wilson va-t-il atterrir à votre avis ? J'imagine qu'il aura l'embarras du choix.

Zach se pencha en avant pour regarder Andrew.

— Comment savez-vous que je suis son agent ?

— Je devrais être parti sur une autre planète pour ne pas être au courant. Tout ce que j'espère, c'est qu'il ne s'engagera pas avec l'un de nos concurrents directs.

— Je vous comprends, répondit Zach en riant. Tous ses adversaires le craignent. Mais nous verrons.

— Que va-t-il devenir maintenant qu'il ne pourra plus lancer le ballon à Davante Diggs ? Ils jouaient tellement bien ensemble !

Zach s'éclaircit la voix et répondit de façon quelque peu énigmatique :

— Il se pourrait que quelque chose se prépare.

— Oh ! Sérieusement ?

Zach et Andrew se lancèrent dans une conversation d'experts du football américain, tandis que Paige regardait droit devant elle en luttant pour surmonter sa gêne d'être assise entre eux deux. Elle les écoutait sans intervenir, car si elle s'intéressait à tous les sports, celui dont ils parlaient n'était pas celui qui la passionnait le plus. Elle fut frappée par leur complicité immédiate. Ils parlaient et riaient déjà ensemble comme des amis de toujours. Elle faillit même leur demander s'ils préféraient qu'elle change de place afin qu'ils puissent s'asseoir côte à côte, mais elle aurait dû pour cela passer soit sur son ex-mari, soit sur l'homme à qui elle tentait désespérément de résister. Autant dire que c'était hors de question.

— Quel terminal ? demanda le chauffeur de taxi.

— Sud-ouest, répondit Andrew.

— Delta, dirent en chœur Zach et Paige.

Elle se tourna vers lui.

— Quel vol ?

— Celui de 11 h 30 qui atterrit à LaGuardia, lui répondit Zach.

Paige ferma les yeux. Un peu de tranquillité, c'était donc trop demander ?

— Tu connais ton numéro de siège ? demanda-t-elle avec angoisse.

— 3A. Pourquoi ? Nous prenons le même avion ?

Andrew rit tout bas et descendit de voiture quand le chauffeur s'arrêta devant l'entrée de son terminal.

— C'était très sympa, dit-il en s'adressant à Zach et Paige.

Il sortit un billet de vingt dollars de son portefeuille et le tendit vers eux.

— Tenez, ajouta-t-il, ma participation au trajet.

— Laissez, c'est pour moi, répondit Zach.

— Vous êtes sûr ?

— Absolument.

— Merci beaucoup. Au revoir, Paige, prends soin de toi. Je

compte sur vous pour vous assurer qu'elle rentre bien chez elle, d'accord ? lança-t-il à Zach.

— Je n'y manquerai pas, promit Zach.

Andrew fit un clin d'œil à Paige, puis ferma la portière. Paige prit aussitôt sa place sur la banquette pour s'éloigner de Zach.

— Nous allons devoir fixer quelques règles pour notre voyage, annonça-t-elle quand le chauffeur eut redémarré.

— Donc nous serons assis côte à côte ?

— Oui.

— Tu as peur que je rejoue la scène du bar ?

Une vague brûlante la submergea. Non, elle n'avait pas imaginé que cela pourrait se reproduire. Elle s'inquiétait plutôt à l'idée de s'endormir avec la tête sur son épaule, ou de devoir se coller à lui en se levant pour aller aux toilettes. Cinq heures. Pendant cinq heures, elle allait devoir sentir tout près d'elle la présence de cet homme irrésistible auquel elle n'avait d'autre choix que de renoncer.

Le chauffeur se gara et Zach sortit aussitôt sa carte bancaire pour le payer.

— Attends, nous allons partager, protesta-t-elle.

— C'est bon, Paige, je t'assure que ce n'est pas la peine.

— D'accord. Merci.

Elle sortit, récupéra sa valise et attendit Zach sur le trottoir. Elle ne pouvait pas être grossière. Ils étaient compagnons de voyage à présent, que cela lui plaise ou non.

— Tu es prêt ? demanda-t-elle quand il la rejoignit.

— Je n'ai jamais été aussi content de prendre l'avion.

— Zach. S'il te plaît. Ne te moque pas de moi.

— Pas du tout ! s'insurgea-t-il. Mettons de côté ce qui s'est passé hier soir et ce matin. Je tiens à ce que nous restions amis. À part ça, ne t'inquiète pas. Je respecterai ton choix. Tu as dit que tu ne voulais plus entendre parler de moi et je l'accepte.

— Je ne crois pas avoir prononcé ces mots-là, si ?

— Tu as dit que ce n'était que du sexe. Je t'ai répondu que je ne voyais pas en quoi ce serait un problème. C'était le début de la fin.

Elle poussa un léger soupir. Comment faisait-il pour la désarmer systématiquement ? Voilà qu'elle avait envie de revenir sur tout ce qu'elle lui avait dit ce matin !

— Tu veux que nous soyons amis ? demanda-t-elle.

— Oui.

— D'accord. Alors soyons amis. Juste amis. C'est tout.

— Je m'en contenterai.

Il se mit à marcher vers l'entrée du terminal et ajouta :

— Pour l'instant.

7

Paige était rentrée à New York depuis trois jours, mais elle avait un mal fou à se concentrer sur son travail. Zach était encore si présent dans son esprit qu'elle avait l'impression qu'il la suivait toute la journée. Quand elle était assise à son bureau. Pendant son trajet en métro. Et surtout le soir, dans son lit, lorsqu'elle éteignait la lumière. Comment ne pas penser à lui à ce moment-là ? Comment ne pas imaginer ce qu'elle aurait pu vivre si elle avait accepté l'idée de continuer ce qu'ils faisaient si bien ensemble ?

Si elle s'était crue capable de ne pas s'investir émotionnellement, elle aurait dit oui sans hésiter. Mais elle se connaissait. Elle savait ce qui lui arriverait si elle passait plus de temps avec Zach Armstrong.

Si elle en avait douté, le voyage de retour lui avait prouvé qu'elle avait raison de se méfier d'elle-même. Elle ne pouvait pas s'en empêcher. Elle avait aimé être avec lui, l'observer du coin de l'œil quand il avait allumé son écran et s'était réjoui comme un enfant de pouvoir regarder les résumés des grands matchs de la veille. Elle avait aimé déjeuner en sa compagnie, même pour un simple plateau-repas. La conversation avec lui avait été facile, amusante, et malgré ses bonnes résolutions, elle avait échangé avec lui plusieurs regards chargés de sous-entendus. Oui, si leur différence d'âge n'avait pas été aussi grande et s'il n'avait pas eu l'épouvantable Tom Armstrong comme beau-père, elle aurait continué à le voir sans la moindre hésitation. Mais elle n'avait pas le pouvoir de changer le monde.

Le mercredi, en milieu de journée, elle commanda une salade qu'elle mangea à son bureau, puis décida de s'accorder une petite pause pour appeler April. Elle n'en pouvait plus de rester seule à ressasser la même chose encore et encore. Elle avait besoin de parler à son amie. Si quelqu'un pouvait être de bon conseil, c'était bien elle.

April décrocha presque instantanément.

— Salut, Paige ! Je suis contente que tu m'appelles. Je voulais prendre de tes nouvelles pour que tu me racontes la fin de ton séjour à Las Vegas.

— Oui. À ce sujet...

Paige s'essuya la bouche et se cala au fond de son fauteuil.

— Oh ! Paige. Je sens que tu as des choses à me dire. Attends une seconde, je ferme la porte de mon bureau.

Pour Paige, c'était déjà fait. Elle aimait beaucoup Henry, mais il raffolait un peu trop des commérages.

— C'est bon, je t'écoute, dit April. Je veux tout savoir et n'oublie pas les détails croustillants.

— Franchement, je ne sais même pas par où commencer. Disons juste que la situation s'est compliquée.

— Avec Zach ?

— Oui.

— Compliquée en bien ? Ou en mal ?

Hélas, la réponse n'était pas aussi claire qu'elle aurait dû l'être.

— Plutôt en bien, dit-elle avec hésitation.

April poussa un cri si perçant que Paige dut éloigner son téléphone de son oreille, puis elle ordonna :

— Raconte. Moi. Tout.

Paige soupira et fit pivoter son siège pour regarder par la fenêtre. Sa soirée avec Zach lui revenait comme un rêve.

— Ça a commencé dans le bar de l'hôtel.

— Oui, c'est vrai. Vous aviez rendez-vous pour boire un verre.

— C'est ça.

— Eh bien ? Que s'est-il passé ? Tu fais durer le suspense.

— Il était très séducteur et sympa. Il m'a présenté un sponsor potentiel. Je n'ai pu qu'accepter le verre qu'il m'offrait.

— Évidemment, tu n'allais quand même pas être impolie, s'amusa April.

— Jamais, renchérit Paige en riant.

— Mais je sens que tu me caches encore des choses.

Paige se rendit compte qu'elle gardait effectivement les détails pour elle. Même si April était sa confidente, il ne lui semblait pas correct de tout lui révéler de son intimité avec Zach.

— C'est vrai, admit-elle.

— D'accord. Alors ne me raconte pas tout. Seulement les grandes lignes.

— Sept fois dans ma chambre d'hôtel.

— Ouah.

— Mais avant ça, une fois dans le bar. C'est ainsi que ça a commencé.

— Attends une minute. Vous avez fait l'amour dans le bar de l'hôtel ?

— Non. Je parlais des orgasmes.

— Les siens ou les tiens ?

— Les miens, répondit Paige en riant.

Rien qu'en y repensant, elle avait de nouveau envie de lui.

— Il… euh… Il a mis la main sous ma robe quand nous étions assis à table, au fond de la salle.

— Tu es sérieuse ?

— Je ne l'aurais pas inventé. Je n'aurais pas *pu* l'inventer.

— Je t'avais dit que tu passerais de bons moments avec lui.

— De bons moments, oui. Comme tu dis.

Si seulement il avait pu y en avoir d'autres… Mais cela se serait mal terminé de toute façon. C'était une certitude et elle refusait de s'infliger de nouvelles souffrances.

— Mais bien sûr, poursuivit-elle, je lui ai dit que nous ne pouvions pas continuer.

— Pourquoi ? s'exclama April. Vous êtes tous les deux adultes et célibataires.

— D'abord, il y a ce passif entre nos deux agences.

— C'était entre toi et son beau-père. Apparemment, Zach s'en moque. Complètement. J'ai bien vu comme il te draguait cet après-midi-là à la piscine.

— Mais ce n'est pas tout. Si nous étions ensemble, les gens parleraient dans le milieu. Je n'ai pas envie d'être la cible de leurs plaisanteries. C'est déjà suffisamment difficile de gagner le respect du monde du sport.

— Alors ne dites rien. Rien ne vous oblige à crier sur les toits ce qui se passe entre vous.

Paige se mordilla la lèvre. April avait peut-être raison. Pour sa part, elle savait qu'elle pouvait être discrète, mais qu'en était-il de Zach ? L'homme qui l'avait fait jouir dans un lieu public où se trouvaient des gens qu'ils connaissaient tous les deux ?

— Je ne sais pas. Il y a aussi mes antécédents personnels avec les hommes. Cela me préoccupe.

— Je sais, ma chérie, et je comprends. Mais tu n'es pas dans la même situation que celle que tu as connue avec Andrew. Il n'est pas question de mariage avec Zach. Je me trompe ?

— Non, bien sûr.

— Comment a-t-il réagi quand tu lui as dit que vous ne pouviez pas continuer ?

— Il a dit qu'il ne voyait pas ce qui nous empêchait de nous voir de temps en temps.

— Je suis d'accord avec lui. Ça ne devrait pas poser de problème. Si c'est ce dont tu as envie.

Paige savait ce dont elle avait envie. C'était quelque chose qui n'existait pas. Un moyen de prendre du plaisir avec Zach autant que possible, sans qu'il y ait le moindre effet négatif.

— Je ne serais pas contre le revoir, admit-elle. Et nous nous sommes mis d'accord pour rester amis.

— Donc ? Tu sais ce qu'il te reste à faire. Les amis se parlent. Les amis se téléphonent. Trouve une raison de le contacter. Tu verras bien où ça vous mène. Si tu ne te sens pas à l'aise, tu passeras à autre chose. Mais si tu sens que ça peut bien se passer entre vous, je te conseille d'y aller. Évite de t'engager émotionnellement et tout ira bien.

— C'est ce qui m'inquiète justement. Mes sentiments finissent toujours par me poser problème.

— Ma chérie. Écoute-moi. Tu es une femme forte. Alors sois forte. Laisse-le venir vers toi, mais juste assez près pour te faire du bien. Pas plus.

Cette idée emplit Paige d'un mélange d'excitation et d'appréhension. Était-elle capable de la mettre en pratique ? Elle avait follement envie d'essayer.

— J'imagine que c'est faisable.

April émit un rire enthousiaste.

— J'ai l'impression que beaucoup de choses sont faisables avec Zach...

— Très drôle.

— Oui, je suis drôle, c'est pour ça que tu m'adores.

— C'est vrai que je t'adore, dit Paige en souriant. Merci de me soutenir quand je suis un peu perdue.

— C'est normal. Je suis là pour ça.

Paige entendit des voix à l'autre bout du fil.

— Excuse-moi, dit April, il faut que je te laisse. Tu me tiens au courant, d'accord ?

— Sans faute. Je t'embrasse.

Après avoir raccroché, Paige chercha un prétexte pour appeler Zach. Elle alla jusqu'à faire une liste, mais en la relisant, elle n'y trouva aucune idée crédible. Comment revenir vers lui alors que c'était elle qui avait refusé de poursuivre leur liaison ?

Et là, comme si l'univers avait voulu remédier à son désarroi, son téléphone de bureau sonna. C'était Henry.

— Enzo Bartolli de Maverick Motors voudrait te parler, lui dit-il.

Paige avait attendu cet appel. Elle avait laissé un message à Enzo lundi et n'avait pas encore reçu de réponse de sa part.

— Super, passe-le-moi.

Elle respira profondément avant de s'adresser à son interlocuteur.

— Bonjour, Enzo, comment allez-vous ?

— Très bien, merci. Et vous ?

— Je vais très bien et je vous remercie de me rappeler.

— Je suis désolé de ne pas l'avoir fait plus tôt, j'oublie toujours à quel point les journées sont chargées quand on rentre de voyage.

— Je vous en prie, c'est tout à fait normal.

— Je voulais aussi prendre le temps de faire quelques recherches sur vous et votre clientèle. Tout ce que j'ai appris en consultant le site Internet de votre agence m'a beaucoup impressionné.

— Merci.

— J'ai discuté avec notre équipe marketing et nous aimerions vous proposer une collaboration sur les réseaux sociaux avec l'une de vos clientes. Ce partenariat nous servirait en même temps de test pour d'autres projets éventuels.

Paige sentit son cœur s'emballer. Elle attendait depuis si longtemps un événement comme celui-ci ! Elle avait hâte de faire cette annonce triomphale à Alexis.

— Cela concerne Alexis Simmons, j'imagine ? demanda-t-elle.

— À vrai dire, je ne crois pas qu'Alexis soit la bonne personne pour notre campagne. Je pensais plutôt à la joueuse de tennis Gabby Cooper. Nous allons lancer un SUV petit format et elle serait parfaite pour en faire la promotion.

Cette nouvelle tempéra quelque peu l'excitation de Paige.

— Ah, je vois, répondit-elle.

— Gabby serait rémunérée, bien sûr, mais nous aimerions aussi lui offrir une voiture, dont elle choisirait la couleur et les options.

— Cela semble très intéressant. Pouvez-vous m'envoyer les détails de votre offre afin que je puisse la présenter à Gabby ?

— Avec plaisir.

Enzo fit une pause et s'éclaircit la voix avant d'ajouter :

— Vous semblez déçue, Paige.

— Non, loin de là. Mais je crois sincèrement que vous devriez aussi examiner le profil d'Alexis. C'est une star. Cela ne fait aucun doute.

— Nous le ferons, croyez-moi. Nous avons juste considéré que ce produit ne lui correspondait pas. Il s'agit d'un véhicule assez petit, or Alexis est très grande. Les consommateurs aiment voir un intérieur spacieux. L'image ne sera pas bonne si sa tête touche presque le plafond lorsqu'elle est assise au volant.

Paige fut réconfortée par ses explications.

— Évidemment, approuva-t-elle. C'est on ne peut plus logique.

— Voyons comment les choses se passent. Si notre collaboration voit le jour et se déroule bien, nous aurons certainement des propositions pour Alexis à l'avenir. Mais pas dans l'immédiat.

— Entendu. Dans ce cas, j'attends votre offre et je la transmettrai aussitôt à Gabby pour vous donner une réponse dès que possible.

— Merci, Paige. C'est parfait.

— C'est moi qui vous remercie, Enzo.

Un instant plus tard, après avoir raccroché, Paige sut qu'elle tenait son prétexte pour appeler Zach. Elle ne perdit pas une seconde pour le faire.

— Quelle surprise ! dit Zach en décrochant.

Paige ferma les yeux en serrant les paupières. Comment avait-elle pu oublier en si peu de temps à quel point elle aimait sa voix ?

— Ah oui ? Vraiment ? demanda-t-elle.

— Eh bien, mon amour-propre avait envie de croire que j'avais percé tes défenses pendant notre voyage de retour, mais je n'en étais pas tout à fait sûr.

Elle rit et lui dit :

— Je t'appelle pour te remercier de m'avoir présenté Enzo. Il vient de me faire une proposition.

— Je savais qu'il sauterait sur l'occasion de travailler avec Alexis.

— En fait, l'offre s'adresse à une autre athlète, Gabby Cooper.

— Ah bon ? C'est surprenant. Le choix d'Alexis paraît tellement évident.

C'était aussi ce que Paige avait pensé.

— Il a autre chose en tête pour elle, répondit-elle.

— Je suis sûr que ça aboutira. Enzo est quelqu'un de bien. Il ne lance pas des idées en l'air.

— Quoi qu'il en soit, je tiens encore à te remercier pour ton geste. C'était très généreux de ta part. Je crains de ne pas avoir vraiment exprimé ma gratitude quand nous étions à Las Vegas, donc j'insiste. Merci, Zach.

— Puisque tu veux me dire merci, je préférerais l'entendre de vive voix. Si nous dînions ensemble ?

Paige sentit ses joues s'enflammer. C'était inquiétant de constater qu'il lui faisait cet effet avec aussi peu d'efforts.

— J'adorerais t'inviter au restaurant, mais nous en avons déjà parlé. Si quelqu'un nous voyait ensemble ? Tu sais que la nouvelle arriverait jusqu'à Tom. Cela pourrait faire du tort à votre relation – personnelle ou professionnelle.

— C'est vrai. C'est pratiquement impossible de passer inaperçu dans cette ville.

— Effectivement.

Elle devait peut-être se faire une raison.

— Je pense que nous serons mieux seuls, dit Zach. Viens chez moi. Je préparerai le dîner.

— Tu sais faire la cuisine ?

— Ne sois pas aussi étonnée. Je peux être un as des fourneaux quand je le veux.

Il possédait donc tous les talents ? C'en était presque énervant.

— Il y a des choses que tu ne sais pas faire ? demanda-t-elle.

— Plein. À l'exception de quelques insultes et phrases de mauvais goût, je ne parle aucune langue étrangère. Je suis incapable de réparer une voiture. Et je... Non, c'est trop gênant. Je ne peux pas te le dire.

— Si, vas-y !

— Non, non. Tu vas te moquer de moi.

— Mais non, tu peux me faire confiance.

Il soupira.

— D'accord. Je ne sais pas siffler.

Elle ne put s'empêcher de rire avant de répondre :

— C'est parfait, je pourrai t'apprendre.

— Je ne sais pas. J'ai peur qu'il soit trop tard. J'aurai trente et un ans dans un mois.

Paige eut l'impression de retomber brutalement sur terre. Plus de dix ans d'écart. Cela ne représentait peut-être pas un obstacle plus tard dans la vie, mais à l'âge qu'ils avaient maintenant, c'était une différence considérable.

— Tu es sûr de vouloir faire la cuisine pour moi ? C'est moi qui suis censée faire quelque chose pour te remercier. Je pourrais commander un dîner à emporter.

— Paige. J'ai envie de le faire. S'il te plaît. Et si tu y tiens vraiment, je réfléchirai à un moyen pour toi d'exprimer ta gratitude. Cela ne devrait pas être difficile à trouver.

Une vague brûlante la submergea. C'était très agréable... et angoissant à la fois.

— Zach. Voyons. Nous avons déjà eu cette conversation. Ce n'est pas une bonne idée.

— Nous n'avons pas eu cette conversation, rectifia-t-il. Tu as donné ton avis et je ne t'ai pas contredite parce que je ne voulais pas me disputer avec toi. Si une femme fixe des limites, je ne cherche pas à les contester, c'est tout.

Il n'avait pas tort. Elle avait parlé sans écouter ce qu'il avait à dire sur la question.

— C'est tout à ton honneur.

— Mais pour information, reprit-il, je crois que les motifs que tu m'as donnés sont idiots. Le conflit entre nos deux agences n'intéresse personne. Tom ne dirige plus l'entreprise, et à présent, il s'intéresse beaucoup plus à sa vie privée avec ma mère qu'à Armstrong Sports. Son infarctus l'a changé.

Paige pinça les lèvres. L'optimisme de Zach était dû en partie au fait qu'il ne connaissait pas le fondement de ses griefs contre Tom, mais après tout, peut-être que son beau-père avait vraiment changé. Elle savait d'expérience qu'un événement traumatisant pouvait amener une personne à revoir ses priorités. Sa mère avait beaucoup changé quand elle était tombée malade.

— Je te propose que nous en reparlions ce soir chez toi, dit-elle. Qu'est-ce que je peux apporter ?

— Une bouteille de vin ? J'ai déjà une belle collection de bourbons. Je pourrai même te servir celui que tu as bu à Las Vegas.

Le souvenir de ce moment tournait en boucle dans la mémoire de Paige. Allait-elle parvenir à dîner en tête à tête avec lui, dans son appartement, sans céder à son attirance pour lui ? Ne risquait-elle pas de craquer au premier sourire, au premier regard charmeur qu'il lui adresserait ? Elle connaissait maintenant son pouvoir de séduction.

— On fait comme ça, répondit-elle. Je viens quand ?

— Ce soir à 19 heures.

Elle regarda l'heure sur son écran d'ordinateur. Elle allait devoir quitter le bureau plus tôt que d'habitude pour passer chez elle. Il faudrait qu'elle s'occupe de ses cheveux, qu'elle se remaquille, se parfume… Et elle risquait de passer un certain temps à choisir sa tenue.

— Tu m'enverras ton adresse par texto ? demanda-t-elle.
— Bien sûr.
— Parfait, je serai là.
— Je n'en doute pas.

8

Tout en finissant de se préparer pour la visite imminente de Paige, Zach se parlait à lui-même pour essayer de calmer ses nerfs.

— Tout va bien se passer, se dit-il en se regardant dans la glace. Fais-toi confiance.

Il avait opté pour un pantalon gris ajusté et une chemise blanche, sans cravate. C'était une tenue plus décontractée que celle qu'il portait au bureau, mais beaucoup plus soignée que celle qu'il mettait d'habitude le soir chez lui. Non seulement Paige méritait la meilleure version de lui, mais il ne pouvait nier qu'il avait aussi envie de l'impressionner. Il voulait lui faire oublier les raisons pour lesquelles elle le repoussait. Il espérait seulement que ces vêtements si soigneusement choisis finiraient la soirée éparpillés par terre.

La nuit qu'il avait passée avec Paige à Las Vegas ne lui avait pas suffi. Au contraire, elle n'avait fait que décupler son désir pour elle. Il savait qu'ils avaient encore beaucoup de choses à partager. Jamais il ne s'était senti aussi proche d'une femme. Pourquoi auraient-ils dû se priver de ce qu'il y avait entre eux ? Cela n'avait aucun sens.

Il éteignit la lumière de la salle de bains et fit une dernière fois le tour de son appartement. Il avait tout organisé pour que la soirée se passe en douceur. Le repas était simple, le ménage était fait et l'éclairage n'était pas trop fort, de manière que la vue qu'offrait la baie vitrée soit mise en valeur. Perché au cinquante-neuvième étage, il regarda la nuit qui tombait sur la ville. Paige allait forcément être sous le charme.

La sonnette retentit et il sentit son cœur bondir dans sa poitrine. Il courut dans l'entrée et fut subjugué en ouvrant la porte. Il avait beau savoir à quel point Paige était sublime, il ne s'était pas attendu à cette robe moulante bordeaux, ni à cette cascade de boucles blondes d'une infinie sensualité. Elle avait tout. Le physique, l'esprit, l'attitude. Comment aurait-il pu résister ?

Elle sourit et lui tendit la bouteille de vin qu'elle avait apportée.

— Merci beaucoup, Paige.

Il s'effaça pour la laisser entrer et la suivit en respirant son délicieux parfum.

— Tu as un très bel appartement, dit-elle en avançant. D'après ce que je vois d'ici, du moins.

— Viens, je vais te faire visiter.

Il allait instinctivement lui prendre la main mais se retint de le faire. Était-ce une bonne idée ? Ne risquait-il pas de commencer la soirée par un refus ?

Il n'y avait qu'une seule façon de le savoir. S'il n'exprimait pas clairement ses intentions, il s'en voudrait plus tard. C'était le moment de se lancer. Il avait prévu une soirée romantique, *pas* un rendez-vous professionnel.

Paige baissa les yeux pour surveiller le mouvement de Zach vers elle. Quand il eut serré ses doigts dans les siens, elle releva la tête et l'interrogea du regard.

— Zach. Je croyais que nous devions d'abord en parler. Tu es prêt à aborder le sujet tout de suite ?

— Oui.

Il posa la bouteille de vin sur la console de l'entrée et se mit face à Paige.

— Je sais que tu t'inquiètes de ce que vont penser les gens, dit-il. Mais il n'y a personne d'autre que nous ici. Personne n'a besoin de savoir que nous nous voyons. Personne n'a besoin de savoir tout ce que tu m'inspires.

— C'est-à-dire ?

Il contempla son visage et se délecta du sourire qui se dessinait sur ses lèvres voluptueuses.

— Tu es tellement belle, tellement brillante et tellement extraordinaire que je serais fou de ne pas vouloir être avec toi.

Comme il tenait toujours sa main dans la sienne, il la porta à sa bouche pour l'embrasser.

— Nous nous entendons bien, murmura-t-il tout contre le dessus de sa main. L'harmonie est parfaite entre nous. Nous l'avons découvert à Las Vegas. Tu n'as pas envie de continuer à en profiter ?

Comme il redéposait un baiser sur sa main, elle s'approcha de lui. Il la regarda et vit une flamme s'allumer dans ses yeux.

— J'ai le sentiment que je devrais être plus forte que ça, confia-t-elle. Mais je n'y arrive pas avec toi. Tu me donnes envie de capituler.

— Alors capitule.

Il retourna délicatement sa main et embrassa l'intérieur de son poignet, à l'endroit où battait son pouls. Puis il remonta le long de son avant-bras. Sa peau était tellement douce...

Elle soupira et fit un pas de plus vers lui.

— Si nous faisons ça, dit-elle, tu dois me promettre de ne pas me faire de mal. J'ai suffisamment souffert, d'accord ?

— Je te le promets.

Il caressa son visage et la vit entrouvrir les lèvres. Il rêvait de ce moment depuis qu'ils s'étaient séparés à l'aéroport. Il le sentait, elle avait envie de lui comme il avait envie d'elle.

Il l'entraîna jusqu'au bout du couloir, et dès qu'ils furent entrés dans sa chambre, ce fut elle qui l'attira à côté du lit. Il lui enleva sa robe et son soutien-gorge, lui caressa les seins et les lécha avec délice avant de glisser la main dans sa culotte.

— Paige, allonge-toi, supplia-t-il.

— Non. Je veux d'abord te déshabiller.

Elle déboutonna sa chemise tout en l'embrassant et prit son temps pour lui ôter tous ses vêtements. Il était dans un tel état d'excitation que lorsqu'elle prit son sexe dans sa main et commença à aller et venir, il dut lutter pour garder le contrôle.

Il l'enlaça, prit possession de sa bouche et s'allongea avec elle en la serrant contre lui. Il sentait contre son torse ses seins chauds et leur pointe tendue par le désir. Paige le fascinait tellement qu'il aurait pu passer une vie entière à explorer son corps et ses plaisirs. Il n'avait connu cela avec aucune autre femme.

Étendu au-dessus d'elle, il déposa des baisers partout sur elle, s'attardant aux endroits où elle était la plus sensible. C'était un pur bonheur de l'entendre gémir à chaque fois qu'il la surprenait avec ses mains, ses lèvres ou sa langue.

— Zach, viens, murmura-t-elle dans un souffle. J'ai tellement envie de toi.

— J'arrive.

Il se leva, le temps d'attraper un préservatif et de le mettre, puis se tourna vers elle.

— Approche-toi, lui enjoignit-elle avec un sourire aguicheur.

— Volontiers.

Il se remit tout contre elle et elle referma ses bras et ses jambes autour de lui. Prenant son visage entre ses mains, il l'embrassa avec passion en se demandant si c'était le moyen d'éclaircir le mystère de Paige, d'arriver à comprendre ce qu'elle voulait. Si seulement la réponse avait pu être : *lui !*

Elle se mit sur le dos et ouvrit les jambes pour le faire entrer en elle. À l'instant où il la pénétra, la sensation fut encore plus forte que lors de leur nuit à Las Vegas. Au-delà du plaisir physique, il était empli d'une émotion indescriptible.

Il enfouit le visage dans son cou tandis qu'ils se mettaient à bouger ensemble au rythme de leur plaisir. Comme si elle voulait être encore plus proche de lui, elle vint à la rencontre de sa bouche et ils s'embrassèrent encore et encore en oubliant de reprendre leur souffle. Leur étreinte se fit de plus en plus intense. Finalement, elle rejeta la tête en arrière et de longs cris d'extase s'échappèrent de sa gorge. Alors Zach se laissa aller à son tour. Il atteignit la jouissance et s'envola dans un autre monde, au-delà du septième ciel.

Quand il revint sur terre, Paige était dans ses bras et il n'aurait rien pu demander de plus beau. Comme il s'étendait sur le dos, elle se blottit contre lui en posant la tête dans le creux de son épaule. Ils restèrent silencieux le temps de retrouver une respiration normale. Au bout de quelques instants, elle passa la main sur son torse, ils s'embrassèrent de nouveau, et Zach se rendit compte qu'il voulait bien être n'importe où du moment qu'elle était là, avec lui. Il espérait seulement qu'elle finirait par ressentir la même chose.

Paige n'en revenait pas que tout soit allé aussi vite ce soir avec Zach. Il avait suffi d'un contact, d'une étincelle, pour qu'ils s'enflamment tous les deux.

Elle avait su dès le début qu'elle n'avait aucune volonté de résister. Zach avait raison, personne n'avait besoin de savoir. Si cela pouvait leur permettre de continuer à vivre ces moments-là...

— Tu as faim ? demanda-t-il en la serrant contre lui.

— Oui, c'est vrai ! répondit-elle en riant. J'avais oublié que j'étais venue pour dîner.

— Je ne sais pas si ce qui vient de se passer fait de moi un hôte exécrable ou excellent...

Sur ces mots, il se leva et enfila son boxer. Paige l'imita et remit ses sous-vêtements.

— Je penche pour excellent, dit-elle.

Il se tourna vers elle.

— Tu veux autre chose à mettre ? demanda-t-il. Évidemment,

tu es spectaculaire dans cette robe, mais j'ai peut-être des vêtements plus confortables pour toi.

— Oui, ce serait super. Merci.

Elle le rejoignit devant son armoire, d'où il sortit un grand sweat-shirt gris floqué du logo de l'université de Harvard.

— Que dis-tu de ça ?

— J'ai toujours rêvé de me faire passer pour une diplômée de Harvard, plaisanta-t-elle.

— Parfait. Maintenant, il faut qu'on te trouve un pantalon.

Elle enfila le sweat-shirt et releva les manches. Il était juste un peu trop grand pour elle. Quand elle regarda Zach, il avait mis un bas de survêtement et fouillait dans un tiroir. Elle s'approcha de lui et posa la main sur son dos nu.

— Si tu n'as rien, ce n'est pas grave, lui dit-elle. Je n'ai pas vraiment besoin d'un pantalon.

Il se tourna vers elle et la dévora des yeux de la tête aux pieds.

— C'est vrai que tu es superbe comme ça, dit-il.

Il sortit un T-shirt pour lui, puis referma le tiroir.

— Maintenant, à table.

Elle lui sourit, non sans regretter qu'il soit à nouveau tout habillé.

Ils allèrent chercher la bouteille de vin restée dans l'entrée, puis passèrent dans la cuisine qui donnait sur le grand séjour. Les équipements étaient dignes d'un grand restaurant. Tout était élégant et moderne, des appareils électroménagers dernier cri aux plans de travail en marbre. Il alluma les petites lumières placées au-dessus de la cuisinière.

— Je peux ouvrir la bouteille ? demanda Paige.

— Très bonne idée.

Il sortit un tire-bouchon et deux verres.

— Je m'occupe du repas pendant ce temps, ajouta-t-il. Ce ne sera pas long.

Pendant qu'elle servait le merlot qu'elle avait apporté, il mit de l'eau à bouillir dans une marmite et sortit un paquet de pâtes.

— J'ai préparé une sauce *puttanesca* avant ton arrivée, dit-il en prenant un saladier en verre dans le réfrigérateur.

Il versa la sauce dans une grande poêle et la mit à chauffer sur une plaque.

— Quelle bonne idée, s'exclama-t-elle. Des olives, des câpres, du piment... Tout ce que j'aime ! Je suis impressionnée.

Elle lui donna un verre de vin qu'il fit tinter contre le sien.

— C'est très simple, assura-t-il.

— Je suis quand même impressionnée.

Ils portèrent tous deux leur verre à leurs lèvres sans cesser de se regarder dans les yeux. Paige n'avait jamais imaginé que boire une gorgée de vin pourrait être aussi excitant.

— Alors comme ça, tu es allé à Harvard ? Je l'ignorais.

— Pour mes études de commerce. Mon père y tenait.

— Ah.

Elle n'en dit pas plus, préférant éviter de parler de Tom.

— Et toi ? demanda-t-il. Où as-tu fait tes études ?

— À l'université du Connecticut, évidemment.

— Pourquoi « évidemment » ?

— Parce que ma mère y travaillait. Elle entraînait l'équipe féminine de basket. Elle a fait toute sa carrière dans la même université.

Voyant l'air interrogateur de Zach, elle ajouta :

— Ma mère, Elaine Moss.

— Quoi ? s'écria-t-il. Tu es la fille d'Elaine Moss ? Mais pourquoi je ne l'apprends que maintenant ? Ta mère est une référence absolue !

— Était, corrigea-t-elle. Elle est décédée il y a près de deux ans.

Même après tout ce temps, cela lui nouait encore la gorge de le dire tout haut.

— Paige, je suis désolé.

— Merci. Et pourquoi tu ne le savais pas ? Je n'ai pas pensé à te le dire, c'est tout. Je croyais que tout le milieu était au courant.

— J'aurais dû faire le lien. C'est vrai que tout le monde connaît Elaine Moss. Elle a eu une carrière exemplaire.

Paige reprit une gorgée de vin et s'appuya contre l'îlot central pendant que Zach continuait à préparer le repas.

— C'était une femme extraordinaire, dit-elle. C'est sous son influence que j'ai fait carrière dans le sport. Je l'admirais tellement que je voulais tout faire comme elle. Je rêvais d'être elle.

Paige avait toujours considéré sa mère comme sa boussole, si bien que depuis sa mort, elle se sentait perdue. Elle avait de quoi être satisfaite de sa réussite professionnelle, et pourtant, ses succès ne suffisaient pas à la combler.

— As-tu déjà envisagé de devenir entraîneuse à ton tour ?

— Non. J'ai le sentiment que, pour cela, j'aurais dû d'abord être une joueuse de haut niveau. Or malgré mes efforts acharnés, ça n'a jamais vraiment marché.

— Tu n'avais pas les qualités requises ?

Paige baissa les yeux et pointa l'index en direction de sa poitrine.

— Voilà mon principal problème, déclara-t-elle. Dès la puberté, j'ai eu de gros seins, ce qui m'a grandement compliqué les choses.

— Eh bien, je suis désolé que tu n'aies pas pu réaliser ton rêve, mais me réjouis que tu sois devenue la femme que tu es aujourd'hui.

Il s'éclaircit la voix et ajouta d'un ton gêné :

— J'ai eu tort de faire cette remarque ?

— Non, répondit-elle en riant. Au contraire, c'était plutôt adorable.

— Tant mieux. J'aime que tu me trouves adorable.

— Et toi ? J'imagine que tu as pratiqué un sport ?

— Tous les sports. Base-ball, basket, golf, lacrosse… J'ai tout essayé. Je n'étais pas spécialement doué, mais ça ne m'a jamais empêché de m'amuser.

— Et le football américain ?

Il secoua la tête en égouttant les pâtes dans l'évier.

— Il n'en était pas question, répondit-il. Ma mère trouvait ça trop dangereux.

— Je la comprends. Les chocs à la tête peuvent avoir des conséquences terribles.

Paige était partagée entre sa réticence à l'idée de parler de Tom et son envie de mieux connaître Zach. Après tout, son beau-père occupait une place essentielle dans sa vie.

— Quand ta mère et Tom se sont-ils rencontrés ? demanda-t-elle finalement.

— Oh ! J'étais petit. Je n'avais que deux ans. Ma mère était hôtesse d'accueil dans un restaurant de Long Island. Un jour, il est entré, et je crois que ça a été le coup de foudre.

Paige avait du mal à imaginer qu'une personne puisse tomber amoureuse de Tom Armstrong, mais puisqu'il comptait beaucoup pour Zach, il devait bien posséder quelques qualités humaines. Hélas, elle n'en avait jamais eu le moindre aperçu.

— Qu'est-il arrivé à ton père biologique ? Si je peux me permettre de poser cette question.

— Ma mère et lui n'ont jamais été mariés. Ils n'avaient même pas vingt ans quand ils se sont connus. Ce n'était pas une relation sérieuse. Elle est tombée enceinte et il a pris ses jambes à son cou.

— Je suis désolée, soupira-t-elle en secouant la tête.

— Je ne peux pas vraiment dire qu'il m'ait manqué, étant donné que je ne l'ai jamais vu. C'est en tout cas la façon dont je vois les choses, même si ça peut paraître curieux.

De fait, son histoire ne semblait pas l'attrister ou le perturber. Il la racontait en énonçant les faits, sans émotion particulière.

— Et ton père ? demanda-t-il. Il me semble que ta mère t'a élevée seule, non ?

— En effet. Mes parents ont été mariés, mais ça n'a duré qu'un an. Juste le temps pour eux de m'avoir. D'après ce qu'on m'a raconté, il ne supportait pas que ma mère consacre une si grande partie de sa vie à son travail. Il n'y avait plus de place pour autre chose.

— Bien sûr. On ne remporte pas un paquet de titres en championnat universitaire sans sacrifices.

— Sept titres, précisa Paige.

— Impressionnant.

Il mélangea doucement les pâtes qu'il avait mises dans la sauce et demanda :

— Alors, tu veux bien me raconter ce qui s'est passé entre toi et Tom ? Parce que, vous connaissant tous les deux, j'ai sincèrement du mal à comprendre.

Paige se passa la main sur la nuque. Elle se sentait tendue tout à coup.

— Je ne sais pas. Tu veux vraiment entendre cette histoire ?

— Oui, absolument. J'ai besoin de savoir pourquoi tu le détestes et pourquoi il te considère comme la pire des vipères.

Paige resta bouche bée.

— La pire des vipères ? C'est comme ça qu'il m'appelle ?

Zach fit la grimace avant de lui adresser un sourire penaud.

— Pardon. J'aurais sans doute dû garder ce petit détail pour moi.

Paige secoua la tête et leur resservit du vin à tous les deux avant de se lancer.

— Voilà l'histoire, commença-t-elle. Il y a dix ans, alors que mon agence était encore toute jeune, un client de Tom est venu me voir pour me demander si j'accepterais de le représenter.

Zach la fixa avec intérêt.

— Qui était-ce ? demanda-t-il.

— Un joueur de tennis. Roger Fielding.

— Je le connais. Il est resté chez nous jusqu'à ce qu'il prenne sa retraite sportive. J'en conclus que tu as décliné sa proposition.

— Exactement. En fait, sa fille Laurie était une jeune joueuse prometteuse, et il espérait que je signerais un contrat avec elle aussi, ce que Tom refusait de faire.

— D'accord. Je vois.

— Mais Tom a cru que j'essayais de lui voler son client, et à partir de là, il est devenu infect avec moi. Non qu'il ait été très sympathique avant ça.

Zach soupira. Il semblait plus résigné que déçu. C'était peut-être un aspect de la personnalité de Tom qu'il connaissait bien.

— La rivalité professionnelle, dit-il. Tom a toujours vu les autres agents comme ses ennemis. Je crois que c'est ce que lui a appris son père, le créateur d'Armstrong Sports.

— Pendant des années, poursuivit Paige, j'ai pensé que nous allions simplement continuer à nous détester sans ce que ça aille plus loin. Mais apparemment, il attendait son heure pour se venger de moi. Un jour, il a voulu recruter Andrew, alors que nous étions encore mariés et qu'il travaillait pour moi.

Cette fois, Zach eut l'air stupéfait.

— Non ! Tu plaisantes ?

— Je t'assure que c'est vrai. Pour Andrew et moi, ça a été le début de la fin.

— Mais tu ne rends pas Tom responsable de votre divorce, si ?

Paige garda le silence pendant quelques secondes. En réalité, c'était en partie le cas. Mais le fait d'entendre Zach prononcer cette phrase la poussait à se remettre en question.

— Tu n'as pas répondu à ma question, dit-il.

— Je sais. Je réfléchis.

— D'accord, j'ai tout mon temps.

Il goûta le plat et elle l'observa tandis qu'il complétait son assaisonnement.

— Honnêtement, confia-t-elle, j'en veux à Tom. Il n'avait pas d'autre raison que son esprit de vengeance de vouloir engager Andrew. Or sa rancœur envers moi était totalement injustifiée, car c'était Roger qui m'avait contactée, pas l'inverse. De surcroît, je lui avais dit de revenir me voir une fois que son contrat avec

Armstrong serait arrivé à son terme, car je ne comptais pas voler le client d'un de mes confrères.

— Contrairement à ce que j'ai fait avec Ryan Wilson, c'est ça ? Parce que, techniquement, c'est ce que j'ai fait.

Il servit les pâtes dans deux jolies assiettes creuses.

— Je pense que c'est différent. Tu m'as dit que tu étais ami avec Ryan.

Tout en disant cela, elle se rendait compte que les limites étaient floues.

— Je ne devrais sans doute pas en vouloir à Tom, reconnut-elle. Mais c'est difficile de passer l'éponge. Surtout face à quelqu'un d'aussi rancunier.

Zach ouvrit le réfrigérateur et en sortit un morceau de parmesan.

— J'aimerais pouvoir trouver les mots pour lui faire changer d'avis sur toi, dit-il en râpant du fromage au-dessus des assiettes fumantes.

— Non, ne fais pas ça. Je pense que ça ne ferait qu'empirer les choses.

— Tu as bien fini par te réconcilier avec Andrew apparemment. Pourquoi pas avec Tom ?

— Peut-être parce qu'il a toujours une très mauvaise opinion de moi ? Autant que je te le dise, il m'a vraiment fait haïr le nom Armstrong.

Zach se pencha vers elle et l'embrassa sur le front.

— Eh bien, sache que cet Armstrong-là t'aime beaucoup, Paige Moss. Et je ne te ferais jamais quelque chose comme ça. Jamais.

Elle sourit en espérant de tout son cœur que l'avenir ne le démentirait pas.

9

Henry apparut sur le seuil du bureau de Paige, avec dans les bras un énorme bouquet de roses rouges et d'iris violets.

— Devine qui a encore reçu des fleurs ? lança-t-il gaiement.

Paige se leva d'un bond pour aller chercher son magnifique bouquet. C'était la cinquième ou sixième livraison en deux semaines, c'est-à-dire depuis qu'elle voyait Zach régulièrement.

— Sérieusement ? marmonna-t-elle tout bas.

Elle voulait surtout éviter d'attirer l'attention sur ces livraisons de fleurs. Ses collaborateurs les avaient remarquées, évidemment, et elle ne voulait répondre à aucune de leurs questions.

— Je dirais que quelqu'un est fou amoureux, dit Henry en lançant à Paige un regard perspicace. Je sais, je sais, ajouta-t-il aussitôt. Tu ne m'as rien demandé.

— Merci de me les avoir apportées. S'il te plaît, ne dis à personne qui les envoie.

Elle posa les fleurs sur la table basse, en face du canapé. Zach était toujours son secret et elle préférait que ça reste ainsi.

— Tu me connais, je suis muet comme une carpe, assura Henry.

Puis il repartit.

Paige prit la carte qui accompagnait les fleurs. Elles venaient bien de Zach.

Cette soirée sur la terrasse était magnifique.

Je t'embrasse,

Zach

Elle rougit de plaisir. Hier soir, elle était allée chez lui. Ils s'étaient installés sur la terrasse avec une bouteille de vin, et après avoir beaucoup parlé, ils en étaient venus à s'embrasser, puis à faire l'amour. Sur une chaise longue, à peine enveloppés dans une couverture. Cela lui avait paru encore plus fou que ce qui s'était passé dans le bar de l'hôtel à Las Vegas.

Paige n'avait pas un tempérament d'aventurière. Elle ne pariait jamais. Elle était réfléchie et pragmatique. Mais avec Zach, elle voulait bien vivre dangereusement. Il lui donnait envie de découvrir de nouvelles expériences, ce qui, à vrai dire, la rendait terriblement nerveuse. Elle flirtait déjà avec le danger rien qu'en poursuivant cette liaison avec lui. Si les employés de Moss Sports découvraient ce qui se passait entre eux, elle perdrait toute crédibilité, car ses collaborateurs savaient comment Tom Armstrong s'était comporté avec elle. Quant à Zach, il prenait encore plus de risques qu'elle, car il mettait à la fois en péril sa relation avec son employeur et avec son père.

Alors pourquoi réclamait-il toujours plus de temps avec elle ?

Il n'y avait qu'une seule réponse cohérente : il recherchait le frisson de l'interdit. L'idée d'une liaison entre deux adversaires l'excitait. À moins que ce soit l'originalité de coucher avec une femme plus âgée. Quoi qu'il en soit, malgré les bons moments qu'elle passait avec lui et les attentions qu'il avait pour elle, elle continuait à douter de ses motivations. Y compris quand il lui envoyait des fleurs.

Henry réapparut dans l'encadrement de la porte.

— Alexis au téléphone, annonça-t-il.

— Je la prends. Merci.

Elle retourna s'asseoir à son bureau et décrocha.

— Bonjour, Alexis, comment vas-tu ?

— Je me pose pas mal de questions, pour être honnête. Ça fait trois semaines que tu es rentrée de Las Vegas et je n'ai reçu aucune proposition. Ni publicité ni partenariat. Rien. Et qu'est-ce que j'apprends ? Que Gabby Cooper va faire une campagne pour Maverick Motors. Tu peux me dire ce qui se passe, Paige ?

Paige fut prise de court par le ton d'Alexis. Elle n'avait jamais entendu autant de colère dans sa voix.

— Alexis. Tout va bien. Calme-toi.

— Ne me dis pas de me calmer. Je suis énervée. Ce n'est pas ce dont nous avions convenu.

Sur ce point, Paige ne pouvait pas la contredire. Elle n'avait ni prévu ni voulu cette situation. Mais elle n'avait pas le pouvoir de transformer la réalité.

— Il y a des choses en préparation, répondit-elle, mais ce n'était pas assez avancé pour que je t'en parle. Je ne voudrais pas te donner de fausses joies. Je préfère attendre d'avoir des propositions concrètes à te transmettre plutôt que de te faire des promesses et de ne pas les tenir.

— De mon point de vue, tu m'as déjà fait des promesses que tu n'as pas tenues.

Paige sentit sa bouche s'assécher. Elle était soudain crispée au point d'avoir mal au ventre.

— Tu as raison, admit-elle. Tu as entièrement raison. Veux-tu que je t'envoie la liste de tous les sponsors avec qui j'ai eu des échanges ? Est-ce que tu aimerais… voir sur quoi j'ai travaillé jusqu'à maintenant ?

— Oui. Ce serait bien, oui.

— Donne-moi vingt-quatre heures pour te préparer un récapitulatif et je te l'enverrai aussitôt, d'accord ?

— Non, Paige. Je veux le voir tout de suite. Peu importe la présentation. Je n'ai pas besoin d'un document bien rédigé. Nous nous connaissons suffisamment pour nous dispenser des fioritures, il me semble.

— Entendu. C'est comme tu voudras. Je te mets sur haut-parleur et je vais tout t'envoyer par mail pendant que nous sommes en ligne.

Elle ouvrit un nouveau message et mit en pièce jointe les notes qu'elle avait rassemblées concernant les sponsors et contrats publicitaires potentiels pour Alexis.

— Voilà, dit-elle. C'est envoyé. Mais je te préviens, c'est sans filtre. Il y a peut-être des choses qui ne vont pas te plaire. Je ne compte pas accepter pour toi des offres au rabais qui ne sont pas dignes de ton statut. Ton temps, ton nom et ton talent ont de la valeur. Il est hors de question de les brader. Je suis convaincue que ce serait une grave erreur et qu'il vaut mieux attendre la proposition qui sera à la hauteur de ce que tu mérites.

— D'accord, soupira Alexis. Merci. Je comprends ce que tu veux dire. Je pense que j'ai juste paniqué en apprenant la nouvelle à propos de Gabby.

— Pour ton information, Maverick Motors s'intéresse aussi à toi. Ils considèrent juste que leur produit actuel ne te correspond pas, et je t'assure que la somme qu'ils ont proposée à Gabby est loin de ce à quoi tu peux prétendre. Je reste en contact avec eux pour la suite.

— Bon. J'espère que ça donnera quelque chose.

— Je suis là pour toi, Alexis, insista Paige. Je ne te laisserai pas tomber.

— Merci. Je t'en suis reconnaissante. Sincèrement.

Paige respirait déjà un peu mieux.

— Je te laisse lire ce que je t'ai envoyé, et tu pourras me faire parvenir toutes tes remarques. Si l'une de ces propositions t'intéresse, dis-le-moi et je redoublerai d'efforts pour qu'elle aboutisse.

— Je n'y manquerai pas. Je te répondrai dès que j'aurai examiné le document.

— Est-ce que je t'ai rassurée, Alexis ?

— Oui, oui. Je ne peux pas oublier que tu as toujours été

parfaitement loyale et que tu as toujours joué franc jeu avec moi. Ce n'est pas forcément le cas de tous les agents.

— Je ne sais pas travailler autrement.

— Et c'est la raison pour laquelle j'apprécie notre collaboration.

— C'est réciproque, Alexis. À bientôt, je te souhaite une très bonne fin de journée.

— Merci, bonne journée à toi aussi.

Paige raccrocha et inspira profondément. Elle n'avait dit que la stricte vérité à Alexis. Mais pouvait-elle travailler encore plus dur pour elle que ce qu'elle faisait déjà ? Sans doute. Il était toujours possible d'en faire davantage. Toujours.

Alors qu'elle allait de nouveau se concentrer sur ce qu'elle avait à faire, elle reçut un SMS. De Zach.

Tu as reçu les fleurs ?

Elle soupira et sourit. Son bouquet avait le mérite d'égayer une journée maussade.

Oui, elles sont magnifiques. Merci beaucoup.

Je t'en prie. Tu fais quoi pour le déjeuner ?

Je vais manger une salade dans mon bureau. Pourquoi ?

J'ai envie de te voir. Si tu passais chez moi ?

Paige savait exactement à quoi pensait Zach. Elle le savait parce qu'ils l'avaient déjà fait deux fois : se retrouver sous prétexte de déjeuner ensemble, tout cela pour finir nus et enlacés dans le salon de Zach ou la cuisine de Paige.

Elle fut tentée de dire non. De freiner des quatre fers. Est-ce que les choses n'allaient pas trop vite et trop fort entre eux ? Mais d'un autre côté, rien ne lui faisait plus envie que d'oublier le travail pendant une heure dans les bras de l'homme qui lui donnait tellement de plaisir.

Il lui envoya un nouveau message :

Je dois t'avouer quelque chose : je suis déjà en chemin. J'étais dans mon bureau en train de penser à toi et je n'ai pas pu reprendre le travail. J'ai besoin de toi.

Elle l'imagina dans cet état d'excitation et se mordit la lèvre en répondant :

Je ne vais pas te mentir. C'est tentant.

Saute dans un taxi. Loue un avion privé. Peu importe. Mais arrive vite.

Je pars tout de suite.

Elle se leva, prit son sac et se précipita dans le couloir. Voilà l'effet que Zach avait sur elle. Elle pouvait penser une chose et faire le contraire.

L'ascenseur l'amena rapidement au rez-de-chaussée et elle traversa le hall d'entrée de l'immeuble en prenant sur elle pour ne pas courir. Une fois dans la rue, elle eut la chance d'avoir un taxi presque instantanément. L'appartement de Zach se trouvait à dix minutes en voiture. Assise sur la banquette, elle regarda par la fenêtre en pensant à son corps d'athlète, à son sourire sublime et à tous les délices qui l'attendaient. Même si elle se demandait parfois quelle folie les poussait à continuer, elle était consciente d'avoir de la chance. Beaucoup de chance.

Dès que le chauffeur se fut garé, elle le paya et descendit. Jorge, le portier de la résidence de Zach, l'accueillit comme une connaissance de longue date et appela l'ascenseur pour elle.

— Madame Moss, comment allez-vous ? M. Armstrong est monté chez lui il y a quelques minutes à peine.

— Merci beaucoup. Zach et moi avons rendez-vous pour déjeuner ensemble.

— Ah oui ? Il m'a dit qu'il vous recevait afin de vous montrer des échantillons de tissu pour un nouveau canapé.

— Oui, aussi, répondit-elle en souriant.

Zach et elle auraient pris le temps de s'accorder s'ils avaient prévu cela plus en avance. Voilà ce qui arrivait quand on improvisait un rendez-vous.

— Je vous souhaite de passer un bon moment, dit poliment Jorge.

Cela, Paige n'en doutait pas.

Elle monta dans l'ascenseur et la porte se referma derrière elle. À mesure que les numéros d'étages défilaient sur l'écran lumineux, l'excitation s'installait en elle, lui procurant des frissons dans tout le corps. Son visage s'enflamma. La pointe de ses seins se tendit. Parce qu'elle savait qu'elle s'approchait de Zach et qu'il l'attendait avec impatience. Arrivée au cinquante-neuvième étage, elle se jeta presque dans le couloir et n'eut à frapper qu'un seul coup pour que Zach lui ouvre. Il était complètement nu.

L'attrapant par le bras, il l'attira dans l'entrée et referma la porte derrière elle. Elle laissa tomber son sac à main tandis que Zach la plaquait contre le mur et l'embrassait avec une fièvre qui la transporta dans un autre monde. Instinctivement, elle passa un bras autour de lui pour s'agripper à son dos musclé tout en prenant son sexe durci dans son autre main. Il poussa un murmure rauque tout contre son oreille et lui mordilla le lobe. La douleur à peine perceptible fut suivie d'une vague de plaisir.

Elle sentit alors les mains de Zach remonter sa robe presque jusqu'à sa taille. Puis il glissa les doigts à l'intérieur de sa culotte. Il savait exactement où et comment la toucher. Au bout de quelques secondes, elle était tout près de l'extase.

— Déjà ? susurra-t-il avec un sourire dans la voix.

— Tu n'es pas le seul à avoir imaginé des préliminaires. Je n'arrêtais pas de penser à toi dans le taxi. Et dans l'ascenseur.

Il émit un rire sensuel et prit le préservatif qu'il avait pensé à poser sur la commode de l'entrée. Après l'avoir ouvert avec ses dents, il le tendit à Paige et la regarda pendant qu'elle le déroulait sur son érection. Puis il la déshabilla frénétiquement et la mit de nouveau contre le mur. Il lui souleva la jambe en la tenant derrière son genou et entra en elle.

Ils poussèrent ensemble un long soupir de soulagement.

Presque aussitôt après, il saisit son autre cuisse et la porta pour qu'elle puisse serrer ses deux jambes autour de lui. C'était la première fois qu'elle expérimentait cette position. Que c'était bon de sentir sa puissance tandis qu'il allait et venait de plus en plus vite, de plus en plus fort... Et surtout, le frottement de son pénis contre son clitoris la rendait folle d'excitation.

Elle sentit la jouissance monter en elle et pressa la bouche contre son épaule puissante pour étouffer ses cris d'extase. Il s'abandonna tout de suite après elle en rejetant la tête en arrière.

Quand il l'eut doucement reposée par terre, elle s'appuya contre le mur, à bout de souffle.

— Ouah, dit-elle, haletante. C'étaient les trois minutes les plus chaudes de ma vie.

— Tu exagères. Ça a bien duré cinq minutes.

Il la regarda en souriant.

— C'était mieux qu'une salade dans ton bureau, non ?

Elle rit en l'embrassant.

— Beaucoup mieux, oui.

— Je reviens tout de suite.

Il se rendit dans la salle d'eau qui donnait sur le séjour. Pendant ce temps, Paige remit ses sous-vêtements.

— C'était vraiment super, dit-elle en élevant la voix pour qu'il l'entende.

Grâce à lui, elle ressentait déjà beaucoup moins le stress provoqué par l'appel d'Alexis.

— J'ai passé toute la matinée à penser à toi, répondit-il en la rejoignant. C'était exactement ce que tu as dit. Des préliminaires imaginaires. Qui ont duré trois heures. J'étais plus que prêt à commencer quand tu es arrivée.

— Qu'est-ce que tu aurais fait si je n'avais pas pu venir ?

Il prit sa chemise sur la pile de vêtements posée dans le fauteuil de l'entrée. Il s'était donc déshabillé ici, en l'attendant ? Cette idée la fit sourire de plaisir.

— Je ne sais pas. J'aurais sans doute dû me débrouiller tout seul ? Ce qui aurait été tellement moins bien…

— Je suis contente que ça ait pu se faire.

— Moi aussi, Paige. Moi aussi.

Lorsqu'ils eurent tous les deux remis leurs vêtements, il s'approcha d'elle.

— J'aimerais te parler de quelque chose, dit-il.

— Des échantillons de tissu pour ton nouveau canapé ?

Il s'esclaffa avant de répondre :

— J'ai paniqué. Je ne sais pas pourquoi, je me suis senti obligé de justifier le fait que je rentrais chez moi au milieu de la journée et que tu allais arriver.

— J'ai dit à Jorge que nous avions rendez-vous pour déjeuner.

— Ça aurait été une explication plus naturelle, effectivement.

Il s'éclaircit la voix et baissa les yeux. Pendant quelques secondes, il fixa le sol, comme pour se donner le temps de rassembler ses pensées.

— Mais j'aimerais vraiment que nous parlions de certaines choses ensemble, reprit-il. Des choses importantes. Peut-être ce soir ?

Paige n'aimait pas être mise face à l'inconnu. Elle avait besoin de savoir ce dont il voulait discuter avec elle, surtout si c'était sérieux.

— De quoi s'agit-il ? demanda-t-elle.

Il la prit dans ses bras et répondit :

— De nous, bien sûr.

Elle ne put s'empêcher de sourire, même s'il venait de lui confirmer que ce qui se passait entre eux n'était plus aussi léger que ce qu'elle avait voulu.

— Nous, c'est-à-dire ? S'il te plaît, ne me dis pas que tu veux te marier. Cela ne fait que deux semaines.

— Tu y réfléchirais si je te faisais ma demande ? demanda-t-il en riant.

— Après deux semaines ? Non.

— Je ne suis pas tout à fait d'accord. Nous avons commencé à nous tourner autour il y a un mois, et nous avons passé notre première nuit ensemble à Vegas il y a trois semaines.

— Tu me fais rire.

Elle aimait ce mélange d'humour et de sincérité. Et il avait un vrai talent pour argumenter. C'était peut-être ce qui faisait de lui un si bon agent.

— De quoi voulais-tu parler à propos de nous ?

Il prit délicatement une mèche de cheveux de Paige pour l'ôter de devant son visage.

— C'est juste une réflexion qui me trotte dans la tête. Je ne vois pas pourquoi il faudrait donner tant d'importance à ce qui se dresse entre nous. Ma famille. Ton conflit avec Tom. Ce ne sont pas des problèmes insurmontables. Je pense que nous devrions apaiser les tensions. Après ça, nous pourrions être vraiment ensemble. Sortir dîner. Nous rendre à deux à des événements professionnels. J'en ai assez que nous soyons obligés de nous cacher. Je n'aime pas ça.

Paige prit le temps de formuler sa réponse. Elle n'avait pas envie d'être brutale avec Zach, mais il était très naïf s'il croyait que Tom mettrait sa rancœur de côté.

— Tu ne te caches pas beaucoup quand tu m'envoies des fleurs tout le temps, le taquina-t-elle.

— Franchement, Paige, je t'en enverrais volontiers tous les jours. Tu es la meilleure chose qui me soit arrivée…

Il contempla son visage, d'un regard tellement honnête et plein d'espoir qu'elle en eut le cœur serré.

— De toute ma vie, acheva-t-il.

Ces derniers mots la bouleversèrent. Quelle défense pouvait-elle bien avoir contre cela ?

— J'adore les moments que nous passons ensemble, Zach. Vraiment. Et je mentirais si je disais que je n'avais pas envie de continuer.

— Mais ? Je sens qu'il y a un « mais ». Et pas un « mais » agréable.

Il lui pinça les fesses pour ponctuer son propos.

— *Mais* je connais un aspect de la personnalité de Tom dont tu n'as sans doute pas idée. Et je ne l'imagine pas une seconde accepter cette situation.

— Je pense que tu te trompes. Il a changé.

Comment Paige pouvait-elle défendre son point de vue ? Zach et elle avaient chacun une expérience différente avec Tom. Celle de Paige était exclusivement négative, tandis que Zach le jugeait forcément avec plus d'indulgence en raison de son lien affectif avec son beau-père.

— Tu n'envisages pas de lui dire, au moins ?

— Eh bien, si. Tu me rends heureux. Je veux partager cela avec les gens que j'aime le plus, c'est-à-dire ma mère et Tom.

— Je ne crois vraiment pas que ce soit une bonne idée de lui en parler. En fait, je te supplie de ne *pas* le lui dire.

Elle vit la déception s'afficher sur son visage.

— Vraiment ? demanda-t-il.

— Vraiment.

— D'accord. Si c'est ce que tu veux. Mais je ne pourrai pas éternellement garder le secret. À un moment ou l'autre, je l'annoncerai à mes parents. Et nous n'aurons plus qu'à faire face aux conséquences. D'accord ?

Paige l'attira contre elle pour l'embrasser. Elle avait obtenu un répit mais devinait qu'il ne durerait pas. Les gens allaient finir par savoir qu'ils se voyaient, et la nouvelle parviendrait aux oreilles de Tom. Alors ce serait la fin de leur aventure. Elle devrait renoncer à Zach, et elle n'était pas prête à cela. Pas encore.

— Écoute, lui dit-elle. J'ai confiance en toi. Mais je préférerais que tu ne dises rien. Au moins pendant un certain temps.

Il hésita un instant avant de répondre :

— D'accord. Si c'est ce que tu veux.

Elle décida aussitôt de changer de sujet.

— Qu'as-tu de prévu cet après-midi ? demanda-t-elle.

— J'aurais bien aimé faire du télétravail, mais bien que nous soyons vendredi, je dois retourner au bureau. Tom vient pour une réunion lundi matin. Il sera présent pour la première fois depuis son infarctus, donc ce sera un moment important. Tout le monde se réjouit de le revoir. Je veux juste m'assurer d'être pleinement préparé pour pouvoir profiter du week-end.

Cet événement était une raison de plus de ne pas divulguer leur aventure. Paige en était convaincue. Les enjeux pour Zach étaient majeurs, ce n'était vraiment pas le moment pour lui de se fâcher avec son beau-père. Mais elle ne voulait pas insister lourdement avec ses conseils. Il savait ce qu'il avait à faire.

— J'espère que tu me feras une place dans ce week-end de détente, glissa-t-elle avec un sourire.

— Tu plaisantes ? s'exclama-t-il en l'enlaçant. Je n'attends que ça.

10

C'était la première fois que Zach se sentait à la fois nerveux et excité à l'idée de voir Tom. Il y avait bien eu de l'appréhension le jour où il s'était rendu à Long Island pour lui exposer son projet d'expansion, mais il ne s'était agi que d'une hypothèse à ce moment-là. Aujourd'hui, c'était la première fois que Tom revenait au bureau depuis son arrêt de travail, et il attendait que Zach lui présente les avancées de sa grande idée. C'était le moment ou jamais de faire bonne impression.

Zach faisait les cent pas dans le hall d'entrée en regardant sans arrêt sa montre. Il était 10 h 03. Tom avait trois minutes de retard, ce qui ne lui ressemblait pas du tout. Lui était-il arrivé quelque chose ? Zach ne pouvait s'empêcher de s'inquiéter pour lui. À 10 h 07, alors qu'il commençait vraiment à se poser des questions, l'ascenseur arriva et Tom en sortit. À la grande surprise de Zach, son beau-père avait mis un costume. C'était comme s'il était redevenu directeur de l'agence. Comme s'ils avaient fait un saut dans le passé.

— Bonjour. J'étais sur le point d'envoyer une équipe de secours, dit Zach en embrassant Tom.

— La circulation est épouvantable. S'il y a une chose qui ne me manque pas depuis que j'ai arrêté de travailler, c'est bien celle-ci.

— C'est précisément pour cela que j'habite en ville. Sois le bienvenu, en tout cas. Comme tu le vois, rien n'a vraiment changé.

— Sauf que je ne suis plus là.

— Exact, approuva Zach. Viens, allons dans mon bureau pour discuter tranquillement. Ensuite, j'imagine que tu auras envie de faire le tour pour parler à tout le monde.

— C'est parfait, faisons comme ça.

Ils longèrent le couloir. Volontairement, Zach marchait lentement pour éviter de fatiguer Tom. Même si son beau-père allait beaucoup mieux, il était encore convalescent. Dès qu'elle les vit arriver, Teri se leva pour accueillir Tom.

— Quel plaisir de vous revoir ! lui dit-elle.

— C'est réciproque. Merci d'avoir pris si grand soin de Zach ces dernières semaines, plaisanta-t-il.

— C'est moi qui devrais le remercier, assura-t-elle avec un grand sourire.

— Tant mieux, tant mieux, répondit Tom.

Zach fit entrer Tom dans son bureau et ils s'installèrent dans le coin salon. Zach lui tendit le classeur contenant un rapport détaillé sur son travail en cours, ainsi que tous les documents annexes.

— Voyons voir ça, dit Tom en sortant ses lunettes de la poche de sa veste.

Zach ouvrit son propre exemplaire pour suivre la lecture de Tom.

— Évidemment, précisa-t-il, ce sont encore des prévisions, puisque nous n'avons à ce jour que sept nouvelles clientes. Mais nous avons déjà signé des partenariats avec de grandes marques pour quatre d'entre elles et nous avons plusieurs pistes intéressantes pour les autres.

Tom hocha la tête en consultant les tableaux de chiffres de Zach.

— Cela correspond exactement à ce que tu m'avais annoncé, observa Tom. As-tu des prévisions au-delà de deux ans ?

— Pas encore, mais je peux y travailler. Quelle période as-tu en tête ?

— Cinq ans ? Pour avoir une idée plus large.

— Entendu. Ce sera fait.

— J'ai remarqué que toutes les nouvelles clientes étaient des joueuses de golf ou de tennis. Je croyais que tu voulais t'intéresser aussi à d'autres sports. Nous avions parlé de basket, non ? Où en sommes-nous de ce côté-là ?

Zach retint son souffle. Il savait que Tom faisait allusion à Alexis Simmons, un sujet qu'il refusait catégoriquement d'aborder.

— C'est un travail en cours. Voilà ce que je dirais. Mais il y a des avancées dans d'autres grands sports. Je suis en discussion avec Aida Niemenen, la pilote de course finlandaise. Elle va probablement devenir la première femme pilote de Formule 1. Elle serait alors une pionnière, une figure sportive et médiatique majeure. Tu imagines ?

Tom acquiesça d'un hochement de tête, puis se replongea dans le dossier et le feuilleta un moment avant de le refermer.

— Je suis fier de toi, Zach, dit-il en posant les mains à plat sur le classeur. Tu as su me résister. Tu t'es battu pour quelque chose que je refusais. Et tu obtiens des résultats. Tu mets ton empreinte sur l'agence, ce que je ne souhaitais pas au départ, mais qui s'avère être une bonne chose.

Sur ces mots, il se pencha vers Zach et lui tapota affectueusement le genou.

— Très beau travail, ajouta-t-il. Vraiment.

Zach avait l'impression de planer. Tom n'avait jamais été avare de compliments, mais il se montrait rarement aussi élogieux.

— Merci beaucoup, répondit Zach. Ce que tu me dis compte énormément pour moi.

— Je remarque aussi que ce nouveau poste te va bien, poursuivit Tom. Tu as l'air considérablement plus détendu et confiant. Tu as l'air… heureux. Oui, je crois que je ne t'ai jamais vu aussi heureux.

Ces paroles lui mettaient du baume au cœur, mais Zach savait que ce que son père avait observé n'était pas seulement lié à son travail. La raison essentielle était ailleurs. Celle qui le rendait heureux, c'était Paige.

— Papa, il faut que je te dise quelque chose.

— Bien sûr. Je t'écoute.

— Je sais que tu te retiens depuis tout à l'heure d'évoquer Alexis Simmons.

— Je ne voulais pas souligner le seul point négatif. Tu as fait tellement de bonnes choses. Mais je veux toujours que tu la convainques de nous rejoindre, ça oui.

— Eh bien, si je ne l'ai pas fait, c'est qu'il y a une raison.

Il prit une profonde respiration pour se donner du courage et déclara :

— Paige Moss et moi, nous avons passé du temps ensemble à Las Vegas, puis de nouveau à New York et maintenant... Je voudrais que tu saches que nous sommes en couple.

Tom ne répondit pas tout de suite. Zach guetta sa réaction sans parvenir à deviner le fond de sa pensée. Son visage restait impassible.

— Elle est formidable, poursuivit Zach, submergé par un besoin irrationnel de combler le silence. Je suis au courant des problèmes qu'il y a eu entre vous, mais tout ça appartient au passé. Il est temps de tirer un trait dessus. C'est vrai, l'eau a coulé sous les ponts, non ?

Tom hocha la tête. Il esquissa même un sourire, ce qui aida Zach à se détendre un peu.

— Je vois, dit Tom.

— Et ?

— Bien sûr, ta mère et moi, nous voulons que tu sois heureux. Nous voulons que tu trouves l'amour, que tu fondes une famille, que tu connaisses tout ce qui a rendu notre vie si riche.

— Merci. Tes mots me touchent. Nous n'en sommes pas encore là, Paige et moi. Notre relation est récente. Mais il se passe quelque chose de fort entre nous. Nous sommes très bien ensemble.

— À ta place, je ne me précipiterais pas. Ne t'enferme pas dans cette histoire. Il y a bien d'autres femmes, tu sais. Paige est plus âgée que toi. Elle n'a sans doute pas les mêmes centres d'intérêt, ni les mêmes envies que toi. Vous n'en êtes pas au même stade de votre existence.

Zach n'avait à aucun moment vécu son aventure avec Paige comme un enfermement. Il avait envie d'être avec elle, c'était aussi simple que cela.

— Je suis très bien comme ça, Tom. Je ne compte pas fréquenter d'autres femmes.

Tom fronça les sourcils avant de cacher sa grimace derrière un sourire crispé.

— Réfléchis bien, quand même. D'accord ?

Zach en avait assez qu'on le croie trop immature pour savoir ce qu'il voulait. Les remarques de son père lui rappelaient celles de Paige.

— Je sais ce que je fais, répliqua-t-il.

Tom hocha de nouveau la tête, regarda le classeur et le rendit à Zach.

— En tout cas, conclut-il, bravo pour ton travail.

— Merci.

— Je vais aller faire le tour des bureaux. J'ai du monde à saluer.

Sur ces mots, Tom se leva lentement du canapé.

— Ça va aller ? demanda Zach.

— Oui, oui. J'ai besoin de faire les choses par moi-même. Je vais de mieux en mieux.

Zach dut se retenir pour ne pas aider son père, mais sa mère lui avait bien dit de lui tendre la main seulement s'il risquait de tomber.

— C'est ce que je vois, dit Zach d'un ton encourageant.

Il raccompagna son père à la porte.

— On se voit bientôt, d'accord ? dit Tom. Je suis sûr que ta mère aimerait que tu reviennes dîner le plus vite possible.

— Oui, je l'appellerai pour organiser quelque chose.

Quand Zach ouvrit la porte, il eut la surprise de voir Derek qui attendait là, près du bureau de Teri. Et il remarqua tout de suite l'expression étrange de Teri, comme si elle avait appris une mauvaise nouvelle.

Derek s'approcha de Tom pour lui serrer la main.

— Monsieur Armstrong, lui dit-il, je suis l'un de vos plus fervents admirateurs. Je m'appelle Derek James, je travaille ici depuis peu en tant qu'agent. Je tenais tellement à vous rencontrer.

— Zach m'a parlé de vous, répondit Tom. J'ai cru comprendre que vous ne manquiez pas d'ambition.

— En effet, confirma Derek avec un grand sourire.

— C'est bien, dit Tom en lui donnant une tape sur l'épaule. Continuez à travailler dur et vous trouverez votre place.

— Comptez sur moi, monsieur.

Tom se tourna vers Zach.

— Encore bravo pour ton travail, dit-il en l'embrassant. À très bientôt.

— Merci, répondit Zach. À bientôt.

Il regarda son père s'éloigner dans le couloir, puis se tourna vers Teri.

— Tout va bien ? lui demanda-t-il.

— Il y a un appel en attente pour toi.

— C'est important ?

— J'ai l'impression. Derek, excuse-moi, dit-elle, tu veux bien nous laisser ?

— Oh ! s'exclama le jeune homme. Oui, bien sûr.

Il partit dans la même direction que Tom. Teri s'approcha alors de Zach.

— Je ne voulais pas que Derek nous entende, expliqua-t-elle à voix basse. Elle m'a fait promettre d'être discrète.

— Qui ? Paige ?

Teri secoua la tête en pinçant les lèvres.

— Alexis Simmons, chuchota-t-elle.

Zach se sentit blêmir, bien qu'il ne sache absolument pas pourquoi Alexis voulait le joindre. Il faillit demander à Teri de lui dire qu'il ne pouvait pas la prendre. Un agent ne parlait au client d'un autre agent que s'il y avait des problèmes dans l'air. Mais à sa connaissance, tout allait bien entre Paige et Alexis, alors pourquoi cet appel ? Si elle faisait tant de mystère, il y avait peut-être une bonne raison.

— Passe-la-moi, dit-il finalement à Teri.

Il retourna dans son bureau et ferma la porte derrière lui. Une seconde plus tard, son téléphone fixe sonna.

— Alexis, comment allez-vous ? demanda-t-il en décrochant.

— Très bien, merci. Et vous ?

— Je vais bien aussi, merci. En quoi puis-je vous être utile ?

— J'ai une question à vous poser. Ou plutôt, plusieurs questions. Mais vous devez me promettre de ne rien dire à Paige.

— Je ne suis pas sûr de pouvoir vous faire cette promesse. Ça dépendra de vos questions. Vous l'ignorez peut-être mais nous sommes proches, Paige et moi.

— Je savais que vous étiez amis. Mais je pensais que tous les agents se détestaient secrètement.

— Ce n'est pas le cas entre elle et moi.

Loin de là.

— Entendu. Eh bien, autant que je vous dise les choses comme elles sont parce que je suis contrariée. J'aimerais savoir si vous accepteriez de me représenter. Paige ne s'en sort pas. Cela fait presque six semaines que j'ai été le premier choix de la draft et je n'ai encore aucun contrat publicitaire. Le salon de Las Vegas a eu lieu il y a près d'un mois. Entre-temps, d'autres jeunes basketteuses, moins réputées que moi, ont trouvé des sponsors et été choisies pour des campagnes à la télévision, dans les magazines ou sur les réseaux sociaux. Ce n'est pas seulement une question d'argent. C'est mauvais pour mon image.

Zach se sentit mal.

— Je ne peux pas vous représenter, Alexis, répondit-il. Je ne pourrais jamais faire ça à Paige.

— Alors pourriez-vous lui parler ? Parce que je suis en train de perdre patience. Vous comprenez que je veuille du changement, non ?

Zach pouvait facilement imaginer une conversation de ce type entre Paige et lui. Elle ne pourrait que mal se passer.

— Je sais que Paige travaille beaucoup afin d'obtenir quelque chose de bien pour vous, assura-t-il. Pour l'instant, les résultats n'ont pas été à la hauteur de ce qu'elle espérait. Voilà tout.

— C'est le moins qu'on puisse dire.

— Je sais aussi que ses exigences financières sont élevées vous concernant. Elle ne veut pas que vous perdiez votre temps avec des sponsors qui n'en valent pas la peine. Vous savez, les séances de photos et les tournages de publicité sont très chronophages. Le basket doit rester votre priorité.

— Oui, elle m'a dit tout ça. Mais je suis obligée de penser à l'avenir. Si j'ai de la chance, ma carrière durera sept ou huit ans. Dix ans dans le meilleur des cas. Mais je pourrais aussi me blesser. Ou voir mon niveau de jeu baisser. Ou finir dans une mauvaise équipe. Ma cote est à son maximum en ce moment.

— Cela, vous ne pouvez pas le savoir. Et si vous remportez un championnat ? Si vous êtes élue meilleure joueuse de la saison ? Si vous intégrez l'équipe all-star ?

— Ce ne sont que des « si », Zach.

— La vie en est remplie, malheureusement.

Il ne le savait que trop bien. Et si Tom s'était réjoui d'apprendre que Paige et Zach étaient heureux ensemble ? Et si Paige avait eu envie de dire aux gens qu'elle se moquait de ce qu'ils pensaient ?

— Laissez-moi vous poser une autre question, dit Alexis. Si j'avais été votre cliente depuis le début, est-ce que j'aurais des contrats avec de grandes marques à présent ?

Zach savait que la réponse était oui, mais c'était une question injuste. Il avait grâce à son père des contacts auxquels Paige n'avait pas encore accès, ainsi qu'un fichier client rempli d'athlètes masculins très célèbres dont il pouvait se servir pour influencer les annonceurs. Les agences Moss et Armstrong n'étaient pas comparables.

— Un contrat hypothétique n'en est pas un, répondit-il. Mais je comprends votre frustration. Et vous avez entièrement raison, vous méritez de gros contrats. Je vous supplie juste de continuer à faire confiance à Paige.

— Je ne sais pas. Une partie de moi pense que je dois agir en femme d'affaires habile et battre le fer pendant qu'il est chaud.

Une fois de plus, il ne pouvait pas la contredire. Mais il devait l'empêcher de prendre une décision radicale. Pour Paige. Il se rappelait le soir de la draft féminine et la réaction de Paige quand elle avait appris qu'Alexis avait reçu un bouquet de félicitations de la part de Zach. Il se souvenait de la passion avec laquelle elle avait parlé d'Alexis et des raisons pour lesquelles elle était devenue son agente.

— Paige est à vos côtés depuis le début, n'est-ce pas ? dit-il à Alexis. Depuis votre adolescence ? Elle était là bien avant votre réussite dans le championnat universitaire. Bien avant que tout le monde se mette à parler de vous.

— C'est vrai. Mais certaines relations professionnelles en viennent à s'essouffler. Et puis, ce n'est pas comme si notre collaboration ne lui avait rien rapporté. J'ai signé un gros contrat avec Phoenix. Elle a touché sa part et continuera à le faire aussi longtemps que j'y jouerai.

Zach sentit sa gorge s'assécher. Il était à court d'arguments pour empêcher Alexis de commettre l'impensable.

— Je ne peux pas vous représenter, Alexis. Ma relation avec Paige est trop importante pour moi. Mais j'espère vraiment que vous réfléchirez à ce que je vous ai dit. Les véritables liens amicaux sont rares dans ce milieu. Je sais que Paige tient sincèrement à vous et à votre carrière. Cela vaut quelque chose.

— Vous savez, Zach, je dois dire que je m'attendais à ce que vous sautiez sur l'occasion. Votre réponse ne me fait pas plaisir, mais je comprends. Il n'y a pas assez de gens loyaux dans ce monde. Vous en faites partie, de toute évidence, alors merci pour ça. Et merci d'avoir pris le temps de m'écouter.

— Je vous en prie. Et je vous souhaite le meilleur pour la suite.

— Merci. Je compte sur vous pour que cette conversation reste entre nous.

La perspective de cacher ce coup de téléphone à Paige le mettait très mal à l'aise, mais l'idée de lui en parler lui paraissait encore plus désagréable.

— Absolument, promit-il. En ce qui me concerne, elle n'a jamais eu lieu.

— Parfait. Merci.

— Au revoir, Alexis.

Zach reposa le combiné sur son socle et s'enfonça dans son siège. Se passant les mains sur le visage, il respira profondément pour se remettre de ce qui venait de se passer. Avait-il fait ce qu'il fallait ? Il avait écouté Alexis, poliment rejeté sa demande et défendu Paige.

Si seulement il avait eu quelqu'un à qui se confier à cet instant, tant sur sa vie professionnelle que personnelle… Normalement, cette personne aurait dû être Tom. Mais Tom pensait que Zach n'avait rien à faire avec Paige, et il n'y avait aucune chance pour qu'il approuve la réponse qu'il avait donnée à Alexis.

Il était tellement tendu qu'il sursauta quand son portable sonna. C'était Paige. Sa vraie confidente, c'était elle. Et il ne pouvait pas lui dire un mot de ce qui le tourmentait.

— Salut, toi.

— Bon, dit-elle. Je sais que le lundi n'est pas notre jour

d'habitude, mais c'est la finale de la conférence Est ce soir, donc je pense qu'une pizza s'impose.

Zach sourit. Le simple fait d'entendre la voix de Paige et de savoir qu'elle voulait le voir le rendait fou de joie. Surtout s'il était question de basket et de pizza.

— Excellente idée.

— Une cliente m'a offert une très belle bouteille de vin rouge. Ce sera parfait.

Dans l'esprit de Zach, c'était plus que parfait. C'était une vision de paradis.

— Absolument. Tu peux compter sur moi. Qu'est-ce que je dois faire ?

— Rien. J'apporte la pizza et le vin. Rendez-vous chez toi à 19 heures ? Le match commence à 19 h 30.

— Très bien. À ce soir alors.

— À ce soir.

Après avoir raccroché, Zach était encore plus partagé qu'avant l'appel de Paige. Il avait hâte de la voir, tout en sachant qu'il allait souffrir toute la soirée en pensant à ce qu'il lui cachait.

— Zach ?

C'était la voix de Teri dans l'Interphone.

— Oui ? répondit-il.

— Désolée de te déranger, mais Ryan Wilson est en ligne pour toi.

— Bien sûr, passe-le-moi.

Zach se remit au travail. Après une conversation avec Ryan, il répondit à une série d'e-mails, puis passa plusieurs coups de téléphone. Il y eut ensuite une réunion à laquelle Tom participa, contre toute attente, car il était resté plus longtemps que prévu. En milieu de journée, Zach déjeuna sur le pouce, avant de se replonger dans ses dossiers. À 18 heures, il était plus que prêt à rentrer chez lui.

Il décida de faire le chemin à pied afin de s'éclaircir les idées.

La soirée était belle et la douceur printanière était au rendez-vous. Une fois arrivé, il quitta son costume pour enfiler un jean et un T-shirt, puis mit un peu d'ordre dans son appartement. Paige sonna à 19 heures précises.

— Livraison de pizza ! annonça-t-elle quand il ouvrit la porte.

Il prit la grande boîte en carton qu'elle avait à la main.

— Génial, elle est encore chaude. C'est appétissant.

— Comme toi, s'amusa-t-elle en l'embrassant. Tu me plais en jean.

— Allez, viens, dit-il en riant. J'ai allumé la télé dans le séjour.

Il posa la pizza sur l'îlot central de la cuisine tandis que Paige sortait deux verres à vin. Elle connaissait son appartement par cœur désormais.

— Santé, dit-elle en faisant tinter son verre contre celui de Zach. Je trinque à une belle soirée basket et pizza.

— Et moi à une femme qui organise des soirées basket et pizza.

Il but en songeant à quel point elle l'émerveillait. Elle n'était pas plus belle que d'habitude ce soir. Ni plus sexy. Mais il s'était passé quelque chose aujourd'hui. Quelque chose de monumental. Tout ce qu'il avait ressenti pendant sa discussion avec Tom, puis pendant cet affreux échange avec Alexis, le menait à une seule conclusion : il aimait Paige. Il mourait d'envie de le crier sur les toits. Le problème, c'était qu'il n'était pas du tout sûr que ce soit réciproque.

Zach avait toujours considéré qu'il avait de la chance. Mais cette fois, il doutait d'avoir assez de chance pour gagner le droit de partager sa vie avec Paige.

11

Paige se sentait extraordinairement paresseuse. Peut-être parce que c'était vendredi. Ou parce que Zach semblait si plein d'énergie.

— Ne te lève pas, dit-elle. Reviens au lit.

Il rit et enfila un T-shirt.

— J'adore jouer le rôle de l'adulte responsable, plaisanta-t-il.

— Je suis toujours nue sous la couette, tu sais.

Elle tendit une jambe à l'extérieur du lit pour illustrer son propos. Zach s'approcha d'elle et se baissa pour l'embrasser sur le front.

— Tu me tortures, murmura-t-il. Mais je dois faire du sport avant de partir au bureau. Mon emploi du temps est très serré aujourd'hui.

Elle soupira et lui sourit. Bon sang, ce qu'il était beau… Et sage !

— D'accord, d'accord. On pourra peut-être se retrouver sous la douche après ta séance de musculation, alors.

— Quelle délicieuse perspective.

Il sortit de la chambre et elle prit son téléphone posé à côté d'elle, sur la table de chevet. Elle avait un appel en absence d'April. Surprise de voir que son amie ne lui avait pas laissé de message, elle s'assit et la rappela sans attendre.

— Comment vas-tu ? demanda April sans préambule.

Pourquoi April lui demandait-elle cela comme si elle s'était adressée à une personne gravement malade ? C'était étrange.

Paige ignora son ton de voix sinistre et lui répondit :

— Bonjour à toi aussi, je vais bien, merci. Quoi de neuf ?

Elle se passa la main dans les cheveux. Après cette nuit avec Zach, ils étaient tout emmêlés.

— Bien ? s'exclama April. Comment pourrais-tu aller bien ?

C'était bien la première fois qu'on lui reprochait d'aller bien !

— Que veux-tu que je te dise ? rétorqua-t-elle. Je suis contente, c'est tout.

En fait, elle était plus que contente. Elle était dans un état qu'elle n'aurait jamais cru retrouver après son divorce et le décès de sa mère. Professionnellement, les choses allaient bien. Elle était proche de décrocher un très bon partenariat pour Alexis avec une marque de chaussures. Et avec Zach, tout se passait pour le mieux. Des obstacles se dressaient toujours sur leur chemin et elle ignorait combien de temps cela durerait entre eux, mais dans l'ensemble, oui, elle allait bien.

— Oh ! non, soupira April. Tu n'es pas au courant, c'est ça ?

Cette conversation devenait incompréhensible.

— Au courant de quoi ? Que se passe-t-il, April ?

Avait-elle eu vent de commérages particulièrement amusants ?

— Je t'appelais pour te dire que j'étais désolée, dit April. Je pensais qu'à cette heure-ci, tu savais tout à propos d'Alexis.

Paige se raidit d'un coup.

— Tout à propos d'Alexis ? répéta-t-elle avec angoisse. Comment ça ? Il lui est arrivé quelque chose ? Est-ce qu'elle va bien ?

— Selon une rumeur crédible, elle va signer chez Armstrong. Paige, je suis désolée, notre source affirme qu'Alexis Simmons va te quitter.

— Qu'est-ce que tu racontes ? Alexis ne me quitterait pas. En tout cas pas sans m'en parler avant.

À moins que Paige se trompe ? Après tout, Alexis l'avait

appelée pour lui parler franchement. Elle n'avait caché ni son mécontentement ni son impatience de trouver des sponsors. Peut-être était-elle insatisfaite au point de vouloir changer d'agent.

— Et puis Zach n'aurait pas pu faire ça, ajouta-t-elle. C'est impossible.

Cela, elle refusait d'en douter. Leur relation était solide comme le roc.

Vraiment ? songea-t-elle aussitôt. *Au bout d'un mois à peine ?*

Elle avait baissé la garde. Face à un homme d'affaires impitoyable.

— Paige, c'est lui qui dirige l'agence. Tu sais bien qu'un tel événement ne se passerait pas sans qu'il le sache.

Il fallait se rendre à l'évidence. April avait raison. Zach contrôlait totalement son entreprise. Tout passait par lui. Et les informations d'April étaient toujours fiables, donc si elle lui annonçait qu'Alexis changeait d'agence, c'était vrai.

Paige eut envie de crier. De pleurer.

— April, qu'est-ce que je dois faire ? demanda-t-elle, la gorge nouée. Je ne sais pas quoi faire.

— Vous vous voyez toujours, Zach et toi ? Il n'y a rien de sérieux entre vous, au moins ?

Paige sentit son ventre se contracter.

— Nous nous voyons tout le temps, confia-t-elle. Ce que nous vivons a tout d'une relation sérieuse.

Oui, elle était prête à le considérer comme son petit ami. Oui, elle était en train de tomber amoureuse de lui.

— Mais pourquoi ? demanda April. Ce n'était pas ce qui était prévu. Tu étais censée t'amuser tout en restant sur tes gardes.

— Oui, eh bien, la vie ne se déroule pas toujours comme prévu. Ce que tu viens de m'apprendre en est un bon exemple.

Paige avait commencé prudemment son aventure avec Zach. Ou plutôt, elle avait *voulu* être prudente. Mais il avait un tel charme. Ils s'amusaient tellement ensemble. Et puis ils se comprenaient, mieux qu'elle ne l'aurait jamais imaginé.

— C'est arrivé, voilà, poursuivit-elle. Les choses ont évolué sans que j'aie l'impression de prendre de risques. C'était bien.

C'était bien. Que c'était douloureux de parler de Zach au passé...

— Je suis vraiment désolée, dit April. Je ne sais pas quoi te dire. J'aurais préféré ne pas être la porteuse de mauvaises nouvelles.

Paige s'ordonna de garder la tête haute. De rester forte. Pourquoi se serait-elle effondrée alors qu'il y avait sûrement une explication à tout cela ? Même April, malgré ses grandes qualités professionnelles, avait pu être piégée par une fausse information.

— Tu comptes parler de cette nouvelle à l'antenne ? demanda Paige. Tu l'as vérifiée auprès de plusieurs sources ?

— L'information ne vient pas de moi. Le journaliste Brett Daniels l'a reçue d'un contact qui travaille chez Armstrong. J'ignore quand elle sera officialisée. Tout ce que je sais, c'est qu'Alexis n'était pas satisfaite et qu'elle a fait le choix du changement. Je suis désolée. Tellement désolée. Je sais à quel point tu t'es investie pour elle.

Un sentiment que Paige connaissait bien se réveilla au fond d'elle. Celui d'avoir été trahie. Elle essaya de le chasser aussitôt, en vain. Il menaçait de l'étouffer. Elle avait ressenti la même chose en découvrant qu'Andrew envisageait de quitter Moss Sports et d'aller travailler pour Tom Armstrong. En découvrant que son mari se souciait davantage de sa propre carrière que d'elle, et que Tom Armstrong était prêt à tous les coups bas.

— Tu penses que Tom Armstrong a pu jouer un rôle dans tout ça ? demanda Paige.

— Il n'a plus qu'une fonction de consultant à présent, non ? Et il se remet tout juste de ses problèmes de santé. Dans ces circonstances, je ne vois pas comment il pourrait être à l'origine d'un si gros coup.

— Armstrong Sports reste tout de même son agence. Tout ce qui s'y passe porte son empreinte.

— Je ne cherche pas à défendre Tom, mais est-ce que tu ne te dis pas ça pour te rassurer au sujet de Zach ?

Paige adorait April, mais ce matin, elle la mettait face à trop de réalités désagréables.

— Je ne sais pas, répondit-elle. Peut-être.

Elle se souvint d'avoir pensé que Zach était naïf de vouloir parler de leur relation à Tom. Mais en fin de compte, n'était-ce pas elle qui avait fait preuve de naïveté ? N'avait-elle pas fermé les yeux sur les pièges possibles de cette relation, comme le risque que Zach profite de ses confidences pour lui voler sa principale cliente ? Il ne s'était pas gêné pour attirer Ryan Wilson dans son giron en apprenant que ce dernier était déçu par son agent.

— J'ai l'impression que tu vas devoir mener ta propre enquête, suggéra April.

— Y a-t-il la moindre chance que tu puisses convaincre Brett d'attendre avant de publier son information ? Juste un petit peu, le temps que je fasse la lumière sur cette histoire ?

— Honnêtement, j'en doute. C'est le genre d'exclusivité qu'il adore, et il ne prendra pas le risque d'être doublé par un autre média.

Paige soupira et sortit du lit.

— Il faut que je parle à Alexis, dit-elle. On se rappelle plus tard, d'accord ?

— Bien sûr. Je suis là si tu as besoin de quoi que ce soit. Je suis vraiment désolée pour toi, Paige.

— Merci. Ça fait du bien de t'avoir comme alliée.

— Garde bien à l'esprit que même si c'est difficile, tu t'en remettras et tu en sortiras plus forte. Comme tu l'as fait après chaque épreuve que tu as traversée. Tu en es capable.

Paige lui était reconnaissante pour ses encouragements, mais ces paroles venaient surtout lui rappeler qu'il avait suffi d'un coup de téléphone pour que sa vie vole en éclats.

— Merci, April. J'espère que tu as raison.

— J'ai raison. Je t'embrasse, ma chérie.

— Je t'embrasse aussi. À bientôt.

Paige posa son téléphone et enfila un legging et un T-shirt, rangés dans le tiroir que Zach avait libéré pour elle. Que faire maintenant ? Aller parler à Zach tout de suite ? Ou mener son enquête d'abord ? Il allait rester dans sa salle de musculation encore une bonne demi-heure.

Elle commença par envoyer un SMS à Henry :

Pardon de t'écrire si tôt. Peux-tu contacter le service juridique et demander à Shonda de sortir le contrat d'Alexis ?

Il y a un problème ?

Pas sûr.

D'accord. Je m'en occupe.

Maintenant, il fallait téléphoner à Alexis. April était-elle mal renseignée ? Même si c'était peu probable, Paige devait à tout prix en avoir le cœur net. Et elle avait besoin d'entendre la vérité de la bouche d'Alexis.

Alexis ne répondit pas. En entendant sa voix sur son répondeur, Paige raccrocha sans laisser de message, puisqu'elle savait qu'Alexis ne les écoutait jamais. Elle lui écrivit :

S'il te plaît, rappelle-moi. J'espère que tout va bien.

Elle reçut alors un texto de Henry :

Shonda est chez le dentiste pour une intervention urgente. Elle ne reviendra pas au bureau avant lundi.

Dans ce cas qui peut me renseigner à propos de ce contrat ?

Je vais voir.

Merci.

Paige alla dans la cuisine et se servit une tasse de café en réfléchissant à ce qu'elle devait faire. Ce dont elle était sûre, c'était qu'elle ne voulait pas accuser Zach de quoi que ce soit sans avoir vérifié les faits.

La mère d'Alexis. Voilà qui elle devait appeler. Alexis était très proche de sa mère, donc si quelqu'un savait précisément ce qui se passait, c'était elle, forcément.

Elle chercha dans son répertoire le numéro d'Anna Simmons, qui décrocha après deux sonneries.

— Allô ?

— Bonjour, Anna, c'est Paige Moss. Je suis désolée de vous déranger si tôt, mais j'essaie de joindre Alexis pour lui parler d'une chose importante. Elle ne répond pas sur son portable. Savez-vous comment je pourrais la contacter ? À moins que vous puissiez me renseigner vous-même.

— Oh ! Paige, je suis tellement désolée. Tellement, tellement désolée.

— À quel sujet ?

— Je n'ai pas le droit de vous parler.

Paige eut l'impression d'avoir reçu un coup de poing dans le ventre.

— Anna, s'il vous plaît. Il faut que vous disiez à Alexis…

— Je suis désolée, Paige. Je ne peux pas.

Et elle raccrocha au nez de Paige.

C'était donc vrai !

Hélas, il n'y avait qu'une seule explication logique : la personne responsable de cela n'était autre que Zach. Alors tout ce qu'elle avait pensé de lui le soir de leur rencontre correspondait à la réalité ? Et tout ce qu'elle croyait avoir appris sur lui depuis leur nuit à Las Vegas était faux ?

Si oui, c'était elle, la femme naïve. Tout ce qu'elle avait fait pour se protéger et protéger son entreprise, elle l'avait fait en vain.

Cela n'avait été qu'un gâchis de temps et d'énergie. Comment avait-elle pu en arriver là ?

Elle but une longue gorgée de café pour se donner du courage. Ce n'était pas le moment de se lamenter mais d'affronter Zach. Après avoir fini sa tasse, elle la posa sur le plan de travail et emprunta le couloir qui menait au fond de l'appartement. La dernière porte à droite était celle de la salle de sport. Une fois arrivée, Paige resta sur le seuil et regarda Zach qui se dépensait sur le tapis de course. Il avait ses écouteurs dans les oreilles et semblait dans sa bulle. Les bras souples, le dos parfaitement droit, l'air concentré, il n'avait pas du tout l'air d'un homme qui cachait un grand secret. Mais Paige n'arrivait plus à être sûre de rien.

Au bout de quelques instants, il ralentit progressivement, jusqu'à parvenir à un rythme de marche rapide. Il enleva ses écouteurs, et c'est alors qu'il remarqua la présence de Paige. Un sourire éclaira instantanément son visage. Elle crut sentir son cœur se fendre.

— Tu étais vraiment sérieuse à propos de cette douche, dit-il en riant. Donne-moi encore un quart d'heure et j'arrive.

Elle avança à l'intérieur de la pièce.

— Zach, dit-elle, il faut qu'on parle.

Il la dévisagea en fronçant les sourcils.

— Cela a l'air important, répondit-il. Tout va bien ?

Elle croisa instinctivement les bras pour se protéger.

— Je ne sais pas. As-tu quelque chose à me dire ?

— À quel sujet ? s'étonna-t-il.

Il descendit de son tapis de course et vint vers elle. Par réflexe, elle recula d'un pas. Il fallait qu'elle maintienne une distance avec lui si elle voulait garder les idées claires.

— Le travail. Armstrong Sports. Une nouvelle cliente pour toi, peut-être ?

— Excuse-moi mais je ne comprends pas du tout à quoi tu fais allusion.

Elle ne put s'empêcher d'être agacée par sa réaction. Il aurait au moins pu être honnête avec elle au lieu de nier.

— Tu n'es pas au courant d'une rumeur selon laquelle Alexis Simmons aurait signé avec ton agence ? demanda-t-elle sans détour.

— Ah, d'accord, c'est une plaisanterie, c'est ça ?

— Je viens d'avoir April au téléphone. Un de ses collègues a un informateur chez Armstrong Sports. Leur chaîne va publier l'information.

— N'importe quoi, rétorqua Zach en s'essuyant le front avec sa serviette. Ils se trompent. À qui faut-il que je m'adresse pour le démenti ? Qui est le collègue en question ?

— Tu ne crois pas que tu devrais d'abord en parler avec Tom ? Pour t'assurer qu'il n'a rien manigancé dans ton dos ?

Il secoua la tête avec dépit.

— Alors tu penses toujours autant de mal de lui ? soupira-t-il.

— Eh, ne sois pas injuste. J'ai toutes les raisons du monde d'avoir l'opinion que j'ai de lui. Et si tu crois que c'est une fausse information, à ton avis pourquoi la mère d'Alexis vient-elle de me dire que sa fille lui avait interdit de me parler ?

Zach écarquilla les yeux.

— Tu es sérieuse ? Et Alexis, tu lui as parlé ?

— Non, elle n'a pas décroché quand je l'ai appelée.

Il s'approcha du tabouret sur lequel il avait posé son téléphone.

— J'ai deux appels en absence de numéros que je ne connais pas, dit-il en regardant l'écran.

— Des journalistes, peut-être ?

— Tu crois vraiment que ce que t'a dit April est vrai ?

— Oui, Zach, je le crois. En tout cas, il faut au minimum vérifier que ça ne l'est pas.

— Bon, d'accord. J'appelle Tom tout de suite. Ne t'inquiète pas, tout va s'arranger.

Paige avait beau avoir l'esprit embrouillé, elle était assez lucide pour sentir qu'avec Zach, c'était le début de la fin. Elle avait su que ce jour arriverait. Mais elle n'avait pas prévu que ce serait aussi douloureux.

— Tu me diras ce qu'il te répond.

— Tu veux rester ?

— Pour écouter ta conversation avec Tom ? Non.

Elle était censée être assez forte pour cela, mais elle n'avait pas le courage d'être présente au moment où tout allait s'écrouler.

— Paige. Allez.

En entendant son ton plaintif, elle comprit que quel que soit le résultat de son échange avec son père, il comptait sur elle pour être belle joueuse. Mais cela, il n'en était pas question.

— Je vais me préparer. Tu sauras où me trouver quand tu en sauras plus.

Stupéfait, Zach regarda Paige s'éloigner. Cette rumeur ne pouvait pas être vraie. C'était tout simplement impensable. Et Tom allait le lui confirmer tout de suite.

— Bonjour, dit son père en décrochant. Comment vas-tu ? Il y a un problème ? Cela ne te ressemble pas de téléphoner de si bon matin.

Zach regarda l'horloge fixée au mur. Il n'était pas encore 8 heures.

— Je te réveille ? demanda-t-il. J'espère que non. Je sais que tu as encore besoin de repos.

— Non, non, je suis debout. Je bois mon café avec ta mère. Que puis-je faire pour toi ?

Zach s'éclaircit la voix avant de déclarer :

— Un journaliste est sur le point d'annoncer que nous allons signer avec Alexis Simmons. Il prétend avoir une source au sein même d'Armstrong. J'essaie de comprendre de quoi il s'agit. Tu as une idée sur la question ?

— Oh ! non. C'est vrai ?

Le soulagement de Zach fut immense. Tom n'y était pour rien, il n'était même pas au courant.

— C'est absurde, n'est-ce pas ? Le journaliste est mal informé, c'est la seule explication que je voie.

— Non, Zach. Tu m'as mal compris.

— Comment ça ?

— Ce que je voulais dire, répondit Tom avec un profond soupir, c'est que je ne voulais pas que l'information sorte maintenant. Surtout, je ne voulais pas qu'elle arrive jusqu'à toi. Tu n'étais pas censé le savoir. Pour l'instant.

— Savoir quoi ? Tu dois me dire ce qui se passe. Cela me concerne personnellement.

Zach commençait à se sentir mal. Les battements de son cœur accéléraient, puis ralentissaient. Il était au bord du vertige.

— Je ne voulais pas que tu le saches avant que le contrat soit signé, dit Tom. J'ignore qui a fait fuiter l'information mais je ne serais pas étonné que ce soit Derek. Il est ambitieux, mais aussi très jeune. J'aurais dû me méfier de son impétuosité. C'est ma faute.

Le choc fut tel que Zach eut soudain du mal à respirer.

— Quoi ? s'exclama-t-il. Tu veux dire que c'est vrai ? Tu as fait entrer Alexis Simmons dans notre agence ?

— Oui, Zach. C'est vrai. L'accord préliminaire est rédigé et nous en sommes à peaufiner les détails. La signature devrait avoir lieu aujourd'hui. J'espérais l'annoncer la semaine prochaine.

— Bon sang, mais pourquoi as-tu fait ça ? Et sans m'en parler ?

Un long silence s'ensuivit et Zach regretta de ne pas voir le visage de Tom pour pouvoir lire son expression. Avait-il vraiment agi dans son dos, comme l'avait deviné Paige ?

— Je l'ai fait parce que tu voulais Alexis mais que ta relation avec Paige t'en empêchait. Ta situation étant inextricable, j'ai agi à ta place. J'ai su par Derek qu'elle t'avait contacté. Je crois qu'il a entendu Teri répondre à son appel ce jour-là. Selon toute logique, j'ai supposé que tu avais rejeté la demande d'Alexis à cause de Paige, et c'est ce que m'a confirmé Alexis par la suite.

Zach avait besoin de s'asseoir. Il se laissa tomber sur un banc de musculation. Heureusement que Paige n'était pas restée...

— Nous ne pouvons pas faire ça, Tom. Il faut tout arrêter.

— Non, Zach, nous ne pouvons pas annuler ce qui est en train de se passer.

— Pourquoi ?

— Parce que c'est ce que veut Alexis. C'est ce qu'elle voulait quand elle t'a appelé. Alors j'ai pris le relais parce que c'était ce qu'il y avait de mieux non seulement pour l'agence, mais aussi pour Alexis.

— Ce n'est pas ce qu'il y a de mieux pour Paige. Et tu m'as confié les rênes de l'agence. On dirait que tu ne me fais pas confiance pour prendre les bonnes décisions.

— Ce n'est pas que je ne te fasse pas confiance. Je comprends. Tu as laissé une femme troubler ton jugement. Ce sont des choses qui arrivent.

Zach avait-il laissé Paige troubler son jugement ? Il aimait mieux penser que sa présence à ses côtés avait eu une influence sur lui. Oui, s'il n'avait pas entretenu cette relation avec elle, il aurait sûrement saisi l'occasion de travailler avec Alexis. Mais Paige était importante pour lui et il n'était plus question de faire comme si elle n'existait pas.

— Et je dois te dire une chose, poursuivit Tom. En retournant au bureau l'autre jour, je me suis rendu compte à quel point cela m'avait manqué. Alors j'y ai remis un doigt de pied, juste pour aider tout le monde. Je suis content, Alexis est contente, et maintenant, tu peux être content aussi.

— Comment pourrais-je être content ?

— C'est un pas de géant dans la nouvelle direction que tu veux faire prendre à Armstrong.

— Mais cela va détruire ma relation avec Paige.

— Pas forcément. Tu peux lui dire en toute sincérité que tu n'y es pour rien. Que tu n'étais même pas au courant. C'est la stricte vérité. J'endosserai le rôle du méchant, ce qu'elle croira sans problème. C'est simple, tout le monde est gagnant.

Comment Tom pouvait-il s'exprimer avec autant de désinvolture ? Paige avait déjà été bouleversée par la possibilité de perdre Alexis. Maintenant que c'était un fait, le choc allait l'anéantir et elle ne voudrait plus rien avoir à faire avec Zach.

— Et puis il faut être honnête, ajouta Tom. Nous savons tous que ton amourette avec Paige ne durera pas.

— Mon amourette ? répéta Zach, scandalisé. Non, Tom. J'aime Paige.

— Ah bon ? J'en doute fort. Pourra-t-elle te rendre heureux ? Longtemps ?

— Oui.

Oui, Zach avait déjà imaginé son avenir avec elle. Un avenir dans lequel ils étaient ensemble, peut-être mariés, et dans lequel ils travaillaient main dans la main. Rien n'aurait pu le rendre plus heureux. Mais désormais, il n'avait plus aucun espoir que ce rêve se réalise.

— Je suis désolé de te le dire, répliqua Tom, et j'imagine que ce sera difficile à entendre pour toi, mais je crois que tu manques de vision à long terme. Tu as toute ta vie devant toi. Ne te jette pas tête baissée dans une relation parce que tu crois être amoureux d'une femme qui n'est pas pour toi.

Zach secoua la tête en pensant à la vitesse à laquelle tout s'était écroulé autour de lui. La chance sur laquelle il avait toujours pu compter s'était envolée d'un coup.

— Tom, tu te rends compte qu'après ce que tu as fait, je n'ai plus aucun espoir de rester avec Paige ? Même si elle décidait de me pardonner, elle entretiendrait une rancune éternelle contre toi.

— Et en quoi serait-ce un problème ?

— Tu es de ma famille, Tom. Si je suis en couple avec une femme, elle fera aussi partie de cette famille. Tu imagines l'ambiance, le matin de Noël, si la femme que j'aime et le seul père que j'aie jamais connu se regardent en chiens de faïence ?

— C'est si sérieux que ça, ce que tu ressens pour elle ?

— Oui, comme je te le dis depuis le début.

— Je pensais que cela ne durerait pas.

— Malheureusement, c'est ce qui risque d'arriver. Mais pas de la manière que tu avais anticipé.

Zach se releva, non sans effort. Un mélange de colère et de tristesse pesait lourdement sur lui.

— Tom, je vais te laisser. Je dois essayer de sauver la situation avec Paige.

— Je sais que tu es fâché pour l'instant, mais crois-moi, Zach, tout est pour le mieux. Dans cinq ans, tu seras heureux que les choses se soient passées ainsi.

— J'en doute, mais merci de vouloir me faire profiter de ta sagesse.

Zach mit fin à leur conversation. Il ne voulait pas supporter plus longtemps le raisonnement déformé de Tom. Mais à peine avait-il raccroché que son portable sonna. C'était Teri.

— Bonjour, Teri. Merci de m'appeler. Il faut qu'on parle.

— Bon sang, Zach, que se passe-t-il ? Trois journalistes ont essayé de te joindre en cinq minutes et ils disent tous que c'est urgent. Et Derek est venu pour réclamer un plus grand bureau. Tu peux m'expliquer ?

Zach lutta pour contenir sa colère.

— C'est une longue histoire. Pour l'instant, réponds juste à la presse que nous n'avons aucun commentaire à faire.

— Et pour Derek ?

— Dis-lui de retourner dans son petit bureau qui lui convient très bien et de se remettre au travail.

— D'accord, répondit Teri avec un petit rire. Autre chose ?

— Je ne viendrai peut-être pas aujourd'hui. Ça dépendra de la tournure des événements. Tu pourras t'en sortir ?

— Bien sûr, Zach. Sans problème.

— Merci. Tu es la meilleure.

Zach raccrocha et sortit dans le couloir.

— Paige ! appela-t-il. Tu es toujours là ?

Aucune réponse. Était-elle déjà partie ? Il ne pourrait pas lui en vouloir si c'était le cas. Mais en entrant dans sa chambre, il la trouva assise sur le lit, tout habillée, les yeux fixés sur son téléphone.

— Paige, dit-il doucement.

Elle secoua la tête, le visage marqué par la douleur. Si seulement il avait pu effacer sa peine...

— Ils ont publié l'information, murmura-t-elle. C'est fini.

Elle lui tendit son portable pour lui montrer une vidéo, mais il ne prit pas la peine de la regarder. Il avait une seule chose en tête : sauver ce qu'il y avait entre eux.

— Je suis tellement désolé, dit-il. Je ne savais pas. C'est Tom.

— Tu dis ça pour te couvrir ? Je suis sûre que Tom te protégera coûte que coûte.

Elle se leva et alla dans la salle de bains, où elle reprit toutes les affaires de toilette qu'elle avait laissées pour les mettre dans une grande trousse.

— Non. Vraiment, je n'avais aucune idée de ce qui était en train de se passer. Aucune. Je te le jure.

— J'ai regardé la vidéo du collègue d'April. Sa source chez Armstrong lui a affirmé qu'Alexis t'avait appelé lundi.

Elle lui jeta un regard blessé. La douceur qu'il avait tant aimé voir quand elle posait les yeux sur lui avait disparu.

— Lundi, répéta-t-elle. Le jour où j'ai apporté une pizza que nous avons mangée devant le match. Nous avons passé la soirée ensemble et tu ne m'as pas dit un mot de ce coup de téléphone. Nous avons fait l'amour. Et pendant tout ce temps, tu me cachais la vérité.

Il s'approcha d'elle malgré la colère qui émanait d'elle.

— Je ne t'en ai pas parlé parce que je ne voyais pas ce que ça aurait pu apporter de bon. J'ai dit non à Alexis. Je t'ai défendue. J'ai fait tout mon possible pour que les choses demeurent telles qu'elles étaient. Puis j'ai laissé ce sujet de côté.

— Eh bien, ça n'a pas marché parce que Tom a visiblement décidé de mettre son grain de sel. Et maintenant j'ai perdu ma plus grosse cliente et mon petit ami, d'un seul coup.

Son *petit ami*.

Le fait qu'elle emploie ce mot le combla, malgré la gravité de la situation.

— Tu ne m'avais jamais dit que j'étais ton petit ami.

— Et je ne le dirai plus. C'est fini, Zach.

Cette fois, il sentit son cœur se briser en mille morceaux.

— Ne dis pas ça, supplia-t-il. Nous pouvons arranger les choses. Je t'aime.

Il y eut un silence. L'espace de quelques secondes, Zach eut l'impression que la terre avait cessé de tourner. Sa déclaration allait-elle convaincre Paige de laisser une chance à leur histoire ?

Elle ferma sa trousse de toilette, éteignit la lumière de la salle de bains et revint dans la chambre.

— Tu sais, je croyais être en train de tomber amoureuse de toi. Mais maintenant, je suis obligée de regarder la réalité en face. Cinq semaines, ce n'est pas suffisant pour tomber amoureux.

— Cinq minutes m'ont suffi pour tomber amoureux de toi.

Elle se figea.

— Zach, dit-elle d'une voix brisée. S'il te plaît, ne fais pas ça.

Il se précipita vers elle et la prit par le bras, refusant de croire qu'il la touchait pour la dernière fois.

— Ces cinq semaines n'ont fait que me confirmer que je ne m'étais pas trompé.

Il était sûr de lui. Si son travail virait au cauchemar et si sa relation avec ses parents se dégradait, ce n'était pas grave, du moment qu'il était avec Paige. Il était prêt à tout affronter avec elle à ses côtés. Seulement elle ne partageait pas ses sentiments. Il le voyait dans ses yeux. Et cela le faisait terriblement souffrir.

— Ce que tu ressens n'est pas de l'amour, reprit-elle froidement. C'est de l'attirance. Tu l'oublieras dès que tu auras rencontré quelqu'un d'autre.

Elle le regarda avec intensité et ajouta, comme si elle arrivait à lire au fond de lui :

— Et même si c'était de l'amour, ça ne changerait rien. Toi et ta famille, vous m'avez fait trop de mal. Peut-être que Tom est l'unique responsable, je ne sais pas. Mais ce que je sais, c'est que la famille est essentielle pour toi, comme elle l'est pour moi. Je n'ai plus de famille et je me sens très seule à cause de ça. Je ne veux pas que tu perdes la tienne à cause de moi.

Une larme brilla au coin de son œil.

— S'il te plaît, Paige, laisse-moi trouver un moyen de réparer.

— Non. Ce qui est fait est fait. Alexis se sépare de moi parce que j'ai échoué. Et si j'ai retenu une chose de l'enseignement de ma mère, c'est que reconnaître son échec est le seul moyen d'avancer dans la vie. Je dois regarder devant moi. J'en ai assez de me sentir bloquée.

Comme il avait envie de la prendre dans ses bras...

— Tu n'étais pas bloquée quand nous étions ensemble. Nous étions heureux. Rien ne nous oblige à nous priver de ça.

— J'aimerais que ce soit vrai, mais tu sais que tu devrais renoncer à trop de choses pour être avec moi. Au fond, la famille, c'est tout ce qui compte vraiment. Réconcilie-toi avec Tom et sois heureux. C'est tout ce que je te souhaite. Sois heureux.

Elle se hissa sur la pointe des pieds et l'embrassa sur la joue.

— Au revoir, Zach.

Elle ramassa le petit sac de voyage qu'elle avait apporté le jour où il avait vidé un tiroir pour qu'elle y mette ses affaires. Il était tellement plein aujourd'hui que la fermeture Éclair menaçait de céder. Elle partait et il ne pouvait rien faire pour la retenir. Quand

Paige avait décidé quelque chose, rien ni personne ne pouvait l'en dissuader. Cette volonté était l'un des traits de caractère qu'il admirait chez elle, l'une des raisons pour lesquelles il l'aimait tant.

Mais hélas, son amour pour elle ne suffisait pas.

12

Paige dut attendre jusqu'à dimanche midi pour qu'Alexis la rappelle enfin.

— Salut, dit Alexis.

Il y eut un long silence pesant.

— Salut, répondit Paige.

Elle coupa le son de la télévision et se recroquevilla dans un coin du canapé. Elle n'avait pratiquement pas quitté son salon depuis vendredi matin. Elle ne s'était levée que pour ouvrir à un livreur de repas, pour aller aux toilettes ou se servir un verre d'eau. Elle avait même dormi là. Son lit lui rappelait trop Zach.

— J'imagine que tu aimerais savoir ce qui s'est passé.

Paige s'éclaircit la voix avant de répondre :

— Oui. J'aimerais bien.

— Évidemment. Je te dois une explication.

Alexis lui raconta alors qu'elle avait appelé Zach pour lui demander de devenir son agent, qu'il avait refusé en prenant la défense de Paige et qu'il avait promis de ne parler de leur conversation à personne.

— Il t'a vraiment soutenue, insista Alexis. Il faut que tu le saches.

Paige eut la sensation que son cœur se brisait de nouveau, alors qu'elle n'avait pas pensé pouvoir souffrir davantage.

— Et ensuite ?

— Le jeudi suivant, répondit Alexis, j'ai reçu un coup de téléphone de Tom Armstrong. Il avait appris par l'un de ses employés que j'avais appelé Zach. Tom m'a demandé pourquoi et je lui ai tout expliqué. Je lui ai dit que je voulais changer d'agent.

Paige se raidit. C'était à ce moment que tout avait changé et que son échec était devenu officiel.

— Tom a donc proposé ses services à la place de Zach, devina-t-elle.

— Oui. Et je lui ai donné mon accord. Mais je voudrais t'expliquer pourquoi j'avais besoin de changement.

Cela n'allait sans doute pas être agréable à entendre, mais Paige en avait besoin.

— Je t'écoute.

— Je sais que tu es à mes côtés depuis longtemps. Tu t'es intéressée à moi avant tous les autres agents. Et pour ça, je te suis très reconnaissante. Mais tu n'étais pas là avant mes parents. C'est à mes parents que je dois tout. Ils ont fait tant de sacrifices pour que j'en sois là aujourd'hui.

Paige était bien placée pour la comprendre, puisque sa mère était à l'origine de tout pour elle. Elle lui avait appris l'importance de l'indépendance et du travail et lui avait transmis sa passion pour le sport. Zach connaissait cela aussi, lui qui avait été guidé presque toute sa vie par Tom.

— Mais pourquoi ne m'en as-tu pas parlé ? demanda Paige.

— J'ai essayé, répondit Alexis. Je t'ai appelée pour te dire que je n'étais pas satisfaite. Mais tu n'as pas eu l'air de m'entendre.

— Je t'assure que je t'ai écoutée.

— Peut-être, mais tu n'as pas vraiment tenu compte de mes remarques.

— Et pourquoi ne m'as-tu pas appelée après avoir parlé avec Tom ?

— Parce que j'ai eu l'impression de savoir à l'avance comment notre conversation se déroulerait. Je n'aurais fait que répéter ce que je t'avais déjà dit. J'avais déjà pris ma décision. Je dois tirer le maximum de ce moment. Je ne sais pas combien de temps durera ma carrière et je dois m'occuper de ma famille. Je veux acheter une maison et deux voitures à mes parents. Je veux faire en sorte qu'ils n'aient plus jamais à s'inquiéter de l'avenir. Je leur dois bien ça après tout ce qu'ils ont fait pour moi, et surtout, je veux le faire parce que je les aime plus que tout.

Paige ne put retenir ses larmes. Comment aurait-elle pu en vouloir à Alexis ? Rien de ce qu'elle avait accompli n'appartenait à Paige. Elle était libre de faire ses propres choix.

— Je comprends, dit Paige avec émotion.

— C'est vrai ?

— Oui. J'aurais fait la même chose pour ma mère.

Zach aussi avait ce lien très fort avec ses parents, et Paige le comprenait également. C'était la raison pour laquelle elle ne voulait pas se mettre entre eux. Et pourtant, Zach lui manquait tellement ! Elle croyait sans cesse entendre son rire, elle pensait à des choses qu'elle avait envie de lui dire. Sans lui, tout lui paraissait terne et sans intérêt.

— Il y a plus que de l'amitié entre Zach et toi, n'est-ce pas ? demanda Alexis.

Paige rit pour éviter d'éclater en sanglots.

— Oui, confirma-t-elle.

Mais il fallait désormais conjuguer cette phrase au passé.

— Je l'ai deviné à sa manière de parler de toi.

Zach et Paige s'étaient dit beaucoup de choses vendredi matin, mais elle ne retenait que ces mots qu'il avait eu le courage de prononcer. *Je t'aime.* Tandis qu'elle avait gardé pour elle sa propre déclaration d'amour.

— J'espère que ça va marcher entre vous parce que je vous aime beaucoup tous les deux.

— Nous verrons, soupira Paige. Pour l'instant, nous sommes au point mort.

— Mais tu sais comment arranger ça. Il suffit de lui parler.

— J'aimerais que ce soit aussi simple.

— Paige. Après tous les conseils que tu m'as prodigués, c'est à mon tour de t'en donner un. C'est très simple. Appelle-le. Je te promets qu'il sera fou de joie de t'entendre.

Paige respira profondément et répondit :

— J'y réfléchirai. D'accord ?

— C'est déjà ça.

— J'espère que nous pourrons rester amies toi et moi, Alexis.

— C'est vrai ? Moi aussi, j'aimerais beaucoup.

— Tant mieux.

Elles se dirent au revoir, puis Paige décida d'aller marcher pour s'éclaircir les idées. Il faisait beau et la ville était pleine de vie. L'été arrivait, et avec lui des tas de perspectives joyeuses. Mais Paige se sentait vide. Elle avait tout donné pour son travail, et voilà comment elle était récompensée. Que devait-elle faire à présent ?

En rentrant chez elle, elle prit son téléphone et le regarda fixement. Elle savait ce que voulait son cœur. Elle savait ce dont elle avait besoin. Retrouver Zach. Cela ne marcherait peut-être pas entre eux, mais il fallait essayer. Après tout, si elle avait pardonné à Alexis, pourquoi ne pas en faire autant avec Tom ? Et si elle pouvait pardonner à Tom, il y avait peut-être un avenir possible avec Zach. À condition qu'il accepte ses excuses.

Elle décida de commencer prudemment par un message. Si Zach ne lui répondait pas, elle saurait à quoi s'en tenir et n'aurait plus d'autre choix que de tourner la page.

Tu me manques. J'ai des excuses à te présenter.

Le cœur battant, elle envoya son message. Une seconde plus tard, son téléphone sonna. C'était Zach.

— Allô ?

— Il y a beaucoup de choses que j'ai rêvé de t'entendre me dire, dit Zach, mais jamais : « J'ai des excuses à te présenter ».

Tu sais, je ne suis pas comme ces hommes qui veulent toujours avoir raison.

— Cela fait tellement de bien d'entendre ta voix...

— Et pour moi qui craignais que tu ne veuilles plus jamais me parler, c'est un pur bonheur d'entendre la tienne. J'ai passé les deux derniers jours à essayer de la mémoriser.

— C'est adorable. C'est la chose la plus adorable qu'on m'ait jamais dite. Zach, soupira-t-elle en se laissant tomber sur le canapé, qu'est-ce qu'on va faire ? Comment nous sortir de cette situation ?

— C'est amusant que tu poses la question, parce que justement, j'ai eu une idée. J'ai cru que j'allais devoir agir seul, mais ce serait mieux si tu étais là.

— Une idée ? Quelle idée ?

— Ce serait moins drôle si je te l'expliquais à l'avance.

— Je peux avoir un indice au moins ?

— Nous allons devoir nous rendre à Long Island pour parler à mes parents.

Cela risquait d'être gênant.

— Tu es sûr que c'est une bonne stratégie ?

— Aucune idée. Mais tu es partante pour essayer ?

— Oui.

— Alors je passe te prendre chez toi dans une heure.

Paige était dans un état lamentable. Elle ne s'était pas douchée depuis vingt-quatre heures et portait des vêtements usés et informes.

— Aujourd'hui ? Tu veux qu'on y aille aujourd'hui ?

— C'est maintenant ou jamais, chérie. J'en ai assez d'attendre que ma vie commence.

— Je voulais te demander pardon.

— Je peux attendre de te voir pour ça. Ce sera même mieux.

— D'accord, répondit-elle en riant. À tout à l'heure.

Elle se précipita dans la salle de bains pour se laver, se coiffer et se maquiller. L'enjeu de ces prochaines heures était si grand qu'elle voulait être à la hauteur de l'événement. Elle choisit dans son armoire un pantalon noir ajusté, des ballerines et un haut en soie bleue, une tenue qui n'était pas particulièrement sexy mais qui convenait pour sa première rencontre avec la mère de Zach.

Elle tremblait de nervosité quand elle sortit pour attendre Zach sur le trottoir. Au bout d'une minute à peine, elle le vit arriver au volant de son Aston Martin.

— Ne bouge pas, dit-il en descendant de voiture. Je vais t'ouvrir ta portière.

— À vos ordres.

Il portait un jean noir et une chemise gris clair dont il avait relevé les manches. Quand il s'approcha d'elle pour la prendre par la taille et l'embrasser, elle fondit de plaisir.

— Tu m'as manqué, susurra-t-il tout contre ses lèvres.

— Toi aussi, tu m'as manqué. J'ai l'impression de ne pas t'avoir vu depuis un an.

— Alors que ça ne fait que deux jours.

— C'est fou comme le temps paraît long quand on est malheureux.

— Mais ça n'arrivera plus.

Il lui ouvrit la portière côté passager et l'aida à s'asseoir avant d'aller s'installer sur le siège conducteur.

— Zach, je suis désolée.

— Tu veux en parler maintenant ? Nous allons être en retard.

— Tes parents nous attendent ?

— Je ne pensais pas que c'était une bonne idée de les prendre par surprise.

Mais si elle ne parlait pas tout de suite, elle allait exploser. Et elle ne voulait pas le faire pendant qu'il conduisait.

— Je t'aime, Zach. J'ai dit n'importe quoi vendredi. J'ai honte d'avoir réagi comme ça alors que tu m'ouvrais ton cœur. Je suis tellement désolée.

Il lui fit un grand sourire et se pencha pour l'embrasser.

— Parfait, dit-il. Excuses acceptées.

Il démarra et prit la route.

— C'est tout ? demanda-t-elle. Excuses acceptées ?

— Je savais que tu m'aimais aussi, Paige.

— Comment pouvais-tu le savoir ? Même moi, je n'en étais pas sûre.

— Ta proposition de soirée pizza et basket pour la finale de la conférence Est. C'est là que j'ai su. Je sais à quel point le sport est important pour toi, et c'est à moi que tu as pensé pour ce rendez-vous. Si ce n'est pas de l'amour, je ne sais pas ce que c'est. En tout cas pour nous.

Elle rit doucement et acquiesça.

— Tu as sans doute raison.

Malgré sa bonne humeur retrouvée, elle redoutait toujours sa confrontation à venir avec Tom. Pour Zach, elle se sentait prête à tirer un trait sur le passé. Mais qu'en était-il de Tom ? Qu'avait-il à y gagner ?

Lorsqu'ils arrivèrent dans le quartier résidentiel où vivaient les parents de Zach, elle ne put s'empêcher d'être impressionnée par ces grandes propriétés. Elle venait d'un milieu beaucoup plus modeste, et même si sa vie professionnelle l'avait amenée à fréquenter des gens aisés, un tel cadre de vie restait exceptionnel à ses yeux.

— Vas-tu enfin me dire ce que tu as en tête ? demanda-t-elle quand il eut passé la grille d'entrée.

— Non. Je ne veux pas que tu essaies de m'en dissuader.

Il se gara et descendit de voiture. Elle le suivit.

— Zach, attends. Tu n'as pas l'intention de faire quoi que ce soit de trop radical, au moins ?

— Est-ce que tu me fais confiance ? demanda-t-il en lui prenant la main.

— C'est une question ambiguë.

Ils montèrent sur le perron.

— Non. J'ai toujours été honnête avec toi, Paige. La seule fois où je t'ai caché quelque chose, c'était pour te protéger.

Elle le regarda dans les yeux.

— D'accord, répondit-elle. Je te fais confiance.

— Très bien. Alors allons-y.

Il frappa et entra.

— Maman ! Tom ! Je suis là !

Une femme grande et élégante, qui ne pouvait être que la mère de Zach, arriva dans l'entrée.

— Zachary. Je vois que tu es venu avec une amie.

Paige se pencha vers lui et chuchota :

— Tu ne les as pas prévenus que je venais ? Je croyais que tu ne voulais pas les prendre par surprise.

— En partie seulement, répondit-il tout bas. Maman, dit-il à voix haute, je te présente Paige Moss, ma petite amie. Paige, voici ma mère, Angie.

Angie adressa à Paige un sourire hésitant.

— Bonjour, Paige. Enchantée.

— Je suis heureuse de vous rencontrer, répondit Paige.

— Tom est là ? demanda Zach.

— Il est en train de descendre. Il a proposé que nous nous installions dans son bureau.

— Très bien, approuva Zach.

En entrant dans le bureau en question, Paige eut le regard attiré par les photos qui couvraient les murs. Tom y apparaissait en compagnie de sportifs aussi connus que Michael Jordan ou Pete Sampras. Cela le rendait encore plus intimidant !

Zach montra à Paige une photo de lui petit, avec ses parents, lors du Super Bowl.

— Tu étais tellement mignon. Quel âge avais-tu ? lui demanda-t-elle.

— Il avait sept ans, répondit une voix d'homme derrière elle.

Elle se retourna et se retrouva face à Tom Armstrong, pour la première fois depuis deux ans. Deux ans pendant lesquels elle avait soigneusement évité de le croiser.

— Bonjour, Tom.

— Bonjour, Paige. Je pourrais dire que je suis étonné de vous voir ici, mais je sentais que cela ne tarderait pas.

À sa grande surprise, il lui serra la main.

— C'est un plaisir de vous revoir, dit-elle poliment.

— Je suis certain que vous ne le pensez pas. Je regrette que les choses se soient passées ainsi avec Alexis.

Paige acquiesça et respira profondément. Tom n'était qu'un homme, elle n'avait pas de raison de se sentir inférieure.

— Moi aussi, répondit-elle. Mais j'ai discuté avec elle et je crois que nous nous comprenons mutuellement. Nous resterons amies. Certains liens sont trop forts pour être brisés.

Tom s'installa dans son fauteuil, derrière son bureau.

— Asseyez-vous, je vous en prie, dit-il.

Zach et Paige se mirent sur le canapé tandis qu'Angie prenait place sur un autre siège.

— Alors, Zach, dit Tom, tu avais quelque chose à nous annoncer ?

— Oui. Je quitte Armstrong Sports, et ça prend effet immédiatement. J'ai rédigé une lettre de démission officielle, mais ça paraît un peu ridicule étant donné que tu es mon père.

Paige regarda Zach avec stupeur.

— Tu es sûr de vouloir faire ça ?

— Zach, s'insurgea Angie, tu n'es pas sérieux.

— Zach, s'il te plaît, dit Tom. Ce n'est vraiment pas nécessaire. Paige est ici, chez nous. Je lui ai présenté mes excuses. Si votre relation est sérieuse, tirons un trait sur le passé et avançons. Je suis désolé pour Alexis, mais c'est la loi des affaires, rien de plus.

— Tu ne lui as pas présenté tes excuses à propos de ce qui s'est passé avec son mari, Andrew, souligna Zach.

— Zach, intervint Paige, les tempes battantes. C'est bon. Nous n'avons pas besoin de parler de ça maintenant. Et je crois que Tom a raison. Tu n'as aucune raison de démissionner.

— S'il te plaît, Zach, implora Angie. Écoute Paige et Tom.

Zach tapa du pied par terre.

— Non, arrêtez, leur enjoignit-il. Je vous demande à tous les trois de m'écouter. Laissez-moi aller au bout.

Le silence se fit. Paige frissonna. Zach lui plaisait quand il se faisait respecter.

— Je quitte Armstrong Sports précisément à cause de ce qui est en train de se passer dans cette pièce. Il y a trois choses qui comptent plus que tout à mes yeux. Le sport, mes parents et Paige.

Elle fut bouleversée en l'écoutant. Ils étaient devenus si proches en si peu de temps...

— Et les événements de cette semaine m'ont prouvé que ces trois choses n'étaient pas compatibles en l'état actuel des choses. Je veux donc faire en sorte que mon père soit seulement mon père, et que ma mère ne se retrouve plus coincée entre nos désaccords. Et surtout, il n'est pas question que je continue à travailler pour l'entreprise qui a volé la plus grosse cliente de ma petite amie.

Il se tourna alors vers Paige et déclara :

— Je t'aime, Paige, et je sais que pour que nous soyons ensemble, il faut que tu entretiennes de bons rapports avec ma famille. Ça n'arrivera que si je quitte l'agence Armstrong.

— Tu es sûr ? demanda-t-elle en lui prenant la main. Que vas-tu faire ?

— J'ai parlé avec Ryan Wilson. Je vais devenir son manager. Ça représente déjà beaucoup de travail. Je prendrai peut-être d'autres clients à l'avenir, mais c'est un bon début. En fait, je me réjouis de commencer cette nouvelle aventure.

— Mais qui dirigera Armstrong Sports ? demanda Angie.

— Je ne sais pas, répondit Zach avec un haussement d'épaules. Peut-être l'un des nombreux agents qui m'ont vu leur passer devant quand Tom m'a nommé ? Cela dit, si vous voulez mon avis, c'est Teri qui devrait occuper cette place. Le fait qu'elle ne soit pas agente elle-même est une force et elle a largement prouvé l'étendue de ses compétences.

— C'est une idée intéressante, commenta Tom en hochant la tête. J'aime beaucoup Teri et je lui fais entièrement confiance.

— C'est important, la confiance, dit Zach. Je crois que nous l'avons tous appris.

Paige sourit. Il lui faudrait sans doute un peu de temps pour avoir envie de faire un cadeau à Tom pour Noël, mais elle était prête à faire les efforts nécessaires pour voir en lui l'homme que Zach aimait tant.

— Alors ? demanda Zach. Est-ce que tout le monde est d'accord ?

— Si c'est ce que tu veux, mon chéri, dit Angie.

— L'essentiel, c'est que tu sois heureux, dit Tom.

Zach regarda Paige.

— Et toi ? lui demanda-t-il.

— Je veux la même chose que toi.

— Alors c'est un oui ?

Il ponctua sa question avec un clin d'œil.

— C'est un oui, confirma-t-elle.

— Voulez-vous rester dîner ? demanda Angie en se levant.

— Oui, maman, merci. Avec plaisir, répondit Zach.

— Parfait. Tom et moi, nous partons devant vous. À tout de suite.

Elle s'éclaircit la voix, trahissant sa volonté de faire une sortie discrète pour laisser Zach et Paige en tête à tête.

Dès qu'elle fut seule avec Zach, Paige le serra dans ses bras.

— Si tu savais comme je suis fière de toi.

— Attends ce soir, dit-il en l'embrassant.

— Pourquoi, tu as prévu quelque chose ?

— Une nuit entière de réconciliation, bien sûr.

— C'est la meilleure raison de se disputer.

13

Cinq mois plus tard

— Je n'arrive pas à savoir ce que je préfère dans les matchs de football américain. La bière ou les hot-dogs ?

Zach finit son gobelet en regardant la pelouse du stade de Philadelphie. Il était installé avec Paige dans l'une des luxueuses loges réservées aux invités des joueurs. D'ici quelques minutes, la seconde mi-temps du premier match de Ryan Wilson en tant que client de Zach Armstrong Management allait commencer. L'équipe de Ryan menait déjà de vingt et un points.

— Ou les pom-pom girls ? suggéra Paige en croquant dans son cookie géant. Ou peut-être le jeu en lui-même ?

— C'est vrai que ce sont aussi deux bonnes raisons de venir au stade.

Il se pencha vers elle pour l'embrasser sur la bouche.

— Quel bon goût de chocolat, dit-il avec un murmure de plaisir. Dis-moi, tu veux qu'on descende regarder la suite du match depuis la touche ?

— Oui. Je pourrai sûrement dire bonjour à April, elle doit avoir presque fini ses interviews de mi-temps.

Grâce à leur laissez-passer, ils purent accéder au bord du terrain.

— Tu penses assister à tous les matchs de Ryan cette saison ? demanda Paige.

— Seulement si tu as envie de m'y accompagner.

— Je pourrai t'accompagner à certains matchs, mais pas tous. Tu sais bien que j'ai trop de travail en ce moment. Mais je suis touchée que tu aies envie que je vienne.

— Bien sûr que j'ai envie que tu viennes. Nous nous organiserons pour trouver un compromis.

Au cours des derniers mois, ils étaient devenus inséparables. Paige s'était pratiquement installée chez Zach. Ils passaient toutes leurs nuits ensemble. Ils étaient même partis en vacances un mois plus tôt, un séjour magnifique d'une semaine aux îles Fidji, dans une villa donnant sur l'océan. Zach avait eu envie que cela dure éternellement.

Bien sûr, ils ne pouvaient pas passer leur vie en vacances, mais avec Paige, la magie ne retombait jamais. Ils riaient ensemble, ils buvaient du vin et cuisinaient. Ils travaillaient aussi beaucoup et avaient des discussions sérieuses sur l'amour et l'existence. Ils avaient parfois des désaccords, mais ils s'écoutaient et parvenaient toujours à se comprendre.

Il regarda Paige et ressentit la même vibration que celle qui descendait des tribunes. Il se sentait tellement vivant avec elle. Tellement privilégié.

— Ça y est, les joueurs reviennent, dit-elle en regardant le tunnel.

Zach se retourna et vit Ryan qui courait à petites foulées avec ses coéquipiers. En apercevant Paige et Zach, Ryan s'approcha d'eux.

— Vous vous êtes décidés à quitter la loge, plaisanta-t-il.

— Il fallait qu'on te voie jouer de près, répondit Zach en lui donnant une tape sur l'épaule. Et surtout, je voulais te présenter Paige.

Ryan sourit à Paige.

— J'ai l'impression que je devrais vous embrasser, lui dit-il. Zach m'a tellement parlé de vous que c'est comme si je vous connaissais. Il paraît que le nouveau quarterback de Dallas a rejoint votre agence ?

— Oui, mon premier footballeur professionnel ! répondit-elle avec une joie et une fierté bien visibles. C'est à cause de Zach. C'est lui qui m'a transmis le virus de ce sport.

C'était le plus beau compliment qu'elle pouvait lui faire.

— Eh oui, Zach est comme ça, son enthousiasme est contagieux. C'est pour ça que je travaille avec lui.

— Vous avez fait le bon choix, lui assura Paige avec un sourire malicieux.

— Vous êtes amie avec April Chapman, n'est-ce pas ? demanda Ryan.

— Oui, c'est même ma meilleure amie.

Ryan hocha la tête de haut en bas. Il avait les yeux qui brillaient.

— April est formidable, dit-il. Vraiment formidable.

— Oui, approuva Paige, je vous le confirme.

— Allez, je vous laisse, j'ai un match à jouer.

— Bonne deuxième mi-temps ! lança Paige.

— Oui, sois le meilleur ! renchérit Zach.

— Je vais essayer, promit Ryan. À tout à l'heure.

Il s'éloigna avec son casque à la main.

— Il est très sympa, dit Paige à Zach. Je comprends que tu aimes tellement travailler avec lui.

— Honnêtement, je continue à penser que c'est le seul athlète avec qui j'aie envie de travailler. Je sais que la règle veut que l'on développe son entreprise, mais j'apprécie cette simplicité.

— Dis donc, s'exclama Paige en riant, tu as bien changé ! Que t'est-il arrivé ? Tu es sûr que tu te sens bien ?

— Oui, je me sens très bien.

Que lui était-il arrivé ? La réponse était simple : Paige. Elle ne lui avait pas enlevé son ambition, elle lui avait juste ouvert les yeux sur ce qui était vraiment important pour lui.

— Tiens, lui dit-il, voilà April.

Paige courut à la rencontre de son amie pour l'embrasser, puis elles revinrent vers Zach bras dessus, bras dessous.

— Bonjour, monsieur le manager personnel de Ryan Wilson.

— Salut, April, répondit Zach. Comment vas-tu ?

— Très bien, merci.

— Depuis quand couvres-tu les matchs de football américain ? C'est nouveau, non ?

— C'est ma première saison. La chaîne m'a mise à l'essai, pour voir ce que ça donne.

— Et alors ? demanda Paige. Ça te plaît ?

— Énormément. Surtout ce soir.

April et Paige se regardèrent et semblèrent avoir une conversation silencieuse que personne d'autre qu'elles ne pouvait saisir.

— Y a-t-il quelque chose que tu ne m'aurais pas dit ? demanda Paige.

April s'approcha de Paige et Zach et répondit tout bas :

— Ryan et moi, nous sortons ensemble.

Paige poussa un cri aigu et applaudit frénétiquement.

— Tu es sérieuse ? s'exclama-t-elle.

— Oh ! oui, confirma April. Il est génial.

— J'ai hâte que nous fassions une sortie tous les quatre, dit Paige avec un grand sourire.

— Moi aussi, répondit April.

Puis un de ses collègues l'appela et elle dut les laisser. En partant, elle se retourna vers Paige et Zach et leur lança :

— Au fait, vous êtes vraiment adorables tous les deux.

Paige rit et se tourna vers Zach.

— Je ne m'attendais pas à cette nouvelle, lui dit-elle. Tu étais au courant ?

— Pas du tout.

— Tu me rassures. J'aurais détesté être la seule à ne pas être informée.

Le match reprit et Ryan fut acclamé à de nombreuses reprises.

Lorsqu'il y eut un arrêt de jeu, la caméra filma des couples en gros plan pour qu'ils s'embrassent. Les trois premiers échangèrent un petit baiser sous les applaudissements du public, mais pour le quatrième, il se passa autre chose. L'homme mit un genou à terre et sortit une bague de sa poche pour demander sa fiancée en mariage. Elle plaqua les mains sur sa bouche en signe de stupeur, puis se jeta à son cou.

— C'est mignon, commenta Zach en regardant l'écran géant.

— Je ne sais pas. Je suis toujours un peu mal à l'aise quand je vois ça. Tu imagines si elle refuse ?

— Elle ne peut pas refuser. Des millions de gens la regardent à la télévision.

— C'est justement le problème.

— Oui, je vois ce que tu veux dire. Il vaut mieux que ça se passe dans l'intimité.

— Je ne trouve pas ça romantique de le faire en public. Ce n'est pas une performance, c'est une histoire privée entre deux personnes qui s'aiment.

— Mais si un garçon avait envie de faire sa demande dans un lieu public tel qu'un stade ? Imagine qu'il emmène sa petite amie voir un match, qu'ils passent un super moment ensemble et qu'il lui fasse sa demande. Ce serait bien comme ça ?

— S'il ne se donne pas en spectacle, oui, bien sûr.

— Il pourrait lui prendre la main…

Il saisit délicatement les doigts de Paige. Elle leva vers lui un regard interrogateur.

— Oui, dit-elle.

Il s'approcha d'elle et la regarda dans les yeux. Son cœur cognait contre sa poitrine.

— … et lui dire quelque chose comme : « Paige, tu es la femme la plus merveilleuse que j'aie jamais rencontrée. Je sais que nous ne sommes pas ensemble depuis très longtemps, mais je veux passer chaque jour du reste de ma vie avec toi. Tu es mon soleil. Tu es celle qui me fait me lever le matin et sourire toute la journée. » Tu vois ? Le garçon pourrait dire ça. Mais comment réagirait sa petite amie ?

— Qu'est-ce que tu manigances, Zach Armstrong ?

— Puis il pourrait dire : « Paige Moss, veux-tu m'épouser ? »

Elle ouvrit grand les yeux.

— Tu es toujours en train de raconter une histoire, dit-elle.

— Non.

Elle regarda tout autour d'elle.

— Tu avais prévu de faire ça ? demanda-t-elle.

— Non.

— Cela t'est venu sur le moment ?

— Oui. Un élan de bonheur et de foi en l'avenir.

Elle pinça les lèvres et hocha lentement la tête.

— Intéressant.

— Quoi ? demanda-t-il.

— Rien. Je réfléchis à ta proposition.

— Agente un jour, agente toujours. Ce qui n'est pas vrai me concernant, puisque j'ai renoncé à ce métier.

— Mais si tu y revenais ? Si je te disais de venir travailler avec moi plutôt que de rester dans ton coin ? Je trouve aberrant que tu ne sois plus agent. Tu es fait pour ça. Tu as un tel pouvoir de persuasion !

— Apparemment pas, puisque je viens de demander ma petite amie en mariage et que ça s'est transformé en une conversation sur ma carrière professionnelle.

Elle s'esclaffa et se blottit contre lui.

— Oui, Zach, je veux t'épouser. Tu me rends heureuse comme je ne pensais pas pouvoir l'être un jour. Je serais folle de dire autre chose que oui.

Ils échangèrent un baiser qui fit tout oublier à Zach, y compris la foule qui les entourait. Quand ils reprirent leur souffle, Paige ajouta :

— Ce n'étaient pas des paroles en l'air, je veux vraiment que tu viennes travailler avec moi. Ce serait tellement bien !

— Si tu en as envie, je suis d'accord.

Ils rirent et s'embrassèrent encore. Non, Zach n'avait rien prévu de tout cela, mais c'était encore plus beau que dans ses rêves les plus fous. Il était bel et bien l'homme le plus chanceux du monde.

YAHRAH ST. JOHN

Une nuit de passion

Traduction française de
ROSA BACHIR

PASSIONS

HARLEQUIN

Titre original :
HER ONE NIGHT CONSEQUENCE

1

— Asia, ces pièces sont fabuleuses !

Asia Reynolds, créatrice de bijoux, était aussi vendeuse chez Yvette's Jewels depuis ces sept dernières années. Elle appréciait son travail, mais surtout, la propriétaire de la bijouterie, Yvette Sinclair, permettait à Asia de vendre ses créations originales au sein de sa boutique. La parure qu'Asia venait de lui montrer lui avait été inspirée par son récent voyage en Caroline du Nord, où elle avait rendu visite à l'une de ses meilleures amies, Egypt Cox.

— Merci, Yvette, dit-elle en souriant.

Elle replaça les pièces dans sa mallette.

— J'espérais pouvoir les vendre ici, dit-elle. Même si je sais qu'ils ne sont pas aussi traditionnels que vous le souhaiteriez.

— Sottises. Quand je vous ai engagée, je savais que vous aviez un énorme potentiel, et ces pièces le montrent, assura Yvette.

— Vous le pensez vraiment ?

— J'ignore pourquoi vous doutez de vous, Asia. Regardez comme vos bijoux se vendent bien en ligne et sur les marchés aux puces !

Certains week-ends, Asia vendait ses créations sur les marchés aux puces de Denver. Cela lui permettait de savoir quelles pièces plaisaient aux clients.

— Celles-là sont très différentes et seront plus chères, car j'utilise d'autres matériaux que ceux que j'emploie d'habitude.

Le collier orné d'éclairs, fabriqué à partir de morceaux de diamants bruts, était son œuvre préférée.

Après sa visite chez son amie Egypt, à Raleigh, Asia s'était rendue à Washington puis à New York pour se procurer les pierres nécessaires. Outre le collier, elle avait créé un bracelet, une manchette, des boucles d'oreilles et une bague.

— Et c'est une très bonne chose, déclara Yvette. Nous avons des clients de tous horizons, et ce collier sera une pièce unique pour un ou une chanceuse.

Yvette était un formidable mentor, qui savait la soutenir et l'encourager. Tandis qu'Asia allait ranger sa mallette dans l'arrière-boutique, elle réfléchit à sa récente rentrée d'argent. Elle faisait partie d'un groupe de six meilleures amies, qui se surnommaient les Six Gemmes. Outre Asia, le groupe était composé de Wynter Barrington, Egypt Cox, Teagan Williams, Shay Davis et Lyric Taylor. Toutes avaient hérité l'année dernière d'une belle somme d'argent léguée par la tante de Wynter, Helaine Barrington, ce qui leur avait permis de créer leurs entreprises respectives.

Wynter avait développé son blog de voyages. Egypt, qui possédait auparavant un *food truck*, avait rapidement créé son propre restaurant, le Flame. Teagan ouvrirait bientôt sa propre agence immobilière. Shay et Lyric avaient aussi avancé dans leurs projets respectifs, studio de yoga pour l'une et école de danse pour l'autre. Asia était celle qui avait le plus de difficultés à mener son projet à bien, à savoir ouvrir sa propre bijouterie. Egypt l'avait aidée à identifier les étapes à suivre et à élaborer son plan de développement, et Asia savait que le chemin ne serait pas facile.

Mais y avait-il eu quoi que ce soit de facile dans sa vie ? Elle n'avait pas grandi au sein d'une famille classique. Elle ignorait qui était son père, car à l'époque de sa conception, sa mère, âgée de seize ans à peine, avait des relations sexuelles avec plusieurs garçons de son quartier. Asia avait grandi en même temps que sa mère, et cela n'avait pas été sans mal. Ava Reynolds était incapable de garder un emploi ou un homme, et quand elle vivait avec elle, Asia avait toujours eu l'impression de devoir payer les pots cassés.

Néanmoins, pendant une brève période, Ava avait trouvé un emploi stable. Elles avaient pu rester au même endroit assez longtemps pour qu'Asia se fasse des amies – c'était à l'époque qu'elle avait rencontré les Gemmes. Leur amitié était inestimable, si bien qu'Asia avait dit un jour qu'elles étaient comme des Gemmes. Teagan avait alors officiellement déclaré qu'elles se nommeraient les Six Gemmes.

— Asia, ma chérie. Tout va bien ? demanda Yvette. Vous sembliez à des milliers de kilomètres d'ici.

Asia cligna des yeux, se forçant à revenir au présent.

— Je suis désolée, Yvette. J'étais perdue dans le passé pendant un moment.

— Ne restez pas là-bas trop longtemps.

La porte de la boutique s'ouvrit, et un homme entra. Il était la plus belle chose qu'Asia ait vue de toute la journée. Non, de toute l'année. Grand, le teint caramel, il était beau *et* sexy. Asia l'observa pendant qu'il jetait un regard circulaire dans l'espace de vente, comme s'il en était le propriétaire. Il marcha vers la vitrine centrale, permettant ainsi à Asia de l'admirer de plus près.

Elle s'attarda sur son beau profil, ses cheveux épais coupés en dégradé, ses yeux noirs et ses sourcils fournis. Mais ce furent ses traits ciselés et sa mâchoire puissante qui retinrent particulièrement son attention. Il arborait une barbe naissante, qui entourait ses belles lèvres charnues. Sous son pardessus noir, il portait une chemise blanche et un pantalon beige. Asia se demanda à quoi il ressemblait nu, car bien sûr, son esprit hyperactif l'entraînait déjà sur ce terrain.

Soudain, il leva la tête, et son attention se porta sur Asia. Il promena son regard perçant sur elle, l'observant de la tête aux pieds. Elle sentit son corps vibrer, doucement d'abord, puis avec plus de force, car le regard de l'inconnu se fit plus intense. Asia passa la langue sur ses lèvres soudain sèches. Elle doutait être aussi glamour que les femmes qu'il rencontrait sans doute chaque jour, mais elle avait son propre style.

Aujourd'hui, elle portait une veste de cuir par-dessus une chemise bleu turquoise, une jupe mi-cuisse beige ainsi que des escarpins vertigineux. Étant donné qu'elle mesurait un petit mètre cinquante-deux, elle n'allait jamais nulle part sans talons.

Elle se dirigea vers lui.

— Bonjour, dit-elle.

— Bonjour.

— Puis-je vous aider à trouver votre bonheur ?

— Oui, vous le pouvez, répondit-il d'une voix grave et chaude qui la fit frissonner. Je cherche un cadeau pour ma tante. Elle donne une fête ce soir pour son soixante-cinquième anniversaire, et j'ai besoin d'un cadeau spécial.

— C'est un peu tard, non ? fit-elle, le sourcil arqué.

Dès qu'elle eut prononcé ces mots, elle mesura à quel point ils étaient déplacés.

Au lieu de répondre par une remarque cinglante, il sourit, et Asia constata que son sourire était superbe.

— Vous avez raison. J'ai été très pris par mon travail et je n'ai pas trouvé le temps, mais j'espère que vous pourrez m'aider à réparer mon erreur.

Quel charmeur !

Asia prit une grande inspiration.

— Bien sûr. Nous avons quelques pièces tout à fait merveilleuses. Avez-vous un style particulier en tête ?

— Ma tante est une femme audacieuse, avec une forte personnalité. Il faut que le bijou soit quelque chose d'unique. Un peu comme ce que vous portez.

Elle observa le bracelet en diamants bruts qui ornait son poignet fin. Elle avait oublié l'avoir mis pour le montrer à Yvette.

— Oh ! il fait partie d'une nouvelle collection, et je n'ai pas encore fini toutes les pièces.

Son regard s'éclaira.

— Vous êtes créatrice de bijoux ?

— Oui, et j'ai d'autres collections, si cela vous intéresse ?

— Montrez-moi.

Ses paroles étaient un ordre, et Asia devina qu'il avait l'habitude qu'on lui obéisse. Elle se dirigea vers la vitrine qui contenait l'essentiel de son travail.

— Tout ce qui est dans ce présentoir est de moi. Il y a différents bijoux, et j'ai utilisé de l'onyx, des opales et des émeraudes.

Il observa ses créations.

— Ils sont très beaux.

— Merci, dit Asia, ravie du compliment.

— Cependant, j'aimerais voir le reste de *cette* collection, dit-il, désignant d'un signe de tête son poignet.

Asia lança un regard à Yvette, qui hocha la tête avec enthousiasme.

— D'accord, accordez-moi une minute.

Elle alla chercher sa mallette dans le bureau. Quand elle revint dans l'espace de vente, elle trouva le séduisant inconnu exactement à l'endroit où elle l'avait laissé. Il la suivit du regard quand elle approcha.

— Et voilà, dit-elle.

Elle étala une étoffe sur le comptoir et ouvrit la mallette, révélant sa toute dernière collection.

Le séduisant inconnu saisit la pièce qu'elle préférait, le collier aux éclairs, et l'examina de près. Après quelques instants, il déclara :

— Je prends celui-ci.

Elle sentit sa respiration s'accélérer.

— Vous avez déjà choisi ? s'étonna-t-elle.

— Selon moi, dans la vie, il faut savoir ce qu'on veut. Combien en voulez-vous ?

Asia avait une idée générale du prix qu'elle souhaitait facturer, mais il serait bien plus élevé que pour ses créations précédentes. Elle hésita, chose que son client potentiel remarqua.

— Y a-t-il un problème ?

— Non, c'est juste que… c'est l'une de mes pièces les plus chères. Peut-être voulez-vous voir autre chose ?

— Ce n'est pas un souci, dit-il avec douceur, puis il lui fit signe d'approcher avec son index.

Asia commença par se dire qu'elle n'obéissait à aucun homme. Mais celui-ci était à part. Il était très différent des artistes et des musiciens qu'elle fréquentait en temps normal. Elle se pencha vers lui, et il lui chuchota à l'oreille :

— Puis-je vous donner un conseil ?

— Lequel ?

— Ne vous sous-estimez pas. Si vous avez un produit de qualité, le client doit être prêt à en payer le prix. Combien demandez-vous pour cette pièce ?

Asia réfléchit un instant.

— Mille cinq cents dollars.

— Vendu.

Il lui rendit le collier, qu'Asia reprit entre ses mains tremblantes. Elle n'avait jamais rien vendu d'aussi cher auparavant.

— Pouvez-vous me faire un emballage cadeau ?

Elle risqua un regard vers Yvette, qui lui fit un subtil signe de tête en guise d'encouragement. Le client posa sa carte American Express sur le comptoir, lui montrant ainsi que l'argent n'était manifestement pas un problème.

— B-bien sûr, bredouilla-t-elle.

Elle prit la carte et se dirigea vers la caisse. Pendant qu'elle emballait le collier dans une boîte cadeau ornée d'un nœud, elle observa de temps à autre son client, qui ne la quittait pas des yeux. Quand il posa le regard sur ses lèvres, un courant chaud la traversa. Elle se força à finir sa tâche. Quand elle eut terminé l'encaissement, elle déposa la boîte dans un joli sac et retourna vers l'inconnu.

— J'espère que ce cadeau plaira à votre tante, dit-elle, en lui donnant son achat.

À sa grande surprise, il posa les mains sur les siennes.

— Si vous vous joigniez à moi ce soir pour le découvrir vous-même ? suggéra-t-il.

— Je vous demande pardon ?

Venait-il de lui proposer un rendez-vous galant ? Si elle en croyait son sourire en coin, c'était le cas. Et il semblait ravi de l'avoir désarçonnée. Elle lança un regard interrogateur à Yvette, qui faisait de son mieux pour cacher un sourire. Sa patronne ne l'aidait pas beaucoup...

— Alors, c'est oui ou c'est non ? insista-t-il.

— Je ne sais même pas comment vous vous appelez.

— Mes excuses, dit-il, lui tendant la main. Blake Coleman.

Blake. Un prénom fort, qui lui allait bien.

— Asia Reynolds, dit-elle, en acceptant sa poignée de main.

Le contact physique provoqua une onde de chaleur qui se propagea en elle, lui coupant le souffle. La bouffée de désir qui l'envahit ne ressemblait à rien de ce qu'elle avait connu, et lorsqu'elle leva les yeux vers Blake, elle soupçonna que lui aussi l'avait ressentie.

— Qu'en dites-vous, Asia ? Voulez-vous m'accompagner à l'anniversaire de ma tante ?

— Je... euh...

— La seule réponse que je veux entendre, c'est un oui, dit-il avec douceur.

— Oui, répondit-elle.

Elle *voulait* l'accompagner. Elle souhaitait comprendre les émotions qu'elle ressentait face à cet homme mystérieux qu'elle venait de rencontrer.

Il sourit, ce qui illumina ses beaux traits. Asia se sentit chanceler.

— Bien. Si ça vous convient, je passe vous prendre ici à 18 h 30. Puis-je avoir votre numéro ?

Il lui confia son téléphone, et elle entra les chiffres dans le répertoire, comme en pilote automatique.

— Merci, dit-il quand elle lui rendit l'appareil. Il me tarde de vous revoir tout à l'heure.

Son cadeau à la main, il sortit de la bijouterie.

Asia se tourna vers Yvette.

— Bon sang, mais qu'est-ce qui vient de se passer ?

— On dirait que vous avez un rendez-vous galant, répondit sa patronne malicieusement.

Blake faisait-il régulièrement des avances aux femmes dans les bijouteries ? Ou était-elle la seule à avoir droit à ce numéro de séduction ? Quoi qu'il en soit, Asia pressentait que cette soirée serait mémorable.

Asia hésitait. Comment s'habiller pour une soirée chic avec quelqu'un comme Blake Coleman ? Les hommes qu'elle fréquentait habituellement n'avaient guère les moyens d'acheter un collier à mille cinq cents dollars. En général, elle préférait fréquenter des artistes – musiciens, peintres, écrivains –, parce qu'ils avaient du talent. Blake était différent, et bien plus riche.

Que pourrait-elle porter de convenable pour l'occasion ? C'était le début du mois d'avril, et à Denver, les soirées étaient encore fraîches. Donc, pas de manches courtes. En fouillant dans son placard, elle trouva la robe parfaite : épaules dénudées, manches longues et col en cœur.

Autre avantage, la petite robe noire, longueur mi-cuisse, mettrait ses jambes en valeur. Étant petite, Asia devait employer toutes les armes de son arsenal. Elle opta pour des escarpins pointus, et en guise d'accessoires, des pendants d'oreilles et une bague en opale, des bijoux issus de sa collection de l'an dernier.

Elle prit son temps pour s'habiller, se coiffer et se maquiller, ce qui la mit presque en retard. Une fois prête, elle saisit son long manteau de laine gris et sortit en hâte pour prendre son taxi. Le chauffeur la déposa devant la bijouterie juste au moment où Blake frappait à la porte.

— Je suis là ! lança Asia avec un grand geste lorsqu'elle sortit de la voiture.

— Je commençais à croire que vous m'aviez posé un lapin, dit Blake, la rejoignant sur le trottoir.

Dans son smoking noir et sa chemise en soie noire, il était beau à se damner.

— Certainement pas, dit-elle en souriant.

— Si nous y allions ? suggéra-t-il en lui tendant son bras.

Quelques secondes plus tard, Blake aidait Asia à monter dans son luxueux SUV Mercedes-Benz. La Hyundai basique d'Asia ne ferait pas le poids face à ce monstre. Le siège de cuir souple était doux contre sa peau, et le tableau de bord était équipé d'un nombre de commandes impressionnant.

Bientôt, ils filèrent dans les rues de Denver. Pour aller où, Asia n'en avait aucune idée. Les Six Gemmes penseraient sans doute qu'elle était folle de monter dans une voiture avec un inconnu dont elle ne savait rien, en dehors de ce qu'elle avait appris sur Internet tout à l'heure. Il était le fils de Gil et Daphne Coleman, un couple fortuné tué dans un accident de voiture quand il avait douze ans. Blake était le seul survivant. Sa tante, qui donnait la fête de ce soir, l'avait recueilli. PDG de l'entreprise familiale, Coleman & Sons Construction, il était considéré comme l'un des plus beaux partis de Denver.

— Vous êtes bien silencieuse, observa Blake après quelques instants.

— C'est parce que d'habitude, aucun homme séduisant ne passe me prendre sur mon lieu de travail.

— Vous me trouvez séduisant ?

Elle haussa un sourcil.

— Vous cherchez les compliments ?

— Absolument.

— Dans ce cas, oui, je vous trouve séduisant, mais vous le savez déjà, sinon vous ne m'auriez pas invitée.

— Impertinente, avec ça. J'adore ! répliqua Blake. Je crois que je vais beaucoup apprécier la soirée.

Dire qu'elle était nerveuse en arrivant chez la tante de Blake était un euphémisme. Asia ne s'habituerait jamais aux étalages de richesse. Durant son adolescence, chaque fois que Wynter avait invité Asia dans la demeure de sa famille, Asia avait eu le sentiment de détonner. Sa mère n'ayant pas les moyens de lui offrir des vêtements à la mode, Asia était souvent obligée de se fournir dans les magasins de seconde main ou de coudre ses tenues elle-même. Au lycée, tout le monde la pensait excentrique, alors qu'en réalité, elle était simplement pauvre. Elle avait toujours été douée pour feindre l'assurance. C'était ce qu'elle comptait faire ce soir.

Elle garda le silence pendant que Blake franchissait les grilles de fer forgé et s'engageait dans l'allée circulaire d'un gigantesque domaine. Des voituriers en uniforme les saluèrent et ouvrirent la portière d'Asia.

— Merci, dit-elle quand l'un d'eux l'aida à sortir du véhicule.

Quelques secondes plus tard, Blake la rejoignit et glissa le bras sous le sien, la gratifiant d'un sourire.

— Laissez-moi vous escorter.

Asia marcha à ses côtés, l'air aussi confiante que lui. Ils furent accueillis par un majordome qui prit leurs manteaux. Puis une belle dame mince, aux cheveux poivre et sel, vint à leur rencontre. *La tante de Blake,* supposa Asia.

— Mon chéri, tu es enfin là, dit la vieille dame, un sourire chaleureux éclairant son visage au teint caramel. Je croyais que tu ne viendrais pas.

Elle arborait un chignon élégant et portait une robe longue à manches bouffantes, rehaussée de motifs fleuris.

— Je n'aurais pas osé manquer ça, dit Blake.

Il lâcha Asia le temps de déposer un baiser sur la joue de sa tante.

— Tante Sadie, permets-moi de te présenter Asia Reynolds. C'est une créatrice de bijoux très prometteuse.

— Une créatrice ? demanda-t-elle, observant Asia de la tête aux pieds. C'est agréable de voir que tu recherches autre chose qu'un joli minois.

Devant la mine déconfite d'Asia, elle ajouta :

— Bien que vous soyez charmante, ma chère.

— Merci, répondit Asia à ce compliment maladroit.

— Ne le prenez pas mal, poursuivit leur hôtesse, mais mon neveu est un coureur de jupons et je lui demande toujours de se trouver une femme qui ne soit pas superficielle.

Asia risqua un regard vers Blake, qui souriait même si sa tante venait en substance de le traiter de play-boy.

— Tante Sadie, qu'est-ce que j'y peux si les femmes me courtisent ? Qui suis-je pour les repousser ?

Asia ne put s'empêcher de rire, comme la tante de Blake.

— Sérieusement ? fit Blake, feignant d'être offensé. Vous vous moquez toutes les deux de moi ?

— Désolée, oui, répondit Asia en souriant. Vous vous rendez bien compte que ce que vous avez dit était extrêmement arrogant ?

— Mais exact, repartit-il en haussant les épaules.

— Eh bien, je suis surprise d'être ici alors que je ne fais pas partie de vos admiratrices.

— Je l'aime bien. Elle a du cran ! fit Sadie, s'adressant à Blake.

Essaie de ne pas tout gâcher. Si vous voulez bien m'excuser, je dois accueillir mes autres invités.

Elle alla discuter avec un couple d'un certain âge qui venait d'arriver.

— Votre tante me plaît. Elle n'a pas sa langue dans sa poche, observa Asia.

— Comme vous. Vous dites toujours ce qui vous passe par la tête ? demanda Blake, en entrant dans le salon.

Il prit deux verres de champagne sur le plateau d'un serveur et en donna un à Asia.

— Toujours, répondit-elle. Les Gemmes me répètent sans cesse de tourner sept fois ma langue dans ma bouche, mais je crains que ce ne soit pas dans mon ADN.

— Les Gemmes ?

— Mes meilleures amies. Je trouvais que nous étions inestimables, nous étions six, alors nous nous sommes surnommées les Six Gemmes.

Blake sourit, et elle sentit son cœur palpiter. Il traversa le salon, s'arrêtant pour bavarder avec les gens qu'il croisait. Il était si grand qu'à côté de lui, Asia se sentait particulièrement petite, mais heureusement, il la présentait aux gens et s'assurait que tous la *voient*.

Elle lui en était reconnaissante. Trop souvent au cours de son adolescence, elle s'était sentie invisible. Elle était cette pauvre jeune fille dont la mère ne prenait pas la peine d'assister aux réunions parents-professeurs. Ou qui n'avait jamais assez d'argent pour participer aux voyages scolaires. Asia en avait développé un complexe. C'était sans doute pourquoi elle faisait toujours en sorte que ses vêtements soient voyants et qu'elle jouait les boute-en-train – elle tenait à ce qu'on la remarque.

Sa confiance en elle se renforça quand Blake parla de ses créations à un groupe de femmes vêtues de robes haute couture.

— Asia, montrez-leur votre bracelet, suggéra-t-il.

Elle brandit son poignet, et plusieurs personnes se rassemblèrent autour d'elle, admirant son œuvre.

— C'est superbe, s'extasièrent les invitées.

— Vous avez d'autres pièces ? demanda l'une d'elles.

— Oui.

Quelques instants plus tard, Asia était au centre d'un petit groupe et expliquait où elle trouvait l'inspiration et comment elle travaillait. Elle était si concentrée qu'elle en oublia Blake. Les femmes présentes ce soir étaient le genre de clientes dont elle aurait besoin si elle ouvrait un jour sa propre bijouterie, car elle comptait vendre des pièces haut de gamme. Elle distribua des cartes de visite qu'elle avait glissées dans son sac à la dernière minute.

Enfin, tout le monde se dirigea vers la salle à manger. Les convives furent installés autour d'une longue table qui pouvait aisément accueillir quinze personnes. Asia admira le lustre en cristal, la vaisselle en porcelaine baroque et les meubles d'inspiration française.

Est-ce ainsi que vivent les gens fortunés ? se demanda-t-elle tandis qu'un serveur dépliait sa serviette et qu'un autre lui demandait si elle voulait du vin. Le personnel commença à servir les entrées. Asia songea à toutes ces fois où elle avait été privée de repas parce que sa mère n'avait pas reçu son salaire à temps ou qu'elle avait oublié de faire les courses.

— Tout va bien ? lui demanda Blake alors qu'une entrée terre et mer contenant du homard venait de leur être servie.

— Oui. Simplement, je ne suis pas habituée à ce... luxe.

— J'imagine que je prends tout ça pour acquis. Je suis content que vous soyez là pour me ramener sur terre.

Il mit un bras sur le dossier de sa chaise, approchant assez pour qu'elle puisse humer le parfum épicé de son après-rasage. Ses sens s'affolèrent.

— Vous avez beaucoup de chance, Blake. Tout le monde ne naît pas avec une cuillère d'argent dans la bouche.

— Vous pensez que je suis trop gâté ?

— Non. Privilégié, peut-être.

— Vous me blessez, Asia, dit-il, serrant son cœur dans un geste théâtral.

— Je pense que votre ego pourra s'en remettre.

Il gloussa, et ils continuèrent leur badinage durant le reste de la soirée. Pendant le dessert, Sadie ouvrit le cadeau de Blake, et lorsqu'elle découvrit le bijou, elle fut bouche bée.

— Blake, c'est splendide ! s'extasia-t-elle. J'imagine que c'est votre œuvre ? demanda-t-elle à Asia.

Asia acquiesça d'un signe de tête.

— C'est remarquable, répondit Sadie avant de se tourner vers les convives. Si vous cherchez un bijou, pensez à mon invitée, Asia Reynolds. C'est une créatrice très prometteuse, et c'est elle qui a imaginé cette merveille.

Elle montra le collier, sous les murmures admiratifs des autres invités. Enfin, il fut temps de se retirer dans le salon, où une petite piste de danse avait été installée. Un orchestre était déjà en place.

— Ça vous dit, une petite danse ? demanda Blake à Asia.

Quelques couples se balançaient déjà au son de la douce musique jazz.

— J'adorerais.

Il l'attira entre ses bras. Elle posa les mains sur ses larges épaules, et Blake plaqua les siennes sur ses hanches. Le contact physique provoqua une onde de chaleur en elle.

— Vous êtes surprenante, Asia Reynolds.

Elle l'observa. D'épais cils noirs ourlaient ses yeux sombres qui, à cet instant, sondaient les siens.

— Comment ça ?

— Je vous ai invitée sur un coup de tête, avoua-t-il. Parce que vous m'intriguiez. Vous êtes passionnée par votre travail, par la vie en général. C'est extrêmement séduisant.

Elle se sentit rougir.

— J'en suis heureuse, car le sentiment est réciproque. Ça m'ennuierait de penser que je suis la seule à éprouver de l'admiration.

— J'apprécie votre honnêteté, dit-il en souriant. Puis-je être tout aussi honnête ?

— Je vous en prie.

— J'ai envie de vous embrasser.

2

Les paroles de Blake provoquèrent une onde de chaleur en elle. Asia se focalisa sur le tracé sensuel de ses lèvres, entourées d'une barbe naissante très sexy. Que ressentirait-elle s'il les posait sur les siennes ?

— Ça me plairait, répondit-elle.

— Bien, fit-il en souriant. Mais pas ici. Je ne veux pas de public.

Elle non plus.

Pour son premier baiser avec Blake, Asia souhaitait une intimité totale, afin de pouvoir savourer ce moment.

— Venez avec moi, murmura-t-il.

Il la conduisit dans un couloir, loin de la foule de convives. Elle le suivit sans hésitation, prête à éteindre les flammes qui brûlaient entre eux depuis le début de la soirée.

— Par ici, dit-il, et ils entrèrent dans une pièce sombre.

Asia n'eut pas le temps de s'adapter au manque de lumière car, déjà, Blake la plaquait contre la porte. Elle pressa ses courbes contre son corps ferme, et quand il lui inclina la tête vers l'arrière, elle eut le souffle coupé. Elle avait hâte qu'il l'embrasse, mais il la fit attendre. Avec une lenteur qui confinait à la torture, il passa le pouce sur ses lèvres, et elle frissonna.

Ce ne fut que lorsqu'il la sentit fondre contre lui qu'il l'embrassa, lui donnant un baiser si torride et si puissant qu'elle laissa échapper un soupir de plaisir pur. Blake était aussi délicieux qu'il en avait l'air, et elle en voulait plus. Il accéda à son désir en approfondissant leur baiser. Leur étreinte était si enfiévrée qu'Asia avait l'impression de se consumer. Quand avait-elle ressenti une attirance aussi immédiate pour un homme ? La réponse était : jamais.

Blake mêlait sa langue à la sienne, lui arrachant des gémissements involontaires. Asia se colla à lui, car il était tout ce qu'elle désirait. Il caressa ses courbes et descendit jusqu'à ses fesses, les serrant pour la plaquer contre son sexe déjà rigide. En guise de réaction, Asia ondula des hanches et poussa un petit cri.

Un désir puissant montait en elle, et Blake l'avait sans doute senti aussi car il baissa le haut de sa robe. Il déposa une série de baisers sur elle, de ses épaules jusqu'à ses seins.

Gémissant de plaisir, elle rejeta la tête en arrière, et il lui releva la jambe pour l'accrocher autour de sa taille avant de plaquer son sexe durci contre le sien. Elle crut qu'elle allait exploser sur-le-champ, surtout quand ses lèvres taquinèrent son téton à travers son soutien-gorge de dentelle.

— Seigneur, tu es tellement réactive, dit-il. J'ai envie de toi.

— Moi aussi, j'ai envie de toi.

— Alors il faut qu'on trouve un autre endroit.

Il relâcha sa jambe afin qu'elle puisse tenir sur ses deux pieds. Asia remarqua qu'ils se trouvaient dans une bibliothèque pleine de livres. Ce n'était pas le lieu idéal pour des ébats. Tandis qu'elle rajustait sa robe, elle se demanda si elle devait penser au bien-fondé de ses actes. Mais ensuite, elle vit une lueur de désir dans le regard de Blake. Il était impossible qu'elle refuse ce moment. Elle prit sa main tendue et le suivit volontiers.

Blake emmena Asia dans l'une des chambres de la maison de sa tante, à l'étage.

— Elle vient rarement dans cette aile, dit-il, fermant la porte derrière eux.

Le clair de lune qui filtrait par la fenêtre les enveloppa.

— Asia, je sais que tout à l'heure, c'était assez torride entre nous. Et, avant que nous n'allions plus loin… – il passa la main sur ses cheveux – il faut que tu saches une chose.

— Laquelle ?

Il soupira, comme s'il lui était pénible de prononcer les mots qui allaient suivre.

— Je ne veux pas que tu croies qu'entre nous, ce pourrait être autre chose que…

Sa voix s'évanouit.

— Autre chose qu'une aventure d'un soir ? finit-elle.

Pensait-elle qu'un homme comme Blake souhaiterait la revoir ? Non, bien sûr. Il ne voulait qu'une nuit – mais elle aussi.

Elle hocha la tête, et aussitôt, ils se jetèrent dans les bras l'un de l'autre. Elle lui retira prestement sa veste puis s'attaqua aux boutons de sa chemise. Elle était piégée dans un brouillard sensuel, et seul Blake pouvait l'en sortir.

Il chercha la fermeture Éclair de sa robe, et quelques secondes plus tard, elle sentit le vêtement glisser sur elle avant de former un tas à ses pieds. Elle se retrouva en soutien-gorge et culotte de dentelle, offerte au regard gourmand de Blake.

— Laisse-moi t'admirer, dit-il, en reculant d'un pas.

Asia était gênée. Elle avait toujours trouvé ses seins trop petits, et ses fesses trop volumineuses, mais Blake ne semblait pas de cet avis. Il semblait apprécier le spectacle.

— Tu es magnifique, murmura-t-il, le regard assombri.

— Merci.

Ce fut tout ce qu'elle parvint à répondre. Elle avança vers lui, reprenant sa tâche, mais ses doigts n'étant pas assez agiles, Blake finit par arracher sa chemise. Ses épaules larges et son torse lisse la firent saliver. Elle tendit la main vers le bouton de son pantalon.

— Laisse-moi faire, dit-il.

Il ôta son pantalon et son caleçon à une telle vitesse qu'Asia fut sonnée. Mais elle n'avait rien contre cet empressement, car elle avait maintenant le loisir de le contempler comme il l'avait contemplée. Elle admira sa taille étroite, ses cuisses musclées et son sexe qui se dressait fièrement. Elle avait hâte de le sentir en elle, mais elle voulait d'abord le goûter.

Elle se mit à genoux.

— Asia, tu n'es pas obligée de...

Il cessa de parler quand elle enroula la main autour de son membre rigide et l'accueillit dans sa bouche. Tandis qu'elle le caressait avec ses doigts et ses lèvres, il gémit de plaisir. Levant les yeux vers lui, elle constata qu'il avait la tête rejetée en arrière et le corps penché en avant. Elle continua de le lécher et de le caresser avec ardeur jusqu'à ce qu'elle sente qu'il était au bord de la jouissance.

— Asia, lâcha-t-il.

Ses mains puissantes la remirent brusquement debout.

— Tu es une ensorceleuse ! gronda-t-il. Le seul endroit où je vais jouir, c'est en toi.

Un sourire aux lèvres, elle dégrafa son soutien-gorge et le laissa tomber au sol. Puis elle fit descendre sa culotte le long de ses jambes. À présent, ils étaient tous les deux nus. Sans attendre, Blake la porta dans ses bras et l'emmena jusqu'au vaste lit qu'elle avait à peine remarqué, trop occupée à contempler Blake.

Il s'allongea à côté d'elle et lui donna un baiser ardent qui la fit soupirer de plaisir. Elle noua les bras autour de son cou, le ramenant tout contre elle. Il unit sa langue à la sienne, tout en massant ses seins tour à tour.

Quand il interrompit enfin leur étreinte, ce fut pour lui mordiller le cou. Asia était submergée par un flot de sensations, et d'autres suivirent quand il caressa doucement ses tétons déjà durcis. Il referma la bouche sur un mamelon, lui arrachant un gémissement sonore.

— Tu aimes, hein ? demanda-t-il. J'ai beaucoup d'autres choses en réserve.

Il reprit sa tâche.

— Encore, supplia-t-elle.

Elle était déjà moite et tout son corps était tendu de désir.

À son grand plaisir, les lèvres expertes de Blake s'aventurèrent plus bas, sur son ventre, ses hanches, ses cuisses. Et lorsqu'il la lécha audacieusement à l'endroit où elle en avait le plus besoin, elle rejeta la tête en arrière, un plaisir intense déferlant sur elle par vagues successives.

— Blake ! cria-t-elle, enfonçant les ongles dans ses épaules.

Il poursuivit son délicieux supplice jusqu'à ce qu'elle tremble de toutes parts, mais il ne s'arrêta pas là. Augmentant la pression de sa langue, il continua son assaut sensuel jusqu'à ce qu'elle jouisse une seconde fois. Lorsqu'elle fut à bout de souffle, il se releva, et elle l'entendit déchirer un emballage. Puis il revint, lui écarta les jambes et s'inséra en elle.

Heureuse qu'il prenne enfin possession de son corps, elle laissa échapper un long gémissement.

Il se figea.

— Ça va ? s'enquit-il.

Elle hocha la tête.

— Tu es si délicieuse, murmura-t-il.

Elle se sentit rougir.

— Toi aussi.

Il alla et vint en elle avec une telle maîtrise que bientôt, Asia se cambra. Tandis que leurs deux corps ondulaient de manière synchronisée, il resserra son étreinte sur ses hanches. Tous deux recherchaient le plaisir ultime, qui était tout proche.

Et lorsqu'ils le trouvèrent, Asia poussa un cri, enroulant les jambes autour de lui.

— Oui ! Oh ! oui !

L'orgasme d'Asia était si intense et puissant qu'elle eut

l'impression de voler en mille éclats. Blake accéléra le rythme de ses coups de reins, le regard en feu et le corps couvert de sueur. Elle l'entendit prononcer son prénom pendant qu'à son tour, il plongeait dans un océan de plaisir.

Asia se réveilla quelques heures plus tard, se sentant délicieusement endolorie. Puis elle se remémora ce que Blake avait dit. Il n'y aurait jamais plus que cette nuit. Elle savait qu'elle serait égoïste d'en vouloir plus, mais elle visait toujours les étoiles, quitte à être souvent déçue.

Elle fut tout de même surprise de constater que Blake n'était pas dans le lit. Elle toucha les draps ; ils étaient froids. Il était donc parti depuis un moment. Avait-il été facile pour lui de s'en aller après une nuit si époustouflante ? Jamais elle n'avait ressenti cela avec un autre homme. C'était comme si elle avait été métamorphosée.

Blessée, elle s'assit sur le lit, serrant le drap contre sa poitrine. À l'évidence, Blake avait l'habitude de partager des ébats torrides avec ses nombreuses conquêtes. Asia était plus sélective, mais elle conserverait cette nuit magique dans sa mémoire, pour y repenser pendant les froides soirées d'hiver. En attendant, elle ferait mieux de se lever et de s'habiller.

Elle remarqua un mot sur la table de chevet.

Merci pour cette merveilleuse nuit, Asia.
Une voiture t'attend pour te reconduire chez toi.

Asia leva les yeux au ciel. Quel lâche ! Elle n'en revenait pas que Blake n'ait pas eu le cran de la reconduire chez elle lui-même. Peut-être n'était-il pas l'homme qu'elle l'avait cru être. Toute la soirée, elle l'avait vu comme un prince charmant de conte de fées, alors qu'il n'était qu'un crapaud.

Après s'être habillée, elle entrouvrit la porte et jeta un coup d'œil dans le couloir. Voyant qu'il était vide, elle sortit à pas feutrés et descendit l'escalier. Alors qu'elle se croyait hors de danger, elle entendit la voix de Sadie.

— Maudit soit mon neveu !

Elle se retourna vivement. La tante de Blake était dans le vestibule, une tasse à la main.

— Sadie, dit Asia.

— Je suppose qu'il est parti comme un voleur pendant la nuit ?

Asia ne put s'empêcher de glousser.

— Quelque chose comme ça.

— C'est dommage. J'avais de tels espoirs. À la façon dont il vous regardait hier soir...

— Ce n'était qu'une illusion. Et il est temps que je m'en aille.

— Vous pourriez avoir besoin de votre manteau, ma chère, fit valoir Sadie.

Elle sortit du placard son manteau de laine et le lui donna.

— Merci, dit Asia. Je vous prie de m'excuser pour l'heure tardive, madame. Et, encore une fois, joyeux anniversaire.

Elle sortit et découvrit qu'en effet, une voiture l'attendait pour la reconduire à sa vie ordinaire.

3

Sept semaines plus tard

— Cet endroit est incroyable ! s'exclama Asia quand les autres Gemmes et elle arrivèrent à l'hôtel Encore de Las Vegas.

Egypt et Teagan s'étaient chargées d'organiser l'enterrement de vie de jeune fille de Wynter, et elles s'étaient surpassées. La villa qu'elles avaient louée offrait une vue panoramique sur le célèbre Strip.

— Je suis d'accord avec Asia. Cette maison est spectaculaire ! s'extasia Wynter. Merci infiniment !

Un majordome était en train de leur faire visiter la villa, qui comptait notamment une salle de billard, une salle de sport et plusieurs chambres, chacune dotée d'une baignoire en marbre et d'un dressing.

— Il n'y a vraiment pas de quoi, ma belle, répondit Egypt tandis que Wynter la prenait dans ses bras.

— Merci à toi aussi, Teagan, ajouta Wynter. Viens par là.

Les trois amies s'étreignirent.

Asia regarda les jeunes femmes, qui étaient comme des sœurs pour elle. Elles étaient toutes si différentes. Wynter, avec ses cheveux ondulés mi-longs, sa peau dorée et sa silhouette fine, était devenue millionnaire lorsqu'elle avait hérité de la fortune de sa tante. Egypt, quant à elle, était une cheffe cuisinière hors pair. Elle assumait parfaitement sa silhouette plantureuse, et Asia adorait son assurance.

Et puis, il y avait Teagan, la *working girl*. Au lieu de choisir une tenue confortable pour le voyage, elle avait opté pour une chemise en soie orange, un pantalon noir et des ballerines. On aurait dit qu'elle s'apprêtait à aller travailler, et non à prendre part à un enterrement de vie de jeune fille.

Lyric, la plus calme du groupe, était en train d'écouter le majordome, qui les informait de tous les avantages inclus dans la location. L'ancienne ballerine était d'une beauté frappante, avec ses longs cheveux auburn, ses yeux en amande et sa silhouette sculpturale, formée par des années de danse classique.

Shay approcha d'Asia.

— Tout va bien ? demanda-t-elle. Tu n'es pas toi-même.

— Ah, oui ? C'est-à-dire ?

— D'habitude, tu es pétillante et dynamique.

Professeure de yoga et de Pilates, Shay était passionnée par tout ce qui touchait au fitness. Grâce au sport et à son alimentation saine, elle avait un teint caramel parfait et une silhouette athlétique, qu'Asia lui enviait.

— Je ne peux pas toujours être remontée à bloc.

Depuis ces sept dernières semaines, Asia se sentait déprimée. Elle s'était répété que cela n'avait rien à voir avec le fait que Blake l'ait laissée rentrer seule chez elle au petit matin après des ébats passionnés, mais au fond d'elle, elle savait que c'était un mensonge.

— Je sais qu'il se passe quelque chose, insista Shay. Tu sais que tu peux nous parler, à moi et à n'importe laquelle des Gemmes. Nous sommes une famille.

— Nous sommes là pour fêter le futur mariage de Wynter et de Riley pas pour parler de mes problèmes.

— Donc, tu as des problèmes ?

Asia saisit Shay par le bras et l'entraîna à l'écart.

— Je n'ai aucun problème. Ce n'était pas le bon terme.

— Bon. Laissons ça de côté pour l'instant.

— Bien, dit Asia en souriant. Allons faire la fête !

Tandis que Shay ouvrait la voie, Asia s'avisa que même si elles ne vivaient pas dans les mêmes villes, les autres Gemmes la connaissaient bien. Elles le remarqueraient forcément si quelque chose n'allait pas chez elle. Et n'était-ce pas le cas ? Elle n'était pas en forme ces dernières semaines, c'était pourquoi elle n'avait pas bu de champagne sur le trajet en limousine. Elle combattait un virus qui ne la quittait pas, en dépit des nombreux sodas au gingembre qu'elle avalait. Malgré tout, elle irait au bout de ce week-end, car il n'y avait rien qu'elle ne ferait pas pour ces femmes. Comme Shay l'avait dit, elles étaient sa famille.

La liste des activités était longue. D'abord, il y eut un dîner chic au restaurant Guy Savoy, puis un concert d'Usher, avec des places au premier rang. Aujourd'hui, les Gemmes avaient eu droit à des soins dans un spa et avaient lézardé au bord de la piscine. Ce soir, elles se rendaient dans un célèbre night-club.

— Egypt, combien avez-vous dépensé pour tout ça ? murmura Asia alors qu'elles étaient en route. Même si Lyric, Shay et moi avons participé, j'imagine que Teagan et toi avez dû débourser une sacrée somme.

— Rien n'est trop beau pour mes sœurs.

— Qu'est-ce que vous chuchotez, toutes les deux ? demanda Wynter, une flûte de champagne à la main.

Elle chancelait légèrement, ayant bu plusieurs cocktails au cours de la soirée.

— Nous étions en train de dire qu'on s'amusait beaucoup, affirma Asia, faisant un clin d'œil à Egypt.

— Ce week-end est sensationnel ! s'exclama Wynter, se laissant tomber sur la chaise longue où Egypt et Asia étaient déjà assises. Ça ne vous ennuie pas si je m'assois là ?

— Pas du tout, répondit Asia, amusée. Si je te donnais un verre d'eau ?

Elle sortit d'un petit réfrigérateur une bouteille qu'elle donna à Wynter.

— Bois ça.

— Merci, dit Wynter, et elle avala une généreuse gorgée. Où va-t-on ensuite ?

— Nous allons faire la fête comme des rock stars, déclara Teagan. J'ai obtenu un accès VIP avec boissons à volonté au club XS.

— Génial ! s'exclama Wynter.

Asia leva les yeux au ciel. La soirée risquait d'être longue.

— Blake, ça fait si longtemps que je ne t'ai pas vu ! Où te cachais-tu ? demanda sa tante Sadie quand Blake vint dîner samedi soir.

— Nulle part, tante Sadie, dit-il, déposant un baiser sur sa joue. J'ai été très occupé.

Elle l'observa d'un air suspicieux.

— Quoi ? fit-il.

— Tu le sais très bien. Tu n'es pas revenu depuis ma soirée d'anniversaire.

Blake retira une poussière imaginaire sur son pull.

— Vraiment ? Ça fait si longtemps que ça ?

Il savait parfaitement combien de semaines, combien de jours et combien d'heures s'étaient écoulés depuis qu'il était venu ici avec Asia.

— Tu étais accompagné d'une charmante jeune femme. Je pensais que tu envisageais d'avoir une relation sérieuse avec elle, mais hélas, tu as tout gâché, déclara-t-elle calmement.

— De quoi est-ce que tu parles ?

— Je l'ai vue, Blake.

Non. Elle n'avait pas pu voir Asia. Sa tante était une lève-tard, surtout après plusieurs cocktails.

— Qui ça ?

Elle pencha la tête et planta une main sur sa hanche.

— Asia ? demanda-t-il.

Voilà. Il avait dit son prénom à voix haute. Il avait souvent pensé à elle, mais s'était évertué à la chasser de son esprit. Pourquoi ? Parce que leur soirée lui avait fait peur. Le lien qu'il avait noué avec cette jeune femme vive et jolie l'avait surpris par son intensité. Lorsqu'ils avaient fait l'amour, Blake avait cru être au paradis.

Alors, il avait fui aussi vite qu'il l'avait pu, griffonnant un mot et réservant une voiture pour Asia, afin de ne pas passer pour un mufle intégral. Cependant, il doutait qu'Asia ait apprécié ce geste. Il s'était comporté en lâche.

— Évidemment que je parle d'Asia. Je suis tombée sur elle alors qu'elle quittait ma maison au petit matin.

Blake secoua la tête, gêné.

— Je suis désolé, tante Sadie. Tu n'aurais pas dû voir ça.

— Et tu aurais dû avoir la décence de la reconduire chez elle, au lieu de confier cette tâche à un chauffeur.

Il soupira.

— Doit-on vraiment parler de ma vie amoureuse ?

— Quelle vie amoureuse ? Tu n'en as pas. Je te répète depuis des années de ne pas attendre qu'il soit trop tard, au risque de finir seul. Ne fais pas la même erreur que moi, Blake. Tu as déjà trente-quatre ans. Tu ne vas pas en rajeunissant, et la beauté se fane. Qui sera à tes côtés à la fin de ta vie ?

— Je te trouve un tantinet mélodramatique, tatie.

— Et je trouve que tu fais l'autruche. Asia est de loin la créature la plus délicieuse avec laquelle je t'ai vu. J'imagine que je n'aurai jamais de petite-nièce ou de petit-neveu.

— Pas dans un futur proche, j'en ai peur.

Elle secoua la tête, l'air dépitée.

— Tu es tout ce qui me reste, Blake. Perdre ton père, mon *frère*, dans cet accident de voiture a été très difficile, mais au moins, je t'avais, toi. Quand je ne serai plus là, qui auras-tu ?

— Tante Sadie, tu es en pleine forme, alors peut-on cesser cette conversation morbide et passer à un autre sujet ?

Blake n'aimait pas parler de ses parents adorés, car cela lui rappelait sa vie d'autrefois. La seule raison pour laquelle il avait surmonté cette épreuve, c'était parce que sa tante Sadie l'avait recueilli. À l'époque, il aurait voulu mourir pour rejoindre ses parents, terrassé par la culpabilité du survivant. Sa tante avait été son roc, l'empêchant de se refermer sur lui-même.

— Très bien.

La discussion porta ensuite sur Coleman & Sons Construction, et sur les prochaines étapes d'un nouveau projet immobilier, mais Blake n'avait pas la tête à parler travail. Il était obnubilé par une jolie brune qui l'avait ensorcelé. Pourquoi n'arrivait-il pas à l'oublier ? Qu'est-ce qui la rendait si différente des autres femmes ?

La réponse était simple. Il y avait chez Asia une franchise qu'il n'avait trouvée chez aucune autre femme. Il pouvait aisément séduire des beautés au corps de déesse, mais Asia était beaucoup plus intéressante. Elle n'avait pas peur de dire ce qu'elle pensait, et elle s'en était très bien sortie pendant l'anniversaire de Sadie. Elle avait du caractère, ce qui lui inspirait du respect… et du désir.

Le simple fait de songer à elle le fit sourire, et il sentit son corps se tendre de désir. D'habitude, il ne revoyait jamais ses conquêtes une seconde fois, pourtant, il avait envie de revoir Asia. S'il allait la trouver, comment réagirait-elle ? Lui claquerait-elle la porte au nez ou le prendrait-elle dans ses bras ? Il n'y avait qu'un moyen de le savoir. Il fallait qu'il la revoie.

Lorsqu'elles arrivèrent au night-club XS, les Gemmes furent conduites dans un espace VIP délimité par des cordons. Décoré dans des tons or, noir et bronze, le club était spectaculaire. La cabine du DJ était vaste et la piste, immense. Une serveuse vint se présenter à leur groupe et les informa qu'elle s'occuperait de leurs demandes.

Teagan commanda des bouteilles de champagne et quelques autres alcools. Asia n'avait aucune envie de boire, car son mal de ventre persistait. Et, pour être honnête, il n'y avait pas que cela. Elle avait aussi une peine de cœur.

Elle avait cru avoir cadenassé ses sentiments ambivalents envers Blake. Pourtant, depuis deux mois, elle pensait sans cesse à un homme qui, à l'évidence, l'avait oubliée.

— Asia, chérie, que se passe-t-il ? demanda Shay.

Wynter, Egypt, Teagan et Lyric venaient d'aller sur la piste pour danser au son de *Black and Yellow* de Wiz Khalifa.

— Rien. Cette chanson n'est pas mon style, c'est tout.

— Depuis quand ? fit Shay. Tu adores danser.

— Puisque tu insistes, j'ai pas mal de soucis en ce moment.

— Tu as envie d'en parler ?

— Pas vraiment, mais apparemment, tu as besoin d'un os à ronger, je n'ai pas le choix.

L'air fâché, Shay se leva.

— Si tu préfères parler à quelqu'un d'autre, libre à toi.

Asia se leva rapidement et saisit Shay par le bras.

— Je suis désolée, Shay, dit-elle, la faisant rasseoir. J'ai rencontré quelqu'un il y a deux mois. La soirée était magique. Et ensuite, eh bien, nous avons passé la nuit ensemble. Mais le lendemain matin, à mon réveil, j'ai découvert qu'il était parti et qu'il m'avait laissé un simple mot.

— Je suis désolée, Asia. C'est terrible.

— J'ai été bernée par un beau visage et des abdominaux en béton. Pourtant, je n'arrive pas à chasser le sentiment d'avoir perdu quelque chose d'important, quelque chose qui aurait pu devenir sérieux, tu comprends ?

— Oui, répondit Shay. J'ai ressenti la même chose après mon divorce avec Kevin. Même si les autres Gemmes et toi désapprouviez notre relation, je pensais que nous étions faits l'un pour l'autre. J'ai écouté mon cœur, et j'ai eu tort.

— Même chose pour moi.

Quand la serveuse leur apporta leurs cocktails, Asia sentit son estomac se soulever. Tout à coup, elle eut chaud et eut l'impression d'étouffer.

— Asia, tout va bien ?

Elle avait entendu la voix de Shay, mais elle lui semblait lointaine.

Avec toute l'énergie qu'elle put rassembler, Asia fila vers les toilettes privées de l'espace VIP. Par chance, elles étaient vides, et Asia vomit tout son dîner dans la cuvette. Quelques minutes plus tard, la voix douce de Shay lui parvint.

— Asia, c'est moi, laisse-moi entrer.

Après s'être lavé les mains et rincé la bouche, Asia ouvrit la porte. Aussitôt, Shay lui demanda :

— Tu es sûre que tu n'es pas enceinte ?

4

Asia passa le reste du week-end à sourire et à feindre d'être joyeuse. Elle refusait de gâcher la fête de Wynter en racontant qu'elle était peut-être enceinte d'un inconnu avec lequel elle avait passé une unique nuit de passion, au terme de laquelle il avait détalé comme un lapin.

Depuis que Shay avait évoqué une possible grossesse, Asia ne pensait qu'à cela, et aux conséquences éventuelles. Néanmoins, elle afficha son plus beau sourire à l'aéroport, tandis que les filles se disaient au revoir et se réjouissaient du prochain mariage de Wynter.

Mais Shay n'était pas dupe, et avant d'embarquer dans l'avion privé que Wynter avait loué pour les ramener Shay et elle à San Antonio, elle murmura à Asia :

— S'il te plaît, fais un test de grossesse.

Puis elle noua les bras autour de son cou et ajouta :

— Quel que soit le résultat, nous serons là pour toi.

— Merci, répondit Asia. Ça me touche.

Asia n'avait pas osé faire un test durant le week-end, craignant de ne pas pouvoir cacher sa réaction si le résultat n'était pas celui escompté. Si elle était enceinte, elle préférait être seule au moment de le découvrir. Bien qu'elle adore les Gemmes, elles auraient toutes des points de vue différents, or Asia ne voulait en entendre aucun pour l'instant. Elle devait écouter sa propre voix, afin de prendre la meilleure décision concernant son avenir.

Par conséquent, elle n'aborda pas le sujet, se contentant d'embrasser ses amies pour leur dire au revoir. Ce ne fut que lorsqu'elle fut installée dans l'avion qui l'emmènerait à Denver qu'elle prit la mesure de la situation. Elle était peut-être enceinte. Sans Shay, elle ne l'aurait pas envisagé car elle avait toujours eu des règles irrégulières. Elle avait simplement cru avoir attrapé un virus dont elle n'arrivait pas à se débarrasser.

Elle n'était pas contre l'idée d'être mère un jour, mais la perspective de l'être bientôt ne la réjouissait guère. Et celle d'élever son enfant sans le père, encore moins. Elle avait grandi dans un foyer sans présence masculine, et ce n'était pas ce qu'elle souhaitait pour son enfant. Cependant, l'idée qu'elle ait pu concevoir un bébé après une seule nuit avec Blake était stupéfiante.

Asia s'arrêta dans un drugstore avant de rentrer chez elle. Elle acheta cinq tests de cinq marques différentes, pour être sûre d'obtenir une réponse fiable. Elle avait toujours été très prudente en matière de contraception. Le préservatif s'était-il déchiré ? Était-ce pour cela qu'elle était dans cette situation ?

Laissant sa valise dans le couloir, Asia se précipita dans la salle de bains. Elle avait attendu plus de vingt-quatre heures pour pouvoir faire ces tests, et cette attente avait failli l'achever. Il était temps qu'elle mette fin à son tourment et qu'elle soit fixée.

Dix minutes plus tard, elle eut sa réponse.

Elle avait fait les cinq tests, et tous avaient affiché le même résultat : elle était enceinte.

Elle se laissa glisser sur le sol carrelé de la salle de bains. Qu'allait-elle faire ? Elle n'était pas équipée pour s'occuper de sa propre vie, et il lui avait fallu presque un an pour peaufiner son projet d'ouvrir sa propre bijouterie. Et maintenant, elle était enceinte ?

Il n'y avait pas de bébé dans ses plans. Il y avait tant de choses qu'elle voulait accomplir avant de devenir mère... Et pourtant... sa main se porta sur son ventre. Cette fois, Asia fut incapable d'arrêter les larmes qui coulèrent sur ses joues, à la pensée que Blake et elle avaient créé une vie pendant leurs ébats inoubliables.

Elle mit la tête entre ses mains, se sentant dépassée. Elle avait envie d'appeler les Gemmes, mais elle ne le ferait pas. Personne ne pouvait résoudre son problème à sa place. Elle allait devoir se comporter en adulte et prendre une décision.

Voulait-elle de ce bébé ? L'alternative n'était pas une possibilité qu'elle voulait envisager. Comment pourrait-elle ne pas avoir de bébé ? Elle allait sur ses trente ans. Qui sait si elle aurait une autre chance de devenir mère ? Néanmoins, être une maman célibataire était une perspective effrayante.

La nuit portait conseil. Asia se déciderait plus tard. Mais pas trop tard, car le temps pressait.

Le lendemain matin, Asia se réveilla épuisée. Elle avait tourné et viré toute la nuit, et à l'aube, elle avait pris conscience qu'elle voulait avoir ce bébé. Bien qu'elle n'ait pas prévu de devenir mère dans ces circonstances, elle devait accepter le fait que le destin ait d'autres projets pour elle. Dès que l'horloge afficha 8 heures, elle téléphona à son gynécologue et prit rendez-vous. Il n'y avait pas de créneaux avant vendredi, alors Asia devrait patienter quelques jours.

En attendant, en ce lundi, un grand événement l'attendait, à 10 heures. Elle avait rendez-vous avec un conseiller bancaire afin de discuter d'un prêt pour l'ouverture de son propre commerce. Avec détermination, elle relégua sa grossesse dans un coin de son esprit, se doucha puis s'habilla. Elle ne possédait aucun tailleur strict, toutefois elle avait une jupe crayon noire et une veste noire qui feraient l'affaire. Elle les associa à une chemise rose fuchsia qui se nouait sur la nuque, des créoles simples et ses escarpins noirs préférés.

Ces derniers mois, Asia avait mis les bouchées doubles pour pouvoir proposer à la banque un solide plan pour sa future bijouterie, Six Gemmes. Lorsqu'elle avait réfléchi à un nom pour son entreprise, Asia avait su qu'aucun ne conviendrait hormis le surnom que ses amies et elles s'étaient donné. Elle espérait que le legs de deux cent cinquante mille dollars qu'elle avait reçu de la tante de Wynter et ses modestes économies seraient une garantie suffisante.

Après avoir glissé ses documents dans sa sacoche, elle quitta son immeuble et monta dans sa modeste Hyundai. La circulation était dense, mais Asia avait un peu d'avance. Après s'être garée dans un parking souterrain, elle gagna d'un pas assuré les bureaux de la banque.

Trente minutes plus tard, et bien que son plan de développement soit parfaitement solide, Asia essuya un refus.

— Comment ça ? demanda-t-elle à la fin de sa présentation.

— Je suis désolé, mademoiselle Reynolds, vous avez un projet très convaincant, mais vous souhaitez obtenir un prêt d'un demi-million de dollars pour un commerce qui, franchement, est dans un marché difficile. Le succès des marques de bijoux repose sur leur réputation, or vous êtes nouvelle et votre marque est inconnue.

— Je vous ai montré les bénéfices de mes ventes en ligne et sur les marchés aux puces.

— Et ils sont bons, mais pas suffisants pour soutenir un magasin physique, objecta le conseiller, un monsieur d'une cinquantaine d'années aux cheveux châtains clairsemés.

— Donc, si j'ai bien compris, j'ai plus d'un quart de million de dollars, plus cinquante mille dollars d'économies comme garantie, et vous refusez quand même d'investir dans mon affaire ?

L'homme acquiesça d'un signe de tête.

— Je suis navré. Nous avons des directives très strictes en ce qui concerne les nouvelles entreprises.

Asia prit son dossier relié en cuir et le rangea dans sa sacoche.

— Merci de m'avoir accordé votre temps.

Elle ne prit pas la peine de serrer la main du conseiller quand elle quitta son bureau.

Asia était dévastée. Tous ses espoirs s'envolaient en fumée.

D'abord une grossesse inattendue, et maintenant un refus de prêt ? La situation pouvait-elle être pire ? Lorsqu'elle jeta sa sacoche sur le siège passager de sa voiture et consulta son téléphone, elle sut que la réponse était oui. Elle avait un appel de sa mère, Ava, qui avait sans doute besoin d'argent, comme toujours. Pourquoi Asia devait-elle être le parent et non l'enfant dans leur relation ? Depuis toujours, c'était elle qui prenait soin de sa mère, et non l'inverse.

— Oui, maman, que puis-je faire pour toi ? demanda-t-elle d'un ton las.

— Cache ta joie, rétorqua Ava Reynolds.

— Désolée. J'ai eu une dure matinée.

— Oui, eh bien, on a tous nos mauvais jours, y compris moi. Écoute, ma chérie, je suis un peu juste pour le loyer ce mois-ci, et j'espérais que tu pourrais me prêter quelques dollars jusqu'à ce que je reçoive mon salaire.

— Maman, qu'est-il arrivé à ta précédente paie ?

— J'avais besoin d'accessoires.

Asia savait ce que le terme « accessoires » recouvrait. Au lieu de payer son loyer, Ava dépensait son argent dans de nouvelles perruques, des vêtements ou des chaussures.

— J'ai déjà entendu ce refrain.

— Ne sois pas insolente, Asia. J'ai bien agi envers toi, non ? Alors que tout le monde me disait de t'abandonner, y compris ma propre mère, je t'ai gardée.

Parfois, Asia se demandait si sa mère n'aurait pas dû la faire adopter quand elle avait découvert sa grossesse à l'âge de seize ans. Peut-être Asia aurait-elle eu une vie moins chaotique.

— Je sais, maman. De combien as-tu besoin ?

— Deux cents, répondit sa mère.

Asia leva les yeux au ciel.

— Deux cents dollars ? Je ne suis pas Crésus.

— Qu'est-ce que tu racontes ? Tu as tout l'argent que t'a légué la tante de Wynter. Tu peux bien aider ta mère, non ?

Évidemment qu'Asia l'aiderait. Elle sortait toujours Ava du pétrin. En revanche, quand il s'agissait de régler ses propres problèmes, elle était seule. Ava n'était pas le genre de mère à qui l'on pouvait se confier et parler d'une grossesse inattendue. Elle était trop égocentrique pour cela.

— D'accord. Je t'envoie l'argent quand je serai au travail.

Toute sa vie, elle avait composé avec le manque de discernement d'Ava, en matière d'hommes mais aussi en matière de finances. Asia ne savait pas pourquoi elle avait cru que la situation changerait un jour. Sa mère était un vrai panier percé.

Blake entra dans les bureaux de Coleman & Sons Construction avec un sentiment d'accomplissement. Il avait enfin avancé dans son tout dernier projet immobilier, un ensemble de près de six cents maisons. C'était un gros contrat pour son entreprise. Une entreprise que Blake tenait à transformer en empire.

Il était fier de l'héritage qui lui avait été légué. Dans les années 1970, son grand-père, Anthony Coleman, avait fondé la société, précédemment appelée Coleman Construction. L'entreprise spécialisée dans les pavillons avait prospéré quand Anthony avait décroché un premier contrat lucratif avec la ville de Denver. Lorsque le père de Blake, Gil, avait rejoint son propre père, la société était devenue Coleman & Sons Construction. Gil avait transformé la petite affaire familiale en une grosse compagnie pesant plusieurs millions de dollars. Mais ensuite, les deux parents de Blake avaient été tués par un chauffard ivre.

Blake n'avait que douze ans à l'époque et était donc trop jeune pour reprendre les rênes. Heureusement, sa tante Sadie, une femme d'affaires avisée qui dirigeait une chaîne de restaurants, s'en était chargée. Bien qu'elle connaisse mal le milieu du bâtiment, elle avait trouvé les bonnes personnes pour maintenir l'entreprise à flot pendant près de dix ans, jusqu'à ce que Blake soit diplômé de l'université de Stanford et qu'il puisse enfin prendre la place qui lui revenait de droit à la tête de Coleman & Sons Construction.

En l'espace de quelques années, il avait développé l'entreprise pour faire un groupe de plusieurs milliards de dollars, ajoutant aux activités de construction la promotion immobilière, dans le secteur résidentiel mais aussi commercial. Blake était très heureux, mais parfois, lorsqu'il traversait le couloir à la moquette épaisse et qu'il voyait les photos de son grand-père et de son père sur le mur, il regrettait qu'ils ne soient plus là pour voir ses réussites.

À qui allait-il passer le flambeau ?

Il était si absorbé par ses pensées qu'il dit à peine bonjour à Martha, son assistante, quand il passa devant son bureau. Ce ne fut que lorsqu'il vit son calendrier qu'il se rendit compte de la date du jour. Faisant pivoter son fauteuil, il regarda par la porte ouverte et vit des ballons scotchés à la chaise de Martha, ainsi qu'un grand bouquet de fleurs sur son bureau. Appeler un fleuriste était donc exclu.

Il eut alors une autre idée de cadeau d'anniversaire : un bijou de chez Yvette's Jewels. Plusieurs fois, il avait eu envie de retourner voir Asia, mais il n'en avait pas eu le courage. Il ne l'avouerait jamais, mais il avait eu peur de l'empreinte que cette jolie brune avait laissée sur lui, après seulement une nuit.

S'il devait aller la voir, il devait le faire maintenant, avant de changer d'avis. Et puis, il devait trouver un présent pour Martha, qui supportait ses sautes d'humeur, ses soirées de travail tardives, et qui devait repousser les appels et les visites des femmes qui pensaient pouvoir arriver jusqu'à lui en passant par elle. C'était décidé, il irait lui acheter un bijou.

Donc, il reverrait Asia. Comment réagirait-elle ? Elle refuserait sans doute de le voir, et même si elle acceptait de lui parler, elle lui passerait sûrement un savon. Il ne pourrait guère lui en vouloir. Il s'était enfui comme un voleur, et maintenant, il devait faire face aux conséquences de ses actes.

5

Asia se gara sur le parking de la bijouterie juste avant midi, se sentant complètement abattue. Elle avait dit à Yvette qu'elle avait une affaire importante à régler, sans plus de précisions. Yvette ne l'avait pas questionnée et lui avait accordé la matinée. Et maintenant, tout ce qu'Asia voulait, c'était rentrer sous terre.

Tandis qu'elle se garait sur sa place habituelle, elle songea que rien dans sa vie n'allait dans le bon sens. Ni sa carrière ni sa vie amoureuse. Pour couronner le tout, elle était enceinte, après une aventure sans lendemain. Coupant le contact, elle prit une grande inspiration. Heureusement, elle avait encore un travail. Il fallait donc qu'elle se ressaisisse et qu'elle aille prendre son poste.

Elle afficha un grand sourire en entrant dans la boutique.

— Bonjour, Asia, la salua Yvette d'un ton joyeux.

— Bonjour, Yvette.

— Quand vous serez prête, j'aimerais discuter avec vous, si vous avez un moment ?

— Bien sûr.

Asia alla poser ses affaires dans l'arrière-boutique. Elle espérait qu'Yvette ne se doutait pas qu'elle souhaitait partir. Elle ne pouvait pas se permettre de perdre son emploi maintenant.

Quand elle revint dans l'espace de vente, Yvette était occupée à nettoyer les vitrines de verre.

— Vous vouliez me parler ? demanda Asia.

— Oui, je souhaitais vous faire une proposition.

— Ah ? C'est-à-dire ?

— Eh bien, vous savez que je possède Yvette's Jewels depuis plus de vingt ans maintenant. Je prends de l'âge.

— Oh ! on ne vous donnerait pas plus de cinquante ans, assura Asia, bien qu'elle sache qu'Yvette approchait des soixante-cinq ans.

Son employeuse sourit.

— Je suis flattée. Quoi qu'il en soit, il est temps pour moi de profiter de la vie. Récemment, j'ai rencontré quelqu'un. Il s'appelle Melvin, et c'est un ancien Marine. Il a envie de voyager, alors je vais tout quitter pour le suivre.

Asia ouvrit de grands yeux. Allait-elle perdre son travail ?

— Mais, et le magasin ?

— Eh bien, c'est là que vous entrez en jeu.

— Je ne comprends pas.

— Je vous propose de reprendre mon commerce. Ou, pour être plus claire, de racheter mon magasin.

— Vous êtes sérieuse ?

Il ne lui était jamais venu à l'esprit qu'Yvette pourrait prendre sa retraite ou envisager de vendre le magasin un jour. Cette proposition résoudrait tous ses problèmes. Asia n'aurait pas besoin de louer le local car Yvette avait acheté les murs commerciaux des années plus tôt.

— Bien sûr, répondit Yvette. Je crois en vous, Asia. Vous avez beaucoup de potentiel, non seulement en tant que créatrice mais aussi en tant que femme d'affaires.

Les gentils mots d'Yvette faillirent la faire pleurer. Asia l'avait toujours considérée comme son mentor, et cette proposition de rachat était un cadeau du ciel, après la semaine qu'Asia venait de passer.

— Combien en voulez-vous ?

— Eh bien, puisque je possède les murs et le fonds de commerce, je pensais à un demi-million. Avec la pension de mon défunt mari et ma petite retraite, cela devrait me permettre de vivre décemment.

Asia poussa un soupir las. Elle n'avait pas assez d'argent pour racheter la bijouterie. Comment pourrait-elle trouver le quart de million qui lui manquait ?

— Puis-je avoir un peu de temps pour réfléchir ?

— Bien sûr. Je sais que mon annonce est un peu brutale. Je voulais vous tenir au courant et vous offrir cette opportunité en premier, avant de rechercher d'autres acheteurs.

— Ça me touche, Yvette. Merci infiniment.

Asia serra sa patronne dans ses bras. Peut-être qu'avec un peu de temps et de chance, elle trouverait l'argent nécessaire. Il fallait qu'elle se reprenne, car il était hors de question de laisser une telle occasion lui passer sous le nez.

Blake entra chez Yvette's Jewels d'un pas assuré, pourtant, il était loin de se sentir sûr de lui. D'habitude, il ne retournait pas voir ses conquêtes, mais pour Asia, il faisait une exception. Il fallait qu'il lui parle, de préférence en privé.

Malheureusement, il découvrit qu'il y avait plusieurs clients dans la boutique. La propriétaire discutait avec deux femmes, et Asia était en train de montrer l'une de ses créations à un client. Elle était si absorbée par sa conversation qu'elle ne remarqua pas Blake. Par conséquent, il eut tout le loisir de la dévorer des yeux. Elle portait un haut à basque orange qui s'arrêtait à sa taille, ainsi qu'un jean qui moulait son postérieur rebondi. Elle avait complété sa tenue par des sandales à talons aiguilles et des bijoux originaux, qu'elle avait sans doute créés elle-même.

Il aimait son allure, mais il n'aimait pas la façon dont elle souriait à son client. Quand elle rejeta ses cheveux par-dessus son épaule, Blake se renfrogna. Elle était en train de flirter avec cet homme. Pouvait-il le lui reprocher ? Si ça lui permettait de vendre un bijou, où était le mal ?

Et il était mal placé pour la juger. Il lui devait des excuses, pour avoir détalé comme un lapin après leur nuit d'amour. Il avait peut-être été un lâche ce soir-là, mais il n'en serait pas un maintenant. Redressant les épaules, il se dirigea vers Asia et son client, toujours en pleine conversation.

Quand Asia aperçut Blake, son sourire s'évanouit. Après quelques secondes, elle le fusilla du regard, avant de reprendre sa conversation avec son client, arborant le plus faux des sourires. Il en fallait plus pour décourager Blake. Il attendrait.

Naturellement, Asia prit un temps fou à conseiller son client et à encaisser son achat, à tel point que le reste de la bijouterie se vida. Ce fut Yvette, la propriétaire, qui aida Blake à choisir pour Martha des boucles d'oreilles issues de l'une des collections d'Asia. Une fois la vente terminée, Yvette disparut dans l'arrière-boutique.

Blake reporta son attention sur Asia.

— Passez une bonne journée, dit-elle à son client. J'espère que ce bijou plaira à votre femme.

— Oh ! j'en suis certain. Vous faites un travail formidable, alors vous nous reverrez.

Cette fois, Asia afficha un sourire sincère.

Lorsque le client fut sorti, Blake rejoignit Asia.

— Enfin seuls, dit-il.

— Qu'est-ce que tu veux, Blake ? De rapides ébats dans le placard à balais ? lança-t-elle.

Aïe. Il l'avait bien mérité.

— Écoute…

— Non, dit-elle, levant la main. Je n'ai pas à *écouter* quoi que ce soit. Je crois que le petit message que tu m'as laissé il y a deux mois était suffisamment éloquent.

Il remarqua qu'elle était restée derrière le comptoir, comme si elle avait peur de l'approcher.

— J'ai commis une erreur, reconnut-il. Une erreur que je regrette depuis tout ce temps.

— Tu n'es pas obligé de me raconter ces mensonges, Blake. J'ai très bien compris la situation. Tu cherchais à prendre du bon temps, et c'est ce que tu as fait. Alors, oublions cette histoire et tournons la page.

Elle sortit de derrière le comptoir, fournissant à Blake l'occasion de se placer face à elle et de la toucher à nouveau. Il saisit sa main au moment où elle passait devant lui. Dès qu'ils furent en contact, une onde électrique traversa son bras. Asia l'avait sans doute sentie aussi car elle retira vivement sa main.

— Ne me touche pas !

— Ne sois pas comme ça, Asia.

— Comme quoi, comme une femme dédaignée ? À quoi t'attendais-tu ? Tu m'as abandonnée au milieu de la nuit.

Ces remontrances étaient justifiées.

— Je suis désolé. Je me suis mal comporté ce soir-là. Nous avons vécu une nuit si époustouflante que j'ai été chamboulé, alors j'ai pris la fuite. Mais je te le promets, je ne t'ai pas oubliée. Je veux dire, tu es inoubliable.

Il se fendit d'un rire élégant qui charmait en général la gent féminine, mais qui n'eut aucun effet sur Asia.

— Merci, mais je ne suis pas intéressée.

Elle passa devant lui, mais il lui bloqua le passage.

— Asia, allons. J'admets que j'ai été un mufle, mais je suis là maintenant, pour te demander une seconde chance.

— Non ! Tu ne comprends donc pas, Blake ? Tu m'as fait du mal et… et je… je ne peux pas faire ça ! Pas aujourd'hui !

Elle le repoussa et se précipita vers l'arrière-boutique, réservée au personnel.

Blake la regarda s'éloigner. Que faire, à présent ? Il avait l'habitude que les choses aillent dans son sens. Après tout, il était Blake Coleman. Des tas de femmes dans cette ville rêveraient qu'il leur demande une seconde chance, mais aucune d'elles n'était Asia – la *seule* femme qu'il avait envie de courtiser.

Seigneur, pourquoi ? se demanda Asia, se laissant tomber sur une chaise. *Pourquoi envoies—tu le père de mon bébé ici, aujourd'hui, pour qu'il essaie de se faire pardonner, alors que j'ai tant de choses à gérer ?*

Blake était ici. Ou du moins, il l'avait été avant qu'elle ne l'envoie paître. Il était le meilleur amant qu'elle ait jamais connu, mais il n'y avait pas que cela. La nuit fabuleuse qu'ils avaient partagée avait créé un petit être. Elle posa la main sur son ventre encore plat. *Je porte le bébé de Blake.*

Pourquoi avait-elle senti son cœur palpiter lorsqu'elle l'avait revu ? Elle l'avait trouvé aussi séduisant que jamais dans son costume noir, sa chemise blanche et sa cravate mauve à rayures. Son regard sombre et brûlant avait piégé le sien d'emblée. Quant à ses lèvres... Bon sang, quel était le problème chez elle ? Elle ne devrait pas ressentir quoi que ce soit pour un homme qui l'avait traitée avec si peu de considération. Hélas, ses hormones déchaînées n'étaient pas du même avis.

Blake ne recherchait rien de sérieux. Il voulait sans doute une autre nuit, rien de plus. Eh bien, elle n'était pas une fille facile qu'il pouvait appeler chaque fois que l'envie lui en prenait. Elle était une femme avec des sentiments, qu'il avait piétinés quand il l'avait laissée rentrer chez elle toute seule – bien qu'il lui ait réservé une voiture. Asia ne pouvait pas et ne voulait pas pardonner cela. Elle méritait un homme gentil, attentionné, qui soit fou d'elle. Comme Riley avec Wynter, ou Garrett avec Egypt.

Asia leva les yeux quand Yvette approcha.

— J'ai l'impression d'avoir déjà vu le jeune homme qui vient de partir, dit sa patronne. Il est absolument superbe.

— Il est déjà venu il y a deux mois. Il cherchait un cadeau pour sa tante et je lui avais vendu une pièce de ma collection.

— Ah, oui, je m'en souviens. Ce n'est pas le genre d'homme qu'on oublie aisément.

— Non, en effet.

Blake était inoubliable, mais totalement indisponible. Et il était le père de son futur enfant. *Quel désastre !*

— Vous êtes sur la route du succès, dit Yvette.

Asia avait plutôt l'impression d'être entrée en collision avec un météore portant le nom de Blake Coleman. Malgré ce qu'elle avait affirmé, tout n'était pas fini entre eux. Et elle ne songeait pas à la grossesse, mais à la tension sexuelle toujours présente entre eux. Quelque chose lui disait qu'elle ne sortirait pas indemne de cette histoire.

6

Quand Asia rentra enfin chez elle à 18 heures, elle décida de contacter ses amies par appel vidéo pour leur annoncer sa grossesse. Mais Egypt la devança en l'appelant la première.

Installée dans son canapé, Asia répondit aussitôt et fut surprise de voir les autres Gemmes sur l'écran.

— Salut, les filles, dit-elle. Que se passe-t-il ?

Egypt montra sa main gauche.

— Je suis fiancée ! s'exclama-t-elle.

Asia n'était pas surprise ; Egypt était tombée sous le charme de Garrett dès leur première rencontre. Pourquoi tout le monde avait-il droit à son conte de fées sauf elle ?

— Oh ! mon Dieu !

Pendant que Wynter, Shay, Lyric et Teagan acclamaient Egypt et poussaient des cris de joie, Asia sentit son regard s'embuer. Elle garda le silence.

— Asia, trésor, dit Egypt. Tout va bien ?

Asia répondit par un signe de tête négatif.

— Quoi qu'il se passe, tu peux te confier à nous, répondit Egypt.

— Je ne peux pas ! C'est ton moment.

— Asia, nous sommes toutes là pour te soutenir. Parle-nous, lui enjoignirent les autres en chœur.

— Je suis enceinte ! lâcha-t-elle.

Toutes les filles furent muettes, sauf Shay.

— Depuis combien de temps ?

— Dix semaines, répondit Asia.

— Le père est-il ton récent amant d'un soir ?

— Oui. Il est passé au magasin aujourd'hui, et il s'est platement excusé pour la façon dont il s'était comporté il y a deux mois. Il m'a demandé une seconde chance.

— Et ? Tu lui as parlé du bébé ? demanda Shay.

— Non, bien sûr, répondit Asia. J'étais si surprise de le voir que j'étais presque sans voix. J'ignore ce que je vais faire.

— Tu as besoin de nous ? demanda Egypt. Je peux venir.

— Non, tu viens de te fiancer, répondit Asia. Profite de ton bonheur. Il faut que je règle ça toute seule.

— Tu n'es pas obligée de rester seule, intervint Lyric. Je vais adapter mon emploi du temps pour te rendre visite.

— Non, répliqua Asia. J'ai juste besoin de temps pour digérer tout ça.

— Tu es sûre ? demanda Teagan.

— Oui. Il faut que je vous laisse.

Elle raccrocha rapidement. Ramenant ses genoux sous sa poitrine, elle se mit à pleurer. Son téléphone sonna à nouveau. C'était Shay.

— Asia, je m'inquiète pour toi, surtout maintenant que le père du bébé est de retour. Où en êtes-vous ?

— Eh bien… il m'a demandé une seconde chance pour pouvoir réparer les erreurs du passé. J'ai dit non, bien sûr, mais…

— Mais quoi ?

— Le fait de le revoir…

Elle n'alla pas au bout de sa pensée. Elle ne pouvait pas avouer à Shay qu'elle avait peur de l'attirance qu'elle éprouvait encore pour Blake. Mais Shay étant comme une sœur pour elle, elle lut la réponse sur son visage.

— Allons, Asia. Ce type revient comme une fleur après deux mois ? Ce n'est pas juste.

— Je sais. Et je l'ai envoyé paître.

— Tu as bien fait. Il le mérite.

Asia était de cet avis, néanmoins elle ne pouvait nier qu'il y avait encore du désir entre Blake et elle. Elle baissa la tête et son regard s'embua à nouveau. En temps normal, elle n'était pas aussi émotive. Les hormones de la grossesse y étaient sans doute pour quelque chose.

— Asia, regarde-moi, dit Shay. Tu ressens encore des choses pour lui, c'est ça ?

— Oui. Je n'ai pas réussi à l'oublier. Et maintenant... j'ai un rappel permanent. Je porte son enfant.

— Chose qu'il ignore. Tu vas le prévenir ?

— Pas maintenant, je suis trop occupée. Je doute qu'il soit intéressé par autre chose qu'une seconde nuit. Il veut sans doute voir si le lien entre nous était réel ou imaginaire. Peut-être qu'il a du mal à tourner la page, comme moi.

— Asia, si tu choisis de le revoir, je crains que tu finisses par souffrir. Tu as déjà des sentiments pour lui.

— Non, affirma Asia. Il s'agit d'une toquade, peut-être, ou d'une passion charnelle. Rien de plus.

— Tu te berces d'illusions, selon moi. Tu dois être prudente, Asia. Si Blake est aussi charmeur que tu le dis, qui sait les dégâts qu'il pourrait faire si tu le laisses revenir.

— Ça n'arrivera pas.

Mais Shay semblait sceptique.

— Merci pour tes conseils, Shay. Je serai prudente, promis.

— Si tu as besoin de moi, fais-le-moi savoir. Tu sais que je viendrai sans l'ombre d'une hésitation.

— Je le sais, Shay.

Peu après, Asia raccrocha. Elle avait peut-être grandi sans frères ni sœurs, mais elle avait les Gemmes, et toutes se soutenaient mutuellement. Asia aurait peut-être besoin d'elles, car elle doutait que Blake Coleman reste à distance.

Assis dans son canapé, un verre de whisky à la main, Blake songea à la journée qui venait de se terminer. Elle ne s'était pas déroulée exactement comme il l'avait imaginé. Il avait su qu'il serait difficile d'amadouer Asia après la façon dont il s'était conduit avec elle, mais il n'avait pas mesuré à quel point il l'avait blessée.

Peut-être était-ce pour cela qu'il se contentait de relations superficielles. Asia paraissait impertinente et forte, mais il y avait une vulnérabilité en elle qu'il n'avait remarquée qu'aujourd'hui. Ce ne serait pas facile de revenir dans ses bonnes grâces, néanmoins, il voulait la connaître mieux. D'habitude, après avoir couché avec une femme, il la trouvait moins attirante. Mais ce n'était pas le cas avec Asia.

En général, le travail était tout pour lui, mais depuis sa nuit avec elle, il ne lui apportait plus autant de joie. Blake ne pensait plus qu'à Asia, et à leur attirance mutuelle toujours puissante. Il y avait eu de la tension sexuelle durant leur conversation tout à l'heure, même si Asia avait feint l'indifférence. Elle n'était pas indifférente. Elle le *désirait.* Il devait simplement la pousser à l'admettre.

Blake était persévérant, c'était certain. Il se souvenait des doux sons qu'elle avait émis quand ils avaient recherché ensemble le plaisir ultime. Et il avait très envie de revivre ces instants. Quand il voulait quelque chose, il l'obtenait, et avec Asia, il n'en serait pas autrement. Il userait de son charme légendaire, jusqu'à ce qu'Asia s'abandonne entre ses bras.

Le lendemain, après le passage d'un flot de clients, la porte d'Yvette's Jewels s'ouvrit à nouveau. Asia n'arriva pas à voir le visage du client car il était caché par un gros bouquet de roses.

— Puis-je vous aider ? demanda-t-elle.

Elle approcha et découvrit un livreur derrière les fleurs.

— J'ai une livraison pour Asia Reynolds.

— C'est moi.

— Bien !

Il agita la main, et bientôt, plusieurs livreurs entrèrent, les bras chargés de fleurs.

— Arrêtez ! protesta Asia, mais ils continuèrent d'apporter les bouquets, jusqu'à ce que tout le magasin soit empli de roses rouges et blanches.

— Signez ici, dit le premier livreur en lui présentant un bloc-notes.

— C'est ridicule, maugréa-t-elle tout en signant le reçu. Vous savez que vous êtes sur un lieu de travail ?

— J'ai des ordres, madame. Voici la carte.

Il lui confia une enveloppe blanche puis son équipe et lui sortirent de la bijouterie.

Asia regarda autour d'elle, stupéfaite. Le parfum des roses embaumait l'air. Inutile d'être un génie pour savoir qui avait assez d'argent pour acheter tout le stock d'un fleuriste. Elle se mit dans un coin pour lire la carte.

Je suis désolé.

Je t'en prie, donne-moi une autre chance.

Blake

Son téléphone sonna dans sa poche, et elle lut le nom de Blake sur l'écran. Elle ne s'était jamais résolue à effacer son numéro. Elle décrocha à la seconde sonnerie.

— Bon sang, à quoi tu joues ? tempêta-t-elle.

— J'essaie de te reconquérir.

Asia avait entendu les mots, mais pas au téléphone. Elle se retourna et vit Blake dans l'embrasure de la porte, un téléphone plaqué contre son oreille.

— Je ne veux pas te bousculer, mais tu me plais, Asia. Et je sais que je me suis très mal comporté, mais j'aimerais me racheter, si tu veux bien m'en donner l'occasion.

Asia n'arrivait pas à croire que Blake soit revenu. Il fit un pas vers elle. Elle eut envie de reculer, mais son corps traître resta immobile, laissant Blake la toucher.

C'était une simple caresse de sa paume sur sa joue, mais c'était suffisant. Le sentiment qu'elle avait éprouvé lors de leur rencontre – cette impression qu'il était quelqu'un d'unique – l'assaillit à nouveau. De plus, elle trouvait Blake d'une beauté dévastatrice, avec ses cheveux bouclés et ses yeux noirs incandescents.

— Asia, dit-il de sa voix grave si séduisante.

Elle sentit son cœur s'affoler quand il lui releva le menton et qu'elle croisa son regard. Elle s'y noya comme lors de leur première nuit. Incapable de bouger, elle sut ce qui allait arriver ensuite. Et elle ne fit rien pour l'empêcher.

Comme au ralenti, Blake posa la bouche sur la sienne, et elle ferma les yeux. La sensation de ses lèvres était si douce qu'Asia soupira. Elle aurait aimé que le baiser se poursuive, mais Blake recula. Elle rouvrit les yeux et vit une lueur dans ses iris. Un seul baiser, et elle était déjà dans tous ses états.

— Notre alchimie est toujours là, Asia. Tu le ressens aussi, n'est-ce pas ? Dîne avec moi vendredi soir, et je te promets que la soirée ne s'achèvera pas comme la dernière fois.

— Je...

Elle fut interrompue par Yvette.

— Asia, ma chère, j'allais vous demander pourquoi ma bijouterie est pleine de fleurs, mais je crois avoir ma réponse.

La commerçante observa Blake d'un air interrogateur.

— Blake Coleman, madame, dit-il, serrant la main d'Yvette.

— Oui, je me souviens de vous. C'est un plaisir de vous revoir, monsieur Coleman. Mais je n'autorise pas les visites privées pendant les heures de travail, et certainement pas les grandes démonstrations d'affection, déclara-t-elle en désignant les bouquets de roses.

— Mes excuses pour ce désagrément. Je vais faire en sorte

qu'elles soient retirées, dit-il avant de s'adresser à Asia. C'est d'accord pour le dîner ?

Blake la regarda, attendant sa réponse – tout comme Yvette. Il méritait qu'elle lui dise non, mais elle voulait savoir si ce qu'elle ressentait pour lui était réel ou non.

— Oui, céda-t-elle.

Un sourire étira ses lèvres si tentantes, et Asia sentit son ventre se nouer. Dans quel guêpier s'était-elle fourrée ?

— Il me tarde d'y être, conclut-il.

Blake salua Yvette et Asia d'un signe de tête puis sortit.

— Ce jeune homme est vraiment mordu, glissa Yvette. Deux fois en une semaine, et maintenant, ce geste extravagant ? Vous feriez mieux de l'attraper avant qu'une autre femme ne le fasse.

Plusieurs fois au cours de la semaine, Asia avait songé à appeler Blake pour annuler leur dîner, mais elle n'en avait pas eu le temps. Elle avait envoyé un message à Egypt pour lui annoncer que la banque avait refusé sa demande de prêt. Elle lui avait offert sa compassion et lui avait répondu de ne pas renoncer. Asia n'en avait pas l'intention ; elle avait pris rendez-vous dans une autre banque. Un rendez-vous plus important avait eu lieu ce matin, chez son gynécologue, qui lui avait confirmé qu'elle était enceinte de dix semaines et lui avait prescrit des vitamines prénatales.

Sa grossesse était maintenant confirmée. Asia se remettait de ses émotions quand elle reçut un message de Blake, qui lui demandait son adresse. Elle ne souhaitait pas qu'il sache où elle vivait, mais Blake tenait à venir la chercher, comme pour un rendez-vous galant digne de ce nom.

Or, ce n'était pas un rendez-vous galant. Ce dîner permettrait à Asia de mettre les choses au clair, et de se sortir Blake de la tête une bonne fois pour toutes.

Quand vint l'heure de se préparer, elle choisit une longue robe fourreau une épaule, couleur moutarde, et des sandales de cuir brun. Elle opta pour un maquillage simple et laissa ses cheveux détachés.

Blake sonna à sa porte à 19 heures précises, et Asia eut le souffle coupé quand elle l'accueillit. Il était resplendissant dans un costume superbe qui mettait en valeur sa stature et ses muscles déliés. Une image de lui en tenue d'Adam surgit dans son esprit. Elle rougit aussitôt, et vit que Blake l'observait.

— Tu es époustouflante, comme toujours.

— Merci. Allons-y.

Quand il posa la main au creux de son dos, elle réprima l'onde de chaleur qui monta dans ses veines.

Une voiture avec chauffeur les attendait.

— J'espère que ça ne t'ennuie pas, dit Blake.

— Non, bien sûr, mentit-elle.

Elle grimpa dans le véhicule, désarçonnée. Si Blake avait conduit, il aurait divisé son attention entre elle et la route, mais puisqu'il y avait un chauffeur, ils devaient partager l'espace confiné de la banquette arrière. Elle s'assit à une extrémité, aussi loin de Blake que possible, afin qu'ils ne se touchent pas. Elle ne pouvait se permettre aucun faux pas. Il fallait qu'elle aille au bout de cette soirée, pour décider de ce qu'elle ferait concernant le bébé, et concernant l'homme qu'elle désirait encore.

7

Blake se cala sur son siège tandis que Denver défilait derrière les vitres. Ne pas toucher Asia, assise à côté de lui, lui demandait un effort. Son parfum délicieux, mélange de vanille, de fleurs et de café, l'enivrait, mais il devait contrôler ses pulsions. Ce soir, il l'emmenait dans son restaurant français préféré. Lorsqu'il avait fait la réservation, il avait demandé la meilleure table.

Il jeta un regard fugace vers Asia, qui semblait fascinée par le paysage. Elle avait le visage tourné vers la vitre, ce qui permettait à Blake d'observer son joli profil. Des souvenirs de leur baiser de tout à l'heure l'assaillirent. Il aurait aimé aller beaucoup plus loin, mais ils étaient sur son lieu de travail, et Blake était encore en disgrâce après son comportement deux mois plus tôt.

Il devait prouver à Asia qu'elle pouvait lui faire confiance ; ainsi, elle baisserait sa garde et lui donnerait une autre chance. Il voulait retrouver la jeune femme ouverte et chaleureuse qui l'avait accompagné à l'anniversaire de sa tante. Pour l'heure, elle arborait un air fermé et méfiant.

Quand ils arrivèrent devant le restaurant, il posa la main sur son coude pour l'escorter jusqu'à l'entrée. À son grand plaisir, il la sentit se détendre. Au moins, elle n'était pas aussi indifférente qu'elle en avait l'air.

— Monsieur Coleman, c'est un plaisir de vous revoir, dit

l'hôtesse rousse qui les accueillit. Permettez-moi de vous conduire à votre table.

— Merci, dit Blake.

Asia marcha devant lui d'un pas rapide, sans doute pour éviter qu'il la touche à nouveau. Elle feignait de ne pas être attirée par lui, mais son corps disait le contraire.

Lorsqu'ils furent installés, il étudia le menu que l'hôtesse lui donna et se concentra sur la femme à laquelle il avait pensé tout l'après-midi.

— Le Roux a un menu fantastique. Quoi que tu commandes, tu ne peux pas te tromper.

— Tant mieux, car j'ai une faim de loup.

À l'anniversaire de sa tante, il avait remarqué qu'Asia n'était pas du genre à picorer sa salade. C'était une vraie femme, avec un vrai appétit, et qui n'avait pas peur de le montrer.

Le serveur vint prendre leur commande et Blake choisit une bouteille de cabernet sauvignon Dominus 2017, pour accompagner leur brie cuit et leurs escargots.

— Pas de vin pour moi, dit Asia.

— Tu en es sûre ? Tu peux demander un cocktail.

— Oui, j'en suis sûre. L'eau pétillante me suffit.

Blake hocha la tête. Quelques instants plus tard, le serveur apporta les boissons. Lorsque Blake eut goûté le vin, il se servit un verre.

— Tchin-tchin, dit-il.

Asia et lui trinquèrent.

— Je n'ai jamais mangé d'escargots, dit-elle après avoir bu une gorgée d'eau.

— Fais-moi confiance, tu vas adorer.

Le mot « confiance » l'avait fait tiquer. Blake mesura alors à quel point il l'avait blessée par son comportement désinvolte.

— J'espère changer l'opinion que tu as de moi, Asia.

— Je ne suis pas sûre que tu le puisses.

— Alors pourquoi as-tu accepté ce dîner ?

— Parce que..., commença-t-elle avant de marquer une pause. Parce que j'essaie de savoir si l'homme que j'ai rencontré ce soir-là était réel ou le fruit de mon imagination fertile.

— Il est très réel, et il veut une autre chance.

— C'est ce que tu dis, mais je ne sais rien de toi.

Blake détestait parler de sa famille et de ses amis, mais s'il fallait en passer par là pour qu'Asia cesse d'être sur ses gardes, alors soit.

— D'accord, céda-t-il en soupirant. Mes parents, Daphne et Gil Coleman, étaient merveilleux, et j'ai eu une enfance idéale jusqu'à ce qu'un chauffard ivre percute leur Mercedes-Benz, les tuant sur le coup. Ce que la plupart des gens ignorent, c'est que je me trouvais sur la banquette arrière. J'ai été extirpé de l'épave et j'ai survécu. J'avais douze ans.

— Oh ! mon Dieu ! s'exclama-t-elle, portant la main à sa bouche. Je suis vraiment navrée.

— Tu n'as pas recherché d'informations sur moi ?

— J'ai vu des mentions de l'accident, mais rien de plus. Je n'ai pas vraiment creusé. Je suis vraiment désolée.

— Merci. Et tes parents ?

— C'est-à-dire ? demanda-t-elle un peu trop rapidement.

— Je ne sais pas. Je t'ai parlé des miens, alors je pensais que tu voudrais en faire autant.

Il sirota son vin et l'étudia par-dessus le bord de son verre. La mention de sa famille l'avait mise mal à l'aise, de toute évidence. Lui cachait-elle quelque chose ?

Le serveur apporta les amuse-bouche. Au lieu de répondre, Asia découpa un feuilleté délicat et étala du fromage et des pommes sur de petits morceaux de toasts. Quand elle glissa une bouchée entre ses lèvres exquises et qu'elle émit un petit gémissement appréciateur, Blake sentit son entrejambe se raidir.

Doucement, mon gars, se dit-il.

Après avoir avalé sa bouchée, elle s'essuya les lèvres et finit par lui répondre.

— Il n'y a pas grand-chose à dire sur ma famille. Ma mère n'arrive pas à garder un emploi, un appartement ou un homme, et pas nécessairement dans cet ordre. Quant à mon père, j'ignore qui il est et ma mère aussi, puisqu'elle fréquentait plusieurs garçons du quartier à l'époque de ma conception.

Il posa son verre de vin.

— Asia, je suis navré.

Elle haussa les épaules.

— J'ai l'habitude de réparer les bêtises d'Ava. Comme elle a toujours eu du mal à prendre soin d'elle-même, j'ai dû mûrir rapidement et apprendre à me débrouiller seule.

— Tu n'aurais pas dû avoir à le faire.

— Eh bien, ça montre à quel point nous sommes différents, parce qu'il y a beaucoup d'Ava là d'où je viens.

Il fronça les sourcils.

— Es-tu en train de chercher le conflit ?

— Je dis simplement que nous ne venons pas du même monde. Nous n'avons rien en commun.

— Sauf au lit.

À la minute où il prononça ces mots, Blake sut qu'il était allé trop loin, car Asia l'observa d'un air soupçonneux.

— Et tu cherches à répéter l'expérience ?

— Non, répondit-il. Du moins, si, mais pas maintenant. Mince, je suis en train de tout gâcher. Asia, nous ne sommes pas obligés d'être des adversaires. Nous pouvons nous trouver des points communs. Par exemple, je sais que tu veux fonder une entreprise, et je possède ma propre société, ou plutôt celle de ma famille.

— Je veux avoir ma propre bijouterie un jour. Mais le chemin est long et difficile.

— Tes créations sont époustouflantes !

— La banque s'en moque. Elle considère mon activité, ou

plutôt ma personne, comme un risque sur lequel elle n'a pas envie de parier.

— Elle a tort. Et l'avis d'une seule banque importe peu. Il y a beaucoup d'autres banques, et si ça ne marche pas, tu trouveras des investisseurs. Il ne faut pas que tu abandonnes tes rêves, Asia. Sinon, tu le regretteras toujours.

Elle le dévisagea, et pour la première fois ce soir, Blake eut l'impression d'avoir fait une brèche dans ses défenses. Asia semblait réellement surprise qu'il l'encourage. Il continuerait à le faire, car elle avait du talent.

Asia était stupéfiée par le discours passionné de Blake. Personne n'avait jamais eu une opinion d'elle aussi haute.

Asia avait toujours été à la traîne dans les études, sans doute parce qu'elle ne savait jamais ce qu'elle retrouverait en rentrant chez elle. Y aurait-il de quoi manger ? L'électricité serait-elle coupée ? Y aurait-il un avertissement du propriétaire pour cause de loyer impayé affiché sur la porte ? Asia s'était toujours sentie inférieure. Mais pas ce soir ; Blake la poussait à croire que tout était possible.

— Merci, dit-elle.

— De quoi ?

— De croire en moi.

Ils furent interrompus quand le serveur apporta les plats : coq au vin pour Asia et canard à l'orange pour Blake.

Asia jeta un coup d'œil vers l'assiette de Blake. Elle n'avait jamais mangé de canard. Percevant sans doute son désir de goûter le plat, il découpa un morceau de viande et tendit sa fourchette. Asia se pencha par-dessus la table et, sans quitter Blake des yeux, prit le morceau dans sa bouche. La saveur de l'orange explosa sur ses papilles.

— C'est délicieux, commenta-t-elle.

— Content que ça te plaise, dit-il en souriant.

Ils parlèrent cuisine, puis Blake changea de sujet et expliqua comment sa tante avait repris l'entreprise de son frère, jusqu'à ce que Blake obtienne son diplôme universitaire.

— Sadie est une femme remarquable, déclara Asia.

— Elle n'est pas la seule, répondit-il, soutenant son regard.

Son expression était intense, et Asia tenta d'y résister. Leur attraction physique était électrisante. Elle passa la langue sur ses lèvres soudain sèches, et Blake plissa les yeux, les pupilles dilatées. Mais ensuite, il s'éclaircit la voix et se ressaisit, car le serveur était revenu à leur table.

— Un dessert, un café ? demanda le jeune homme.

— Non, répondit Blake. J'ai quelque chose d'autre en tête, mais je veux bien l'addition.

Et voilà. Il venait de dire en substance qu'il voulait l'emmener dans son lit. Rien n'avait changé. Pourquoi Asia avait-elle pensé le contraire ? Elle regarda Blake régler la note puis se lever.

— Prête ? demanda-t-il.

Elle hocha la tête. Elle était furieuse contre elle-même d'avoir pensé que cette soirée serait différente. Mais pouvait-elle en vouloir à Blake ? En le dévorant des yeux comme s'il était une coupe de glace chocolat-caramel, elle lui avait envoyé des messages contradictoires, le poussant à croire qu'elle était prête à accepter tout ce qu'il pourrait suggérer. Son corps désirait cet homme, mais son esprit l'avertissait que céder à son désir serait une erreur. Blake ignorait quel secret elle cachait, et Asia ne comptait pas le lui révéler de sitôt. Bien qu'il ait eu un comportement irréprochable ce soir, elle n'était toujours pas sûre de pouvoir lui faire confiance.

Une fois de retour dans la voiture, elle réfléchit à la meilleure manière de prévenir Blake que rien ne se passerait entre eux. Mais elle se rendit compte qu'ils ne prenaient pas le chemin de son appartement.

— Où va-t-on ? demanda-t-elle.

— Je connais un petit bar clandestin génial. Je me suis dit qu'on pourrait écouter de la musique et discuter davantage.

Asia était déroutée. Après les regards brûlants qu'il lui avait lancés pendant le dîner, elle avait cru que Blake lui proposerait de coucher avec elle. Le diabolisait-elle pour éviter de répéter leur fantasme illicite, qu'ils avaient réalisé deux mois plus tôt ?

Elle ne savait plus du tout quoi penser.

Trente minutes plus tard, après que Blake eut communiqué un code spécial, ils entrèrent dans un bar secret, où le personnel était habillé en tenues d'époque.

Le plafond du bar était orné de fresques Art déco et les tabourets étaient tendus de cuir. Des pièces anciennes meublaient le lieu, décoré dans des tons sombres. Derrière le comptoir étaient alignés tous les alcools imaginables, mais Asia ne pourrait en boire aucun. C'était la partie la plus difficile dans la grossesse, avec les fringales étranges. Asia n'aurait jamais cru goûter des escargots, pourtant elle en avait mangé, et elle les avait *appréciés*. Il y avait aussi les nausées, qui n'étaient pas une partie de plaisir.

Leur hôtesse les conduisit vers un espace entouré de rideaux, qu'elle écarta pour révéler une alcôve. C'était intime et romantique, et c'était exactement ce dont Asia n'avait pas besoin, étant donné que ses hormones imprévisibles lui commandaient d'arracher les vêtements de Blake et de lui sauter dessus.

— C'est très intime, remarqua-t-elle en prenant place.

— C'est un problème ?

— Non, pas du tout, mentit-elle.

Une serveuse leur apporta la carte. Elle portait une tenue des années 1920 et arborait un carré ondulé épinglé sur les côtés. Puisqu'elle ne pouvait pas boire, Asia choisit un dessert qui semblait succulent. Ils commandèrent donc une fondue au chocolat, et pour Blake, un cocktail appelé Living la Vida Loca.

Blake s'adossa au canapé de cuir.

— T'ai-je prouvé que ce soir, il ne s'agit pas de finir au lit ?

— La soirée ne fait que commencer, répondit-elle, amusée.

— Tu marques un point. Si tu me disais pourquoi tu ne bois pas d'alcool ? Y a-t-il une horrible histoire de beuverie qui aurait mal tourné derrière ce choix ?

Asia sentit son ventre se nouer. Elle ne pouvait pas lui révéler qu'elle portait son bébé. Il fallait qu'elle trouve une réponse, et vite.

— Récemment, j'ai dû aller récupérer ma mère dans un bar. Elle avait tellement bu qu'elle avait perdu connaissance.

Ce n'était pas vraiment un mensonge. C'était en effet arrivé, mais quelques années plus tôt.

— Depuis, j'ai développé une aversion pour la boisson.

— Cela te pose un problème si je bois ?

— Non, pas du tout.

À cet instant, la serveuse apporta le cocktail de Blake et une boisson pour elle.

— Je n'ai pas commandé ça, s'étonna Asia.

— C'est le même cocktail mais sans alcool, dit la serveuse.

Asia sourit.

— Ah, d'accord, merci, dit-elle.

La serveuse hocha la tête avant de passer à une autre table.

Asia riva son regard à celui de Blake.

— Santé, dit-elle, et elle fit tinter son verre contre le sien.

— Ta mère a-t-elle toujours été aussi irresponsable ?

— Oui. Ava ne sait pas tenir un budget. Dès que l'argent rentre, il ressort aussitôt. Quand j'avais six ou sept ans, j'ai commencé à prendre des billets dans son porte-monnaie pour les courses, juste pour être sûre d'avoir à manger, car elle ne se rappelait jamais combien d'argent elle avait.

— C'est terrible. Je suis désolé que tu aies dû endurer ça. Tu n'avais pas d'autre famille pour vous aider ?

— Ma grand-mère a déshérité ma mère parce qu'elle est

tombée enceinte. Ava est fille unique, alors il n'y a toujours eu que nous deux. Et parfois ses compagnons.

Blake se redressa, soudain en alerte.

— Est-ce qu'ils t'ont touchée ?

Ce n'était pas un sujet dont elle parlait aisément. Elle posa son verre, et Blake lui saisit la main.

— Raconte-moi, lui enjoignit-il d'une voix douce et néanmoins ferme.

La lueur d'inquiétude dans ses yeux était sincère.

— En général, il n'y avait pas de problèmes avec les petits amis de maman.

— Mais ?

— Mais quand j'étais adolescente, quelques-uns ont pensé qu'ils pouvaient avoir deux amantes pour le prix d'une. L'un d'eux… m'a bousculée et…

Des larmes lui montèrent aux yeux.

— Ava l'a surpris. Elle s'est emparée d'un couteau de boucher et a menacé de lui trancher les parties intimes.

Il prit son visage en coupe.

— Dieu merci, tu as eu de la chance.

Il essuya ses larmes avec ses pouces. La douce caresse réchauffa sa peau et la toucha au plus profond de son être. Elle releva le menton, et Blake attendit un instant, lui laissant le temps de protester. Mais elle ne dit rien, car elle en était incapable. Elle avait envie qu'il l'embrasse.

Et lorsqu'il exauça son souhait, elle entrouvrit les lèvres. Fermant les yeux, elle se concentra sur leur baiser. À chaque caresse sensuelle de sa langue et de ses lèvres, elle sentait sa raison et sa résolution faiblir. Elle inclina la tête, et il continua d'explorer sa bouche en profondeur, jusqu'à ce qu'elle gémisse.

Enfin, il recula.

— J'ai envie de toi, Asia, et je pense que tu as envie de moi, toi aussi. Mais j'ai besoin de savoir que tu es partante. Je ne te mets aucune pression. Nous pouvons finir la soirée avec un dessert, et je te déposerai chez toi sans te toucher.

— Ou ? demanda-t-elle d'une voix essoufflée.

— Ou nous partons *maintenant*, nous allons chez toi et nous faisons l'amour. De toutes les manières possibles. En fait, je sais exactement comment je vais te faire jouir. Mais si tu veux que j'arrête, s'il te plaît, dis-le-moi.

Juste une nuit. C'était si tentant... Au moins, ce soir, Asia savait à quoi s'en tenir, et elle ne s'imaginerait pas qu'un prince charmant venait d'entrer dans sa vie. Elle était une adulte avec des besoins, et elle pouvait les assouvir.

Sa décision prise, elle se leva et tendit la main vers lui.

— Allons chez moi.

8

Blake avait remarqué les regards furtifs qu'Asia lui avait lancés toute la soirée, et il n'avait pas réagi, trop occupé à réparer les dégâts qu'il avait provoqués. Mais dans le bar clandestin, Asia lui avait clairement montré qu'elle le désirait autant qu'il la désirait.

Résultat, il devait faire appel à son self-control pour ne pas lui faire l'amour ici même, sur la banquette de la voiture. Mais il ne voulait pas aller trop vite cette fois. Ce qui ne l'empêchait pas de l'embrasser. Plongeant les doigts dans ses cheveux, il l'attira vers lui et lui donna un baiser chaud et avide, qu'elle lui rendit avec autant d'ardeur.

Asia l'excitait, et il était impatient de la caresser, mais il devait faire preuve de retenue. Il recula.

— Qu'y a-t-il ? demanda Asia. Tu as changé d'avis ?

— Pas du tout. J'essaie de ralentir pour qu'on ne se consume pas trop vite.

— Je n'ai pas besoin qu'on ralentisse. Je veux des ébats rapides et forts.

L'honnêteté dans sa voix rauque était indéniable. Par conséquent, plus besoin d'attendre. De se refréner. Blake effaça la distance qui les séparait et la plaqua contre le siège. Soutenant son regard, il lui mordilla la lèvre inférieure. Elle laissa échapper un souffle de surprise qu'il accueillit dans sa bouche.

La saveur exquise et le doux parfum d'Asia l'enveloppaient.

Il déposa des baisers langoureux sur ses lèvres et sur le contour de son visage. Quand il arriva à son cou, il lécha et mordilla sa peau douce. Le gémissement qu'elle émit provoqua une nouvelle décharge de désir en lui.

Le véhicule s'arrêta devant l'appartement d'Asia. Blake la relâcha à regret, le temps qu'elle sorte de la voiture. Il referma la portière et fit un signe de tête au chauffeur. C'était le signal qu'il n'aurait plus besoin de lui ce soir.

Main dans la main, Asia et lui marchèrent jusqu'à l'entrée de l'immeuble. Une fois dans l'ascenseur, ils se dévorèrent des yeux. Quelque chose que Blake n'avait jamais connu commençait à se former entre eux. Il ignorait pourquoi. Tout ce qu'il savait, c'était qu'Asia était délicieuse, et très différente des autres femmes.

Les portes de l'ascenseur s'ouvrirent et, sans un mot, Asia le conduisit jusqu'à sa porte. Quand elle essaya de glisser la clé dans la serrure avec des doigts tremblants, il la lui prit des mains et se chargea d'ouvrir. Poussant le battant, il la laissa entrer en premier, pour qu'elle ait le temps de changer d'avis si elle le souhaitait. Mais elle saisit les pans de sa veste et l'entraîna à l'intérieur. Il referma la porte d'un coup de pied.

Blake eut envie d'embrasser Asia. De la caresser. De la lécher. De la mordiller. De la chevaucher. Et il comptait bien faire tout cela. Toute la nuit durant.

Asia ignorait si coucher avec Blake était une bonne idée ou non. Elle savait seulement qu'elle avait rêvé de ce moment pendant des semaines, des mois, et qu'elle en savourerait chaque minute. Sans attendre, elle commença à descendre la fermeture à glissière de sa robe, mais Blake l'interrompit.

— Laisse-moi faire, dit-il.

Il passa les pouces sur son dos, et elle respira plus vite quand elle entendit la fermeture s'ouvrir et sentit une bouffée d'air frais sur sa peau. Le haut de la robe glissa, révélant le soutien-gorge bustier en dentelle qu'elle portait dessous et qui couvrait ses petits seins ronds et fermes. Elle retira la robe, se retrouvant en sous-vêtements.

— Magnifique, s'extasia-t-il.

Il caressa son décolleté puis la fit pivoter vers lui et l'embrassa. Son baiser ardent attisa son excitation. Elle voulait désespérément sentir sa peau sous ses mains. L'aidant à ôter sa veste, elle sortit sa chemise de son pantalon et la déboutonna à la hâte. Elle effleura de ses doigts sa peau nue et contempla les muscles saillants de son ventre.

Elle tendit la main vers sa ceinture, mais Blake fut plus rapide. Il se débarrassa prestement de son pantalon, révélant un caleçon qui épousait son sexe en érection. Elle déglutit.

Il lui releva le menton.

— Tu es sûre de toi ? demanda-t-il.

— Absolument. Je veux te voir nu.

— Avec plaisir.

Il enleva son caleçon, offrant son corps nu et splendide à ses yeux avides. Elle sentit un sourire étirer ses lèvres.

— À ton tour, maintenant, décréta-t-il.

Il dégrafa rapidement son soutien-gorge, qui tomba à terre, et Asia sentit ses tétons se durcir. Elle se retourna vers lui et se chargea de retirer son autre sous-vêtement. Le désir brut dans le regard de Blake la fit chanceler, et quand il se mit à genoux, elle fut stupéfaite.

— J'ai eu envie de te goûter toute la soirée, Asia. Et c'est ce que je vais faire, mais d'abord, retirons ça, dit-il, et il l'aida à ôter ses sandales.

Puis il hissa l'une de ses jambes fines sur son épaule et enfouit le visage entre ses cuisses. Elle frissonna dès le premier coup de langue sur son sexe. Elle avait cru pouvoir supporter tout ce que Blake lui ferait, mais dès qu'il inséra sa langue en elle, elle tenta de reculer. Évidemment, il ne la laissa pas faire.

Blake la savourait comme le bon vin qu'il avait bu ce soir. Il continua de la taquiner avec sa langue jusqu'à ce qu'elle se cambre et que son souffle se bloque dans sa gorge. Mais il ne s'arrêta pas là ; il suçota et mordilla son clitoris malgré ses cris impérieux. Enfin, il glissa un doigt en elle.

— Blake, murmura-t-elle.

— J'aime mon nom sur tes lèvres, dit-il, adoptant un mouvement de va-et-vient. Dis-le encore.

Et il ajouta un second doigt.

— Blake, supplia-t-elle, tremblante, et il en inséra un autre.

— Plus fort, ordonna-t-il.

Il se servit de sa bouche et de sa main pour la tourmenter sans merci. Asia plongea les mains dans ses cheveux, et ce ne fut que lorsqu'elle cria son nom et qu'elle atteignit l'orgasme entre ses bras qu'il mit fin à ce supplice exquis.

Il se releva, mit un bras autour de sa taille et porta son corps alangui dans ses bras. Asia ne protesta pas. Elle avait hâte que Blake soit en elle.

Malgré l'obscurité, Blake trouva la chambre d'Asia et l'allongea sur le lit avant de s'étendre à côté d'elle. Goûter son sexe l'avait rendu fou de désir. Et maintenant, c'était à sa poitrine qu'il accorderait toute son attention. Il posa une main sur son sein et lécha son téton. Elle croisa son regard, les paupières mi-closes, mais il savait qu'elle ne dormirait pas avant un moment. Il continua de taquiner ses tétons et de masser ses seins jusqu'à ce qu'elle lui saisisse les épaules et le tire vers le haut. Le souffle court, elle caressa les parties de son corps qu'elle pouvait atteindre.

— Ne me fais pas attendre plus longtemps, murmura-t-elle. Il y a des préservatifs dans le chevet.

Blake ouvrit le tiroir et en sortit un. Il déchira l'emballage avec ses dents, déroula la protection sur lui puis s'étendit à nouveau sur son corps pulpeux.

Il se cala entre ses jambes et s'introduisit en elle. Asia noua les jambes autour de sa taille tandis qu'il s'enfonçait jusqu'à la garde. Puis, lentement, il se mit à onduler entre ses cuisses et trouva son rythme. Asia était si étroite, si moite... Ses gémissements sensuels résonnaient dans la pièce.

Blake voulut fermer les yeux pour tenter de contrôler les sensations qui l'envahissaient, mais son regard était rivé à celui d'Asia. Il allait et venait en elle, de plus en plus profondément. Elle hissa les hanches pour lui faciliter la tâche et serra ses biceps.

— Prends ce que tu veux, chérie.

— J'en veux plus, dit-elle d'une voix rauque, pressant ses fesses sans la moindre gêne.

Blake se retira, avant de revenir d'un coup de reins puissant. La sueur perla sur leurs corps pendant que leurs ébats devenaient frénétiques. Blake n'avait aucune envie de s'arrêter. Il bougea les hanches en mouvements circulaires jusqu'à ce qu'Asia pousse un cri aigu.

— C'est ça, Asia, laisse-toi aller...

Il continua ses va-et-vient, même quand elle poussa un cri strident, car lui aussi était au bord de l'orgasme. Il gémit et fonça vers l'avalanche de sensations qu'il avait cherché à retarder. Et lorsqu'il s'effondra sur Asia, elle resserra fermement les jambes autour de lui jusqu'à ce qu'il cesse de trembler. Après quoi, il se mit sur le côté et, entraînant Asia avec lui, il s'endormit.

Quelques heures plus tard, Asia se réveilla, mais elle garda les yeux clos, pour prolonger la sensation de félicité qui l'enveloppait. Blake n'avait pas menti en disant qu'il lui donnerait du plaisir de toutes les manières possibles.

Blake serait l'homme avec lequel elle comparerait tous les autres hommes désormais. Dommage que leur relation ne puisse pas durer... Certes, il s'intéressait à elle pour l'instant, mais pour combien de temps ? Blake était un séducteur en série et Asia doutait que cela change.

Cependant, elle savait quelque chose que Blake ignorait. Elle était enceinte. Allait-elle le lui révéler ? Il avait le droit de savoir qu'il allait devenir père. Comment réagirait-il quand elle lui annoncerait la nouvelle ? Serait-il en colère ? Aurait-il l'impression qu'elle l'avait piégé ?

Elle était capable d'élever son enfant seule. Elle n'avait pas besoin de Blake. Mais son bébé, *leur* bébé, méritait au moins de savoir qu'elle avait prévenu son père. Elle parlerait à Blake demain. Pour l'instant, elle avait envie de rester dans ses bras pendant encore quelques minutes.

Quelques heures plus tard, Asia fut réveillée plus tôt qu'elle ne l'aurait voulu par des douleurs abdominales. Bien que ses nausées matinales soient peu fréquentes, elles survenaient tout de même, comme c'était le cas ce matin.

Elle sortit précipitamment du lit et fila vers la salle de bains. Sans avoir le temps de refermer la porte, elle vida le contenu de son estomac dans les toilettes. Pourquoi fallait-il que cela lui arrive quand Blake était là ?

Lorsqu'elle se sentit mieux, elle attrapa une serviette pour s'essuyer la bouche. Ce fut alors qu'elle remarqua que Blake se tenait dans l'embrasure de la porte, uniquement vêtu de son caleçon. Il avait l'air fâché. Et il tenait à la main le livre qu'elle avait récemment acheté, *À quoi s'attendre quand on attend un enfant.*

— Bon sang, Asia, que se passe-t-il ? hurla-t-il.

9

Blake avait espéré des ébats rapides ce matin. Ce qu'il n'avait pas prévu, c'était que l'objet de son désir quitte le lit précipitamment. Au lieu de la suivre pour savoir ce qui n'allait pas, il avait décidé d'aller chercher son caleçon dans le salon. C'était alors qu'il avait vu le livre.

À quoi s'attendre quand on attend un enfant.

Le livre à la main, il s'était dirigé vers la salle de bains d'un pas décidé. Et maintenant, il était face à Asia, qui était en train de se relever. Elle semblait totalement dévastée. Parce qu'elle était nue, il ne put s'empêcher d'admirer ses courbes, tout en cherchant des réponses à ses questions. Son ventre était encore plat. Était-elle vraiment enceinte ?

Non. Impossible. Asia ne pouvait pas être enceinte. Elle n'aurait pas couché avec lui si elle était enceinte d'un autre. Puis il eut une révélation, qui lui fit l'effet d'un coup de massue. *Elle n'est pas enceinte d'un autre.* Il fit le calcul dans sa tête. Il ne savait pas à quel stade Asia était, mais il était tout à fait possible – et plus que probable – qu'Asia porte *son* enfant.

Son cœur s'emballa et la tête lui tourna. S'il était le père, pourquoi Asia ne lui avait-elle rien dit ?

— Eh bien ? Tu vas me répondre ? insista-t-il.

Elle leva les yeux au ciel.

— Oui, mais puis-je avoir un moment d'intimité pour enfiler quelques vêtements et me brosser les dents ?

Blake cligna des yeux car il se rendit compte qu'il fixait ses seins, qui semblaient plus gros dans la lumière du jour - ou était-ce le fruit de son imagination ?

— Bien sûr.

Il tourna les talons et quelques secondes plus tard, il entendit Asia claquer la porte. Arpentant le couloir, il se mit à réfléchir. S'il ne s'était pas rendu à la bijouterie pour lui proposer un autre rendez-vous, aurait-elle continué de lui cacher sa grossesse ? Combien de temps l'aurait-elle empêché d'être un père pour son enfant ?

Il entendit l'eau de la douche couler. Asia cherchait-elle à gagner du temps, pour trouver une histoire plausible à lui raconter ? Il ne voulait pas la soupçonner de malhonnêteté, mais c'était plus fort que lui. Elle lui semblait sincère, toutefois, si elle ne l'était pas, il aurait une porte de sortie. Quoi qu'il en soit, il valait mieux qu'il soit vêtu lorsqu'ils discuteraient. Il ramassa ses vêtements et enfila son pantalon.

Asia finit par le rejoindre dans le salon. Elle portait un peignoir de soie fermement ceinturé autour de sa taille. Il savait qu'elle ne portait rien dessous car il distinguait le contour de ses tétons. Elle s'assit sur le canapé, aussi loin de lui que possible.

Pendant un instant, ils se regardèrent, et Blake fut assailli par des images érotiques de leurs ébats de la veille. Mais ce n'était pas le moment d'y songer. Il avait besoin de réponses.

— Tu es enceinte ?

— Oui, dit-elle sans hésitation.

Il déglutit.

— Le bébé est-il de moi ?

Elle le fixa pendant plusieurs secondes. Certes, il s'agissait de son corps, et elle avait le droit de préserver son intimité. Mais il avait aussi le droit de savoir.

— Oui. Tu es le seul homme avec qui j'ai couché.

Il tenta de digérer cette nouvelle, mais la tête lui tournait. Il allait être père. *Père.* Il avait déjà pensé à fonder une famille, mais dans un avenir lointain. Apparemment, il serait père bien plus tôt qu'il ne l'avait cru.

— Et... depuis combien de temps ?

— Dix semaines. Au début, je n'y croyais pas, car nous avons été prudents cette nuit-là. Je pensais avoir attrapé un virus, et ensuite, quand je suis allée avec les Gemmes à Las Vegas pour l'enterrement de vie de jeune fille de Wynter...

Sa voix s'évanouit.

Il porta son regard sur son ventre.

— Tu as bu ?

Le ton était plus accusateur qu'il ne l'avait voulu.

— Non, je n'ai pas bu, Blake. Même si j'en avais eu envie, j'en aurais été incapable. J'avais du mal à garder ce que j'avalais. Shay m'a questionnée sur mes dernières règles et, eh bien, j'ai fait plusieurs tests de grossesse, tous positifs.

— Tu es allée voir un médecin ? Est-ce que tu as un suivi prénatal ?

— Évidemment. Je ne suis pas une idiote.

Blake se passa la main dans les cheveux.

— Ce n'est pas ce que je voulais dire. J'essaie juste de trouver du sens à cette situation, Asia.

Il se leva.

— Est-ce que tu comptais me le dire un jour ? lança-t-il.

Un silence s'ensuivit.

— Je crois que j'aurais fini par te le dire, répondit-elle après un instant. Simplement... c'était un tel choc, et j'avais besoin de temps pour encaisser la nouvelle. Et puis, j'avais beaucoup de choses à gérer.

— Je suppose que tu as pris une décision ?

Elle hocha la tête.

— Oui. Je vais avoir ce bébé.

En voyant l'air impassible de Blake, Asia sut que sa réponse n'était pas une surprise. Elle ignorait à quoi elle s'était attendue, mais ce n'était certainement pas à un tel calme. Elle avait escompté de la colère, de la peur même, mais Blake semblait serein. Trop serein. N'était-il pas ébranlé par la nouvelle de sa future paternité ? Il fallait qu'elle le secoue, qu'elle le ramène à la réalité.

— Mais je n'ai besoin de rien venant de ta part. Je peux élever cet enfant toute seule.

— Ici ? demanda-t-il, observant son appartement d'un air dédaigneux. Tu ne peux pas élever un bébé dans cet endroit.

— Si. Ce n'est peut-être pas le château dans lequel tu as grandi, mais je gagne un salaire décent, et je pourrai subvenir à mes besoins et à ceux de mon bébé.

Elle posa une main protectrice sur son ventre.

— C'est admirable, Asia, dit-il, se rasseyant sur le canapé. Vraiment. Mais les bébés ont besoin de beaucoup de choses, et il est de ma responsabilité de prendre soin de cet enfant.

— Je ne veux pas que tu me fasses la charité.

Il fronça les sourcils.

— Ce n'est pas mon intention. Avec mon aide, tu pourrais avoir une maison, une nounou, tout ce qui pourra te faciliter la vie. Et puis, tu m'auras, moi.

— Comment ça ?

— Je compte être un père à plein temps, Asia, dit-il, se rapprochant d'elle. Tu pensais vraiment que j'allais rester sans rien faire en apprenant que tu portes mon bébé ?

— Eh bien, j'imagine que je n'avais pas réfléchi à ça.

— Tu ferais mieux d'y penser car je ne vais nulle part. Si tu gardes ce bébé, je serai à tes côtés.

Elle se leva brusquement.

— Est-ce que tu veux des enfants, au moins ? questionna-t-elle. Ou est-ce une sorte de fierté masculine qui te pousse à t'impliquer ?

— Quelle importance ? Nous allons avoir un enfant.

— « Nous » n'allons rien faire. C'est moi qui porte un enfant. Qui ai des nausées matinales. Qui vais prendre du poids. Qui vais accoucher. Pas toi.

— Tu as raison. Je ne peux pas échanger nos places, mais les faits sont les faits et tu ne peux pas les occulter. Je suis le père de ce bébé.

— Et je suis sa mère.

Asia n'appréciait pas que Blake essaie de s'immiscer dans sa vie alors qu'elle n'avait pas encore toutes les pièces du puzzle.

— Et j'ai besoin de temps seule.

— Tu es en train de me mettre à la porte ?

— Je suis en train de dire que tu m'étouffes et que j'ai besoin que tu me laisses respirer.

Le fait qu'il soit si près, qui plus est, torse nu, ne lui facilitait pas la tâche. Elle aimerait s'abandonner entre ses bras comme elle l'avait fait la veille, mais cela ne réglerait rien.

Désormais, tout avait changé. Blake savait qu'elle était enceinte. Elle ne pouvait plus se cacher comme elle l'avait fait depuis qu'elle avait découvert la nouvelle. Elle allait être mère, et elle devait commencer à s'organiser.

— D'accord, je m'en vais, Asia, céda-t-il, et il enfila sa chemise et ses chaussures. Mais cette conversation est loin d'être terminée. *Nous* avons beaucoup de choses à régler.

— Asia, chérie, Dieu merci tu es rentrée ! s'exclama Ava Reynolds, entrant en trombe dans l'appartement d'Asia comme si elle était chez elle.

Elle portait un jean noir moulant qui semblait avoir été cousu sur elle, un haut à paillettes et une veste en cuir.

— Bonsoir, maman, répondit Asia en refermant la porte.

Elle était lasse. La nuit et la matinée avaient été chargées en émotions. Après un rendez-vous parfait avec Blake suivi d'ébats incendiaires, le réveil avait été catastrophique, et tout s'était écroulé.

Elle se rappela l'air furieux de Blake ce matin et leur dispute à propos du bébé. Et maintenant, il faudrait qu'elle gère les problèmes de sa mère ? C'était trop pour une seule journée.

— N'aie pas l'air si heureuse de me voir, ironisa Ava en se laissant tomber sur le canapé. Quel accueil, après tout ce que j'ai fait pour toi !

Asia leva les yeux au ciel.

— Que se passe-t-il, maman ?

Ava croisa les bras sur sa généreuse poitrine, qui débordait de son T-shirt trop serré. Pourquoi ne pouvait-elle pas se comporter comme une mère normale ?

— Mais rien. Je ne peux pas te rendre une simple visite pour voir comment tu vas ?

— Si, tu le peux.

— Bien. C'est plutôt toi qui sembles avoir un problème, d'ailleurs. Tu as une mine affreuse.

— Merci beaucoup, ironisa Asia, s'asseyant sur le canapé.

Elle portait un pantalon de yoga et un débardeur. Elle n'avait pas pris la peine de se maquiller puisqu'elle n'attendait pas de compagnie.

— Si tu veux trouver un homme, Asia, tu dois prendre soin de toi. Sinon, tu finiras seule.

— Je m'en souviendrai.

Sa mère la sermonnait régulièrement sur son physique, lui rappelant de ne pas prendre de poids et de s'entretenir : coiffure, manucure, épilation des sourcils. L'apparence était primordiale pour sa mère. Ava portait toujours des extensions capillaires onéreuses et des tenues de créateur trop chères pour son budget. Ce qui expliquait pourquoi elle était souvent à court d'argent.

— Combien il te faut ? demanda Asia.

Les traits d'Ava, si semblables aux siens, se tendirent.

— Je n'ai pas toujours besoin de quelque chose, Asia.

Asia l'observa d'un air sceptique.

— Ne me regarde pas comme ça, Asia Marie Reynolds.

— Oh là, mon nom entier. Je suis vraiment dans le pétrin, alors.

Sa mère se leva.

— Ne sois pas insolente. Ce n'était pas facile d'être une maman solo. Tout le monde me disait de t'abandonner, de te faire adopter pour que tu grandisses dans un foyer avec deux parents. Mais je voulais te garder. Quand ta grand-mère m'a mise à la porte alors que j'avais seize ans, je n'avais nulle part où aller. J'ai trouvé un foyer pour futures mères, j'ai suivi une formation et je suis devenue secrétaire. Je n'ai jamais laissé personne nous séparer.

Asia soupira.

— Je sais tout ça, maman.

Et maintenant, sans le vouloir, elle suivait l'exemple de sa mère : elle allait devenir mère célibataire. La seule différence, c'était que le père de son bébé voulait s'impliquer. Pour sa part, Asia n'avait jamais connu son père. À ses yeux, c'était un donneur de sperme qui avait aidé Ava à devenir mère, rien de plus.

— Alors, accorde-moi un peu de mérite, répliqua Ava. Je sais que je pourrais faire mieux, et je m'y efforce.

Asia se sentit coupable d'être aussi dure.

— Je suis désolée, maman.

Elle se leva et la prit dans ses bras.

En vérité, Asia était simplement fatiguée d'être l'adulte de leur duo. D'être la seule à porter les fardeaux. Asia adorerait lui parler de ce qu'elle traversait, lui poser des questions sur la grossesse, mais Ava n'avait jamais été le genre de mère à qui l'on pouvait se confier.

— Merci, dit Ava, lui tapotant le dos avant de la relâcher. Et puisque tu me le demandes, j'aurais bien besoin d'une centaine de dollars, je suis un peu juste pour mon crédit voiture.

— Je n'ai pas d'argent sur moi, maman. Je vais te faire un virement.

Ava lui caressa la joue.

— Merci, trésor. Bon, il faut que j'y aille. J'ai rendez-vous avec un homme que j'ai rencontré au supermarché.

Asia l'accompagna vers la porte.

— Et repose-toi, Asia. Tu as l'air exténuée.

— Promis, maman. Amuse-toi bien.

Une fois seule, Asia s'effondra contre le battant. Ava ne changerait jamais. Elle posa la main sur son ventre. Bientôt, elle aurait un bébé à élever, et elle ne pourrait plus se permettre de sortir sa mère de ses mauvaises passes financières.

Asia n'était pas riche, en revanche, elle donnerait à son enfant tout l'amour et le soutien qu'elle n'avait jamais reçus. Elle serait toujours là pour lui, quoi qu'il arrive.

Je commence à réfléchir comme une mère, songea-t-elle, les larmes aux yeux.

10

Enceinte.

Blake avait encore du mal à y croire. Il avait fait un bébé à Asia pendant leur aventure d'un soir. Certes, depuis, ils avaient refait l'amour. Plus d'une fois, d'ailleurs. La nuit dernière, Asia s'était agitée contre lui, l'ensorcelant comme une sirène. Il sentait encore son souffle chaud sur sa peau.

Il avait pris son temps pour redécouvrir ses douces courbes et sa peau soyeuse. Ils avaient ondulé ensemble, leurs deux corps semblant faits l'un pour l'autre, ce qui avait rendu leurs multiples ébats aussi époustouflants que les premiers. Il ne se rappelait pas avoir ressenti une telle satisfaction avec une autre femme.

Mais ensuite, il avait découvert que durant leur première nuit, ils avaient conçu un bébé... Il allait devenir père. Comment allait-il concilier la paternité avec son mode de vie ? Il menait une existence insouciante, faisant ce qu'il voulait, quand il le voulait.

Tout cela était sur le point de changer. Bien qu'il n'ait pas prévu ce scénario, il était bien décidé à faire son devoir, et à être un père pour son enfant. Il n'avait pas d'autre famille que sa tante Sadie, un oncle et des cousins éloignés. Cet enfant était son avenir et perpétuerait l'héritage que son grand-père et son père avaient bâti.

Toutes ces pensées tournaient dans son esprit tandis qu'il se dirigeait vers la maison de Jeffrey Thomas, son meilleur ami depuis l'adolescence. Jeffrey était marié et avait deux enfants : Zion, un garçon de neuf ans, et Zora, une fille de six ans. En temps normal, Blake aurait décliné l'invitation à dîner de Jeffrey, mais il fallait qu'il parle à quelqu'un.

Il arriva vers 18 heures, avec une bouteille de vin rouge, ainsi qu'un bouquet de fleurs pour l'épouse de Jeffrey, Mara. Elle ouvrit la porte, un sourire chaleureux aux lèvres. Son carré brun chic mettait en valeur ses grands yeux bruns et ses joues rondes.

— Pour toi, dit Blake en lui donnant le bouquet.

— Merci, Blake. Entre, dit-elle, Je suis surprise que tu n'aies pas annulé, étant donné ton aversion pour les enfants.

Blake gloussa. Il avait peut-être évité la compagnie des enfants jusqu'ici, mais plus maintenant.

— Tu sais que j'adore mon filleul et ma filleule, dit-il.

Il la suivit dans la cuisine, où Jeffrey était en train de prendre une bière dans le réfrigérateur.

Avec son mètre quatre-vingt-cinq, Jeffrey était presque aussi grand que Blake, mais beaucoup plus massif. Il portait un jogging et des baskets, et ses cheveux étaient coupés court, comme son bouc soigneusement taillé.

— Tu veux bien m'en prendre une aussi ? demanda Blake, indiquant la bouteille dans sa main.

— Bien sûr, répondit Jeffrey.

Il sortit une autre bière et la lui donna. Blake en but aussitôt une longue gorgée, vidant à moitié la bouteille.

— Doucement, mon gars, avertit Jeffrey.

Mais ensuite, il scruta le visage de son ami. Reportant son attention sur son épouse, il déclara :

— Chérie, je vais sur la terrasse avec Blake. Tu nous préviens quand le dîner sera prêt ?

— Bien sûr, répondit Mara. Allez discuter entre hommes.

— Merci, trésor.

Lorsqu'ils furent installés sur des chaises en bois autour du brasero, Jeffrey se tourna vers Blake.

— Quelque chose te préoccupe, manifestement. Alors crache le morceau.

Blake avala une autre gorgée de bière avant de prendre la parole.

— Je crois qu'il nous faudrait quelques autres bouteilles quand je t'aurai annoncé la nouvelle.

— Quelle nouvelle ?

— Tu te souviens quand je t'ai parlé de la jeune femme que j'avais emmenée à l'anniversaire de ma tante ?

Jeffrey but un peu de bière avant de répondre.

— Oui, tu as dit que la soirée avait été torride. Je suppose que vous avez appris à mieux vous connaître ?

— En effet. Mais il y a des conséquences à ce genre de passion. Des conséquences que je n'avais jamais imaginées. Je pensais que nous avions été prudents et pourtant...

Sa voix s'éteignit, et soudain, Jeffrey eut l'air inquiet.

— Blake... est-ce qu'elle est...

— Oui, elle est enceinte. Mais le pire dans tout ça, c'est que nous nous sommes revus, et qu'elle ne m'a rien dit.

— Sérieusement ?

— Oui. Et je crois qu'elle aurait gardé le silence si je n'avais pas eu envie de la revoir.

Jeffrey s'adossa à sa chaise et l'observa.

— D'habitude, tu ne revois pas tes conquêtes une seconde fois, souligna-t-il.

— Asia était différente. Je l'ai su dès notre rencontre, ce qui explique pourquoi je suis retourné à la bijouterie pour l'inviter à dîner. Elle s'est fait prier, mais elle a fini par céder. Hier soir, nous avons dîné ensemble et, eh bien... une chose en a entraîné une autre.

— Alors comment as-tu su ?

Blake posa sa bière sur une petite table et appuya les avant-bras sur ses cuisses.

— Elle a bondi hors du lit ce matin, prise de nausées matinales.

— Mince ! fit Jeffrey, plaquant la main sur sa bouche.

— Donc tu peux imaginer ma surprise, mais je me suis dit qu'elle avait peut-être mangé quelque chose qui était mal passé. Ensuite, j'ai vu le livre. *À quoi s'attendre…*

— … *quand on attend un enfant*, finit Jeffrey. Mara l'a lu de la première à la dernière page.

— C'est comme ça que j'ai su qu'elle était enceinte. Après ça, j'ai appris que j'étais le père.

— Je suis désolé de la façon dont ça s'est passé, mais pourquoi es-tu ici avec moi et pas avec elle ? Que lui as-tu dit ?

Blake se leva.

— Je lui ai dit que je voulais être un père pour le bébé. Jouer mon rôle. Et tu sais ce qu'elle a fait ?

— Quoi ?

— Elle m'a jeté dehors. Elle m'a dit que je l'étouffais, qu'elle n'avait pas besoin de moi et qu'elle pouvait élever le bébé toute seule.

— Des tas de mères afro-américaines élèvent leur enfant toutes seules, mais Asia ne devrait pas avoir à le faire si tu es prêt à t'impliquer. Tu veux accomplir ton devoir, n'est-ce pas ? Ce n'étaient pas seulement de belles paroles ?

Blake fronça les sourcils.

— Bien sûr que je pensais ce que je disais. Est-ce que je cherchais à avoir un bébé ? Absolument pas. Devenir père était un projet dans le futur. Je t'ai vu à l'œuvre, alors je sais à quel point le métier de papa est difficile.

— Mais Mara et moi sommes ensemble. Nous sommes mariés. Asia et toi, vous n'êtes pas une famille. Vous ne vous êtes vus que deux fois.

— Je le sais bien. La situation n'est pas idéale, mais ce bébé fait partie de ma famille, qui n'est pas très étendue.

— Ah, oui, désolé, répondit Jeffrey, passant la main sur son bouc. Je ne voulais pas sous-entendre le contraire. Je veux juste que tu aies une vision réaliste de la situation.

— C'est pour cette raison que je t'en parle. La perspective de devenir père me fait peur, mais je ne suis pas du genre à fuir mes responsabilités. Rappelle-toi à quel point je tenais à diriger Coleman & Sons Construction.

— C'est une bonne chose. Et c'est ce que tu dois répéter à Asia. Elle n'est peut-être pas en mesure de t'écouter pour l'instant. Il se passe beaucoup de choses chez les femmes en début de grossesse. Les hormones, le corps qui change. Laisse-lui du temps. Ne sois pas trop insistant.

— Je suis insistant ? Bon sang, je ne sais pas comment être autrement. Il s'agit de mon enfant aussi.

— Oui, mais c'est elle qui fait tout le travail pour l'instant.

— En effet, mais je peux l'aider. Si elle me laisse faire.

— Elle est effrayée, comme toi, répondit Jeffrey. Mais tel que je te connais, tu trouveras une solution, comme toujours.

Blake repensa à leur conversation pendant qu'il dégustait le délicieux dîner de Mara – poulet rôti, pommes de terre et carottes miniatures –, puis quand il passa du temps avec les enfants, Zora et Zion, qui ressemblaient à leurs parents. Zora, fillette aux grands yeux bruns et au teint cacao, était pleine de vie et cherchait constamment à attirer l'attention. Zion, l'aîné, était aussi calme que son père, et lui ressemblait comme deux gouttes d'eau.

Le bébé lui ressemblerait-il ? Ou ressemblerait-il à Asia ? De quel parent s'inspirerait-il ? Bien que Blake ait perdu ses parents à douze ans, il avait encore des souvenirs de son père. Gil Coleman était grand et mince, comme Blake, mais il portait des lunettes à monture métallique tandis que Blake avait une vision parfaite.

Sur le plan de la personnalité, Blake tenait de sa mère, Daphne. Elle savait mettre les gens à l'aise, tout comme lui. Personne ne pouvait résister à son charme quand il décidait d'en user.

Néanmoins, ce charme n'avait pas agi sur Asia aujourd'hui. Elle avait affirmé qu'elle seule élèverait ce bébé. Malgré cela, il comptait bien faire valoir ses droits. Il serait présent pour son enfant et le verrait grandir. Cette paternité était un cadeau du ciel.

Il ne cessait de repenser à ce que Jeffrey avait dit. Son ami avait raison, Asia et lui n'étaient pas une famille. Peut-être était-ce là que se trouvait la solution. Certes, il n'avait jamais songé à s'engager dans une relation sérieuse jusqu'à maintenant, mais il avait aussi cru que la paternité serait pour plus tard. Or, ce n'était pas le cas. Il avait une famille toute prête, avec Asia et le bébé.

Le mariage était donc la solution idéale. Il pourrait offrir à son enfant la vie familiale dont il avait été brutalement privé. Avec une mère *et* un père. Et, cerise sur le gâteau, Asia et lui étaient compatibles sur le plan sexuel. Non, rectification, ils étaient combustibles, s'il en jugeait par les deux nuits qu'ils avaient passées ensemble. Tout ce qu'il avait à faire, c'était convaincre Asia que ce mariage était le meilleur choix pour tout le monde.

— Shay ? Qu'est-ce que tu fais là ? demanda Asia quand son amie apparut sur son seuil avec une valise.

Lorsqu'elle avait envoyé un message de SOS à ses amies la veille, toutes lui avaient téléphoné, sauf Shay. Elles l'avaient écoutée leur raconter son second rendez-vous avec Blake, qui s'était très mal terminé quand il avait découvert qu'elle était enceinte.

— Je me suis dit que tu aurais besoin d'une amie, répondit Shay, serrant Asia dans ses bras.

Elle portait un pantalon de yoga et des baskets, et ses dreadlocks brunes étaient nouées en un chignon flou.

— Shay, tu n'as pas idée, répondit Asia en l'étreignant.

Lorsqu'elles se relâchèrent enfin, Shay posa sa valise dans l'entrée et alla s'asseoir sur le canapé.

— Je suis désolée de ne pas t'avoir appelée hier. J'ai eu un petit souci avec ma mère qui m'a occupée toute la journée.

— Est-ce que tout va bien ? s'enquit Asia.

Elle savait que la mère de Shay, Eliza Davis, connaissait des épisodes dépressifs.

— Oui et non. Elle a rompu avec l'homme qu'elle fréquentait, ce qui l'a plongée dans la déprime.

— Alors que fais-tu ici ? Tu devrais être avec elle.

— Non. J'ai un frère qui est enfin de retour à Denver, alors je n'ai plus à porter ce fardeau toute seule. Riley et Wynter sont avec maman, et toi, tu as besoin de moi. Tu es seule ici.

— J'ai Ava.

— Et ? Tu lui as dit que tu étais enceinte ?

— Non, évidemment. Je n'ai pas besoin qu'elle me dise que je fais une erreur et que je vais gâcher ma silhouette. Tu sais qu'elle se soucie uniquement de l'apparence physique. Je n'ai pas besoin de ses commentaires négatifs pour l'instant.

— C'est pourquoi je suis là, répondit Shay, tapotant la place à côté d'elle. Viens, raconte-moi tout.

Asia se laissa tomber sur le canapé.

— Merci d'être venue. Ça me touche beaucoup.

— Pas de quoi. Tu as eu des nouvelles de Blake ?

— Oui. Il m'a téléphoné et envoyé des messages hier soir, mais je n'ai pas répondu. Et ce matin, il m'a envoyé un SMS mystérieux pour me dire qu'il fallait qu'on parle.

— Donc tu ne lui as pas reparlé depuis qu'il a découvert que tu étais enceinte ?

— Non. Je n'ai besoin de rien venant de sa part.

— Bien sûr que si. C'est le père de ton bébé. Et s'il veut s'impliquer, laisse-le faire.

— Je ne sais pas. J'ai l'habitude de me débrouiller seule. De ne dépendre que de moi.

C'était plus facile ainsi. Au moins, elle n'était pas déçue.

— Je sais. Tu as dû grandir trop vite parce qu'Ava est immature, mais tu n'as pas à être seule, Asia. Les Gemmes sont là pour toi, et apparemment, Blake aussi.

— C'est étonnant, admit-elle. Après son comportement, et ce simple mot qu'il m'a laissé… Je ne m'attendais pas à ce qu'il veuille assumer ses responsabilités de père.

— Devenir parent, ça vous change. Je me souviens quand…

Shay s'interrompit.

Asia fixa les yeux bruns de son amie.

— Shay ? Qu'es-tu en train de dire ? Tu as été enceinte ? Mais quand ?

Shay baissa la tête, et ses longues dreadlocks masquèrent son visage. Quand elle finit par lever les yeux vers Asia, ils étaient bordés de larmes.

— J'ai été enceinte une fois, brièvement. Quand Kevin et moi étions mariés.

— Pourquoi n'as-tu rien dit ?

— Parce que le médecin nous avait conseillé d'attendre la fin du premier trimestre pour annoncer la nouvelle.

— Moi, je n'ai pas eu cette prudence… J'étais si sonnée qu'il fallait que je le dise aux Gemmes. Que s'est-il passé ?

— J'ai fait une fausse couche au bout de huit semaines. Ça m'a brisé le cœur car j'avais toujours voulu être mère. C'était si douloureux que je ne pouvais en parler à personne. Kevin et moi avons essayé de faire un autre enfant pendant un an, en vain. J'avais l'impression d'être une ratée. Mon infertilité a sonné le glas de notre mariage. Nous étions trop jeunes pour composer avec ce deuil, et nous nous sommes séparés.

Asia lui saisit la main.

— Je suis tellement navrée, Shay. Si j'avais su…

— Tu ne m'aurais pas dit que tu étais enceinte ? Ne sois pas désolée pour moi. J'ai une vie bien remplie. J'ai enfin mon studio de yoga, grâce à Helaine, et je vous ai, les Gemmes et toi. Maintenant, je vais aussi avoir un beau bébé à câliner.

Elle toucha le ventre d'Asia.

— Je suis très heureuse pour toi, et je vais être la meilleure tante que ce bébé ait jamais eue.

Asia ne put s'empêcher de sourire.

— Merci de m'avoir parlé de ta fausse couche. Je me sens bête de m'être disputée avec Blake parce qu'il voulait m'aider.

— Je comprends. Je suis ici pour t'aider à y voir clair. Je n'ai pas encore rencontré Blake, mais il ne peut pas être mauvais s'il est prêt à assumer son rôle de père.

— Tu crois que je devrais écouter ses arguments ?

— Oui, mais au bout du compte, c'est à toi de décider, Asia. Quel que soit ton choix, je te soutiendrai.

Elles continuèrent à discuter pendant une bonne partie de la soirée. Quand Asia finit par aller se coucher, elle crut sentir le parfum de Blake dans la pièce, alors qu'elle avait pourtant changé les draps.

Elle s'affala sur les oreillers. Que faire ? Blake n'était plus un simple amant d'un soir. Il était le père de son bébé, et elle ne cessait de penser à lui. La veille, elle avait fait des rêves érotiques. Il y aurait sûrement un stade où elle ne le désirerait plus aussi fort ? Ce n'était sans doute qu'une phase. Mais elle n'en était pas sûre... elle portait un rappel constant de l'intensité de leurs premiers ébats. Les suivants avaient été tout aussi époustouflants.

Et si son désir pour lui ne s'émoussait pas ? Cette éventualité lui faisait terriblement peur.

11

Lundi matin au réveil, Asia ne se sentait guère mieux. Mais elle ne pouvait pas s'attarder sur la situation avec Blake. Elle devait obtenir l'argent nécessaire pour racheter Yvette's Jewels. La veille, elle avait confié à Shay que sa patronne lui avait proposé de reprendre son commerce.

— Je sais que ça n'a pas fonctionné avec la banque, mais tu as pensé à demander un prêt à Wynter ? avait suggéré Shay. Tu sais qu'elle te donnerait cet argent sans hésiter.

— Oui, sûrement, mais jamais je ne pourrais faire ça, avait répondu Asia. Sa tante Helaine nous a déjà légué une somme très généreuse. Ce serait égoïste et cupide de ma part de lui demander plus d'argent.

— Mais Helaine souhaitait que tu réalises ton rêve, avait plaidé Shay.

— Et je le réaliserai, avait affirmé Asia.

Elle y comptait bien, dès qu'elle aurait trouvé l'argent par ses propres moyens. Elle avait rendez-vous dans une autre banque ce matin. Elle espérait que le conseiller comprendrait son projet et le soutiendrait.

Hélas, une heure plus tard, Asia reçut la même réponse que dans le précédent établissement. La banque n'était pas intéressée. Une bijouterie haut de gamme s'adressait à un marché de niche, et le conseiller ne considérait pas son entreprise comme viable.

Asia était découragée. Elle savait que son projet avait un énorme potentiel, car les gens qui achetaient ses créations revenaient souvent une deuxième et une troisième fois. Les banques qu'elle avait sollicitées avaient une vision étriquée et refusaient de la soutenir car elle ne vendait pas de bijoux de grande marque. Mais elle garderait la tête haute et trouverait une autre solution.

Elle arriva chez Yvette's Jewels avec quelques minutes d'avance. N'ayant pas eu le temps de se changer, elle portait encore son pantalon noir taille haute, son chemisier de soie, son blazer noir et ses escarpins fins.

— Eh bien ! Vous avez l'air très professionnelle, Asia, commenta Yvette.

Elle lui offrit un sourire affectueux, et Asia sourit à son tour, malgré son humeur.

— Merci. Je m'emploie à trouver des fonds pour acheter votre bijouterie.

Elle alla poser sa mallette dans le bureau, et Yvette la suivit.

— J'allais justement vous en parler, dit sa patronne. Qu'est-ce que ça donne ?

— Eh bien...

Asia n'avait pas le courage de lui dire qu'elle n'avait pas réussi à réunir l'argent nécessaire pour reprendre la bijouterie. Elle n'avait pas fait d'études, contrairement à Wynter et à Teagan, mais elle avait du talent. Il lui fallait simplement convaincre quelqu'un qu'elle valait la peine que l'on mise sur elle.

Blake se rendit chez Yvette's Jewels en début de matinée. Il avait téléphoné et envoyé des messages à Asia pendant le week-end, mais elle n'avait pas répondu. Or, il était important qu'ils aient une discussion. L'avenir de son enfant était en jeu.

Lorsqu'il poussa la porte, le carillon indiquant l'arrivée d'un client ne retentit pas, mais il entra malgré tout. L'espace de vente était inhabituellement vide. D'habitude, Asia ou Yvette étaient là pour accueillir les clients. Blake se demandait s'il n'était pas venu trop tôt quand il entendit des voix, dont celle d'Asia.

Il ne pouvait pas renoncer à son objectif. Il devait faire en sorte qu'Asia accepte de l'épouser.

Il se dirigea vers le fond de la bijouterie, mais s'arrêta net lorsqu'il entendit une partie de la conversation.

— Pour être franche avec vous, Yvette, j'ai un peu de mal à réunir l'argent dont j'ai besoin pour racheter votre commerce, disait Asia. Comme vous le savez, j'ai reçu un héritage qui couvrirait la moitié de ce que vous demandez, mais ce n'est pas assez.

— J'aimerais pouvoir baisser mon prix, Asia, répondit Yvette, mais cette bijouterie est tout ce que j'ai, et l'argent de la vente compléterait ma petite retraite et ma modeste pension de veuve.

— Je comprends. Simplement, pourriez-vous me laisser un peu plus de temps pour trouver une solution, avant de vendre à quelqu'un d'autre ? Avoir ma propre bijouterie est mon rêve, et je suis prête à travailler très dur pour qu'il se réalise.

— Je n'en doute pas. Et je peux vous accorder encore quelques semaines. Melvin veut que nous fassions le tour du monde au printemps, et je ne veux pas manquer ça. Je n'aurais jamais cru retrouver l'amour après le décès de mon Edgar, mais Melvin est un homme vraiment merveilleux.

— Je comprends, Yvette, et je vous remercie de me laisser un peu plus de temps, répondit Asia.

Blake retourna à pas feutrés vers l'avant de la boutique.

Donc, Asia a besoin d'argent pour racheter le magasin d'Yvette ?

C'était un élément intéressant, qui pourrait donner à Blake l'avantage. Il était riche, pas seulement parce qu'il était le PDG de Coleman & Sons Construction, mais aussi parce qu'il avait fait des investissements avisés grâce à Jeffrey, qui était courtier. Il pourrait aisément donner à Asia l'argent dont elle avait besoin pour racheter Yvette's Jewels.

Mais à une condition : qu'elle devienne sa femme. En tant

qu'épouse, elle aurait accès à toutes les ressources nécessaires pour faire en sorte que son commerce et sa ligne de bijoux aient du succès. Blake devait simplement persuader Asia qu'un mariage était la meilleure solution, pour le bébé mais aussi pour elle.

Asia revint dans l'espace de vente et l'aperçut.

— Blake ! Qu'est-ce que tu fais ici ? s'exclama-t-elle.

Blake fut incapable de répondre, car il était captivé par Asia. Elle portait une tenue élégante : pantalon noir taille haute, chemisier fuchsia en soie et escarpins noirs. Une fine ceinture entourait sa taille toujours mince.

— Blake ? répéta-t-elle, l'arrachant à sa torpeur.

— Désolé. J'étais venu te demander si tu voulais déjeuner avec moi.

— Je croyais que tu devais me laisser respirer ?

— Je n'ai jamais dit oui à ça. Et puis, il faut qu'on parle – il jeta un coup d'œil vers son ventre. Maintenant plus que jamais.

Yvette apparut et salua Blake.

— Bonjour. C'est un peu tôt pour une visite, non ?

— Oui, admit-il en souriant. Asia venait d'accepter de déjeuner avec moi.

— Je n'ai rien fait de tel, murmura Asia.

— Je serai là à 11 h 45, conclut-il.

Il ignora le regard furieux d'Asia, salua Yvette d'un signe de tête puis sortit.

Asia était en colère parce qu'il s'était montré autoritaire, mais il n'avait pas le choix. Il utiliserait toutes les armes à sa disposition pour la convaincre de l'épouser. Il savait à quoi ressemblait la vie sans père, après avoir perdu le sien dans un accident de voiture. Il refusait que son enfant soit élevé sans lui alors qu'il était désireux de s'investir. Asia tenait à son indépendance, et elle se battrait farouchement contre Blake. Tandis qu'il grimpait dans sa voiture, il se frotta joyeusement les mains. Il était prêt à relever le défi.

Asia était furieuse !

De quel droit Blake débarquait-il sur son lieu de travail pour lui donner des ordres ? Yvette étant présente, Asia avait fait bonne figure, mais elle aurait aimé effacer ce sourire suffisant de son visage – un visage attirant, dominé par un regard sombre et incandescent.

— Ce jeune homme est fou de vous, commenta Yvette. À votre place, je ne me ferais pas trop prier. Les hommes comme lui ne se présentent pas tous les jours.

Asia le savait bien. Elle n'avait jamais rencontré personne comme lui. Son esprit revint à leur premier baiser. Blake avait pris possession de sa bouche avec une maîtrise totale, et elle avait été incapable de lui résister. Depuis, elle n'était pas elle-même.

Heureusement, un client entra, ramenant Asia au présent et l'empêchant de penser à Blake. Un répit de courte durée. Car, comment pourrait-elle oublier Blake alors que dans quelques heures, elle aurait rendez-vous avec son destin ?

— Tu n'avais pas besoin de venir me chercher, déclara Asia quand Blake et elle furent installés dans un restaurant haut de gamme spécialisé dans les salades, les bowls et les soupes.

— Je sais, dit-il, mais j'en avais envie.

Il s'adossa à sa chaise et regarda les seins d'Asia se soulever et s'affaisser sous l'effet de sa respiration régulière. Elle avait détaché ses cheveux, qui retombaient en douces ondulations sur ses épaules. Ses joues étaient légèrement rosées, et une couche de gloss faisait briller ses lèvres. Elle était sexy… Blake déglutit, envahi par une vague de désir.

— Bon, dit-elle, posant son menu. De quoi voulais-tu discuter ?

— Chaque chose en son temps.

Il devait y aller en douceur. Sinon, Asia pourrait prendre la poudre d'escampette.

— S'il te plaît, choisis un plat, dit-il, désignant le menu d'un signe de tête. Il faut que tu te nourrisses. Tu manges pour deux.

Elle lui lança un regard acéré.

— Je le sais. Tu crains que je ne mange pas assez à cause des nausées matinales ? Ce que les livres ne disent pas, c'est qu'elles peuvent survenir à toute heure de la journée.

Blake fronça les sourcils.

— Tu en as parlé à ton médecin ?

— Je le ferai.

— Il n'y a pas de meilleur moment que le présent.

— Pourquoi faut-il que tu sois si autoritaire ?

Il soupira.

— Nous ne sommes pas obligés de transformer toutes nos conversations en joutes verbales. On ne pourrait pas trouver un terrain d'entente ?

Bien qu'elle semble toujours sur la défensive, elle concéda :

— Je suppose que tu as raison.

Il se réjouit de cette petite victoire. La serveuse vint prendre leur commande : salade au saumon pour Asia et salade au steak pour Blake. Il commanda pour Asia un verre de lait écrémé, ce qui étonna Asia mais aussi la serveuse.

— Je n'aime pas vraiment le lait, objecta Asia.

— Tu es allergique, ou c'est une question de goût ?

— Une question de goût.

Blake se tourna vers la serveuse.

— Elle prendra un verre de lait.

— Je n'ai pas besoin que tu commandes pour moi, protesta Asia. Je peux prendre soin de moi. Je le faisais bien avant que tu n'entres dans ma vie et je le ferai bien après que tu en seras sorti.

Blake l'étudia. Asia était une somme de contradictions. Elle était farouchement indépendante, ou du moins c'était ce qu'elle montrait au monde. Mais il percevait aussi une vulnérabilité en elle, qu'elle cachait à la plupart des gens.

— Je ne compte pas sortir de ta vie, Asia.

— Oh ! si. Les hommes partent toujours dès les premières difficultés. Je préférerais que tu t'en ailles maintenant.

Il rit.

— Désolé, je compte bien rester.

Elle leva les yeux au ciel.

— Tu ne me crois pas, Asia ?

La serveuse apporta le lait et une bouteille d'eau pétillante. Après avoir rempli le verre de Blake, elle les laissa seuls.

— Qu'est-ce que tu veux, Blake ? demanda Asia.

À sa grande surprise, elle prit le verre de lait et le but d'une traite.

— Voilà. Tu es content ? fit-elle, le regard noir.

— Je veux que tu me fasses une place dans ta vie, Asia.

Elle ricana.

— C'est ce que j'ai fait, résultat, je me retrouve enceinte.

Asia n'allait pas lui faciliter la tâche, cela dit, il appréciait sa combativité. Mais il avait un atout dans sa manche.

— Asia, nous pourrions former une bonne équipe, toi et moi, si tu voulais bien nous laisser une chance.

— Rien ne m'y oblige, répliqua-t-elle.

— Tu es vraiment prête à élever notre enfant toute seule, sans aucune aide ?

— J'ai mes amies.

— Qui vivent toutes dans d'autres villes, souligna-t-il.

Il avait fait des recherches ces derniers jours. Il savait que Wynter Barrington et son futur mari, Riley Davis, ainsi que Shay, la sœur de Riley, vivaient à San Antonio. Egypt Cox vivait à Raleigh, Lyric Taylor à Memphis, et Teagan Williams à Phoenix. Elles ne pourraient donc pas aider Asia au quotidien. Lui, si.

— Ne crois pas que tu saches tout sur moi, Blake Coleman.

— Loin de moi cette idée. J'énumère simplement les faits, et j'affirme que je veux être un père à plein temps pour notre enfant. Deux parents, c'est sûrement mieux qu'un seul ?

Il prit son silence pour un assentiment et continua :

— J'aimerais t'offrir un autre avantage, qui pourrait t'être extrêmement bénéfique.

— Ah, oui ? Lequel ?

— Je crois savoir que tu as besoin d'aide pour acquérir Yvette's Jewels, et ainsi avoir ta propre bijouterie.

Elle plissa les yeux.

— Comment le sais-tu ? Tu as écouté notre conversation ?

Blake ignora sa question et alla droit au but.

— Épouse-moi, Asia. En échange, je te donnerai l'argent dont tu as besoin pour acheter ton commerce.

12

— T'épouser ?

Asia avait sans doute mal compris. Blake ne venait pas de la demander en mariage. Ou si ?

— Laisse-moi t'exposer mes arguments, Asia. Selon moi, c'est une situation gagnant-gagnant pour nous deux. Primo, notre bébé aura ses deux parents. Une mère *et* un père. Toi-même, tu as grandi avec une mère solo et tu sais quels problèmes elle a dû affronter. Secundo, tu auras le capital dont tu as besoin pour réaliser ton rêve, et permettre à ta patronne de prendre sa retraite. Tertio...

— Parce qu'il y a un tertio ? s'étonna-t-elle.

— L'incroyable alchimie entre nous, dit-il sans la quitter des yeux. Tu sais comme moi que cette passion entre nous est loin d'être éteinte.

— Ce n'est pas une raison suffisante pour que nous entremêlions nos vies respectives.

— Notre bébé n'est pas une raison suffisante ?

Il marquait un point. Asia savait à quoi ressemblait la vie avec une mère célibataire. Il y avait de bons moments, mais aussi beaucoup de moments difficiles. Blake lui offrait une chance d'offrir à son enfant un foyer stable. Mais était-ce suffisant pour un mariage heureux ? Elle savait à quoi ressemblait l'amour vrai, car elle le voyait dans les yeux de Wynter quand celle-ci parlait de Riley, et dans la façon dont Riley regardait sa future épouse. Si Asia épousait Blake, elle renoncerait à la possibilité de trouver le véritable amour.

— Qu'en dis-tu, Asia ?

— Non, je ne peux pas faire ça.

— Et Yvette ? insista Blake. N'a-t-elle pas dit que tu devais la tenir au courant dans deux ou trois semaines ? Tu crois réellement qu'il sera facile de trouver un quart de million de dollars ? Je peux te donner cet argent, tout de suite, ici même, et tes problèmes seraient résolus.

Il tendit le bras et prit sa main dans la sienne. Un courant électrique la parcourut. Et à en juger par l'étincelle dans le regard de Blake, il l'avait remarqué.

— Il y a un lien entre nous, Asia, souligna-t-il d'une voix douce. Tu ne peux pas le nier. Un lien physique, et maintenant, un lien émotionnel. Nous avons créé un petit être pendant notre première nuit. Et notre enfant mérite la vie heureuse que nous pourrions lui offrir.

— Je... je..., bredouilla Asia.

Tout allait trop vite. Tant de choses échappaient à son contrôle ces derniers temps...

Ce mariage pouvait-il être bénéfique ? Si Blake et elle se mariaient, il subviendrait à tous leurs besoins, et Asia prendrait soin de leur enfant sur le plan affectif. Même si elle n'avait appris sa grossesse que quelques semaines plus tôt, elle aimait déjà le bébé qui grandissait en elle.

— Dis oui, Asia. Nous pourrions former une famille. Toi, moi et le bébé.

— C'est insensé. Nous nous connaissons à peine.

— C'est vrai, mais nous pouvons apprendre à nous connaître et renforcer nos liens pendant ta grossesse. Pense à la vie formidable que nous pourrions mener. Tu pourrais avoir ta propre entreprise. Tu aurais un ami, et un père pour le bébé. Et, bien sûr, ajouta-t-il à voix basse, un amant incroyable. Tout ce que tu as à faire, c'est dire oui.

— Tu es un négociateur coriace, Blake.

Il s'adossa à sa chaise et l'étudia.

— Je le suis quand je veux vraiment quelque chose.

— Pourquoi moi ? Pourquoi un mariage ? Tu n'as pas besoin de m'épouser pour assumer ta paternité.

Elle porta la main sur son ventre, désarçonnée. Blake Coleman pouvait avoir n'importe quelle femme. Elle avait vu les photos des top models qu'il fréquentait d'habitude. Et s'il se lassait d'elle dès que l'encre aurait séché sur leur acte de mariage ?

Blake était surpris qu'Asia soit si difficile à convaincre. Il avait cru qu'elle se rangerait rapidement à son avis. Beaucoup de femmes souhaitaient devenir Mme Blake Coleman. Mais Asia n'en faisait pas partie. Elle rechignait à accepter sa demande en mariage et, pour être honnête, il trouvait cela un peu blessant.

— Non, finit-il par répondre. Mais quand je donne ma parole, je me donne tout entier.

— Donc, ce mariage serait...

— Réel, oui. Ce ne serait pas un mariage de façade. Quand je m'engagerai envers toi, ce sera entièrement, donc je ne trahirai pas mes vœux en regardant une autre femme, si c'est ce que tu veux savoir.

Il l'entendit inspirer brusquement. Il l'avait enfin renvoyée dans les cordes. Aucune raison pour elle de dire non, car il venait de lui présenter des arguments imparables. Il s'apprêta à assener le coup de grâce. Ce n'était pas très fair-play, mais il était prêt à tout pour que son bébé porte le nom des Coleman.

— Comme tu le sais, j'ai perdu mes parents il y a de nombreuses années, commença-t-il. En dehors de ma tante, ce petit garçon ou cette petite fille sera l'un des rares membres de ma famille.

Des larmes brillèrent dans les yeux d'Asia, et quand l'une d'elles roula sur sa joue, il approcha et l'effaça d'un baiser.

Elle hocha la tête, mais il avait besoin d'entendre sa réponse.

— Asia, veux-tu m'épouser ?

— Oui.

Blake n'avait pas mesuré à quel point il serait heureux d'entendre ce petit mot s'échapper des lèvres roses d'Asia. Il se pencha par-dessus la table et lui donna un tendre baiser. Lorsqu'il se rassit, il vit qu'elle semblait hébétée.

— Tu ne le regretteras pas, Asia, assura-t-il, reprenant sa main dans la sienne. Tu peux même dessiner ta propre bague. Avec les pierres que tu voudras, peu importe le prix. Tout ce que je veux, c'est que tu sois heureuse.

— Je peux dessiner ma propre bague ? s'exclama-t-elle.

— Absolument. Et qui sait ? Ce pourrait être le début de quelque chose.

— Je n'arrive pas à croire que nous allons nous marier.

— Moi, j'y crois, répliqua-t-il en souriant. Et je suis impatient d'annoncer la nouvelle à tante Sadie. Elle a affirmé que j'étais stupide de t'avoir laissée partir la première fois.

— Elle a dit ça ?

— Absolument. Or, je ne répète jamais mes erreurs.

Quand la serveuse revint, Blake déclara :

— Une bouteille de jus de pomme pétillant, s'il vous plaît. Nous fêtons nos fiançailles.

La serveuse apporta leur commande et Blake leur servit un verre avec enthousiasme. Mais quelque chose perturbait Asia. Certes, ils se mariaient pour le bébé, et cette union aurait ses avantages, à savoir que Blake serait son mari et son amant. Asia n'était pas contre. En revanche, elle ne voulait pas être vue comme une croqueuse de diamants.

La presse à scandale supposerait qu'elle en avait après la fortune de Blake, ce qui était faux. Elle n'était peut-être pas riche, mais elle travaillait dur pour créer des bijoux que les gens seraient fiers de porter. Il fallait qu'elle ait la certitude de pouvoir travailler comme elle l'entendait, même si Blake lui offrait son aide.

— J'ai une condition, déclara-t-elle.

Blake eut l'air dérouté. Il avait sans doute cru que la question était réglée.

— Laquelle ?

— L'argent pour mon commerce sera un prêt. Je veux qu'il soit écrit noir sur blanc que je te rembourserai jusqu'au dernier dollar. Et tu accepteras également d'être un associé tacite. Je prendrai toutes les décisions concernant la direction artistique et la boutique.

— D'accord. C'est tout ?

Eh bien, elle aurait cru que Blake ferait plus d'histoires. Cet argent était-il une goutte d'eau dans l'océan pour lui ? Pour Asia, c'était le moyen de réaliser le rêve d'une vie.

Un autre point la tracassait, et cela se lisait sans doute sur son visage car Blake l'observa d'un air intrigué.

— Quel que soit le problème, tu peux m'en parler, Asia. Nous pouvons discuter de toutes les réserves que tu pourrais avoir.

Asia soupira.

— D'accord. Ce qui me préoccupe, c'est qu'on ne se connaît pas très bien.

— Ça changera une fois que nous serons mariés, répondit Blake. En parlant de ça, j'aimerais que la cérémonie ait lieu rapidement, avant que ta grossesse ne commence à se voir.

— Doucement, Blake. N'essaie pas de me forcer la main. J'ai accepté de t'épouser et j'ai accepté le fait que ce ne sera pas un mariage de façade. Néanmoins, je pense qu'il vaut mieux attendre quelques mois pour franchir le pas, jusqu'à ce que nous nous connaissions mieux, et en attendant que nous arrêtions le sexe.

Blake se figea, sa flûte à mi-chemin de sa bouche.

— Quoi ?

— Tu m'as très bien entendue.

Asia vit que Blake réfléchissait, qu'il essayait de trouver un arrangement pour la faire changer d'avis, mais elle était déterminée. Oui, elle le désirait, c'était indéniable. Mais il fallait qu'elle soit forte. Pour que leur union fonctionne, ils devaient apprendre à se connaître réellement.

— Soit, lâcha-t-il entre ses dents serrées. C'est tout ?

— Oui, c'est tout.

— Bien.

Il lui tendit une flûte de jus de pomme pétillant.

— Portons un toast, dit-il, levant son verre. À notre mariage.

Asia répéta les mots, mais ses oreilles bourdonnaient. Pendant le dîner, Blake parla de la future annonce à sa tante, de la durée de leurs fiançailles.

Cela semblait irréel. Tout était soudain si différent de la vie qu'elle menait deux mois plus tôt. À présent, elle était sur un autre chemin. Le chemin de la maternité et de la vie conjugale, pour lesquelles elle se sentait peu préparée. Comment se faisait-il que Blake semble si sûr de lui alors qu'ils n'avaient passé que deux nuits ensemble ? N'avait-il pas des doutes sur ce mariage précipité ? S'il en avait, il ne les montrait pas.

Au contraire, il semblait prêt à faire le grand saut dans l'inconnu. Il y avait tant de choses dont ils devaient discuter avant la naissance du bébé, dans un peu plus de six mois.

Asia ne savait pas ce qui l'effrayait le plus. Avoir un bébé, ou devenir l'épouse de Blake.

13

— Tu es sûre de toi ? demanda Shay quand Asia rentra chez elle en fin de journée et lui annonça la nouvelle. C'est insensé. Tu ne connais même pas Blake !

— Je le connaissais assez bien pour coucher avec lui, souligna Asia. Et maintenant, nous allons avoir un bébé.

— Certes, mais tu n'as pas besoin de l'épouser. Vous pourriez être coparents.

— Blake est farouchement contre cette idée. Il ne veut manquer aucun moment. Il trouve qu'un foyer avec deux parents est ce qu'il y a de mieux.

— Et toi, qu'en penses-tu ? demanda-t-elle, suivant Asia jusqu'à la chambre. Tout ce que j'ai entendu depuis que tu es rentrée, c'est Blake ceci et Blake cela. Et Asia, que veut-elle ?

— Je veux une belle vie pour mon bébé, répondit-elle sans hésiter. Je ne veux pas avoir à économiser le moindre sou pour m'en sortir. Si ce mariage est le moyen d'obtenir les fonds dont j'ai besoin pour ouvrir ma propre bijouterie, alors soit.

— Qu'est-ce que tu racontes ? Je ne comprends pas.

— Comme cadeau de mariage, Blake voulait me donner l'argent nécessaire pour racheter le commerce d'Yvette, mais à la place, je lui ai demandé de me faire un prêt. Dès que la bijouterie dégagera des profits, je le rembourserai sous forme de versements échelonnés. Et il devra être un investisseur tacite. C'est moi qui prendrai toutes les décisions.

— Waouh !

Shay posa la main sur sa hanche, l'air non seulement étonnée mais aussi admirative.

— Je suis vraiment fière de toi, Asia. Malgré tout, je pense qu'un mariage serait totalement fou, même pour toi.

— Tu sais que je ne fais jamais les choses à moitié, dit-elle en souriant. Je vise haut.

— Tu vas épouser l'un des play-boys les plus notoires de Denver, alors, oui, tu vises haut, c'est sûr. J'ai une question : est-ce qu'il a demandé un contrat de mariage ?

— Non, mais ça ne m'ennuierait pas d'en signer un. Je ne veux pas qu'il croie que je l'épouse pour sa fortune. Voilà pourquoi je tiens à lui rembourser jusqu'au dernier dollar qu'il investira dans mon entreprise.

— Tu as étudié la question sous tous les angles, on dirait. Tu es prête à en parler aux autres Gemmes ?

Asia poussa un soupir audible.

— Autant le faire maintenant, j'imagine.

Quelques minutes plus tard, Wynter, Egypt, Lyric et Teagan apparaissaient sur l'écran, face à Asia et à Shay.

— Shay, tu es à Denver ? s'étonna Teagan.

— Oui, madame. Notre amie avait besoin de nous, et quand tu apprendras la nouvelle, tu comprendras pourquoi.

— Oh ! mon Dieu, Asia ! s'exclama Egypt. Dans quel pétrin t'es-tu fourrée ?

— Un pétrin dont je ne vais pas sortir avant un moment, répondit-elle en riant.

Elle savait que les Gemmes la considéraient comme la plus frivole et la moins responsable du groupe, mais cela allait changer. Elle était sur le point de fonder sa propre entreprise et d'épouser le plus beau parti de Denver.

— Mesdames, je vais me marier.

— Te marier ? lâcha Egypt. Mais qu'est-ce qui se passe, bon sang ? Shay ?

— Pourquoi est-ce à elle que tu poses la question ? répliqua Asia. Pose-la à moi. C'est moi qui ai accepté la demande en mariage de Blake. Il m'a présenté de solides arguments. Il veut que nous formions une famille pour le bien du bébé, et puis il y a une incroyable alchimie sexuelle entre nous.

— Asia, intervint Wynter. Le sexe ne suffit pas pour bâtir un mariage.

— J'en suis bien consciente, Wynter. C'est pourquoi j'ai exigé l'abstinence jusqu'au mariage. Je veux que l'on apprenne à se connaître *avant* la naissance du bébé.

— Malin, approuva Teagan. Mais es-tu sûre de toi ? Épouser quelqu'un est un grand engagement.

Certes, et la plupart des relations d'Asia avaient été brèves. Une fois la passion du début émoussée, elle passait à l'amant suivant. Elle ignorait à quoi ressemblait une relation sérieuse. Blake et elle le découvriraient ensemble.

— Tout ira bien, affirma-t-elle. Je veux tout faire pour que mon enfant ait la meilleure vie possible.

— Notre petite Asia est une adulte maintenant, conclut Egypt. Excuse-moi d'avoir douté de toi, Asia. Je me fie à ton jugement, tu sais ce qui est le mieux pour ton bébé et toi.

Lorsque l'appel fut terminé, Asia et Shay discutèrent quelques instants puis Shay alla se coucher. Elle prendrait un avion tôt dans la matinée.

Assise sur son lit, Asia se demandait si elle avait pris la bonne décision. Elle avait convaincu ses amies, mais au fond d'elle, elle était terrifiée. Elles avaient raison, se marier était une grande étape, et elle n'avait pas d'exemples de mariages heureux autour d'elle. Toutes les relations d'Ava avaient été désastreuses. En parlant d'Ava, il fallait qu'elle lui annonce sa grossesse, mais cela attendrait un peu. Asia n'était pas encore prête pour la conversation qui s'ensuivrait.

Commettait-elle une erreur en épousant Blake ? Elle savait très peu de choses sur lui, en dehors de ce qu'il lui avait confié et de ce qu'elle avait glané sur Internet. Cela ne constituait pas des fondations solides pour construire une relation, mais il fallait bien commencer quelque part. Elle prit son bloc à dessin dans le tiroir de sa table de chevet et se mit à dessiner sa bague de fiançailles et son alliance idéales.

Assis dans son bureau de Coleman & Sons Construction, Blake avait le sentiment d'avoir accompli sa mission. Il avait convaincu Asia que le mariage était la meilleure solution pour leur situation. Par conséquent, il avait l'assurance de pouvoir être un père à plein temps, et non un père du week-end. Il n'avait plus beaucoup de famille, et il tenait à être proche des quelques membres qui lui restaient. Son enfant connaîtrait son papa, et vivrait avec ses deux parents. Des parents qui éprouvaient une forte attirance l'un pour l'autre.

Entre Asia et lui, était-ce de l'amour ? Non. D'ailleurs, Blake redoutait cette émotion. Il avait aimé ses parents, et leur disparition l'avait tellement fait souffrir qu'il avait enterré cet amour avec eux. Il s'était promis de ne plus jamais aimer quelqu'un autant qu'il avait aimé ses parents.

Et maintenant, il allait devenir père.

Ce bébé allait bouleverser sa vie. Blake avait tout de suite su qu'il aimerait cet enfant et qu'il ferait n'importe quoi pour lui, y compris épouser la mère. Cela dit, se marier avec Asia n'était pas difficile. Ils étaient compatibles sur le plan sexuel, et l'amitié suivrait. Il ne pouvait rien lui offrir de plus, et il espérait qu'elle le comprendrait.

Il apprit la bonne nouvelle à Jeffrey, qui fut surpris.

— Tu vas te marier, dit son ami. C'est à cause de notre conversation de l'autre jour ?

— Oui, en partie. Tu as dit qu'Asia et moi n'étions pas une famille. Et maintenant, nous allons en être une. Nous allons nous marier, et mon enfant aura deux parents. Je pourrai être un père à plein temps pour mon enfant, comme toi.

— Je ne sais pas, Blake. Tu t'aventures en terrain dangereux. J'espère que les choses fonctionneront comme tu l'imagines.

Blake était certain que tout irait bien. Il avait entrepris les démarches pour qu'Asia obtienne ce qu'elle voulait désespérément : posséder sa propre bijouterie. Après l'avoir déposée chez elle la veille, il avait téléphoné à sa banque pour faire rédiger un chèque au nom d'Asia. Le montant lui permettrait de racheter le commerce d'Yvette mais aussi d'effectuer des travaux de rénovation. Blake avait ensuite appelé son avocat pour lui demander de préparer les documents stipulant que Blake serait prêteur et associé tacite.

Au lieu de se rendre à la bijouterie, Blake avait demandé à Asia de passer au bureau. Elle souhaitait qu'ils apprennent à se connaître, et en venant ici, elle pourrait mieux comprendre ce que Coleman & Sons Construction signifiait pour lui. Il lui ferait visiter les bureaux et lui montrerait comment il faisait vivre l'héritage de son grand-père.

Il avait fait de son mieux pour être à la hauteur des traditions familiales, faites de dur labeur et de persévérance. Il espérait que ses parents étaient fiers de lui et du travail qu'il avait accompli.

Blake était si perdu dans ses pensées qu'il ne remarqua pas la présence de Martha. Elle s'éclaircit la voix.

— Désolée de vous déranger, dit-elle, mais vous avez de la visite. Mlle Asia Reynolds.

Blake sourit et se leva, boutonnant la veste anthracite de son costume sur mesure.

— Faites-la entrer, s'il vous plaît.

Martha ouvrit la porte, et Asia apparut. Elle était charmante dans son manteau beige, son col roulé et sa jupe crayon, associés à des bottes en suédine. Blake adorerait la faire asseoir sur son bureau, remonter sa jupe sur ses splendides cuisses et faire d'elle son déjeuner.

Au lieu de quoi, il se contenta de sourire et d'aller la saluer d'un rapide baiser.

— Martha, j'aimerais vous présenter ma fiancée.

Martha ouvrit de grands yeux.

— Pardon ?

Blake jeta un coup d'œil à Asia, qui semblait tout aussi surprise par sa déclaration.

— Nous allons nous marier, dit-il.

— Oh ! Félicitations, Blake ! Je suis ravie pour vous deux !

Martha afficha un sourire éclatant puis s'adressa à Asia.

— Blake laisse peu de gens l'approcher, alors je suis très heureuse que vous ayez vu quel homme formidable il est.

Blake fut pris de court par les mots de son assistante.

— Merci beaucoup, Martha, dit-il. Pourriez-vous nous laisser quelques minutes ?

— Bien sûr. Les tourtereaux ont besoin d'intimité, dit-elle, et elle referma la porte en partant.

Dès qu'ils furent seuls, Asia lança :

— Nous annonçons nos fiançailles dès maintenant ? Je n'ai même pas fini de dessiner ma bague.

— Je ne vois pas de raison d'attendre. Et puis, ça facilitera l'annonce de ta grossesse. Je vais demander à mon chargé de relations publiques de rédiger un communiqué.

Elle posa son sac à main sur une chaise.

— Tu as pensé à tout, observa-t-elle.

Il n'aimait pas beaucoup le ton qu'elle avait employé. Il lui releva le menton et fut pris au piège de ses beaux yeux bruns. S'il l'embrassait, ils brilleraient peut-être de désir. Mais ce n'était pas le meilleur moyen de la conquérir. Elle avait accepté de l'épouser, mais elle était encore méfiante.

— Asia, nous sommes sur le même bateau, c'est pour cette raison que je t'ai fait venir ici. Cette entreprise appartient à ma famille, depuis des générations, et je perpétue cet héritage.

— Merci de me la faire découvrir.

— Avant que nous commencions la visite, tu devrais jeter un coup d'œil à ça, dit-il, prenant les feuilles que son avocat avait préparées et les donnant à Asia.

— Qu'est-ce que c'est ?

— Les documents concernant le prêt et l'association que tu as demandés. Si tu les lis, tu verras que tout est en ordre.

Il regarda Asia les parcourir en diagonale.

— J'aurai besoin d'un peu plus de temps pour les étudier.

— Ça me va. Tu peux les faire relire par un avocat.

Elle prit place sur une chaise face à son bureau.

— Tu n'as pas perdu de temps, en tout cas, dit-elle.

— Et tu auras aussi besoin de ça, ajouta-t-il.

Il lui tendit une autre enveloppe, qui contenait le chèque de banque. Lorsque Asia l'ouvrit, elle fut ébahie.

— Blake, c'est trop. J'ai seulement besoin de la somme nécessaire pour racheter le commerce d'Yvette.

— Tu veux vraiment laisser le lieu tel quel ? Je suppose que tu voudras le rénover ? Ajouter ta touche personnelle ? Pour ça, il te faut de l'argent. Et maintenant, tu l'as. Conformément à ta demande, c'est un prêt, que tu rembourseras quand tu feras des bénéfices.

Il vit son regard s'embuer.

— Blake...

Avait-il fait quelque chose de mal ?

Il s'assit à côté d'elle.

— Qu'y a-t-il ?

— Rien. Tu as pensé à tout. Simplement... je croyais que tout était perdu, et maintenant, tu m'aides à obtenir quelque chose que j'ai toujours voulu.

— Tout ce que tu as à faire, c'est tendre le bras et le prendre.

Elle l'étudia quelques instants, puis le serra dans ses bras. Blake n'avait pas souvent droit à des accolades, hormis celles de sa tante Sadie. Les câlins avaient disparu quand sa mère était décédée. Mais tandis qu'Asia l'étreignait, quelque chose s'ouvrit en lui, et il la serra fort à son tour.

— Merci infiniment, murmura-t-elle. Je te promets de ne pas te décevoir.

Il la relâcha et saisit son visage entre ses mains.

— Je crois en toi, Asia.

Asia tenait entre ses mains un chèque qui allait changer sa vie. Grâce à la tante Helaine et à Blake, elle allait enfin avoir sa propre bijouterie, qui porterait le nom de Six Gemmes. Une perspective grisante.

— Merci.

— Tu n'as pas à me remercier, dit Blake. C'est un prêt que tu vas rembourser.

Elle sourit. C'était gentil de sa part de dire cela, mais il ne lui prêterait pas cet argent si elle ne portait pas son bébé. Elle ne devait pas perdre de vue la raison pour laquelle ils se mariaient. Blake n'avait pas de sentiments pour elle, alors qu'Asia en avait déjà pour cet homme énigmatique.

— Viens, dit-il en se levant. J'aimerais te faire visiter et te présenter à tout le monde.

— Tu en es sûr, Blake ? Une fois que tu auras annoncé nos fiançailles, tu ne pourras plus revenir en arrière.

Il lui décocha un sourire dévastateur.

— Je sais.

Durant l'heure suivante, Blake lui montra les différents services et la présenta au personnel comme sa fiancée. Asia fut surprise par l'accueil chaleureux que les gens lui réservèrent. Ils semblaient sincèrement heureux pour Blake, bien qu'elle ait surpris quelques regards envieux de plusieurs femmes. Au bout du compte, la matinée se déroula bien mieux qu'elle ne l'aurait cru.

Pour finir, Blake s'arrêta dans le hall, devant les photos de son grand-père Anthony et de son père Gil. Blake ressemblait aux deux hommes.

— Mon grand-père a fondé Coleman & Sons Construction il y a cinquante ans, grâce à des fonds prêtés par la famille et les amis. Il a commencé dans la construction de maisons, avant d'étendre son activité aux locaux commerciaux et aux immeubles de bureaux.

— Et maintenant ? demanda Asia.

— Nous continuons la construction, mais je me suis aussi lancé dans la promotion immobilière. J'achète des terrains et je crée des résidences et des complexes multi-usages.

— C'est merveilleux, Blake, dit-elle tandis qu'ils retournaient dans son bureau.

Elle voyait à quel point il était fier de son héritage familial. Un héritage qui serait celui de leur enfant un jour.

— C'est tellement différent de ce que j'ai connu.

— Je comprends, mais d'après ce que tu m'as dit, tu es une battante et une survivante, Asia. Je suis fier de t'avoir pour fiancée.

— En es-tu certain ? Les invités au mariage de mon côté seront rares. Je n'ai aucune famille en dehors de ma mère et des Gemmes.

Il avança vers elle et posa la main sur sa joue.

— Moi aussi, j'ai une famille réduite. Il y a ma tante, un oncle, et une poignée de cousins éloignés que je ne vois jamais. Alors ne crois pas que j'aie pitié de toi, Asia.

— Ah, non ?

Elle scruta son regard. Elle n'y vit pas de pitié, mais de l'admiration, ainsi qu'autre chose. Du *désir.*

Puis il l'embrassa, et Asia ne pensa plus qu'au plaisir. Le baiser doux et tendre charmait ses sens, mais bientôt Blake augmenta la pression de ses lèvres jusqu'à ce qu'elle entrouvre les siennes, le laissant glisser sa langue à l'intérieur.

Elle rejeta la tête en arrière, et Blake explora sa bouche avec maîtrise, jusqu'à ce qu'elle doive s'accrocher à son cou pour ne pas perdre l'équilibre. Enfin, il releva la tête pour la regarder. Ses yeux étaient sombres et orageux.

— Je crois que nous avons partagé assez de choses pour aujourd'hui, tu ne crois pas ? Et puis, tu vois Yvette pour discuter des détails de la vente, je crois ?

Asia acquiesça d'un signe de tête, s'efforçant de calmer sa libido hyperactive. C'était elle qui avait exigé qu'ils soient abstinents, mais à cet instant, tout ce qu'elle voulait, c'était sentir les lèvres de Blake partout sur elle. Elle était comme une toxicomane qui voulait désespérément une autre dose.

Lorsqu'elle eut quitté l'immeuble, elle s'assit dans sa voiture et tenta de se ressaisir. Tout allait si vite... Elle avait toujours eu pour projet d'avoir sa propre bijouterie, mais elle n'avait pas prévu qu'elle aurait un mari et un bébé en plus. Malgré cela, elle adorait déjà le petit être qui grandissait en elle. Elle posa la main sur son ventre. Elle ferait tout pour s'assurer qu'il ait une vie heureuse.

Plus tard, Asia alla déposer le chèque sur son compte, puis se rendit chez Yvette's Jewels pour annoncer la bonne nouvelle à son employeuse.

— Je savais que vous pouviez y arriver, se réjouit Yvette.

Asia n'aurait pas pu y parvenir sans l'aide de Blake, mais elle n'allait pas l'avouer. Elle était heureuse qu'elles obtiennent toutes les deux ce qu'elles souhaitaient. Yvette pourrait prendre sa retraite et partir en voyage avec son nouvel amoureux, et Asia pourrait enfin avoir sa propre bijouterie comme elle en avait toujours rêvé.

Après avoir discuté des détails de la vente, Yvette déclara qu'elle s'en irait d'ici deux à trois semaines. Asia n'aurait donc pas beaucoup de temps pour se préparer, mais cela lui allait très bien. Elle avait attendu des années pour vivre ces moments.

14

La semaine suivante, Asia avait enchaîné les rendez-vous. L'avocat d'Yvette avait rédigé les documents pour la vente, et Asia les avait fait relire par un avocat recommandé par Blake. Homme de parole, Blake avait signé le contrat stipulant qu'il était associé tacite et copropriétaire de Six Gemmes.

Asia était surprise que Blake lui donne des conseils. Après tout, c'était un PDG influent, tandis qu'elle n'était qu'une jeune entrepreneuse. Il lui était d'une grande aide, mais surtout, il se révélait être un grand ami. Après leur baiser brûlant dans son bureau, Blake lui avait téléphoné et envoyé plusieurs messages pour prendre de ses nouvelles. Il se souciait d'elle et de son bien-être, et Asia s'en réjouissait.

Après avoir finalisé les détails de la vente du magasin, elle avait pris rendez-vous avec un décorateur d'intérieur pour discuter des rénovations qu'elle souhaitait faire réaliser. Ce dernier avait promis de lui apporter des croquis et des échantillons de couleur dès la semaine prochaine, et Asia était ravie. Elle était si occupée par sa nouvelle aventure qu'elle en avait oublié sa mère, qui se rappela à son bon souvenir en passant à la bijouterie vendredi en fin de journée.

Comme d'habitude, elle portait une tenue peu appropriée : haut court laissant apparaître son ventre et pantalon de cuir.

— Qu'est-ce qui se passe ? demanda-t-elle en regardant l'espace de vente en désordre.

L'ancienne marchandise avait été placée dans des cartons et une grande partie du mobilier avait été retirée. Asia comptait vendre ce qui restait du stock dans l'un des marchés aux puces qu'elle fréquentait.

— La bijouterie ferme ? demanda Ava. Est-ce que tu vas perdre ton emploi ?

Asia soupira. Elle savait qu'elle devait parler à sa mère, mais jusqu'ici, elle avait hésité, de crainte qu'Ava ne la prenne pour un distributeur de billets. Toutefois, elle devait au moins lui annoncer qu'elle allait devenir grand-mère.

— J'allais justement partir, dit-elle. Si on allait prendre un verre ?

Sans alcool, en ce qui la concernait.

— Si c'est toi qui m'invites, volontiers, répondit Ava. Je suis un peu à court d'argent.

Évidemment. N'était-ce pas toujours le cas ?

Après avoir fermé la boutique, Asia emmena sa mère dans l'un de ses bars préférés. Dès qu'elles furent installées, Ava commanda sans attendre une margarita. Quand le serveur demanda à Asia si elle voulait boire quelque chose, elle refusa d'un signe de tête.

— Tu ne refuses jamais un verre, pourtant, remarqua Ava. Tu as des problèmes ? J'ai vu la boutique. Elle a fait faillite ?

— Non, pas du tout. Je prendrai un thé glacé, dit-elle au serveur. Sans sucre.

Une fois le serveur parti, Ava reprit la parole.

— D'accord, fit Ava, scrutant son regard. Alors que se passe-t-il ? Dis-moi.

— Yvette prend sa retraite, alors j'ai utilisé l'argent que m'a légué la tante de Wynter pour lui racheter la bijouterie.

C'était une version partielle de la vérité.

— Tu as tout dépensé ? s'exclama Ava, les yeux écarquillés.

— Oui. C'était juste assez pour couvrir les frais.

— Tu n'as pas gardé une partie de cet argent pour toi ? Pour ta maman ? lâcha Ava en croisant les bras. Quelle fille géniale tu fais.

— Tout ne tourne pas toujours autour de toi, maman. Tu sais que j'ai toujours voulu avoir ma propre bijouterie. C'était ma chance, et je l'ai saisie. Je ne vais pas m'excuser de vouloir me bâtir un avenir.

— Tu ne sais absolument pas comment gérer une entreprise.

— Tu te trompes. J'ai beaucoup appris avec Yvette toutes ces années, et je gère une boutique en ligne qui marche très bien.

— Ah, oui ? Je n'en savais rien.

— C'est parce que tu ne m'as jamais questionnée, répliqua Asia d'un ton sec.

Sa mère ne semblait jamais s'intéresser à sa vie. Tout tournait autour de ses propres besoins et de ses propres envies.

Quand le serveur eut apporté leurs boissons, Asia déclara :

— J'ai une nouvelle plus importante à t'annoncer.

— Plus importante que l'achat de ta bijouterie ? fit Ava en gloussant, avant de boire une longue gorgée de margarita. Raconte.

— Je suis enceinte.

Ava en recracha son cocktail.

— Qu'est-ce que tu viens de dire ?

— Tu vas être grand-mère.

— Mais de quoi parles-tu ? Tu vois quelqu'un ? Comment est-ce arrivé ? Je t'ai pourtant répété qu'il faut toujours utiliser des préservatifs.

Asia sirota son thé et compta jusqu'à dix avant de répondre.

— C'est vrai. Je pensais être protégée, mais comme tu le sais, aucune contraception ne marche à cent pour cent. Quoi qu'il en soit, tu n'as pas à t'en faire, car Blake m'a demandé de l'épouser.

— Quoi ? Oh ! mon Dieu, c'est de pire en pire, pesta Ava, s'adossant à la banquette. D'abord, tu as un polichinelle dans le tiroir, et maintenant, tu veux avoir la corde au cou ?

— C'est le meilleur choix, maman. Je veux que mon bébé ait une mère et un père – chose que je n'ai jamais eue.

Ava lui décocha un regard furieux.

— Je suis désolée, lâcha-t-elle d'un ton amer. J'ai fait de mon mieux avec toi, étant donné que ma propre mère m'a jetée dehors quand je me suis retrouvée enceinte.

— Je connais cette histoire, maman. Je te dis simplement que je veux plus pour mon bébé, argua-t-elle, posant la main sur son ventre. Et Blake aussi. Nous voulons que cet enfant grandisse dans un foyer avec deux parents.

— Des parents qui se sont mariés uniquement par convenance ? Quel genre de vie est-ce ? Je crois que tu fais une erreur, Asia.

— Eh bien, je ne t'ai jamais demandé ton avis, riposta-t-elle. Je t'informe simplement que tu vas être grand-mère.

— Soit, fais ce que tu veux, répliqua Ava. Mais tu ne pourras pas dire que je ne t'ai pas prévenue. Bon, tu m'offres quand même ce verre, oui ou non ?

Asia serra les dents. Pourquoi avait-elle cru que quelque chose changerait avec Ava ? Qu'elle se comporterait comme une mère normale et lui souhaiterait beaucoup de bonheur ? Qu'elle lui apporterait son soutien, comme les Gemmes ? Elle devait cesser d'espérer, car Ava ne changerait jamais.

Blake jeta un coup d'œil vers Asia, assise sur le siège passager de sa Mercedes. Ils se rendaient chez sa tante pour dîner, afin de lui annoncer qu'ils allaient se marier et devenir parents, mais Asia était inhabituellement taciturne. Durant la semaine, il avait pris l'habitude de prendre de ses nouvelles. Elle n'avait pas semblé y voir d'inconvénient, mais à présent, il s'interrogeait.

— Est-ce que tout va bien ? demanda-t-il. Tu as l'air pensive aujourd'hui.

Elle regarda distraitement dans sa direction.

— Tu trouves ?

— Oui. Quelque chose te tracasse ?

Elle poussa un grand soupir.

— C'est ma mère. Je lui ai parlé du bébé et du mariage, et elle était loin d'être enthousiaste.

— Qu'a-t-elle dit ?

— Que je faisais une erreur et que j'allais le regretter.

Blake n'était pas du tout de cet avis.

— Tu commences à avoir des doutes ?

— Non. Maman est habituée à être le centre de l'attention, et cette fois, elle ne peut pas l'être, c'est tout. Donc, non, je n'ai pas changé d'avis.

Il était heureux de l'entendre. Pour que leur union fonctionne, ils devaient être sur la même longueur d'onde.

Quelques minutes plus tard, ils franchirent les grilles du domaine de sa tante. Blake se gara dans l'allée puis se tourna vers Asia.

— Prête ?

Elle fit un signe de tête positif. Blake descendit de la voiture puis l'aida à sortir à son tour. Glissant le bras sous le sien, il l'escorta jusqu'à la porte d'entrée. Puisqu'il avait sa propre clé, il ne prit pas la peine de sonner.

— Tante Sadie ! appela-t-il lorsqu'ils furent dans le vestibule.

— Blake ! s'exclama sa tante depuis le sommet de l'escalier en colimaçon.

Évidemment, la maîtresse des lieux se devait de faire une entrée théâtrale. Elle portait un splendide caftan à manches longues au motif floral coloré.

— Mon chéri, je suis si heureuse de te voir, dit-elle quand elle arriva face à lui.

Elle l'embrassa sur les deux joues. Puis elle porta son attention sur Asia.

— Ma chère, c'est un plaisir de voir que mon neveu a su

reconnaître la perle que vous êtes, dit-elle avec un clin d'œil complice. Venez, il y a des amuse-bouche dans le salon.

Blake marcha à côté d'Asia, posant la main au creux de son dos. Il ne pouvait pas s'empêcher de la toucher. Aujourd'hui, elle portait une robe pull moulante à l'imprimé léopard. Il songea à la dernière fois qu'ils s'étaient trouvés dans cette maison, ce qui lui donna envie de soulever sa robe et de...

— Blake, sois gentil, sers-nous un verre, dit sa tante, interrompant ses pensées érotiques. J'ai fait préparer ma fameuse sangria, ajouta-t-elle en entraînant Asia vers le canapé. Je suis ravie que vous soyez revenue. Blake ne me présente jamais personne. Cela me rend heureuse qu'il envisage une relation sérieuse.

Blake servit deux verres de sangria et en donna un à sa tante. Elle se figea lorsqu'elle remarqua qu'il n'avait pas servi Asia.

— Blake, ne t'ai-je pas appris les bonnes manières ?

— Si, tante Sadie.

Il s'assit à côté d'Asia. Elle semblait nerveuse et étirait sa robe sur ses genoux. Il saisit l'une de ses mains tremblantes.

— Tante Sadie, nous avons une nouvelle à t'annoncer. Asia et moi allons avoir un bébé, et nous allons nous marier.

— Oh ! mon Dieu ! fit Sadie, portant la main à son cœur. C'est un choc.

— Pour nous aussi, mais nous sommes déterminés à faire ce qu'il faut pour notre enfant. N'est-ce pas, Asia ?

— Madame Coleman, Blake et moi avons pris cette décision ensemble. Nous tenons à offrir à notre bébé une famille avec deux parents. C'est une chose que je n'ai jamais connue, et que Blake n'a eue que peu de temps. J'espère que vous nous soutiendrez dans cette aventure.

— Oh ! absolument, mes trésors, répondit Sadie. J'ai toujours voulu que mon Blakey fonde une famille, alors je suis au comble du bonheur. Je vais enfin avoir la petite-nièce ou le petit-neveu que je souhaitais.

Elle fit un clin d'œil à Blake.

— Blake, il y a du jus de pomme pétillant dans le bar. Sers un verre à ta fiancée afin que nous puissions porter un toast.

Sadie était une parfaite hôtesse, et ils partagèrent un délicieux dîner constitué de côtelettes d'agneau, de pommes de terre au four et d'asperges grillées, tout en discutant du mariage. Asia souhaitait une cérémonie intime, tandis que Blake voulait que le monde entier sache qu'il allait épouser une femme extraordinaire.

Ils continuèrent à parler de la noce pendant le trajet de retour.

— Je ne veux pas en faire tout un plat, plaida Asia. Ce n'est pas comme s'il s'agissait d'un mariage d'amour.

— Personne ne sait que c'est un mariage de convenance, répliqua Blake. Et je veux que tu aies le mariage de tes rêves, car je ne compte pas divorcer.

— Tu as l'air si catégorique. Nous apprenons à peine à nous connaître, et nous n'avons pas encore vécu ensemble. Et si tu te rendais compte que tu ne peux pas vivre avec moi parce que je suis une souillon ?

Il fronça les sourcils. Il était légèrement maniaque. Si Asia était désordonnée, cela pourrait poser un problème.

— C'est le cas ?

— Si tu voyais ton air horrifié ! s'exclama-t-elle en riant. Non, je ne suis pas une souillon. C'est ma mère qui l'est. Mais je ne suis pas non plus une obsédée du rangement. Je suis quelque part entre les deux.

— Ça me va.

Ils continuèrent à bavarder jusqu'à ce qu'ils arrivent devant chez Asia.

— Cette soirée était merveilleuse, dit-elle. La réaction de ta tante est celle que j'aurais aimé voir chez Ava, mais...

Blake lui caressa la joue.

— Ça t'ennuie qu'elle n'approuve pas notre mariage ?

— Ça ne devrait pas. J'ai toujours fait ce que je voulais quand je le voulais, parce qu'elle n'était jamais là.

— Mais c'est tout de même ta mère.

— C'est bien là le problème.

Elle déboucla sa ceinture et ouvrit la portière. Blake vint l'aider, mais elle était déjà sortie du véhicule.

— Cela m'a fait plaisir de mieux connaître Sadie. Je suppose que tu voudras faire la connaissance d'Ava ?

— Quand tu seras prête.

Elle sourit.

— Merci.

Elle se pencha vers lui, comme pour déposer une bise sur sa joue, mais Blake tourna la tête pour que son baiser atterrisse sur ses lèvres. Il avait eu envie de l'embrasser toute la soirée, et maintenant que l'occasion se présentait, il la saisissait. Une onde de chaleur le parcourut.

Après quelques secondes, Asia lui rendit son baiser, et il la plaqua contre la voiture. Son corps était moulé contre le sien, et il saisit ses fesses, écartant ses jambes pour pouvoir se caler entre elles. Elle haleta quand elle sentit son sexe en érection contre elle, mais au lieu de lui demander d'arrêter, elle pressa les hanches contre lui de manière séductrice. Leurs langues se mêlèrent, et il gronda de plaisir.

Enfin, il releva la tête.

— J'ai envie de toi, Asia.

Elle posa les mains sur ses pectoraux et, à sa grande surprise, le repoussa.

— Je sais, et bien que je te désire aussi, je te rappelle que nous avons décidé d'attendre. J'ai besoin de savoir que tu me désires pour moi-même, et pas seulement parce que je porte ton bébé.

— Asia, d'où sors-tu cette idée ? Je te désire depuis notre première rencontre, c'est d'ailleurs ce qui a mené à la conception de notre bébé.

— Peut-être, mais je pense que nous devrions nous en tenir à notre accord.

— Si c'est ce que tu veux, céda-t-il, et il recula.

— Oui, c'est ce que je veux.

— Je te raccompagne.

— Je crois que ce n'est pas une bonne idée.

Elle lui fit un petit sourire puis marcha vers son immeuble.

Blake comprenait sa réticence. Elle avait une vision à long terme et ne recherchait pas une gratification immédiate. Il se promit de tempérer son attirance pour elle, même si elle était l'amante la plus excitante qu'il ait jamais connue.

Il lui fallait persuader Asia que leur union était viable, même s'ils étaient presque des inconnus l'un pour l'autre. Il devait lui montrer qu'il pouvait être l'homme dont elle avait besoin, un homme sur lequel elle pouvait se reposer et compter. Ce n'était qu'à cette condition qu'elle serait prête à remettre leur passion au premier plan.

15

Asia était impressionnée. Depuis que Blake et elle avaient annoncé leur mariage à Sadie, et qu'Asia avait rappelé vouloir respecter l'abstinence sexuelle sur laquelle ils s'étaient mis d'accord, Blake se comportait en parfait fiancé. Lorsqu'elle avait terminé de dessiner sa bague, Blake avait envoyé le croquis à un joaillier, qui avait réalisé le bijou en quelques jours à peine. Un soir, sans qu'elle s'y attende, Blake lui avait présenté un écrin de velours puis avait glissé la bague à son doigt. Asia était officiellement fiancée.

Il continuait de lui téléphoner plusieurs fois par jour pour s'assurer qu'elle mangeait et se reposait assez. Il l'avait même présentée à ses amis Jeffrey et Mara, lors d'un dîner chez le couple. Mieux, Blake commençait à se confier à elle. Il lui avait raconté sa vie avec ses parents. Il lui avait parlé de sa mère, qui confectionnait des cookies pour ses amis et lui, de son père qui retapait avec lui de vieilles voitures dans leur garage. Du jour où il lui avait appris à se raser.

Blake ne l'embrassait pas et la touchait rarement, sauf pour l'aider à sortir de sa voiture. Elle regrettait presque d'avoir demandé cette distance. Elle désirait Blake. Et maintenant, elle voulait davantage de lui car, elle le savait, elle était en train de tomber amoureuse du père de son bébé.

Plutôt que de se concentrer sur le manque de passion dans leur relation, Asia s'était concentrée sur sa bijouterie. Après qu'elle avait choisi un agencement et une palette de couleurs avec le décorateur, les plans avaient été dessinés et envoyés à Coleman & Sons. C'était le seul point sur lequel Blake avait insisté : que son entreprise se charge des rénovations. Ainsi, il pouvait superviser le projet et veiller à la qualité des travaux. Consciente qu'elle avait très peu de connaissances en la matière, Asia avait cédé.

Le carillon du magasin retentit, et Asia sortit de son bureau. Blake était là. Aujourd'hui, il avait troqué son costume habituel contre un jean et une chemise. Et il était aussi sexy que jamais.

— Blake, qu'est-ce que tu fais ici ? demanda-t-elle.

Si elle avait su qu'il venait, elle n'aurait certainement pas choisi de porter un legging et une tunique ample à motif graphique, qui l'engloutissait. Bien qu'elle ne soit enceinte que de quatorze semaines, elle avait déjà pris quelques kilos malgré les nausées. La plupart de ses vêtements étaient ajustés, par conséquent, elle commençait à manquer d'options – ce qui expliquait ses vêtements du jour.

— J'ai apporté le déjeuner, dit-il, brandissant deux sacs. Comme les travaux que tu souhaites faire sont minimes, j'ai pu accélérer le calcul du coût des rénovations, et j'ai apporté le document.

Il lui montra un dossier, qu'Asia tenta d'attraper, en vain.

— D'abord, il faut que tu manges, décréta-t-il.

— On ne pourrait pas manger et travailler en même temps ?

— On pourrait, mais non. Allons dans ton bureau.

La pièce était meublée d'un bureau et d'un fauteuil à roulettes, d'une petite table et de deux chaises.

Blake posa les sacs sur la table et en sortit deux boîtes transparentes. Salade au poulet pour elle, et salade à l'avocat pour lui. Il donna à Asia une fourchette ainsi qu'une bouteille de jus de fruits.

— Merci, dit-elle, s'avançant sur sa chaise pour commencer à manger.

— Pas de quoi.

Il versa de la vinaigrette sur sa salade et entama son repas avant de prendre la parole.

— Nous avons discuté du magasin, mais pas du mariage, ni même de l'endroit où nous allons vivre.

Asia s'efforçait de ne pas songer à ces sujets. Entre l'ouverture de sa bijouterie et sa grossesse, cela faisait déjà beaucoup.

— Tu vas me dire ce qui te tracasse ? questionna-t-il tout en mangeant. Tu as des doutes sur le bien-fondé de notre mariage ?

Oui, elle en avait. Mais elle ne l'avouerait pas.

— J'ai beaucoup de choses à gérer. La grossesse, la bijouterie, et maintenant, tu veux en plus un grand mariage.

Il posa sa fourchette.

— Si c'est plus facile pour toi, nous pouvons organiser un mariage intime, pour la famille proche, et quand nous serons prêts, une grande fête. Qu'en dis-tu ?

— Merci. Je suis contente que tu sois prêt à faire des compromis.

— Ce n'est pas mon mode opératoire habituel, mais pour toi, je suis prêt à changer. Cela dit, je pense que tu devrais t'installer dans mon appartement. Nous pourrons chercher une maison après la naissance du bébé.

Asia gloussa puis avala une bouchée de salade.

— Tu veux dire que tu n'as pas envie de t'installer dans mon petit appartement surchargé ?

— Aucune chance. Maintenant, parlons du calendrier pour ton projet.

— Oui ! fit-elle, se frottant joyeusement les mains.

— D'après les plans, les travaux que tu as prévus ne devraient prendre que quatre à six semaines. Tu devrais commencer à penser à l'inauguration.

— Quatre à six semaines, c'est tout ?

Asia avait supposé qu'il faudrait plus de temps.

— Six Gemmes est ma priorité.

Asia s'illumina. Blake comprenait à quel point le magasin était important pour elle, et cela lui réchauffait le cœur.

— J'imagine que je devrais commencer à préparer les collections que je veux mettre en vitrine ?

— En effet. Tu ne m'as pas dit, comment as-tu commencé dans la création de bijoux ?

— Je crois que j'avais douze ou treize ans quand j'ai commencé à dessiner des vêtements. Je voulais être à la mode comme les autres adolescentes de mon âge, mais Ava n'avait pas les moyens pour ça. Elle m'emmenait dans des boutiques de seconde main, et j'achetais des pièces que je réinventais pour en faire mes propres créations. Quand j'ai rencontré les Gemmes au lycée, je ne me souciais plus de ce que les gens pensaient, et je suis passée aux bijoux. J'ai commencé par les perles. Je confectionnais des tas de bracelets et de colliers. Ce qui m'a amenée à créer mes propres bijoux avec d'autres matériaux.

Blake but une gorgée de son eau pétillante.

— Ta mère te soutenait ?

— Ava ? Me soutenir ? Tu veux rire. Attends de la rencontrer, et tu comprendras.

— Et quand cela arrivera-t-il ?

Asia n'était guère pressée de les présenter.

— Tu ne connais pas ma mère. Elle va sûrement te faire des avances.

— Et je les repousserai poliment. Il n'y a qu'une femme qui m'intéresse.

— Bonne réponse, dit-elle en souriant. Et je te promets que tu la rencontreras. Mais si tu faisais d'abord la rencontre de ta fille ou de ton fils ?

— Comment ça ?

— Mon prochain rendez-vous médical a lieu dans deux semaines. J'espérais que tu pourrais m'accompagner, car le médecin fera faire une échographie pour surveiller la santé et le développement du bébé. Il pourrait même nous donner le sexe.

Il esquissa un sourire.

— J'en serais absolument ravi.

Asia voulut pousser un cri de soulagement quand Blake se pencha vers elle et lui donna un baiser avide. Depuis leur dernière nuit de passion, il n'avait eu aucun geste déplacé. À tel point qu'Asia s'était demandé si elle n'avait pas commis une erreur en instaurant une règle d'abstinence, et si leur alchimie était en train de se dissiper. Mais ce baiser effaça tous ses doutes, et lui fit prendre conscience d'une chose : elle n'était pas en train de tomber amoureuse de Blake.

Elle l'aimait déjà.

— Je n'aurais jamais cru qu'un jour, tu me demanderais de te retrouver dans un magasin de puériculture, dit Jeffrey quand Blake le rejoignit dans ledit magasin.

Depuis qu'Asia avait demandé à Blake d'assister à l'échographie prévue prochainement, il débordait de joie. Il allait enfin voir son bébé. Entendre son cœur. Il avait pris conscience qu'il devait commencer à penser comme un père. Qui mieux que Jeffrey pour l'aider, lui qui avait déjà deux jeunes enfants ?

— Je ne l'aurais pas cru non plus il y a six mois, dit Blake, mais je tiens absolument à m'impliquer dans chaque aspect de la vie de mon enfant.

— Alors pourquoi n'es-tu pas venu avec la maman du bébé ? J'imagine qu'elle aurait été contente.

— Parce que ce sera une surprise. Je veux aménager une chambre d'enfant. Je me suis documenté et j'ai déjà contacté une agence de nounous haut de gamme, qui m'a fourni une liste des choses dont nous aurons besoin pour le bébé.

— Ton enthousiasme est évident. Mais, et Asia dans tout ça ? Lors de notre dernière discussion, tu parlais mariage. Mais plus maintenant. Quelque chose a changé ?

— Pas du tout. Nous sommes simplement concentrés sur l'ouverture prochaine de son magasin. Nous organiserons une petite cérémonie, en présence de la famille et des amis.

— Tu en fais vraiment beaucoup pour une femme que tu connais à peine.

— Asia et moi nous sommes rapprochés ces dernières semaines, se défendit-il.

— Je sais comment tu fonctionnes, Blake, rétorqua Jeffrey, un sourire narquois aux lèvres.

Blake ne put s'empêcher de sourire aussi.

— Tu as raison, mais Asia a banni le sexe pour l'instant. Notre relation est totalement platonique. En fait, j'ose même dire que nous sommes devenus amis.

— Bien joué, mon gars, fit Jeffrey en tapant dans ses mains. Il n'empêche, pourquoi te donner toute cette peine ?

— Asia va devenir mon épouse. Je veux qu'elle soit heureuse. Notre relation ne peut pas fonctionner uniquement selon mes conditions.

Jeffrey se retourna vers lui, l'air abasourdi.

— Tu es sûr que tu es Blake Coleman ? Parce que le Blake que je connais dirige toujours tout.

— N'ai-je pas le droit d'évoluer ? Je fais ce qui est le mieux pour tout le monde.

— Je le vois. Mais tu agis peut-être ainsi pour un motif caché, un motif dont tu n'as même pas conscience.

— Lequel ?

— L'amour. Il se peut que tu aies développé des sentiments pour la mère de ton enfant. Et si c'est le cas, c'est une bonne chose, Blake. Ça ne fera que renforcer votre mariage.

— Non, Jeffrey. Nous ne sommes pas comme Mara et toi. Vous, vous êtes tombés amoureux, vous vous êtes mariés, et ensuite, vous avez eu des enfants. Asia et moi avons fait tout le contraire.

Parce que nous allons avoir un bébé, nous avons décidé de nous marier. L'amour n'est pas une option.

— Qui te dit qu'il ne peut pas y avoir d'amour ?

— Moi, je le dis, rétorqua-t-il avec véhémence. Je ne pourrais pas supporter de perdre quelqu'un d'autre, Jeffrey. Perdre mes parents était déjà assez difficile.

— D'accord, concéda Jeffrey. Tout ce que je dis, c'est que de l'extérieur, il semble qu'il y ait davantage entre vous. Je t'encourage à creuser un peu plus sous la surface. Qui sait ce que tu pourrais trouver ?

Quelques heures plus tard, Blake pensait encore à sa discussion avec Jeffrey tandis qu'il assemblait le lit pour enfant acheté au magasin de puériculture. Il aurait pu recourir à un service de montage mais il avait tenu à s'en charger lui-même. Après tout, il dirigeait une entreprise de construction. Ce n'était pas difficile de monter un lit, non ?

Il s'avéra que si. Malgré tout, quatre heures plus tard, Blake observa son œuvre, fier de lui. Il ignorait si Asia et lui auraient un garçon ou une fille. Tout ce qu'il savait, c'était qu'il avait envie de protéger ce bébé. À travers cet enfant, il serait lié à Asia pour toujours. Il était donc logique qu'ils se marient. Jeffrey avait tort, Blake n'était pas amoureux. S'il redoublait d'efforts, c'était pour la rassurer sur le bien-fondé de leur union. Il voulait qu'Asia soit heureuse, mais il ne pouvait lui offrir que du désir, car il n'était pas capable d'éprouver d'autres émotions – en particulier l'amour.

— Je dois l'avouer, tu t'es dégotté un gros poisson, lança Ava dès qu'elle entra chez Asia.

Vêtue d'une veste de cuir et d'un jean moulant, elle jeta son sac sur une table de l'entrée.

Asia n'avait pas envie que sa mère gâche sa bonne humeur.

Elle avait passé une excellente journée. Blake et elle avaient signé le contrat stipulant que Coleman & Sons avait la charge de la rénovation de la bijouterie et leur relation allait dans la bonne direction. Elle était absolument ravie.

— Quoi de neuf, maman ?

— Pourquoi tu ne m'as pas dit que ton fiancé était Blake Coleman, le riche promoteur ? J'ai lu des choses sur lui. Il vient d'une famille très fortunée.

— Quelle importance ?

Ava planta les mains sur ses hanches.

— Jeune fille, ça veut dire qu'il peut t'aider à subvenir à tes besoins et à ceux de ta maman.

— Pas du tout. Blake n'est responsable que de ce bébé et de moi.

— Ne sois pas égoïste, Asia. Maintenant que tu t'es trouvé un homme riche, il peut se permettre de te verser de l'argent de poche. Tu n'as qu'à demander. Et regarde-moi cette bague !

Sa mère saisit sa main et reluqua le diamant de six carats qui ornait son annulaire. Asia n'avait pas prévu une pierre aussi grosse, mais Blake avait demandé au joaillier de trouver le plus gros diamant possible et de l'incorporer au bijou.

— Je ne vais pas quémander de l'argent à Blake, rétorqua-t-elle avec humeur. Je sais m'occuper de moi, je l'ai toujours fait. Je n'ai pas besoin que Blake le fasse à ma place.

— Alors pourquoi te maries-tu, si ce n'est pas pour la stabilité ? demanda sa mère.

— Je ne cherche pas une stabilité financière mais une stabilité affective. Notre enfant aura deux parents qui vivront sous le même toit, qui l'aimeront et le soutiendront.

— C'est bien beau tout ça, mais est-ce que Blake t'aime ?

Elle en voulut à Ava d'avoir posé la question qui la taraudait. Non, Blake ne l'aimait pas. S'il souhaitait l'épouser, c'était uniquement par devoir. Elle était heureuse qu'il veuille être un père pour leur enfant, mais elle craignait qu'une union sans amour réciproque soit vouée à l'échec.

— Nous aimerons ce bébé, répondit-elle. Et nous voulons ce qui est le mieux pour lui. Nous tenons à lui offrir la vie dont nous rêvions tous les deux quand nous étions enfants.

— C'était si horrible de grandir avec moi ? lança Ava. Tu aurais préféré que je t'abandonne, pour que tu puisses être adoptée ?

— Tu as fait de ton mieux.

— Ce qui n'était pas assez, avança Ava.

Asia garda le silence.

— Asia, tu as toujours eu la tête dans les nuages, à vouloir des choses qui n'étaient pas à ta portée. C'est peut-être pour ça que tu étais entourée d'amies qui avaient une vie plus facile que la tienne. Je n'ai peut-être pas été la meilleure des mères, mais je peux te dire une chose : l'argent n'achète pas l'amour, ni le bonheur.

Sur quoi, elle empoigna son sac et s'en alla. Asia envisagea de la rattraper, mais pour lui dire quoi ? Qu'elle avait raison ? D'un autre côté, Asia savait qu'elle ne pouvait pas tourner le dos à Blake. Leur relation n'était peut-être pas parfaite, mais ils faisaient des progrès. Il était toujours possible que Blake tombe amoureux d'elle. Elle devait se raccrocher à cet espoir.

16

— Le grand jour approche, Egypt, dit Asia.

Elle observa la bijouterie. Blake n'avait pas menti lorsqu'il avait dit qu'il lancerait rapidement les travaux. Une semaine après qu'elle avait retiré tout le stock, tout avait été démoli. Et une autre semaine plus tard, les murs avaient été recouverts de nouvelles plaques de plâtre.

— Regarde cet endroit, dit-elle.

Elle tourna le téléphone pour qu'Egypt puisse voir la progression des travaux. Le lieu commençait enfin à ressembler à ce qu'elle imaginait.

— Oh ! mon Dieu ! On dirait un endroit totalement différent, commenta Egypt.

Asia retourna le téléphone vers elle afin de voir sa meilleure amie.

— Oui. La nouvelle déco mettra en valeur mes créations.

— C'est merveilleux, Asia. Je suis tellement contente que tout ton travail paie enfin ! se réjouit Egypt.

— Je n'aurais pas pu réussir sans ton aide pour le plan de développement. Merci infiniment.

— Il n'y a absolument pas de quoi.

— Et comment va Garrett ? demanda Asia.

Le fiancé d'Egypt était exactement le genre d'homme qu'il lui fallait. Grand et séduisant, il savait composer avec la personnalité haute en couleur de sa belle.

— Garrett est en pleine forme. Je n'en reviens pas que nous soyons toutes les trois fiancées, et que le mariage de Wynter ait lieu le mois prochain.

— Il va sans doute falloir que je fasse agrandir ma robe de demoiselle d'honneur, vu comme mon ventre s'arrondit.

— C'est ce qui arrive quand on est enceinte. Comment te sens-tu, au fait ? Les nausées ont diminué ?

— Elles commencent à s'estomper. Je vois le médecin aujourd'hui, pour ma toute première échographie.

— Oh ! Asia, c'est merveilleux ! Je suis impatiente de voir les images de Bébé Reynolds.

— Elle veut dire Bébé Coleman, non ? dit Blake derrière Asia.

Elle se retourna vivement et se retrouva face à son fiancé, qui arborait un grand sourire.

— Est-ce M. Blake ? demanda Egypt. Passe-le-moi, je veux lui parler.

— Toujours aussi autoritaire, Egypt ! Tiens, dit-elle à Blake en lui tendant son téléphone. Egypt aimerait te parler.

Elle ne put pas écouter leur conversation car Blake alla à l'autre bout de la pièce. Quand il revint, il lui rendit l'appareil.

— Alors ? demanda-t-elle. Qu'a-t-elle dit ?

— Que si je ne te traitais pas bien, elle ferait tout le chemin de San Antonio jusqu'à Denver pour me corriger.

Asia éclata de rire. Cela ressemblait bien à Egypt.

— J'imagine qu'elle t'a mis au pas. Tu es prêt ? Mon rendez-vous est à 11 heures.

— Allons-y.

Pendant le trajet jusqu'au cabinet médical, ils discutèrent du dernier projet immobilier de Blake, un grand quartier résidentiel. La demande de permis était enfin lancée. Asia était heureuse qu'il lui parle de son travail. Lorsqu'ils arrivèrent dans le cabinet du Dr Speaks, elle signa le registre puis Blake et elle allèrent s'asseoir dans la salle d'attente.

Elle remarqua que Blake était silencieux et qu'il avait pâli.

— Tout va bien ?

Non, loin de là, pensa Blake. Oui, il savait qu'Asia était enceinte. Il avait remarqué ses seins plus ronds, son teint radieux. Mais aujourd'hui, il prenait la réalité en pleine figure.

Partout où il posait les yeux, il y avait des femmes enceintes. Certaines avaient de petits ventres ronds. D'autres semblaient sur le point d'accoucher.

— Tu as eu plus de temps pour t'adapter à la situation, répondit-il. Et tu composes avec les conséquences physiques. Disons que pour moi, ça ne devient vraiment réel que maintenant.

— C'est logique. Comment te sens-tu ?

— Terrifié, avoua-t-il avec franchise.

Elle tendit le bras vers lui et entrelaça leurs doigts.

— Moi aussi. Ça n'a pas été facile d'affronter tous ces changements, physiques et émotionnels. Je me concentre sur le résultat final : un beau petit garçon ou une belle petite fille.

— Tu as raison, dit-il, posant son autre main sur la sienne. C'est le plus important.

— Asia Reynolds ? appela une infirmière munie d'un bloc-notes.

Asia se leva et se tourna vers lui.

— Allons-y, dit-elle.

Main dans la main, ils suivirent l'infirmière et entrèrent dans la salle d'examen. Après avoir pris ses constantes et posé quelques questions, la soignante informa Asia qu'une manipulatrice radio viendrait procéder à l'échographie dans quelques instants, puis les laissa seuls.

— Nerveuse ? demanda Blake tandis qu'elle s'allongeait sur la table d'examen.

— Un peu. Nous n'avons pas encore évoqué le sexe du bébé.

Personnellement, j'aimerais savoir maintenant, afin de prévoir tout ce qu'il faut. Et toi ?

— Moi aussi, dit-il en souriant.

— Bien.

La manipulatrice entra peu après. Elle expliqua que l'échographie permettait de dater précisément la grossesse et de surveiller la santé du bébé. Blake prit place sur une chaise.

Asia souleva sa chemise. La manipulatrice appliqua un gel spécial sur son ventre, sur lequel elle commença à faire glisser une sonde. Une image jaillit sur l'écran, et Blake distingua une forme. Il fut aussitôt hypnotisé.

— Nous pouvons voir la poitrine du bébé et son cœur, dit la technicienne, montrant le curseur sur l'écran. Je vais agrandir l'image, et vous pourrez entendre les battements du cœur.

Blake sentit sa gorge se nouer tandis qu'il écoutait le cœur de son bébé. Son regard s'embua, et lorsqu'il reporta son attention sur Asia, il vit des larmes sur ses joues. Il saisit sa main.

— C'est notre bébé, dit-elle.

Incapable de parler, Blake acquiesça d'un signe de tête. Cette expérience le bouleversait. Jamais il n'aurait imaginé vivre des moments aussi magiques.

— Si le bébé coopère, nous pouvons en général faire une photo de profil, que vous pourrez emporter chez vous, dit la manipulatrice.

Sur l'écran, le bébé semblait si vivant…

— Ici, le front, le nez et la lèvre supérieure, dit la jeune femme en continuant de manier la sonde. À présent, je vais mesurer les membres. Si vous souhaitez connaître le sexe de votre enfant, je peux le noter afin que le médecin vous informe.

— Nous voulons savoir, dirent Blake et Asia en chœur.

Lorsque la manipulatrice eut terminé l'échographie et quitté la salle d'examen, le Dr Speaks, un homme d'un certain âge à la crinière blanche, vint s'entretenir avec eux.

— Comment va notre bébé ? demanda Asia.

Le Dr Speaks regarda Blake.

— Je suppose que vous êtes le père du bébé ?

— Euh, oui, Docteur Speaks, intervint Asia. Désolée, je ne vous ai pas prévenu. Blake sera présent à mes rendez-vous à partir de maintenant. Vous pouvez parler librement.

Le médecin hocha la tête puis reporta son attention sur Asia.

— Entendu. Pour répondre à votre question, Asia, le bébé va très bien. Tout est normal. Je crois savoir que vous voulez savoir si c'est une fille ou un garçon ?

— Oui, en effet, répondit Asia.

— Alors vous serez ravis d'apprendre que j'ai la réponse. Vous allez avoir un petit garçon.

Le Dr Speaks déplaça le curseur sur l'écran.

— Vous pouvez voir qu'il a un appendice supplémentaire.

Blake prit une grande inspiration et ferma les yeux. Quand il les rouvrit et vit l'image sur l'écran, ce fut comme si une flèche venait de lui transpercer le cœur. Et il éprouva un amour instantané et absolu pour ce petit être.

Un fils.

— Merci, Asia. Merci pour ce cadeau précieux, dit-il, et il déposa un baiser sur ses lèvres.

Il était si heureux qu'Asia soit entrée dans sa vie. Sans elle, il n'aurait pas de fils. Blake ferait tout pour que son enfant ait la plus belle vie possible. Et pour y parvenir, tout ce qu'il avait à faire, c'était conduire Asia jusqu'à l'autel.

Asia avait su que l'échographie serait un tournant dans son existence, mais elle n'aurait jamais cru être aussi bouleversée. Voir son bébé sur l'écran, entendre ses battements de cœur avait comblé tous ses espoirs. Cependant, c'était la réaction de Blake qui l'avait le plus touchée.

Blake avait raison. Elle vivait sa grossesse dans sa chair, mais lui était un spectateur. Aujourd'hui, il avait pu être un participant, et elle était très heureuse pour lui.

Ils repartirent du cabinet du médecin avec une série de photos qu'elle pourrait montrer aux Gemmes, et à sa mère. Asia savait qu'Ava n'était pas enchantée à l'idée de devenir grand-mère, mais une fois qu'elle aurait vu les images en 4D de son petit-fils, cela changerait sans doute sa perspective. Cela avait changé celle d'Asia, certainement.

Asia allait avoir un fils. Un petit garçon. Et les petits garçons adoraient leur maman. Elle espérait être la meilleure mère possible.

— C'était sans doute le plus beau moment de toute ma vie, dit Blake quand ils furent dans la voiture.

Asia ne savait pas où ils allaient et elle s'en moquait. Elle était sur un petit nuage.

— Tu veux dire que notre rencontre n'était pas le plus beau moment ?

Il gloussa.

— Désolé, mais non.

— Eh bien ! fit-elle, amusée. Ça a le mérite d'être clair.

Gardant une main sur le volant, il posa l'autre sur la sienne.

— Sérieusement, si je ne t'avais pas rencontrée, nous n'aurions pas notre bébé.

— Non, en effet.

Ils gardèrent le silence pendant le reste du trajet. Vingt minutes plus tard, Blake s'engouffra dans le parking souterrain d'un grand immeuble moderne.

Elle l'interrogea du regard.

— Je me suis dit qu'il était temps que tu viennes chez moi, expliqua-t-il. J'ai commandé à dîner, alors nous pouvons nous détendre devant un film. Et j'ai une surprise pour toi.

— Ah ?

— Oui, dit-il, garant son SUV. J'ai hâte que tu la découvres.

Ils prirent un ascenseur privé qui les emmena au dernier

étage et s'ouvrit sur un appartement-terrasse luxueux. Asia découvrit un salon spacieux, une belle salle à manger avec vue sur la montagne et un vaste balcon qui semblait faire tout le tour du logement. La cuisine élégante, aux nombreux placards et aux vastes plans de travail, était équipée d'un grand îlot central.

— C'est ici que tu vis ? demanda-t-elle. C'est splendide.

Blake sourit.

— Merci. Nous avons construit cet immeuble, et j'ai décidé de prendre le dernier étage.

— Si c'est ce que Coleman & Sons Construction est capable d'accomplir, alors je suis impatiente de voir ce que tu feras de Six Gemmes.

— Viens, je veux te montrer ta surprise.

Asia prit la main qu'il lui tendait et le suivit dans le couloir au sol de marbre, passant devant un bureau et une chambre d'amis. Blake s'arrêta devant une porte.

— Vas-y, ouvre, dit-il.

Elle l'observa, intriguée, puis actionna la poignée et entra.

— Oh ! mon Dieu..., fit-elle, portant la main à sa bouche.

Elle regarda autour d'elle, ébahie. Elle était dans une chambre d'enfant, meublée d'un lit, d'une table à langer et d'une armoire. La pièce était baignée de lumière, et Asia remarqua un fauteuil à bascule dans lequel elle pourrait bercer leur bébé. Il y avait même une bibliothèque remplie de livres pour enfants et de jolies photos d'animaux encadrées sur les murs gris clair.

— Je... je n'ai pas de mots, bredouilla-t-elle.

— C'est une bonne ou une mauvaise chose ? Je veux dire, je sais que c'était peut-être présomptueux de ma part. Tu avais sans doute tes propres idées pour la chambre d'enfant, et nous ne connaissions pas encore le sexe du bébé quand j'ai...

Elle effaça la distance qui les séparait et l'embrassa. La sensation de sa bouche sur la sienne provoqua un afflux de désir dans ses veines. Blake avait sans doute ressenti la même chose car il prit le contrôle de leur baiser. Elle le laissa volontiers faire, s'accrochant à ses épaules tandis que des vagues de plaisir successives s'abattaient sur elle.

Pourquoi s'était-elle refusé cela ? Pourquoi leur avait-elle refusé cela à tous les deux ?

Parce qu'elle avait voulu avoir la certitude que l'homme dont elle était tombée amoureuse n'était pas avec elle uniquement pour le bébé. À cet instant, Asia se moquait de tout cela. Le besoin de l'avoir en elle était plus fort que tout.

Il la porta dans ses bras et l'emmena dans sa chambre. Asia avisa un grand lit recouvert de draps en soie noire et d'un couvre-lit noir assorti. Blake l'allongea sur le matelas puis commença à retirer ses chaussures et à arracher ses vêtements. Asia l'imita, envoyant ses escarpins au sol puis son pull. Elle s'attaqua ensuite à sa jupe mais eut du mal à l'ouvrir.

— Laisse-moi faire, dit-il.

Il parvint à ouvrir la fermeture et fit glisser le vêtement sur ses hanches. Puis il posa les lèvres sur son cou, taquinant sa zone érogène. Elle pencha la tête pour lui faciliter la tâche, tandis qu'il prenait ses seins en coupe à travers son soutien-gorge. Après quelques secondes, il dégrafa le sous-vêtement, le laissant tomber sur le lit.

Leur étreinte lui semblait si délicieuse, si naturelle.

C'était parce qu'elle l'aimait. Mais elle ne dirait rien à Blake, de peur de gâcher ce moment. Elle bomba la poitrine pour la caler contre ses paumes. Il caressa ses seins, doucement d'abord, puis avec plus de force.

— Pose tes lèvres sur moi, le supplia-t-elle.

Laissant échapper un grondement rauque, il la fit pivoter et l'étendit sur le lit. Tandis qu'il s'allongeait au-dessus d'elle, elle eut un bel aperçu de son torse musclé. Elle plaqua les mains sur ses pectoraux, et ses paumes furent traversées de picotements. L'instant suivant, Blake lui donna exactement ce qu'elle voulait.

Avec sa langue, il lécha et taquina ses mamelons, les prenant tour à tour dans sa bouche.

— Tu sais exactement où se trouvent mes zones érogènes.

— Et je suis impatient d'en découvrir d'autres.

Il la gratifia d'un sourire sensuel puis continua de l'embrasser, traçant un chemin de baisers de ses seins jusqu'à son nombril. Il s'interrompit brusquement.

Posant une main sur son ventre, il riva son regard au sien.

— C'est notre enfant que tu portes là. Je ne veux pas te faire mal.

Elle sentit son regard s'embuer. Avec Blake, elle se sentait chérie et protégée.

— Tu ne me feras pas mal. Le docteur a dit que je pouvais avoir une vie sexuelle normale. Le bébé ne risque rien.

Ses yeux s'assombrirent, et il se mit à genoux. Passant les mains sur ses jambes nues, il lui retira sa culotte et la lança au sol. Lorsqu'elle sentit son souffle chaud sur son sexe, elle se tendit de désir, attendant la suite.

Dès qu'il posa les lèvres sur son clitoris, elle fut secouée de spasmes. Leur dernière nuit n'était pas si loin, pourtant Asia avait l'impression qu'elle remontait à une éternité. Un autre coup de langue, et ses jambes flageolèrent.

— Doucement, ma chérie, je te tiens.

Il lui écarta davantage les jambes et se mit à la caresser avec ses lèvres et sa langue, et lorsqu'elle poussa un cri d'extase, il inséra un doigt en elle. Elle s'accrocha à ses épaules, tentant de résister au tourbillon de sensations, en vain. Blake était un maestro et elle était son instrument. Il joua avec elle, encore et encore, jusqu'à ce qu'elle tremble et voie des éclairs.

Elle reprit son souffle tandis que Blake finissait de se dévêtir, retirant son pantalon et son boxer d'un seul geste.

— J'ai besoin d'être en toi, dit-il, revenant sur le lit.

— Alors prends-moi.

Plongeant une main dans ses cheveux, il reprit possession de ses lèvres. Leur baiser se poursuivit pendant que Blake se plaçait à l'entrée de son sexe. D'un coup de reins puissant, il entra en elle. Puis, très lentement, il se mit à bouger. C'était un supplice exquis.

— Plus fort ! cria-t-elle, et Blake obéit. Oui, comme ça.

Elle enroula les jambes autour de sa taille, et il ondula entre ses cuisses, augmentant le rythme et l'intensité de leur friction, sous ses encouragements essoufflés. Et lorsqu'il inséra la main entre leurs deux corps pour caresser son clitoris, Asia explosa de plaisir. Quelques secondes plus tard, Blake en fit autant et s'enfouit en elle une dernière fois avant de s'effondrer sur son corps.

Ils restèrent enlacés longtemps. Asia songea qu'ils venaient de partager quelque chose d'unique. Elle voulait avouer ses sentiments à Blake, mais il n'accueillerait pas cette confession avec joie. Il avait été très clair, l'amour ne faisait pas partie de l'équation. Elle devrait donc cadenasser ses sentiments. Mais pour l'instant, elle se laisserait envelopper par cet amour pendant qu'elle s'endormait.

17

Blake était distrait. D'habitude, quand il était au bureau, il ne pensait qu'au travail. À présent, les choses n'étaient plus aussi simples. Il allait devenir père. Asia portait son fils, et cela changeait tout. Lorsqu'elle avait découvert la chambre d'enfant, il avait vu son visage s'illuminer. Un étrange sentiment s'était emparé de lui face à son sourire éclatant. Il était en train de développer des sentiments pour elle. Il s'était persuadé qu'il pourrait rester détaché et indifférent envers la mère de son enfant. Mais il avait eu tort.

La nuit dernière, leurs ébats avaient été cataclysmiques. Résultat, toute la matinée, il n'avait cessé de penser à elle. Elle avait une saveur si délicieuse qu'il était devenu accro. Et ce matin, elle l'avait emmené au paradis, se servant de sa bouche et de ses mains pour le réveiller et lui donner du plaisir. Il n'avait aucune volonté face à Asia. Comment avait-elle fait pour lui faire oublier son bon sens ? Il avait cru que le sexe serait un simple bonus. Mais leur alchimie ne faisait que se renforcer. Qu'était-il censé faire de ces émotions malvenues ?

Ce serait sans doute pire quand ils seraient mariés et qu'Asia vivrait chez lui. Ce matin, elle avait dit vouloir emménager rapidement. Elle était enfin prête à dormir dans son lit chaque soir, et Blake aimait cette idée, mais il la redoutait aussi. Il ne voulait pas qu'Asia pense que l'amour était au menu. Le décès de ses parents avait fait de lui l'homme qu'il était, un homme incapable d'aimer.

Pouvait-il changer ? En avait-il envie ?

Non. L'amour menait au désastre.

— Alors, qu'en dis-tu ? demanda Blake à Asia lorsqu'ils entrèrent dans la bijouterie deux semaines plus tard.

La rénovation de Six Gemmes était presque achevée. Asia ignorait comment Coleman & Sons Construction avait réussi à terminer le chantier en quatre semaines. Quoi qu'il en soit, elle était impressionnée par la qualité du travail.

— C'est merveilleux, Blake, dit-elle, tournant sur elle pour admirer son rêve devenu réalité. Je n'arrive pas à le croire. Tout ça, c'est grâce à toi.

— Non, dit-il, prenant ses mains dans les siennes. C'est grâce à *toi*. C'est ton projet. J'ai seulement facilité sa création. Je t'ai vue travailler très dur pour compléter la collection que tu avais commencée avec le collier en diamants bruts que tu m'as vendu il y a quelques mois.

— C'est vrai, mais tu as joué un grand rôle. Merci.

Elle lui donna un baiser. Tandis qu'elle mêlait sa langue à la sienne, elle fut parcourue de frissons. Jamais elle ne se lasserait d'embrasser Blake.

Depuis le jour de l'échographie, ils étaient devenus inséparables. Envolée, l'abstinence sexuelle qu'Asia avait décidée. Elle était folle amoureuse de Blake, et elle avait envie de passer toutes ses nuits à ses côtés. Cependant, elle sentait que Blake était dans la retenue.

Était-il aussi passionné qu'avant ? Oui. Pourtant, durant la nuit qui avait suivi l'échographie, alors qu'ils étaient tendrement enlacés, elle avait cru percevoir un changement en lui. Elle s'était prise à espérer qu'il puisse tomber amoureux d'elle un jour. Mais ces derniers temps, elle doutait. S'imaginait-elle des choses parce qu'elle voulait croire qu'il pourrait l'aimer ?

— Pas de quoi, dit-il. Tu as tout ce qu'il faut pour l'inauguration ?

— Oui. L'organisatrice d'événements que tu m'as conseillée a tout préparé. Il y aura des petits fours haut de gamme, une harpiste jouera une musique d'ambiance, et mes bijoux seront mis en vedette pour que tout le monde puisse voir la nouvelle collection. De plus, toutes les Gemmes seront présentes. Tu vas enfin pouvoir les rencontrer.

— J'ai hâte de faire la connaissance des femmes qui font partie intégrante de ta vie.

— Moi aussi, j'ai hâte.

Elle était également impatiente que ses cinq amies la conseillent sur sa relation avec Blake. Si elle commettait une erreur en l'épousant, elle avait besoin que les Gemmes le lui disent, car pour l'instant, elle était si amoureuse qu'elle ne touchait plus terre.

— Tu es renversante, Asia, la complimenta Blake.

— Merci pour la robe.

Le jour de l'inauguration était enfin arrivé. Blake lui avait fait envoyer une série de tenues afin qu'elle puisse faire un choix. Elle avait sélectionné une robe bustier haute couture. Asia aimait la création gris clair car elle était entourée de rangées de tulle et de rubans de cristal étincelants, qui cachaient son petit ventre.

Pour sa coiffure, elle avait opté pour des ondulations de style années 1930, ramenées sur le côté. Son maquillage, yeux charbonneux et rouge à lèvres foncé, était conçu pour mettre en valeur le plus important : le collier de diamants qu'elle avait confectionné pour l'événement, et qu'elle avait associé à un bracelet tennis.

Bien que Blake et elle passent énormément de temps ensemble, Asia se demandait encore si Ava avait vu juste. Un mariage sans amour réciproque était-il voué à l'échec ? Blake lui avait promis de la soutenir et de prendre soin d'elle. Elle savait qu'il aimait déjà son fils. Elle l'avait vu dans ses yeux pendant l'échographie.

Mais aimait-il la mère de son enfant ? Non. La question était de savoir s'il l'aimerait un jour.

Elle sentit les mains de Blake sur ses épaules.

— Ça va ? Tu semblais perdue dans tes pensées. C'est la soirée qui te rend nerveuse ?

— Non, pas du tout. Ta présence et celle des filles me donnent toute la force dont j'ai besoin.

Même Ava avait promis de faire un saut. Asia lui avait fait livrer une robe pour l'occasion, pour éviter qu'elle se montre dans l'une de ses tenues voyantes.

Blake lui offrit son bras.

— Alors nous ferions mieux de t'emmener au bal, Cendrillon.

Il avait loué une limousine avec chauffeur, afin de pouvoir boire de l'alcool s'il le souhaitait. Asia aurait aimé pouvoir prendre un remontant, elle aussi. Elle était nerveuse et se demandait combien de gens seraient présents. Grâce au réseau de Blake et avec l'aide de l'attachée de presse qu'elle avait engagée, elle avait pu informer tous les médias importants et inviter plusieurs personnalités de la ville, mais elle n'avait aucune idée de la façon dont la soirée allait se dérouler.

C'était une grande étape pour Asia. Six Gemmes était son bébé. Elle avait mis tout ce qu'elle possédait, ainsi que son sang, sa sueur et ses larmes dans cette entreprise. Il fallait qu'elle réussisse.

Une demi-heure plus tard, Asia et Blake parvinrent à destination. Plusieurs photographes entouraient le tapis rouge devant le magasin. Était-ce bon signe ?

— Tout ira bien, assura Blake.

Il l'embrassa sur la joue, puis sortit de la limousine et salua la presse avant d'aider Asia à descendre.

— Blake, allez-vous vraiment vous contenter d'une seule femme ? questionna l'un des photographes.

— Qu'est-ce que ça fait d'attraper un des plus beaux partis de Denver ? lança un autre.

La presse était au courant des fiançailles, selon le souhait de Blake, alors Asia n'allait pas s'en faire. Elle sourit et fit un signe de la main mais ne répondit pas et entra dans la bijouterie. Elle fut heureuse de voir que les invités étaient venus nombreux. Elle aurait aimé qu'Yvette soit présente, mais cette dernière était en croisière avec Melvin. En revanche, Asia repéra ses cinq amies préférées dans un coin, en train de siroter des martinis.

Ce fut Shay qui la vit en premier.

— Asia ! s'exclama-t-elle.

Blake la relâcha pendant que les Gemmes se précipitaient vers elle pour la serrer dans leurs bras.

— C'est si bon de te voir, Asia, dit Wynter quand le groupe eut terminé son accolade collective. Je m'inquiétais pour toi, mais je n'aurais pas dû. Tu es fabuleuse.

— Je suis d'accord avec Wynter, renchérit Egypt. La maternité te va bien.

Asia rougit.

— Merci.

Elle retint des larmes inopinées. Les Gemmes lui avaient manqué, et elle n'avait pas mesuré à quel point jusqu'à cet instant.

— Êtes-vous l'illustre Blake Coleman ? demanda Teagan, le toisant de la tête aux pieds.

— Lui-même. Je suppose que vous êtes Teagan ?

— Comment le savez-vous ?

— J'ai vu des photos, et la description que m'a faite Asia vous correspond parfaitement.

— Oh ! j'adore les hommes qui ont de la repartie, fit Teagan. Nous devrions avoir une petite discussion.

— Bonne idée, dirent Shay et Egypt à l'unisson.

Les trois femmes entraînèrent Blake à l'écart.

Pendant ce temps, Lyric prit la main d'Asia.

— Puisque ces trois-là s'occupent de Blake, nous pouvons

papoter toutes les deux. Comment vas-tu, ma belle ? Cet endroit ne ressemble pas du tout à ce qu'il était, nota-t-elle.

— Je suis du même avis, approuva Wynter. Tu as opéré une transformation totale, et le résultat est magnifique. En plus, il y a beaucoup de monde ce soir.

— Merci, mesdemoiselles, mais si vous voulez bien m'excuser, je dois aller voir quelques invitées, dit Asia.

Elle venait d'apercevoir plusieurs des femmes qu'elle avait rencontrées à l'anniversaire de Sadie.

— Mais j'ai désespérément besoin d'une conversation entre filles. Vous êtes libres tout à l'heure ?

— Absolument, assura Lyric.

Asia leur sourit puis se dirigea vers le groupe de femmes fortunées. Elle se réjouissait à l'idée de pouvoir discuter avec ses amies plus tard dans la soirée. Elle espérait qu'elles l'aideraient à y voir clair concernant son futur mariage avec Blake.

Blake n'avait pas peur de parler avec les amies d'Asia. Il savait qu'il se comportait en bon fiancé. Les Gemmes seraient-elles de cet avis ? Cela restait à voir.

— Que voulez-vous savoir, mesdames ? demanda-t-il.

— Tout, fit Shay en croisant les bras. Pourquoi avez-vous demandé Asia en mariage ?

— Quelles sont vos intentions ? questionna Egypt.

— Êtes-vous prêt à devenir un mari et un père ? ajouta Teagan.

Blake leva les mains en signe de défense.

— Je ne peux répondre qu'à une seule question à la fois, alors je vais commencer par la vôtre, Shay. Je lui ai demandé de m'épouser parce que je souhaite que nous formions une famille. Asia, notre fils et moi.

— Un fils ? s'exclama Shay, les yeux écarquillés.

Blake regarda les trois femmes tour à tour.

— Asia ne vous a rien dit ?

Elles secouèrent la tête.

— Désolé. Comme vous êtes proches, j'ai supposé qu'elle vous avait mises au courant. Peut-être voulait-elle vous l'annoncer en personne ? Quoi qu'il en soit, je sais ce que c'est que de vivre dans un foyer harmonieux, et de voir tout cela détruit. Mes parents ont été tués par un conducteur ivre quand j'avais douze ans. J'ai grandi sans eux, et je ne veux pas que mon fils grandisse sans moi. Asia et moi tenons à ce que notre fils ait ce que nous n'avons pas eu, à savoir deux parents qui l'aiment.

— C'est tout à votre honneur, dit Shay. Et j'apprécie votre honnêteté. Moi aussi, j'ai grandi dans un foyer sans père.

— Donc, vous pouvez voir que mes intentions sont honorables. Je vais faire de votre amie une femme honnête et prendre mes responsabilités vis-à-vis du bébé que nous avons conçu.

— C'est vrai, dit Teagan, mais êtes-vous prêt pour cela ?

Blake haussa les épaules.

— Est-on jamais prêt à être parent ? On peut lire tous les livres du monde, mais franchement, je pense qu'il faut suivre son instinct.

Egypt et Teagan acquiescèrent d'un signe de tête. En revanche, Shay semblait encore sceptique.

— Que ressentez-vous pour Asia ? demanda-t-elle.

Répondre à cette question directe n'était pas facile.

— Je tiens beaucoup à elle. Je la trouve belle, sexy, drôle et talentueuse. Je veux la protéger et l'aider à réaliser ses rêves. Elle ne manquera de rien.

— Et l'amour ? fit Shay en le regardant droit dans les yeux.

Blake craignait que quelle que soit sa réponse, elle ne soit pas suffisamment bonne.

— Doucement, Shay, tempéra Egypt.

— Ma question est légitime, répliqua Shay sans le quitter des yeux. Blake, peut-être devriez-vous réfléchir avant d'échanger vos vœux. Le mariage est un engagement, et il ne doit pas être pris à la légère.

Sans un mot de plus, Shay s'éloigna d'un pas décidé.

— Je suis désolée, murmura Egypt.

Teagan et elle rejoignirent Shay, le laissant seul.

Il s'écarta de la foule, le temps de se ressaisir. Les Gemmes voulaient l'entendre dire qu'il aimait Asia, et il avait le sentiment qu'Asia le souhaitait aussi. Mais il ne pouvait s'y résoudre. Il devait garder le contrôle de lui-même et de ses sentiments. Sinon, son cœur pourrait se briser à nouveau. C'était un risque qu'il refusait de prendre.

L'inauguration de la bijouterie se déroulait à merveille. Les petits fours étaient divins. Asia dégustait quelques mini-tartelettes aux épinards et aux champignons tout en passant de groupe en groupe. Elle avait parlé affaires avec quelques personnes qui lui avaient demandé où elle puisait son inspiration. À la grande joie d'Asia, plusieurs des amies de Sadie avaient acheté des bijoux, qui avaient été discrètement emballés au fond de l'espace de vente.

C'était merveilleux d'avoir ses amies à ses côtés pour cette grande étape. Elle était allée leur parler plusieurs fois, et avait reçu des pouces levés en guise de soutien. En revanche, Blake avait été étrangement absent pendant l'essentiel de la soirée.

Elle avait croisé son regard à plusieurs reprises, et il lui avait souri, mais sans conviction. La conversation avec les Gemmes s'était-elle mal passée ? Shay, Egypt et Teagan avaient été muettes lorsqu'elle les avait interrogées, mais elle savait qu'il y aurait un débriefing. Si ce n'était pas ce soir, ce serait demain, car les filles avaient prévu un brunch avant de repartir dans leurs villes respectives.

Asia tenta de se dire qu'il n'y avait rien de grave. C'était sa grande soirée, mais c'était aussi celle de Blake. Il avait été d'une grande aide pour lui permettre de donner vie à son projet. Elle était sur le point d'aller lui parler quand elle sentit quelqu'un lui tapoter l'épaule.

Elle se retourna et se retrouva face à Ava. Elle était vêtue d'une robe noire élégante, dont une manche descendait jusqu'au sol, et ses cheveux étaient relevés en un élégant chignon.

— Maman, tu es superbe.

Ava afficha un grand sourire.

— Facile quand on est habillée en haute couture. Félicitations, ma belle. Tu as toujours voulu avoir ta propre bijouterie, et tu as réussi !

Asia fut submergée par un sentiment de fierté.

— Merci, maman.

— Et tu es stupéfiante dans cette robe. On ne dirait pas que tu es enceinte, murmura-t-elle d'un ton complice.

Ne sachant que répondre, Asia garda le silence.

— Alors, dit Ava, où est mon futur gendre ? Il me tarde de le rencontrer.

— Viens, je vais te présenter, dit-elle, et elle lui fit traverser la boutique pour rejoindre Blake.

Il discutait avec quelques jeunes femmes, toutes grandes et superbes. Elles correspondaient au genre de femme que Blake fréquentait habituellement.

— Excusez-moi, dit Asia. Ça vous ennuie si je vous vole Blake un instant ?

— Pas du tout, dit l'une des jeunes femmes. Félicitations pour votre boutique. J'adore votre travail.

Asia feignit un sourire, mais en son for intérieur, elle était folle de jalousie. Elle n'aimait pas voir Blake en compagnie de splendides créatures. Un bras sur les épaules d'Ava, elle glissa l'autre sous celui de Blake et les entraîna à l'écart.

— Blake, j'aimerais te présenter ma mère, Ava Reynolds.

— Madame Reynolds, c'est un plaisir de vous rencontrer

enfin, dit Blake, déposant un baiser sur sa main. J'ai beaucoup entendu parler de vous.

Ava fut momentanément sans voix.

— Euh, merci. Je vous suis reconnaissante de tout ce que vous faites pour ma fille.

Il se tourna vers Asia, et elle remarqua une lueur dans son regard, qu'elle n'avait pas vue de toute la soirée.

— Elle le mérite. C'est une femme exceptionnelle.

Asia savait que Blake tenait à elle. Mais jusqu'à quel point ? Pour sa part, elle aimait Blake. Mais cela suffirait-il pour bâtir un mariage solide ? Pouvait-elle engager sa vie entière dans une union en sachant que son mari ne l'aimerait peut-être jamais ? Elle n'en était plus si sûre, et cela lui faisait peur.

18

La soirée s'acheva sur une bonne note. Asia avait vendu un grand nombre de pièces issues de sa nouvelle collection, et elle était très fière d'elle. Lorsque l'organisatrice de la soirée lui assura que tout était sous contrôle et que la bijouterie serait prête pour l'ouverture au public lundi, Asia alla retrouver Blake, qui l'attendait. Après une brève apparition, sa mère était partie, disant qu'elle avait un rendez-vous galant. Quant aux Gemmes, elles étaient rentrées à leur hôtel et retrouveraient Asia demain matin pour leur brunch.

— Prête ? demanda Blake. Tu dois être épuisée après cette grande soirée.

Elle acquiesça d'un signe de tête. Elle avait envie de lui demander ce qui n'allait pas, mais elle hésitait, redoutant la tournure que pourrait prendre la conversation.

— Oui, je suis prête.

Ils sortirent de la bijouterie. À leur grande surprise, plusieurs journalistes les attendaient.

— Blake, quand avez-vous su qu'Asia était enceinte ?

— C'est pour cette raison que vous allez vous marier rapidement ? cria un autre.

Asia posa aussitôt la main sur son ventre dans un geste protecteur, puis Blake l'aida à monter dans la limousine. Ces questions intrusives de la presse gâchèrent son humeur. Ce n'était pas ainsi que Blake et elle auraient voulu annoncer sa grossesse. Comment les journalistes avaient-ils su qu'elle attendait un bébé ? Ils ne l'avaient révélé qu'à la famille et aux amis, mais peut-être quelqu'un l'avait-il entendue en parler avec les Gemmes ou avec sa mère ce soir ?

Il y avait un autre problème : elle avait espéré discuter avec Blake de leur avenir, mais il consulta son téléphone pendant tout le trajet.

Lorsqu'ils arrivèrent chez lui, elle était si épuisée qu'après sa douche, elle alla directement se coucher. Au cours de la nuit, Blake la rejoignit sans doute car elle sentit son corps musclé envelopper le sien, puis elle se rendormit. Tout semblait aller mieux.

Ce matin, en revanche, c'était tout le contraire. Blake n'était pas dans le lit quand Asia se réveilla, et elle découvrit une photo d'elle se tenant le ventre sur son téléphone, qui débordait de notifications. La presse faisait ses choux gras de la nouvelle de sa grossesse, et Asia ignorait quoi faire. Blake, en revanche, saurait exactement quelles mesures prendre. Elle le trouva dans la cuisine, en train de discuter par téléphone avec son chargé de relations publiques, afin de décider de la meilleure manière de contrôler les dégâts.

Retournant dans la chambre, Asia s'allongea sur le lit et observa d'un œil noir la photo d'elle devenue virale. L'image était parue dans plusieurs journaux de Denver et avait fait le tour des réseaux sociaux. Les gens faisaient des commentaires, disant qu'elle était tombée enceinte exprès pour prendre au piège le plus beau parti de Denver.

D'autres articles évoquaient sa mère. Sa mère, bon sang ! Des journalistes avaient découvert qu'Ava avait de gros problèmes financiers. Certains avançaient que sa mère et elle avaient mis au point ce plan élaboré pour duper Blake et le pousser à investir de l'argent dans la bijouterie.

Seigneur, quel cauchemar ! Cette histoire fausse allait occulter l'inauguration de son commerce ! Les Gemmes lui avaient envoyé plusieurs messages pour prendre de ses nouvelles. Asia en avait même reçu un de sa mère, qui lui demandait de la rappeler au plus vite. Mais tout ce qu'Asia voulait pour l'instant, c'était parler à Blake.

Elle alla enfiler un peignoir par-dessus sa nuisette, puis retourna à la cuisine. Blake était installé devant l'îlot central, une tasse posée à côté de lui et son téléphone à la main. Il ne leva pas les yeux quand elle approcha.

— Blake ?

Elle avança encore, et il finit par la regarder. Son expression était sombre, et il semblait avoir très peu dormi. Elle grimpa sur un tabouret de bar pour être face à lui.

— Je suis désolée pour tout ça, dit-elle, montrant le téléphone qu'il tenait.

— Pourquoi ? Ce n'est pas ta faute.

Il se leva et alla poser sa tasse vide dans l'évier.

S'il estimait que ce n'était pas sa faute, pourquoi était-il si distant ?

— Je ne sais pas comment ils l'ont appris, dit-elle.

— Ne t'inquiète pas, mon équipe s'en charge. Nous allons publier un communiqué tout à l'heure, pour annoncer notre prochain mariage et ta grossesse. Je devrais recevoir un brouillon rapidement.

— C'est ce que tu veux ? demanda-t-elle calmement.

C'était une question légitime, mais à en juger par le regard orageux de Blake, il n'avait aucune envie d'y répondre.

— Qu'est-ce que c'est que cette question ? demanda Blake.

Il n'en revenait pas qu'Asia ait encore des doutes sur ses motivations. Il avait redoublé d'efforts pour lui prouver qu'il était digne d'elle, et elle ne le croyait toujours pas ?

— Étant donné tout ce qui s'est passé, je pense que ma question est justifiée, affirma-t-elle, descendant de son tabouret.

— Vraiment ? fit Blake, contournant l'îlot pour se retrouver face à elle. Après tout ce que nous avons traversé ? N'en ai-je pas fait assez, Asia, pour te prouver que tu peux me faire confiance ? Que veux-tu de plus ?

Elle se mit à pleurer. *Mince !* Il venait de hurler sur une femme enceinte et il avait l'impression d'être un mufle.

— Asia, je suis navré.

Il avança vers elle, mais elle recula.

— Non ! fit-elle, essuyant ses larmes du revers de la main. Je crois qu'il est temps que nous ayons enfin une discussion.

— Une discussion ? Nous n'avons fait que discuter ces deux derniers mois. Tu voulais apprendre à me connaître, et c'est ce que nous avons fait. Tu voulais que l'on passe du temps ensemble. Tu as banni le sexe, et je l'ai accepté. Mais ensuite, nous avons cédé à notre attirance et repris notre liaison. J'ai toujours suivi les règles que tu as édictées, Asia.

— Et j'ai suivi les tiennes. C'est toi qui as décrété que nous devions nous marier.

— Parce que c'est ce qu'il faut faire ! Nous allons avoir un enfant.

— Nous n'avons pas besoin d'être mariés pour élever notre enfant, souligna-t-elle.

— Seigneur ! fit-il, se passant la main dans les cheveux. Tu veux vraiment revenir à la case départ ? Je croyais que nous étions d'accord.

— D'accord ? Tu m'as plutôt forcé la main, non ?

— Je t'ai forcé la main ? lâcha-t-il, furieux. C'est vraiment ce que tu crois ? Dans ce cas, pourquoi as-tu cédé ?

— Parce que... – ses épaules tremblèrent et d'autres larmes coulèrent – tu es charmant et que tu peux être très convaincant. Et parce que je...

— Tu quoi ?

— Parce que je t'aime ! s'exclama-t-elle à travers ses larmes.

Blake vacilla comme si elle venait de le gifler. Il crut qu'elle allait reculer, mais elle ne bougea pas et le regarda fixement.

— Je sais que tu n'as pas envie de l'entendre, Blake, mais je t'aime. J'ignore à quel moment c'est arrivé, mais je suis tombée amoureuse de toi. Et j'ai cru que si je t'épousais, tu tomberais amoureux de moi, toi aussi.

— Asia, arrête. Tu ne sais pas ce que tu dis.

Elle effaça la distance qui les séparait.

— Si, je le sais. Je sais que je t'aime et que rien ne me rendrait plus heureuse que de t'entendre me dire que tu m'aimes aussi. Car dans ce cas, nous pourrions élever ce bébé – elle lui prit la main et la plaça sur son ventre – ensemble. C'est ce que je veux. Un foyer aimant et heureux. C'est ce dont notre fils a besoin.

Blake fixa sa main, posée sur le ventre arrondi d'Asia. Elle voulait entendre qu'il l'aimait aussi, et s'il exauçait son souhait, tout irait à merveille. Seulement, il ne lui avait jamais menti, et il n'allait pas commencer maintenant.

Lentement, il retira sa main.

— Je suis désolé, Asia, mais je ne peux pas. Je t'ai déjà donné tout ce dont je suis capable. Si tu peux accepter le mariage que je t'offre, avec un mari qui sera présent pour toi et pour cet enfant, un amant qui te donnera du plaisir comme tu n'en as jamais connu, alors je suis tout à toi.

Elle se rembrunit et ses yeux s'embuèrent à nouveau.

— Tu me donneras tout, sauf ce que je veux le plus. Ton amour.

Blake n'aimait pas la tournure que prenait cette conversation. Une douleur lui comprima la poitrine, l'empêchant de respirer.

— Asia, s'il te plaît, ne fais pas ça. N'émets pas une condition qui pourrait nous séparer. Nous pourrions être si heureux ensemble. Le mois qui vient de s'écouler ne l'a-t-il pas montré ?

— Si, et il m'a donné envie d'avoir plus. Je veux un homme

qui m'aime. Un compagnon avec lequel passer le restant de mes jours. Et j'imagine que ce n'est pas toi, n'est-ce pas ?

Après quelques secondes, elle ajouta :

— Je ne peux pas t'épouser, Blake. Je ne peux pas m'engager dans un mariage sans amour réciproque.

— Alors tu vas me quitter ? Tu vas laisser notre fils être ballotté entre deux foyers ?

— N'essaie pas de me faire du chantage affectif, Blake.

— Tu as besoin de plus de temps ?

Il était conscient qu'il était en train de se raccrocher aux branches. Mais il ne pouvait pas perdre son fils, ni Asia. La perspective d'un tel scénario lui nouait l'estomac.

— Du temps pour quoi ? Pour attendre en vain que tu tombes amoureux de moi ? Non. Je ne peux pas t'épouser.

Elle soupira, puis, au grand désarroi de Blake, elle retira sa bague de fiançailles et la plaça dans sa paume.

Il secoua la tête. Cela ne pouvait pas se finir ainsi.

— C'est comme ça que tu montres ton amour aux gens ? En les abandonnant ?

— C'est justement parce que je t'aime que je dois m'en aller. Je veux que notre fils connaisse l'amour et qu'il ne le cherche pas au mauvais endroit. Je serai son exemple.

— Tu ne reviendras pas sur ton choix ?

— Non. Je vais faire mes bagages, ensuite je m'en irai.

Quand elle pivota sur ses talons, il lança :

— Et le bébé ?

— Je ne t'empêcherai pas de le voir, répondit-elle sans se retourner. Tu peux être aussi présent que bon te semblera. Et tu es le bienvenu à tous les rendez-vous médicaux.

— Soit, lâcha-t-il.

Elle s'éloigna, et il l'entendit s'affairer dans la chambre. Il alla camper devant la fenêtre, et pour la première fois, il ne remarqua même pas la vue splendide sur les montagnes. Il ne pensait qu'à

Asia, qui allait le quitter. Il ne sentirait plus ses caresses sur sa peau. Il ne goûterait plus ses lèvres sucrées.

Elle avait exprimé ce qu'elle voulait, et elle ne se contenterait pas de moins que cela. Oui, il souhaitait qu'elle reste, mais il ne pouvait pas lui offrir l'amour dont elle rêvait. Il avait déjà fait bien plus d'efforts pour Asia que pour n'importe quelle autre femme. Il avait troqué son statut de célibataire endurci contre celui de fiancé en très peu de temps. Il l'avait fait pour le bébé, et, pour être honnête, pour Asia. Si elle ne pouvait pas accepter ce qu'il avait à donner, eh bien, qu'il en soit ainsi.

Vingt minutes plus tard, Asia sortit de la chambre tout habillée, un petit sac de voyage à la main. Elle vint se placer face à lui. Ils se regardèrent pendant ce qui sembla une éternité, et il la supplia en silence de rester. Mais elle déposa un baiser sur sa joue et l'instant suivant, elle s'en alla.

Pouf ! Disparue, comme si elle n'avait pas été au centre de sa vie pendant ces deux derniers mois. Qu'était-il censé faire à présent ? Redevenir un séducteur sans attache, qui collectionnait les conquêtes ? L'idée le révulsait, car dans cinq mois, il serait père.

Les Gemmes attendaient déjà Asia lorsqu'elle entra dans son appartement. Avant de quitter le logement de Blake, elle leur avait envoyé un message pour les informer que tout était fini entre Blake et elle.

Dès qu'elle ouvrit la porte et les vit assises sur son canapé, Asia lâcha son sac et fondit en larmes. Shay et Wynter accoururent pour la prendre dans leurs bras.

— Je suis tellement navrée, dit Shay. Je sais à quel point tu aurais aimé que ça marche entre Blake et toi.

— Tu dois être dévastée, renchérit Wynter en lui essuyant les joues.

Asia hocha la tête et alla s'asseoir sur le canapé. Des tasses à thé étaient posées sur la table basse.

— J'ai prévu du thé sans théine pour toi, dit Shay, et elle lui servit une tasse.

Asia afficha un demi-sourire.

— Merci, dit-elle.

Mais elle était incapable d'avaler quoi que ce soit.

— Que s'est-il passé ? demanda Egypt. Hier soir, vous aviez l'air d'un couple harmonieux. Quand nous avons parlé avec Blake, il semblait très investi dans votre couple.

— C'est vrai. Ce mariage lui tenait à cœur. Et il aime notre bébé. Mais il ne m'aime pas.

— Tu en es sûre ? s'étonna Wynter. J'ai vu la façon dont il te regardait. Il avait l'air d'un homme amoureux.

— Tu as peut-être mal interprété la situation, trésor, avança Teagan. Tu es tellement amoureuse de Riley que tu veux qu'Asia connaisse le même genre d'amour.

— Est-ce que tu lui as avoué que tu l'aimais ? intervint Lyric.

— Oui, j'ai pensé à ce que vous m'aviez dit. Même maman m'a demandé si je pourrais supporter la situation, et je pensais en être capable. Blake était résolu à être un mari et un père. Il a affirmé qu'il ne me tromperait jamais. Et je voyais à quel point il aimait déjà son fils. Comment peut-il aimer son fils et ne pas m'aimer, moi ?

— Ce n'est pas toujours facile pour les hommes de dire ce qu'ils ressentent, contrairement à nous, fit valoir Shay. Nous sommes des livres ouverts. Sauf peut-être toi, Teagan.

Toutes se mirent à rire, et Teagan rétorqua :

— Hé, j'ai un cœur, moi aussi, et j'ai de la peine pour toi, Asia. Je veux dire, tu portes son enfant.

— Et maintenant, je vais être une maman solo, répondit Asia. Je croyais pouvoir tenir le coup, mais lorsque j'ai vu la réaction de Blake pendant l'échographie et que j'ai découvert la chambre d'enfant... Je vous ai dit qu'il a déjà aménagé une chambre pour notre petit garçon ?

Elle prit son téléphone et montra des photos à ses amies.

— C'est magnifique, commenta Teagan, et les autres approuvèrent. Blake a bon goût.

— Il sera un père formidable, ajouta Lyric.

Asia était d'accord, et cette pensée la fit pleurer à nouveau.

— Il est capable d'amour, à l'évidence. Simplement, il ne m'aime pas.

— Oh ! Asia ! fit Shay en s'asseyant à côté d'elle, et Asia se blottit dans ses bras.

Asia savait qu'elle méritait mieux que ce que Blake lui offrait. Elle avait cru pouvoir supporter la rupture, mais une vague de douleur emplit sa poitrine et ses sanglots redoublèrent. Les Gemmes la prirent dans leurs bras, mais cela ne suffit pas à la réconforter. Car Asia n'avait pas seulement perdu un fiancé, elle avait aussi perdu son meilleur ami.

— Tu as une mine terrible, commenta Jeffrey quand Blake se montra sur son seuil, le lendemain de sa dispute avec Asia.

Blake était vêtu d'un survêtement, ce qui ne lui ressemblait pas.

— Qu'est-ce qui t'arrive ? questionna Jeffrey.

— Asia m'a quitté, dit-il, passant devant son ami pour entrer dans la maison.

Il regarda autour de lui mais ne vit ni Mara ni les enfants.

— Nous sommes seuls ? demanda-t-il.

— Oui, répondit Jeffrey. Ils sont à une fête d'anniversaire. Et ça tombe bien. Raconte-moi ce qui s'est passé.

Blake se mit à faire les cent pas dans le salon.

— Je ne sais pas, Jeffrey. Hier soir, tout allait bien, ou du moins je le pensais. Asia a inauguré sa bijouterie, et ça a été un grand succès. J'ai fait la connaissance de ses cinq amies, qui sont comme des sœurs pour elle.

— Et ?

— Elles ont été dures avec moi. Et je le comprends. Elles

veillent sur elle. J'ai répondu avec honnêteté, et je pensais avoir réussi l'examen.

— Alors comment se fait-il qu'Asia ait rompu avec toi ?

— Tu as vu les réseaux sociaux ?

— Oui. Mais je me suis dit que ton chargé de relations publiques ferait paraître une sorte d'annonce officielle pour faire taire les rageux.

— C'était ce qui était prévu, jusqu'à ce matin.

Blake cessa de marcher et posa la main sur la cheminée.

— Asia est venue me trouver pour parler d'amour, rien de moins.

— Qu'a-t-elle dit ?

— Qu'elle m'aimait.

— Ah, fit Jeffrey. Je comprends mieux.

— Qu'est-ce que tu comprends mieux ?

— Tu lui as dit que tu l'aimais ?

— Non, évidemment ! Je n'offre pas mon amour. Je ne l'ai jamais fait et je ne le ferai jamais.

— Tu l'as dit à Asia ?

— Pas aussi clairement. Tu me crois si stupide ?

— Tu l'es sans doute si tu as laissé partir une femme comme Asia. Qui plus est, elle porte ton enfant.

— Tu penses que je ne le sais pas ? rétorqua Blake en élevant la voix. Pourquoi crois-tu que je devienne fou ?

Il se passa la main dans les cheveux.

— Je pensais que vous étiez sur la même longueur d'onde. Vous avez passé beaucoup de temps ensemble. Quand vous êtes venus dîner à la maison, j'étais certain que tu avais des sentiments pour elle.

— Je tiens à Asia, sincèrement. Mais de là à l'aimer ?

Blake baissa la tête. Il éprouvait des sentiments forts pour Asia, mais il refusait de les assimiler à de l'amour. Car l'amour faisait souffrir.

— Pourquoi pas ? plaida Jeffrey. Si tu pouvais simplement ouvrir ton cœur, Blake...

— Pour qu'il puisse être piétiné ? riposta-t-il. C'est elle qui m'a quitté !

— Parce qu'elle ne peut pas vivre sans ton amour, répondit Jeffrey calmement.

— Alors nous sommes dans une impasse, conclut Blake. Et nous n'avons pas d'avenir.

Et cela le rendait furieux. Il avait l'habitude que les choses aillent dans son sens, mais ce n'était pas le cas cette fois. Asia préférait être une mère célibataire plutôt que de l'épouser. Elle préférait passer ses nuits seule plutôt que dans le lit de Blake à faire l'amour passionnément. Cela blessait son ego, mais pas seulement.

Cela blessait aussi son cœur.

19

Asia était seule.

Les Gemmes étaient retournées à leurs vies respectives, et le groupe se retrouverait au mariage de Wynter dans quelques semaines. Asia était sincèrement heureuse pour elle, néanmoins elle aurait du mal à sourire et à écouter les amoureux échanger leurs vœux alors qu'elle-même avait le cœur brisé. Cependant, elle ferait cet effort, pour son amie.

Prenant son courage à deux mains, elle se rendit à la bijouterie lundi matin. Elle avait mis en pause ses pages de réseaux sociaux et filtrait ses appels. Heureusement, aucun journaliste ne rôdait autour de Six Gemmes à cette heure matinale, par conséquent, Asia put se faufiler à l'intérieur sans se faire remarquer. Elle prit un instant pour regarder autour d'elle. Le lieu n'avait plus rien à voir avec ce qu'il avait été quand il appartenait à Yvette.

Asia avait engagé une intérimaire pour l'aider, en attendant de trouver une employée qualifiée qui l'assisterait comme elle avait assisté Yvette. Elle avait espéré que Blake serait présent en ce jour d'ouverture, mais il ne se montrerait pas, elle le savait. Elle s'efforçait de ne pas penser à lui, mais ce n'était pas facile. Depuis que Blake avait appris sa grossesse, il avait été à ses côtés, s'assurant qu'elle avait tout ce dont elle avait besoin. À présent, il n'était plus là. Bien qu'elle souffre, elle savait qu'elle aurait souffert davantage si elle l'avait épousé en sachant qu'il ne pourrait jamais l'aimer en retour.

Il ne voulait pas d'elle, ou du moins, pas vraiment. Cela ne l'intéressait pas de bâtir un vrai mariage d'amour. Or, Asia refusait de rester à ses côtés en faisant semblant de ne pas l'aimer. Elle devait accepter la réalité : leur relation était bel et bien terminée.

Assis dans son bureau, Blake regardait au loin. Cela faisait une semaine qu'il dormait à peine, parce qu'Asia n'était plus dans son lit. En très peu de temps, elle s'était frayé un chemin jusqu'à lui, malgré tous les obstacles qu'il avait dressés afin de se protéger. Et il était furieux. Furieux qu'Asia lui manque. Son sourire et son insolence lui manquaient. Leurs discussions et leurs soirées télé lui manquaient.

Il avait été si distrait pendant la réunion matinale tout à l'heure que Martha avait dû le corriger sur plusieurs points essentiels. C'était insensé. Il ne pouvait pas continuer ainsi. *Ressaisis-toi,* s'intima-t-il.

Un changement de décor l'y aiderait peut-être. Néanmoins, l'idée d'être à nouveau sur le marché le répugnait. Il n'avait pas envie de coucher avec une autre femme. Sans qu'il s'en rende compte, Asia l'avait changé.

Martha frappa à la porte, interrompant ses pensées.

— Je sais que vous êtes de mauvais poil, dit-elle, mais les chiffres définitifs pour le chantier Six Gemmes sont arrivés. Je suppose que vous voulez les voir ?

— Bien sûr. Merci.

Il accepta le dossier qu'elle lui tendit et le posa sur le bureau.

Sa relation avec Asia était peut-être terminée, mais ils étaient encore liés par les affaires. Heureusement, le chantier était achevé. Cela dit, Blake demeurait copropriétaire de la bijouterie, ce qui n'était pas logique. Si Asia et lui devaient se séparer, il fallait que la rupture soit nette.

Asia n'aurait pas les fonds nécessaires pour lui racheter sa part avant quelques années. Par conséquent, il fallait que Blake lui *donne* la bijouterie. Il n'avait pas besoin d'argent. C'était Asia qui avait insisté pour qu'il lui prête cette somme, mais il effacerait sa dette, ce qui ferait d'elle l'unique propriétaire. C'était le moins qu'il puisse faire.

Puisqu'elle voulait être libérée de lui, il exaucerait son souhait.

Une boule se forma dans sa gorge à cette pensée, mais il tenait à agir au mieux pour Asia.

— Comment ça va ? Tu tiens le coup ? demanda Shay, une semaine après qu'Asia avait rompu avec Blake.

— Je vais bien. La première semaine d'activité de Six Gemmes a été un succès. C'est un très bon départ.

Sur l'écran de son téléphone, Asia vit Shay lever les yeux au ciel.

— Je ne parle pas des affaires et tu le sais très bien, Asia. Je te demande comment *toi* tu vas.

Asia haussa les épaules.

— Aussi bien qu'on peut s'y attendre. Toute cette expérience m'a fait mûrir. Je ne suis plus la Asia frivole que j'étais. J'ai deux priorités à présent : le bébé et la bijouterie.

— Est-ce que ça va te suffire ?

— Il le faut bien, Shay. Accorde-moi un instant.

Elle posa le téléphone car un coursier venait d'entrer pour lui apporter un paquet. Elle signa le reçu puis ouvrit l'enveloppe, qui contenait des documents. Les passant rapidement en revue, elle comprit de quoi il retournait : Blake avait dissous leur partenariat. Et, si elle avait bien lu, il lui donnait ses cinquante pour cent de l'entreprise, faisant d'elle l'unique propriétaire de Six Gemmes. Elle devrait être au comble de la joie, mais c'était tout le contraire.

Blake ne voulait plus rien avoir à faire avec elle.

— Asia ?

La voix de Shay lui parvint, mais elle était noyée par le bourdonnement dans sa tête.

Elle reprit le téléphone.

— Blake met un terme à notre association en me donnant sa part de la bijouterie. Il a déjà signé les papiers. Il ne veut plus rien avoir à faire avec moi, Shay.

— Ce n'est pas vrai, Asia. Vous allez avoir un fils, tous les deux. Blake fera toujours partie de ta vie même si vous n'êtes plus associés.

— Et quand le verrai-je ? s'écria Asia. Quand il viendra chercher le bébé ou qu'il le déposera ?

Des larmes coulaient sur ses joues et elle avait du mal à respirer.

— Asia, il faut que tu te calmes.

— Co... comment je le pourrais ? bredouilla-t-elle. Blake veut se débarrasser de moi, comme si ces derniers mois ne comptaient pas !

— Asia, s'il te plaît, calme-toi. Ce n'est pas bon pour le bébé.

— Je... je ne peux pas.

Soudain, une douleur aiguë lui transperça le ventre.

— Oh !

— Asia, que se passe-t-il ? demanda Shay à l'autre bout de la ligne.

— Je ne sais pas, mais quelque chose ne va pas. C'est peut-être le bébé. Aaaah !

Une autre vague de douleur traversa son abdomen, et Asia s'effondra sur le sol. Elle regarda Shay sur l'écran de son téléphone.

— Raccroche, j'appelle une ambulance ! lança Shay.

Allongée sur le sol en se tenant le ventre, Asia ne songea qu'à son bébé. Cet enfant était tout pour elle, et elle espérait de tout cœur qu'elle n'était pas en train de le perdre.

Les documents avaient été remis à Asia.

Blake venait de recevoir la confirmation que la dissolution

de son association avec Asia était lancée. Il tenait à rayer cette femme de sa vie, et c'était ce qu'il venait de faire. Alors pourquoi avait-il l'impression de s'être arraché le cœur ?

Il n'avait pas voulu en arriver là, mais c'était Asia qui l'y avait poussé.

Il fallait qu'il parle à quelqu'un. Malheureusement, Jeffrey était en voyage d'affaires. Voilà pourquoi, au milieu de la journée, Blake quitta son bureau et prit la route pour se rendre chez sa tante Sadie. Elle était récemment revenue de l'un de ses nombreux voyages en Europe.

Il gara sa Mercedes dans l'allée et se servit de sa clé pour entrer.

— Tante Sadie ? lança-t-il après avoir refermé la porte.

— Je suis là, Blake !

Il suivit le son de sa voix et la trouva dans son atelier. Elle était assise devant un tour de potier, les mains couvertes d'argile. Il ignorait que sa tante aimait la poterie...

— Qu'est-ce que tu es en train de fabriquer ? demanda-t-il, prenant place face à elle.

— Je ne sais pas encore, répondit-elle en riant. J'ai commencé la poterie récemment, quand j'étais à l'étranger. J'ai trouvé ça très relaxant.

Elle mouillait régulièrement ses mains avant de les remettre dans l'argile.

— Il faut que je ralentisse un peu le tour.

Elle tapa du pied sur la pédale et continua de façonner le morceau d'argile, qui s'arrondit.

— Je crois que ce sera un bol, dit-elle, étirant la matière jusqu'à ce qu'elle devienne ovale. Alors, qu'est-ce qui te tracasse, Blakey ? J'imagine que tu n'as pas fait tout ce chemin pour me regarder faire de la poterie.

— Non, en effet.

Elle leva les yeux.

— Où est ma petite Asia ?

Blake poussa un grand soupir.

— Nous ne sommes plus ensemble.

Sadie arrêta aussitôt le tour de potier.

— Comment ça ? Elle porte ton enfant, Blake. Un futur Coleman.

— Tu crois que je l'ignore, tante Sadie ? J'ai essayé de la dissuader de partir, mais elle ne voulait rien entendre.

Sa tante se leva et alla se laver les mains dans l'évier.

— Pourquoi ? Quel est le problème ? questionna-t-elle, l'observant de son œil acéré tout en s'essuyant les mains.

— Je lui ai demandé de m'épouser. Je lui ai offert une bague – qu'elle m'a rendue, d'ailleurs.

— Parce que ?

— Parce qu'elle veut mon amour, or je suis incapable de le lui donner.

— C'est un tas de bêtises et tu le sais, Blake. Je t'ai vu avec Asia, et je sais reconnaître un homme amoureux.

Il leva les yeux au ciel.

— Tu prends de l'âge. Tu as sûrement la vue qui baisse.

— Ce n'est pas gentil de se moquer d'une vieille dame. Blake, dès le premier soir, j'ai remarqué que vous étiez attirés l'un par l'autre comme des aimants. Tu ne la quittais pas des yeux, et ça n'a pas changé depuis. Pourquoi n'es-tu pas capable de le voir ?

— Je...

Il ne savait que répondre, car sa tante avait raison. Asia le fascinait depuis le premier jour.

— Mais l'amour fait souffrir, tante Sadie. Tu ne te souviens pas de mon état quand maman et papa sont morts ?

— Si. Tu n'étais plus l'enfant joyeux que je connaissais.

— Exactement. Ça m'a fait si mal de les perdre... Sais-tu à quel point c'était douloureux de voir mes parents mourir sous mes yeux ?

— Je le sais, Blake. Ce que tu as subi était terrible.

— Je n'ai pas pu les sauver, dit-il, la voix rauque.

Sa tante marcha vers lui.

— Personne n'aurait pu, Blake. Leurs blessures étaient trop graves.

— Je ne veux plus jamais revivre ce genre d'épreuve. Je ne pourrais pas le supporter.

— Alors l'alternative, c'est de ne plus jamais aimer ? Ce n'est pas une vie, Blake.

Elle lui caressa la joue.

— Tu dois laisser l'amour revenir, ici, ajouta-t-elle, pointant l'index sur son cœur. Il ne faut pas que tu aies peur, sinon, tu pourrais passer à côté du bonheur.

Il secoua la tête.

— Je ne sais pas si j'en serai capable.

— Je sais que tu en es capable. Tu es peut-être effrayé, mais j'ai toujours cru en toi, même quand tout le monde me disait que j'étais folle de confier Coleman & Sons Construction à un jeune homme de vingt et un ans qui venait de finir ses études. Je t'ai toujours soutenu et ce n'est pas maintenant que je vais arrêter. Même si tu commets des erreurs stupides et que tu laisses l'élue de ton cœur s'en aller.

Soudain, le téléphone de Blake sonna. Le nom de Shay Davis s'affichait sur l'écran. Asia lui avait fait enregistrer les numéros de toutes les Gemmes afin qu'il puisse les joindre en cas d'urgence. Mais pourquoi Shay l'appelait-elle ? Était-il arrivé quelque chose à Asia ?

Son cœur cessa presque de battre. Il répondit à la seconde sonnerie.

— Allô ?

— Blake, c'est Shay, dit-elle d'une voix sombre. J'ai une mauvaise nouvelle.

— Que s'est-il passé ? demanda Blake.

Il se sentit pâlir en entendant les mots de Shay à l'autre bout de la ligne. Lorsqu'elle mit fin à l'appel, il faillit lâcher son téléphone.

— Blake, que se passe-t-il ? demanda sa tante.

— C'est Asia. Elle est à l'hôpital. Elle pourrait perdre le bébé.

— Allons-y.

Tandis qu'ils roulaient à vive allure en direction de l'hôpital, les mêmes mots tournaient sans cesse dans la tête de Blake. *Mon Dieu, faites que je ne perde pas Asia et le bébé comme j'ai perdu mes parents.*

Bip. Bip. Bip.

Lentement, Asia ouvrit les yeux. Elle était dans un hôpital, et sa mère était à son chevet. Elle se redressa aussitôt.

— Le bébé !

— Il va bien, dit calmement sa mère en la poussant à se rallonger. Regarde, tu peux voir son rythme cardiaque.

Elle désigna d'un geste l'autre côté du lit, et Asia vit un moniteur fœtal, par lequel elle put entendre les battements de cœur de son fils.

— Dieu merci, dit-elle, les larmes aux yeux. Je n'ai pas perdu le bébé.

— Non, Bébé Reynolds va très bien.

Asia fronça les sourcils.

— Maman, qu'est-ce que tu fais là ? Comment suis-je arrivée ici ?

— Shay a pensé que tu aurais besoin de soutien. Elle m'a téléphoné juste après avoir appelé une ambulance. Tu t'es évanouie dans la bijouterie.

— C'est vrai ? Est-ce que je vais bien ?

Le rythme cardiaque du bébé s'accéléra soudain.

— Asia, trésor, il faut que tu te calmes. Le stress n'est bon ni pour toi ni pour le bébé. On t'a administré un médicament pour arrêter les contractions, mais tu dois te reposer. Quant à la bijouterie, je suis arrivée là-bas en même temps que l'ambulance, et j'ai pu tout fermer à clé. Tout est sous contrôle, tu n'as pas à t'inquiéter.

Asia prit une grande inspiration.

— D'accord, d'accord, dit-elle, essayant de se détendre. Merci d'être là, maman.

— Où voudrais-tu que je sois d'autre alors que ma fille et mon petit-fils sont à l'hôpital ? Je suis très reconnaissante à Shay de m'avoir prévenue. Je sais que je n'ai pas toujours été la meilleure des mères, mais je suis déterminée à être une meilleure grand-mère. Même si je suis trop jeune pour être la mamie de ce petit bonhomme.

— Tu sais que c'est un garçon ?

— Oui, le médecin a laissé échapper cette information, dit-elle en souriant. J'espère que ça ne te dérange pas ?

— Non, ce n'est rien. Nous sommes au courant.

Nous. Mais il n'y avait plus de nous. Asia était seule à présent. C'était à elle de veiller au bien-être de son bébé, car Blake ne faisait plus partie de sa vie. Pour l'instant, elle remplissait mal son rôle puisqu'elle se retrouvait à l'hôpital à peine une semaine après leur rupture.

— Tu veux dire, Blake et toi ? demanda Ava. Où est-il, d'ailleurs ?

— Il est juste là.

En entendant la voix de Blake, Asia sentit son cœur tressauter. Elle le regarda avancer dans la chambre. Il semblait terrifié.

— Désolé d'avoir mis autant de temps à arriver. J'ai roulé aussi vite que la loi me le permettait.

— Je le confirme, intervint sa tante Sadie, qui venait d'entrer à son tour.

Après avoir salué Asia, elle reporta son attention sur sa mère.

— Ava, c'est ça ? demanda-t-elle, et Ava hocha la tête. Si je vous offrais un café pendant que ces deux jeunes gens discutent ? Nous pourrons parler de la manière dont nous allons gâter notre petit-fils et petit-neveu.

— Avec plaisir, répondit Ava, libérant la chaise près du lit.

Lorsque les deux femmes furent sorties, Blake indiqua la place à présent vide.

— Je peux ? demanda-t-il.

Asia hocha la tête. Blake s'assit et regarda le moniteur fœtal.

— Le bébé va bien, dit-elle.

— Je suis vraiment heureux de l'entendre, Asia. Mais j'allais te demander comment *toi* tu vas ?

Elle était surprise qu'il s'en soucie puisqu'il ne ressentait rien pour elle et qu'il avait mis fin à leur association professionnelle.

— Tu veux que je sois franche ?

— Oui.

— J'ai peur. Et je suis nerveuse. Quand j'ai cru perdre le bébé…

Les larmes aux yeux, elle serra la main de Blake.

— Je comprends, Asia. J'ai pensé la même chose. J'ai fait toutes sortes de promesses à Dieu. J'ai juré que je serais un homme meilleur s'il vous épargnait, le bébé et toi. Le genre d'homme dont tu as besoin.

Asia retira sa main.

— Ne fais pas de promesses que tu ne peux pas tenir, Blake.

— Je suis sérieux, Asia.

Blake comprenait qu'elle hésite à le croire. Après tout, il lui avait donné de multiples raisons de se méfier de lui. À maintes reprises, il avait affirmé ne rien pouvoir lui offrir d'autre qu'un mariage sans amour.

Mais les paroles de Sadie l'avaient fait réfléchir. Il avait pris conscience que quelle que soit la personne que l'on aimait, il y avait toujours un risque de la perdre un jour. Il ne pouvait pas avoir peur de l'amour – sinon, il passerait à côté de la femme la plus extraordinaire qu'il ait jamais rencontrée. Après cela, Shay lui avait téléphoné pour lui annoncer qu'Asia était à l'hôpital. Bien entendu, il s'était inquiété pour le bébé, mais il avait surtout pensé à Asia.

— Il faut que je te dise ce que je ressens.

— Non. Je ne veux plus discuter, Blake. Je suis dans ce lit, en train de me battre pour garder notre bébé dans mon utérus. Je ne peux pas retourner sur ces montagnes russes avec toi.

— Et tu n'auras pas à le faire. Mais tu dois savoir que je t'ai menti quand tu m'as demandé si je t'aimais. Dès le départ, j'ai ressenti quelque chose de fort, Asia. Je ne sais pas si c'est ta beauté, ton sourire ou ta franchise qui m'ont touché. Tout ce que je sais, c'est que je n'avais jamais éprouvé de tels sentiments pour personne, et cela m'a fait peur. C'est pour cette raison que j'ai fui, après notre première nuit. Je pensais pouvoir retourner à ma vie de play-boy, mais il était impossible que je couche avec une autre femme alors que tu étais constamment dans mon esprit.

— Et tu voudrais que je te croie ? Tu es un séducteur en série.

— Qui est resté chaste pendant nos deux mois de séparation. Après notre première nuit, j'ai senti que je perdais le contrôle... j'ai éprouvé les mêmes sensations que quand mes parents sont morts. Je n'ai pas réussi à les extraire de la voiture. Quand je les ai perdus, ça m'a anéanti. Ça a écrasé une part de mon âme que je n'avais jamais retrouvée, jusqu'à toi.

— Ne me dis pas de telles choses alors que tu ne les penses pas. Oui, il y a une alchimie forte entre nous, mais c'est tout.

— Tu as raison. Cette alchimie est stupéfiante, mais c'est parce que quand je suis avec toi, nous faisons l'amour.

— C'est ce que je croyais, mais comme tu l'as dit, tu es incapable d'aimer.

— Et je pensais dire vrai. Mais c'était un mensonge que je me répétais pour protéger mon cœur. En réalité, plus nous passions de temps ensemble, plus je prenais conscience que je t'appréciais et que je te respectais. Au fil des jours, j'ai développé des sentiments pour toi, alors j'ai essayé de les nier, de les étouffer, mais je ne peux plus continuer à le faire. Je t'aime, Asia. Pendant le trajet, une seule pensée tournait dans ma tête : je ne pouvais pas te perdre.

Un petit sourire se peignit sur le beau visage d'Asia, et Blake s'en réjouit, mais ensuite, ce sourire disparut.

— Tu es certain que tu ne fais pas semblant d'être amoureux pour que je t'épouse, pour le bien du bébé ?

— J'aime notre fils, et il est un cadeau précieux. Mais je ne dis pas que je t'aime à cause de lui. Je dis que je t'aime parce que je veux passer le restant de mes jours avec toi. J'ai été stupide de te laisser partir alors que je suis fou de toi.

Des larmes coulèrent sur les joues d'Asia.

— Dis-le encore, murmura-t-elle.

— Je t'aime.

Il sentit ces mots vibrer dans sa poitrine et se diffuser hors de son corps. Au lieu de se sentir effrayé, il se sentait libre, pour la première fois depuis des années.

— Tu as capturé mon cœur et mon âme, Asia. J'ai essayé de résister, de te repousser, mais je ne peux pas nier ce que mon cœur ressent. Je veux que tu sois ma femme, Asia. Veux-tu me faire l'honneur de m'épouser ?

Elle noua les bras autour de son cou et leva la tête vers lui. Blake l'embrassa et la serra doucement contre lui.

— Je m'en veux de t'avoir blessée, Asia. J'ai failli te perdre et je ne sais pas si j'aurais pu le supporter.

Elle encadra son visage de ses mains.

— Je n'ai jamais ressenti pour personne ce que je ressens pour toi, Blake. Je crois que je suis tombée amoureuse de toi dès que tu es entré dans la bijouterie, si fier et si arrogant. Notre première nuit a été magique, et elle a créé une vie, dit-elle, posant la main sur son ventre. Je sais que cette grossesse était inattendue pour toi comme pour moi, mais elle nous a permis de nous rapprocher. Je t'aime aussi, Blake, et rien ne me rendrait plus heureuse que d'être ta femme *et* ta partenaire en affaires. Et si nous annulions la dissolution de notre association ?

— Avec plaisir.

Il lui donna un baiser plein de tendresse, espérant la convaincre que son amour pour elle durerait toute la vie.

Lorsqu'ils finirent par reprendre leur souffle, il déclara :

— Mon cœur est à toi, Asia.

— Tu m'appartiens et je t'appartiens, dit-elle. Pour toujours.

Épilogue

Trois semaines plus tard

Asia était profondément amoureuse de son merveilleux mari. Ils n'avaient pas pu attendre ; dès qu'elle était sortie de l'hôpital, ils s'étaient dit oui lors d'une cérémonie privée, avec Ava et Sadie pour témoins. Ils auraient le temps d'organiser une grande fête plus tard.

Asia n'avait encore rien dit aux Gemmes, car elle ne voulait pas voler la vedette à Wynter. Aujourd'hui, sa meilleure amie était la plus belle des mariées. Elle portait une robe bustier ornée de dentelle, de perles et de sequins. Riley et elle s'étaient unis devant Dieu et trois cents invités.

Asia avait adoré leurs vœux, car ils ressemblaient à ceux que Blake et elle avaient échangés quelques jours plus tôt. Pour l'instant, leur mariage resterait leur petit secret. Elle le révélerait aux Gemmes *après* la fête de Wynter.

En attendant, elle passait un merveilleux moment avec Blake, très séduisant dans son smoking haute couture. Asia avait hâte de lui arracher ses vêtements lorsqu'ils retourneraient à leur hôtel. C'était vrai, ce que l'on disait sur les femmes enceintes. Elle était insatiable et avait envie de faire l'amour matin, midi et soir.

— Pourquoi cet air malicieux ? demanda Egypt quand Asia eut laissé Blake un instant pour se mêler aux invités.

— Qu'est-ce que tu veux dire ?

— Ne fais pas l'innocente, répondit Egypt avec un sourire espiègle. Tu caches un secret, ça se voit.

— Je ne peux pas en parler maintenant. Et puis, tu ne devrais pas être avec ton homme ? demanda-t-elle, désignant d'un geste Garrett, renversant dans son smoking bleu marine. Il a l'air d'avoir soif.

— Oh ! ne t'inquiète pas pour lui. Je te laisse tranquille pour l'instant, mais je compte bien reprendre cette conversation plus tard, affirma-t-elle avant de s'éloigner.

Asia fit un clin d'œil à sa meilleure amie puis se dirigea vers la piste pour participer à une danse de groupe. Lyric, ancienne ballerine, montrait les pas aux invités. Pendant ce temps, Teagan était sur son téléphone, comme d'habitude. Quant à Shay, elle était en pleine discussion avec un ancien camarade de lycée.

Lorsque la chorégraphie se termina, laissant place à une chanson lente et sensuelle, Blake prit Asia dans ses bras pour danser avec elle.

— Difficile de t'attraper au vol, aujourd'hui.

— Désolée, chéri. Quand les filles et moi sommes réunies, c'est le chaos, mais dans le bon sens du terme.

— Je suis là pour te refréner. Tu sais ce que le docteur a dit, il faut que tu te ménages.

— Mais pas trop, répliqua-t-elle en pressant son postérieur.

— Allons, madame Coleman, seriez-vous en train de me faire des avances ? fit-il, une lueur de désir dans le regard.

— En effet. Ça fonctionne ?

Blake lui murmura des choses indécentes à l'oreille, et quand ils retournèrent à leur hôtel bien plus tard dans la soirée, il fit tout ce qu'il avait promis. Il lui faisait l'amour avec autant de passion qu'au premier jour.

— Tu as permis à mon cœur d'aimer à nouveau, Asia, et je ne te remercierai jamais assez.

— Et si tu passais ta vie à me montrer ta reconnaissance ? suggéra-t-elle.

Sur ces mots, elle l'attira vers elle et lui donna un baiser enfiévré.

Vous avez aimé ce roman ? Retrouvez les histoires de Wynter et Egypt sur harlequin.fr.

1. *Éprise d'un séducteur*

2. *Les secrets du milliardaire*